凡人笔谈 杀妖

黄渐 著

北京联合出版公司
Beijing United Publishing Co.,Ltd.

目 录

第一章
魏道士

• • •

> 最好的蟠桃，三千年一开花，三千年一结果，三千年一成熟。凡
> 人食之，得道飞升，寿比日月。焉知日月之辉，也有尽时。

　　新春，三月三。魏道士在树下盘坐，柳叶徐徐飞扬，阳光轻轻旋转。连身旁的大河也一改奔涌之势，缓缓流过。山精野怪与地仙凡俗路过，都以为其已入"春意盎然，而我心不动"的境界。

　　"扑通"一声，树上坠下一果子，砸在魏道士头上，道士不动。

　　又"扑通"一声，道士岿然不动。

　　又"扑通"一声，道士站起大骂："哪个浑球扰我清梦？！出来！"

　　微风卷过，四下无人。道士捡起砸他的东西，居然是三个果核，上面还沾着口水。"谁家野狗子在树上啃桃子？！"

　　道士怒视头上树枝。这柳树上哪里来的桃核？莫非天上掉下的？魏道士再看看天，发现天色灿烂中似有阴霾，就像被撕开了一道口子。再看看三个桃核，它们又哪是凡间之物？

　　道士掐指一算：三月三，王母大寿，天上正是大宴群臣，饮仙酒、吃仙桃、啃仙肉的时候。他摇摇头，恐怕要出祸事了。

　　三个桃核拿在手里，沾了道士一手的唾沫星子，虽恶心得紧，但弃之可惜。

　　经过市集的时候，他大声吆喝道："天要下雨了，快回家收衣服啦。"

　　西南道观的魏神仙说的话，谁能不信呢。东家丢了羊，西家寡妇勾搭人，孩子是不是亲生的，老娘要不要再嫁人，等等，他摇个签、求个卦就能算到。

　　于是，集市上很快空无一人。

　　道观是一进的堂屋结构，带一个很小的院子。堂里供三清天神，左侧厢房是魏道士的起居室，右侧堆杂物。堂里有一套桌凳，是大家找魏道士算命时用的。

魏道士一进门，天就开始下雨了。下的并非如油春雨，而是瓢泼大雨，厚厚的云层挡不住五颜六色的闪电和青一块紫一块的光影。天上某仙这次恐怕被揍得老惨了。

老魏有点幸灾乐祸，把三个桃核放在桌案上，进屋搬太师椅，准备在天井边上舒舒服服地看天气变幻。

"哪里来的妖孽造次！"他一惊，手一松，椅子掉在地上砸了自己的脚。只听他一声哀号，抱脚瘫倒在地上打滚。这时他发现一只短腿的猫在桌案下打滚，四只爪子歪七扭八地划拉着想掐自己的脖子。坏了，这只猫把桃核吃了。

魏道士不顾脚疼，过去把猫尾提了起来。这只猫是魏道士收留的，本来指望它能除鼠害，不想它四足太短，尾巴太胖，根本不是运动的料，还跑不过老鼠，反而经常祸害魏道士的食物。据说，它的祖上曾是皇宫里的富贵之宠，但流落民间的它，就是多余之物。

倒吊的猫双眼圆睁地望着魏道士，发不出一丝声音，四足时而勉力合成叩拜之状，时而散开，要掐自己的脖子，憨态可掬。

魏道士由惊转怒，再化作苦笑："孽障啊！"他用手轻轻一抛，猫在空中转了几个圈后落在正下着暴雨的院子里，一翻滚，居然化作一个胖乎乎的短手短脚的孩童，大概三岁的模样。

只见他向魏道士俯首帖耳一拜，喊道："师父。"

魏道士摇摇头："你因因缘际会免去了数百年的苦修，但化作人身不知是福是祸，我没本事做你的师父，你且去吧。"

孩童在雨中抽泣，不肯离去，又是一拜："师父。"魏道士不理。他再拜。

突然，雨中一道惊雷直直劈下。孩童愚钝，不知闪避，仍俯首在院中。魏道士拂手一挥，袖中飞出一把青碧色的短剑，将霹雳打散。院子上方云层翻滚，似乎雷霆不悦。

魏道士冲天高喊一声："尔等现在自顾不暇，莫要挑惹事端才是。"言罢，云中雷霆方偃旗息鼓，转向他处。

魏道士不悦地说："你去右厢房吧，以后就住那里了。"

孩童三叩首："谢谢师父！"然后他一溜烟就进了厢房，欢天喜地。

彼时人间正是西汉末年。六百年后，盛唐贞观，玄奘西游。

"师父，你给我起个名字吧？"

"为什么？你不是有名字吗？"

"师父，你老叫我小杂毛。那些善信也跟着你这么叫，那你不就成老杂毛了吗？"

"……"

魏道士苦思良久："我大汉朝以礼乐风度树国。那你就叫乐风吧。"

孩童拉开自己的裤裆，低头看了许久，说道："可是师父，这是女孩子的名字吧？我是男孩子。要不然叫大汉，或者树国，你看如何？"说着孩童脱下自己的裤子给魏道士看。

魏道士不语，只是捂脸摇头。孩童还要再说，道士突然飞出一脚，踢得他在院子里翻了几个跟头。

"以后你就叫乐风。知道吗？"

"可是？"

魏道士躺在太师椅上，又伸了伸腿。

"好吧，知道了。"

"师父，有人求签。"

"好，就出来。"

桌案前是一女子，她含泪问："魏仙人，你看我今年能怀上吗？"

"手伸出来。"魏道士一扫签文，下下签，随手一丢，号住女子的脉。

"脉象正常，手很滑，脸很粉，富贵人家啊。"

"师父，人家丈夫在门口站着呢！"

"咳咳，签文很好，"魏道士从桌案底下提出两服药，"给你丈夫吃，很快就能生了。"

女子羞赧："这可怎么好？我生不出来，还能让男人吃药？太丢夫家的脸了。"

魏道士撒撒眼："哦，那这样，每次行房前，你和丈夫各喝一半，温补阴阳，这样就能生个和他一样的大胖小子。"

女子看了看胖孩童，面露难色："吃这个药，孩子的腿脚也会这么短吗？"

乐风高喊："赠药免费，解签四十文。交钱快走。下一个！"

女子走后，乐风问道："师父，你还能管生孩子？"

魏道士冷笑："不孕不育算个啥。只是公鸡不打鸣，却让母鸡来看为什么下不了蛋，这不是笑话吗？"

"师父，天黑了，该出发了。"

"好，你带的什么东西？"

"柳条啊，师父。那些善信不都说柳条打鬼，一打一个准吗？"

魏道士顿时无语："乐风，如果他们说的是真的，还请我去干什么？从明天开始，你还是去上私塾吧，别整天和七大姑八大姨凑在一起瞎叨叨，人要有点文化知识。"

"哦，师父。"

镇上的王二家在街尾拐角，隔壁是张屠户家。每到十五月圆，可怜的王大嫂总会发出惨烈的猪叫，然后跑到各家各户外院拱墙角。王二曾用绳索捆扎她，但只要他一转身，绳索就会莫名其妙地脱落。整个镇上的狗洞都被王大嫂拱成人洞了。

魏道士到王二家的时候，镇上好事的、仗义的和地痞无赖，都挤在门口看热闹。见到魏道士，大家马上闪开一条道。

王二问道士："仙人，您不用作法的工具吗？要不要我们去准备，要鸡血还是狗血？"

魏道士摆摆手："你眼力不好，难怪连媳妇都看不住。我这不是带柳条了吗？柳条打鬼，一打一个准。打满七七四十九鞭就可以了，不过要难为你媳妇受点皮肉之苦。"

张屠户迎了上来："仙人，这么一个娇滴滴的人，哪受得了这么多鞭子，还有别的法子吗？"

"有啊。"魏道士指指乐风，"割他屁股上一块肉，趁热吃下也可以驱邪。"

乐风心头一紧，害怕地摸摸屁股，抱住了魏道士的腿。张屠户一双杀猪宰羊的铜铃大眼望过去，却迎上了魏道士冷冷的眼神，忙说道："不敢，不敢。"

魏道士进屋，乐风跟着把门反锁上。

屋里烛火摇曳，王大嫂一双红色的泪眼直勾勾地望着他们，而漆黑的影子头顶两只羊角，从地下慢慢延展到房顶，作吃人之势。

"滚！"魏道士说了一个字，然后开始边念咒边用柳条抽打王大嫂。屋里传出鬼哭狼嚎般的呼救声，听得门外的人莫不心惊胆寒。

七七四十九鞭后，师徒出门。魏道士淡淡地说："没事了。敷点金创药就可以了。"

乐风从胸前掏出几服药，说道："驱鬼免费。疗伤药八十文。"

回去的路上，乐风拽着师父的衣角："师父，你好厉害，你念的是什么咒？一下子就把鬼赶跑了。"

"哦。"魏道士掂了掂八十文钱，"我没念咒，就是在骂王大嫂。王二是挑货郎，常年不在家，结果媳妇勾搭上了隔壁的张屠户。张屠户那里有很多牲畜冤魂，因屠户煞气重，它们不敢造次。王大嫂命根轻，还敢在那里鬼混，能不撞邪吗？

我刚才用土话骂她不贞不洁、活该受罪，再打她几鞭以儆效尤。"

乐风皱起眉头："那师父你是怎么赶走那些冤魂的？"

魏道士说："我叫它们滚啊。"

乐风又问："就这样？"

魏道士答："嘿，你还小。这世界人人鬼鬼，莫不一样，都是欺善怕恶、欺软怕硬的东西。我的拳头比它们的大，它们敢不滚？"

"师父，师父，我回来了。"

魏道士正在院子里眯着眼睛晒暖洋洋的太阳，头也不抬："这么早？私塾的老师可是一年收我十文钱的。"

"不是，师父，镇上来了很多画红眉毛的士兵，征用了我们的学堂。你看，我让他们也给我画了一条。"

赤眉军来了？魏道士睁开眼，发现乐风的眉毛已经被描红，还是一字眉。他飞起一脚，乐风又在院子里翻了几个跟头。

"师父，"乐风双眼带泪，"你就不怕把我踢死吗？"

魏道士又闭上了眼睛："西王母以前统治昆仑有两大至宝：一是蟠桃，二是金丹。前者温补，后者暴烈。金丹就是以蟠桃核为主料炼成的，所以蟠桃肉凡胎可食，蟠桃核可是食之则死的。你吃了三个蟠桃核不死，是因为猫有九命，每三条命炼化了一个蟠桃核。如今你有三颗金丹在体，我几脚踢不死你的。"

乐风换上一副嬉皮笑脸："师父，蟠桃核既有那么大本事，怎么我没有您那样的法力呢？"

魏道士说："早着呢。你体内的蟠桃核连壳都没消化开，还法力？再等个几百年吧。"

乐风笑道："嘿嘿。师父，我还有件事要和您说。"

"说。"

"占我们学堂的人里边，有个人说话声音尖尖的，和您很像，但是他没有胡子。听说以前是皇宫里的显贵呢！"

"哟，什么显贵啊，造反的王爷，还是天子近卫？"

"不知道，但是那些红眉毛都恭恭敬敬地喊他'公公'。"

"过来。"

魏道士又是一脚，把弟子踢出院子。

半夜的时候，有人急拍门。

"师父，开门吗？"

"你去？"

"我怕。天黑有鬼。"

"哦，那就不管他。"

门被踢开，进来几个赤眉军。

"师父，出去吗？"

"你去？"

"我怕，天黑有坏人。"

"那一起吧。"

魏道士和弟子从两个厢房走出来。魏道士一脚把弟子踢翻："怕个屁，自己家还怕。"魏道士横眉一扫来人："你们干什么？"

几个赤眉军拥着一个拄着手杖的清秀中年人走上前来。中年人气度雍容，开口道："听闻此处魏道士有通神之能，特来求卦。"

"哦，"魏道士睡眼惺忪地坐进太师椅，动动手指头说，"求啥？自己去三清像那里摇签。半夜断卦，十倍收费。"

"放肆！"几个赤眉军怒斥。

中年人摆摆手，走到近前摸摸乐风的小脑袋，说道："我不信三清。"

魏道士打了个哈欠："还真凑巧，我也不信。"

乐风兴奋地说道："师父，他就是和您声音很像的人。"

魏道士不悦："蠢货，滚回来。"

中年人走到院子中央，把木杖立在青石板上，手离杖而杖不倒。

"我的卦在这里，请道人看看。"中年人轻轻一拍手，手杖没入青石板三寸有余，石板开裂，露出红光，就是一幅奇妙的八卦之像。

有点本事啊，魏道士心想。他不得不站起来，走到院中："你问什么？"

中年人说："前程。"

魏道士摇摇头："不归路，惨。"

中年人又说："我不是问个人。"

魏道士笑了："我说的也不是个人。"

中年人脸色一沉，欲拔杖离去。魏道士轻轻一拍手，手杖再入地一寸："卦金。"

中年人一笑："奉上十金。"随行的赤眉军即刻奉上。

魏道士仰天不接，手指握拳："我方才泄露天机，不是黄金可赎。"

乐风跑了过来，张开双手："我师父要十倍。"

中年人不屑地一笑："那就百金。"赤眉军奉上百金。

魏道士一脚把乐风踢回三清像前，还是不接："我不要钱。"

中年人脸色阴沉："那道长要什么？"

"你们此行，意欲何为？"

"征丁入伍。"

"我的卦金就要这个。"

"道长口气太大。就怕你要不起。"

"此杖你天亮前能拔走，分毫不取。如若不能，便请付卦金。"

"哈哈。"中年人故作豁达，"道长太小看人了。何须天亮？在下如拔三次取不回手杖，赤眉军多少人来，多少人走。"

中年人胸有成竹。第一次，他轻轻使力，杖出三寸。第二次拔时，他却觉手杖长出千万根茎，扎根大地，丝毫不动。中年人内心泛起微澜，咬紧牙关，施展全力再拔，顿时山摇地动，手杖再出半寸。中年人和魏道士都面露难色。中年人第四次拔时，手杖方轻轻而出。

中年人叹了一口气道："想不到偏远市井有此等高人。我自当如约而去。"

魏道士哈哈一笑："我也不知赤眉军中有此等人物。差点托大了。"

中年人向魏道士作一揖："魏道长，我们有缘，您不问我姓名？"

魏道士作揖："关我屁事。"

中年人悻悻一笑，率部离去。

乐风跑过来："师父，您好厉害。"

魏道士用手按住他的头，默默不语，鼻腔流出鲜血。

翌日天未明，赤眉军无影无踪。

魏道长在家里睡了一天。

又是半夜，有人拍门。

乐风蹑手蹑脚地下床去开门，进来一个十三四岁的少年。

"师父，有人打我。"

魏道士走出来。

"师父，他打我。"乐风咬着少年的手指，语音含糊。

少年苦笑："我就拍了下你的头。"

"拍我头的都不是好人。"

魏道士说："我也不是吗？松开。"

乐风躲到魏道士身后："昨天那个就不是好人。"

魏道士问少年："夜半登门，有何事？"

少年答："在下凌云，是青莽道人门下。特奉师命，前来讨要青匕。"

"哦。"魏道士一脸厌恶，"是青莽给你起的名字吧。你前几天已到，怎么今日才露面？"

"师父说您生性狡诈，让我等待时机。我看您受伤了，才敢来取。"

魏道士的脸皮和胡子都抽搐起来："呵呵，你还真老实。天晚了，明日再说。"

凌云拔出剑，寒光映月，冷锋凝霜。他说："您不交出来，我就不客气了。"

"好剑，什么名字？"

"凌云剑。"

凌云、凌云剑，这都什么名字？！

魏道士整张脸都抽动了："那个老娘儿们就不能读点书，花点心思起名字吗？"

凌云道："交出青匕，不然我的凌云剑就不客气了！"

"师父，揍他！"乐风在一旁叫嚣。

魏道士背对他，脚一踹，乐风就像炮弹一样飞了过去，把凌云砸倒在地。

"师父，他打我。"

"那你咬他。"

"啊——我的手指。"

"你们俩今晚一起睡。"

"不。"

"不。"

早晨，桌案上放着一把青碧色短剑，剑身剔透晶莹，乃上等翡翠制成。凌云拿起短剑反复查看。

魏道士说道："拿走吧。"

凌云摇摇头："我不知道真假。您生性狡诈，怕会骗我。"

魏道士怒道："你师父没教你怎么辨识青匕吗？"

"没有。他只是提醒我小心您骗我！"

魏道士瞪眼："那你要怎样？"

"您用青匕施展一下，我看看就知道了。"

魏道士火冒三丈！乐风拉拉他："算了，师父，我们去街口吃早饭吧。"

"走。"

魏道士把凌云晾在那里，刚要走出院子，晴空中却落下几道霹雳，震得人耳朵发疼。一群金甲人持戟从天而降，将院子团团围住。

魏道士很无奈："怎么还冤魂不散？"

金甲人高喝："青妖放肆，一年前有蟠桃仙果掉落凡间。几经追查，蟠桃就在这院子里，速速交回，免生兵戈。"

魏道士更无奈："都来要东西，当我这里是善堂啊！"

一个金甲人冲出来道："青妖怎敢无礼？快快束手就擒！"

魏道士抬腿一蹬，当胸把他踢出院子："青妖是那条蟒蛇，我是柳仙。"

带头的金甲人义正词严地纠正他："当日你不愿受天宫所赐的地仙之籍，今日怎敢妄自称仙？！"

另一个金甲人两眼射出金光，扫到乐风身上，高喊："蟠桃在他肚子里，快将他拿下，开膛破肚！"

乐风吓得屁滚尿流，躲到魏道士身后。魏道士一脚把他扫到凌云身边："呆小子，保护他。"

凌云拔出凌云剑："剑在我在，我在他在。"

魏道士回头看他："记住你今天说的话。"回头又冲金甲人喊道："蟠桃当真没有。只有三个蟠桃核，都是天上大仙嚼烂的废物，偶然掉落凡间，为我的小徒弟所获。诸位能否卖个人情，就当赠予小人了。来日必有所报。"

领头的金甲人"呸"了一声，道："天上大仙之物，即便嚼烂废弃，也不是尔等下界之人可以享受的。快将那小子交出来，饶你不死。"

魏道士阴阴一笑："给脸不要脸。你们还真当自己是什么人物了。一只猴子就搅得你们天翻地覆。如今腾出手来，就敢到这里撒野了？！"

金甲人恼羞成怒道："布阵！"

他们有备而来，特意从祝融处学习了《七十二峰神火图》的奇妙布阵。十三个金甲人踏步有声，按部游走，化作复数再复数，七十二载封住十方之位，凭空催生三昧之火，绵绵不休、生生不息。

魏道士站在中央，不闪不避，双脚如老树生根，一寸寸地往地底而去，直至黄泉取水，以浇灌自持。天火遭遇黄泉水，实在是棋逢敌手，僵持不下。黄泉之水绵绵无尽，十三个金甲人的法力却是有限的。待他们力竭，大火扑哧一声被魏道士身旁暴涨的狂风吹灭。

可院子中央哪还有什么老道人？只见一个剑眉星目、唇红齿白、长发飘扬的妙女子，着一袭绿袍迎风站立。

她怒视金甲人："你们就这么烧了我多年的皮相，实在可恼。再不滚，别怪我不给情面！"

乐风大惊："我师父呢？这个女人是谁？"

凌云拍拍他的脑袋："这个女人就是你师父啊。你现在知道为什么我说她生性狡诈了吧？只是没想到，你师父比我师父还美。"

金甲人心有不甘，呈两翼散开，持戟冲杀过来。魏道士如今是魏美人了。只见风吹袍舞，柳枝轻摇，其动如云飘水逝，不着痕迹，无路可寻。我快则敌慢。金甲人相形见绌，如同静止。

一、二、三、四……十三。魏道士算着数，一个人两个巴掌，再当胸一脚，逐个将其踢翻在地。

魏道士的脚踩在领头金甲人的胸口上，手指一勾，地上生出两株青草，带倒钩的草尖如金针一般点在金甲人的瞳孔处，再入毫末，一双眼睛就要废了。

魏道士笑道："还敢来吗？"

"不敢，不敢。"

"滚！"

金甲人落荒逃回天上。

乐风怯生生地上前："师父，您变成女人了，那我以后是不是要叫您师娘啊？"

魏道士剑眉倒竖，活脱脱一个美夜叉："我怎么会有你这么蠢的徒弟？滚！"

金甲人在南天门徘徊。守门将问道："诸兄因何事如此烦愁？"

金甲人道："白兄不知，那下界柳妖着实难以对付，祝融的神火都烧不死她。我等无法向天帝复命啊。"

守门将说道："诸位兄长有所不知，柳妖乃千年修炼而成，喜静不喜动。她所居之处乃多年经营的风水宝地，只要盘踞在此，上穷碧落下黄泉，易如反掌，大罗金仙都奈何不了她。唯有将她逼出居所方圆十里，消减她的法力，才能制服她。"

金甲人困惑："只是，不知道如何才能调虎离山呢？"

守门将左右一扫，确定四下无人，便附到金甲人耳边窃窃私语。

金甲人闻言大喜："白兄对此妖如此了解，不如与我们一同降她，到时在天帝面前，我们报白兄首功。"

下界。

魏道士做了一副和原来一样的老人皮相，但鼻子总是弄不好，一不小心就会掉下来。

她没好气地对凌云说道："原来的皮相是你师父给我做的。该死的老娘儿们，手艺真是好。"

乐风插嘴："那我们再找凌云的师父做呗。"

魏道士悻悻地说："没戏。我们闹掰很多年了，谁都不想见谁。"

乐风好奇："师父是怎么和傻子的师父闹掰的？"

魏道士不语，继续摆弄他的鼻子。

凌云答："因为男人。"

乐风惊讶："啊？快说快说。"

魏道士大喝一声："滚！"

原来，青莽和青柳两个妖精一动一静，千年来一起修行，事半功倍。二人情同姐妹，甚至交换了本命法器。谁知后来竟因为一个白面书生闹翻了。都是无聊的情种。

乐风在厢房的床上打滚："没想到师父是一个有故事的女人。"

凌云怒道："你别滚了，压到我的头了！"

当晚，雨歇微凉，春风沉醉。

镇上众人都有金甲神人入梦。神人说，镇上西南道观中有一妖人盘桓，吸收灵气，如不赶走，恐山川枯竭，人命可危。如此七夜。终于，流言四起。

"我看是真的，不然怎会全镇人都梦见这事呢？肯定是神仙在示警。"

"对对，上次我家女人生不出孩子，他非要哄我吃药，说包生男孩，结果生了一个女孩。"

"他还让王二的媳妇吃他那胖弟子的屁股肉，吃人肉啊！"

"他还故意用柳条打我，我明明清醒得很，还把我往死里打。"

"听说他把红眉毛的士兵都吓走了，壮丁都镇不住他的邪气。"

"可是，怎么把他赶走啊？"

"烧他，妖怪都怕火烧！"

当天夜里，道观起火。可是火烧到一半，天上下起红色的大雨。第二天夜里，道观再次起火，又遇红色大雨。众人更信道观里的魏道上是妖孽。

第三天的时候，火再烧起来。

"师父，火又起来了。"

"今天，没下雨吗？"

"没有。师父，雨不是你下的吗？"

"唉……不是。我们出去看看吧。"

他们打开门，看到几百号人举着火把围着道观。魏道士大声问："你们干什么，要闹出人命吗？"

言毕，他脸上的鼻子突然掉了下来。乐风伸手接住："师父，你的鼻子又掉了。"

"妖怪啊！"百姓惊散，火把丢了一地。

魏道士掐指一算："乐风，我们收拾东西吧。这里待不了了。"

"可是师父，我们去哪里啊？"

"去凌云家。"

一重山、两重山，山高路远烟水寒。

魏道士捏着他的鼻子，带着一个四岁的小孩子和一个十四岁的大孩子，翻山越岭。之前埋伏往往发生在深夜，但这次在拂晓之时。

魏道士问："你们为什么不夜里来？"

金甲人道："我们正大光明。"

天火像火龙一般当空扑下来，似有千山万海之重。魏道士脸色微白，张手上托，狂风拔地而起。两股力量激烈碰撞，风卷火走，火压风鼓，吹荡得乐风连翻几个跟头。凌云一手持剑插入地下，一手拉住乐风，才不至于被吹到山下去。

乐风哭着大喊："师父，风好大。我们回道观吧。"

风歇火散，魏道士现出美人的本相，一袭绿袍上斑斑点点，沾染无数黑灰。她力有不及，回头向凌云喊了一声："带他去你那里。快走。"

金甲人持戟劈来："谁都走不了。"

魏道士摇摇晃晃地后退，一步、两步、三步。一步动而草木动；二步动，草木罗织成网；三步立定，一张又一张，层层叠叠的天罗地网向前撒开。金甲人齐头并进，一戟跟着一戟刺出，合成十戟、百戟，光芒聚集一处，化作一金光闪闪的巨大戟尖，转眼就要刺穿重重阻拦。

凌云将青匕抛向魏道士："师叔，我来时，师父说如果是真的青匕，在您手里必然所向披靡、利断长空。青柳仙的名头可不是虚的！"

"哈哈。这个老娘儿们。"魏道士的笑声是那么清灵而爽朗。

她的脚步因为乏力而飘忽似醉酒，但青匕落入手中，三寸化作三尺，青光大盛，直至遮盖了黎明的微亮。青匕在她手里，避时轻飘如柳枝迎风，攻时凶猛如蟒之獠牙，挥一剑而一戟断，又挥一剑而金甲破，再挥一剑则取人性命。

她在黎明的曙光和春天柔柔的风里，舞动身姿和长剑，给泥土和万物的种子留下了这个世界上最高贵的鲜血。她要大开杀戒，这里无人可以阻拦。

金甲人十面埋伏，却一举溃败，天宫颜面一扫而尽。

此时不出手，更待何时呢？

"少青。"

她心中一震，手中剑一慢，金甲人的戟尖几乎要到她的胸口了。青匕飞扬，戟尖被劈成两半。

"是谁？是你吗？元问？"

"少青，住手吧，我替你求情，还有机会。莫再杀人了。"

她转过身来，果然是白元问。但白元问的剑已经轻轻溜至她的心尖。金甲人趁机再围攻而上，但她反手一剑，斩断了白元问的剑。一截残剑在故人之手，一截插在她的心窝。

魏道士再挥一剑，青芒激荡，血光冲天，金甲人死伤枕藉。

白元问轻轻一跃，站在了青匕之尖。剑一抖，他落在了她面前。

她脸色苍白，笑了笑："姓白的，你不是弼马温的副使吗？怎么也急着来杀我？"

白元问坦然道："猴子大闹天宫，弼马温被废，我这个副使也被贬去守门了。"

魏道士嘲笑："那你这个守门将，这次要取我的首级去求当弼马温吗？"

"少青，我知道你们不齿于我。但我轮回三世，一世苦读，没有功名；一世求道，枯死山中；只有这一世，我离功名和天宫最近。你们修行容易，怎能懂我？！"

魏道士大笑，声音刺破了天空："区区仙籍，我们姐妹都不曾稀罕，你空负男儿七尺之躯。可怜我们姐妹，瞎了眼睛。"

她心窝的那一截残剑，突然像长足的蜈蚣一样前蹿，剑尖从她后背穿出，撕裂了她的心脉。

她咬碎银牙："你居然连这种阴毒的招数也用。实在可笑。"

白元问摇摇头："世人不知我。你也不知。"

她心头一缩，发出凄厉的喊声，残剑竟然被她以心头血肉挤成碎片，掉落在地上。所谓撕心裂肺、心如死灰，莫过如此。

乐风在远处已经哭成泪人："师父，不要打了，我们快走啊。"

她眼神黯然，持剑刺空："你别做天官的梦了！蠢货！"

白元问平静地说："你帮我杀了这些人最好，这样你的头才更金贵。"

风吹柳叶，幽香浮动。一棵巨树破土而出，青色巨蟒盘树而上。魏道士柔弱无力地站在树冠之上，炽烈的朝阳挂在树梢。她面如死灰，胸口的血染红了衣襟。柳叶如刀，漫天席地，刀刀割人血肉。蛇吐飞针，暴雨梨花，针针催人性命。金甲人慌乱欲逃，但巨树之根化作蛇形，或盘缠绞杀，或吐雾毒死。哀号四起，血肉模糊。

时机到了。白元问浮在半空。他带来一卷画轴，真正的《祝融七十二峰神火图》。他双手一摊，神火图迎风展开，如蜿蜒呼啸的河流，首尾相接，将巨树和巨蟒围住，天火从七十二峰中喷薄欲出。

魏道士倚在树上，绿袍和树叶一起在风中轻轻招手。人生几回伤心事啊。

她抚着巨蟒："带他们回姐姐那儿吧。"她拼尽全力呐喊："小杂毛，去别人家里，别给师父丢脸，多读书。"

乐风听到了。他站起来，跌跌撞撞地跑向师父，伸手想把师父拉回来。但他的短手什么也握不住，只有一片空寂。翡翠巨蟒呼啸而来，衔起他和凌云，矫如游龙，直奔西南大山而去。

巨蟒离去之后，巨树熊熊烧了起来。天人欲以火克木，伏杀柳树妖，但他们忘记了木能生火——滔天之火。

她本一心修行，善待世人，奈何天道不彰，如今焚身化火，与天地争鸣。这股青碧的火焰，在熊熊天火的助威之中越长越高，直直冲上了九重天。

白元问法力不济，神火图在最后一搏中化作灰烬。加之放纵妖火惊扰天宫，他被罚杖刑三百，官贬三级。祝融在南天门前亲自执杖刑，白元问呕血三升。此乃后话。

第二章
青道士

· · ·

南疆十万里。一重江水，一重山。
任君纵有飞天术，也难越过此关。

春寒料峭花不展。

青道士细雨中骑驴，头戴斗笠，头顶上嗒嗒响，脚底下嗒嗒响，沿着渐渐苏醒的江水慢慢朝渡头的方向行去。和魏道士不同，青道士喜欢游四方，不喜欢人。

他拍拍驴头："你不能快点吗？家里该生火做饭了。"

驴摇头晃脑："你看看我是什么动物好吗？"

青道士抹去脸上的雨水："你莫不情不愿，隔壁家的种马在发情，如果你给配种生头骡子，我就放你走。"

驴鼻孔里喷出愤怒的热气："我是公的！"

青道士淡淡地道："我可以让你变成母的。"

驴子扬一扬蹄子："你不要欺负老实人！"

青道士踢了它一脚："你连唬人的拳头都没有，快点走！"

崎岖泥泞的小路上，"嗒嗒"声变得急促，但也快不了多少。

野渡，船小，人多。

哪里来了这么多汉人，外面又打仗了？青道士坐在驴上排队。

山峦如墨、天色昏沉，他在滔滔水声中打起了瞌睡。陌生的船夫喊他："道爷、道爷，船小，您得和驴分两条船走。"

青道士看看驴。驴说："你先走，我晕船。要不我自己游过去好了。"

青道士对船夫说："驴先走。推它屁股，不要拉它嘴里的绳环，它咬人。"

一驴、一人先后登舟离岸，在烟雨中随波逐流。

船夫问："道爷，这个蛮荒的地方有人信道门吗？"

青道士答："你怎知我不是外边来的？"

船夫说："因为你没有带包裹，逃难的人再穷也有几包衣服。"

青道士问："逃什么难？"

船夫答："大汉闹赤眉军起义，官兵败退到夜郎郡了，很多流离失所的人都在往南边逃。我也是逃难的人，看到有利可图才摆个渡挣点钱。"

青道士淡淡地说："挣钱不假，但恐怕不是摆渡的钱吧？"

船夫脸一僵，撑篙的手慢了下来。船已到江心处，暮色来临。

"道爷是个明眼人，那就把值钱的物件留下吧，"船夫和船尾的帮工抽出明晃晃的小刀，"不然就得到江里喂王八了。"

青道士摇摇头，指指远处的船影："我身无长物，身边只有那头驴值钱。"

船夫露出凶相："那头驴是我们的。来，快脱衣服。你是自己跳下去，还是我帮你一把？"

突然，江心翻起一个不大不小的浪头。不远处传来人的尖叫声，影影绰绰中一个庞然大物压翻了前头的小船，一口吃掉一个人。

青道士叹气："都交代你们不要拉它的绳环了，被咬了？喂，快来救我！"

庞然大物在江心发出巨响："你个老妖怪，我要再信你的话，我就是王八！"

青道士纳闷儿："你本来就是个王八啊！"

一个大浪翻滚而来，小船转眼就要被吞没，而庞然大物已经躲入深水中。

青道士见追不上了，只能招招手。翠绿的绳环从江中破水而出，回到他手里，绳环上挂着一截断指。

船夫和帮工面面相觑，大骇："妖、妖怪啊！"说完扑通一声跳进水里逃走了。

五十年前，或者再早几年。

青道士在冬眠中被雷声吵醒。他烦躁地走出屋子，循声而去。乌江滩涂上，一只巨大的江鳖四脚朝天地躺着，约莫每隔一炷香就有一道雷落下，吓得江鳖不敢伸头。

青道士蓬头垢面地问："你干什么？"

江鳖答："道爷，道爷快来救我，这雷好可怕，我要被劈死了。"

青道士问："雷劈你做什么？"

江鳖答："我五百岁了，要度雷劫，修炼才能更上一层楼。"

青道士说："修行不易，你要度劫就非遭雷劈不可。瞧你皮糙肉厚的，这点雷火劈不死你。"

江鳖说："我怕！道爷，您还是把我翻过来吧，我不度这个劫了。"

青道士问："你是公的还是母的？"

江鳖害羞："公的。"

青道士一挥手："丢人！"

一阵大风把江鳖吹翻过来。

它迅速爬向奔腾的乌江："多谢道长再造之恩，来生必定当牛做马，结草衔环报答大恩。"

第二日，雷声连环而作。青道士从梦中惊醒，再到乌江岸边。

"你做什么？"

"我昨夜痛定思痛，五百年修行不易，我不能半途而废！"

"那你把头伸出来挨劈啊！"

"可是我怕啊，一道雷就把我劈翻了，劈到头上得有多疼啊！"

"……"

"恩公，我想清楚了，您还是把我推回去吧，我以后必定夹紧尾巴做妖！"

青道士恼怒地一挥手，江鳖被翻滚着抛向乌江。

"恩公之情，今生无以为报，来生必定当牛做马！"

"滚——"

第三日，雷声再起。青道士尚未入眠，屋外寒雾蒙蒙。

青道士顶着黑眼圈把江鳖翻过来，问："你今天又来做什么？"

一道雷落下，劈在青道士旁边，江鳖把头缩得更深了："我想渡劫，可是我怕。"

"有什么好怕的？！又劈不死人？！"青道士仰面咆哮，一道雷劈在他的脑门儿上，冒起一阵烟。

他一愣，暴跳如雷，指天怒骂："有本事别暗箭伤人，滚下来干一架！"

雷声隆隆似挑衅，但终未落下。

江鳖看着面目狰狞的青道士，恐惧之情更甚："恩公，我还是回去吧。您的大恩大德，我来生必定当牛做马，结草衔环以报！"

青道士拦住它："今生不报，叨叨什么来生！"

江鳖不解："因为当牛做马是陆地动物的事啊，我在水里生活，不能给你当劳动力。"

青道士气急败坏地说："那你报恩得等多久？"

江鳖想了想："千年王八万年龟。我虽然修行小成，但大概只能活四五千岁。恩公不急，我死后当禀明阎王，让我托生为牛马，再来报您大恩！"

青道士冷冷一笑，掏出一个用柳叶编成的翠绿绳环："也罢，我的命没那么长。来，张开嘴，你表演个结草衔环，就算报过恩了。"

江鳖的头还在壳里："咦，好奇怪的癖好？不过，全听恩公吩咐。你拿过来点，我不敢伸头，有雷！"

青道士把绳环递了过去。待江鳖张口咬住绳环，青道士即刻持环后拉。江鳖猝不及防，要吐出绳环，却发觉绳环与嘴巴血肉相连，哪里吐得出来，急得哇哇大叫。

青道士说："别白费力气了，这个环你是吐不出来的，让我来帮帮你。"

青道士一用力，江鳖的头被拉出壳来，四只脚跟着伸将出来，结结实实地踏在地上。

它浑身颤抖，抖了一地水珠："你干什么？！我会被雷劈的！"

青道士拉着它说："走吧，天可不敢劈我的驴。"

江鳖惊恐，看看天，没有雷，又看看脚下，离地五尺。

它居然变成了一头褐色的驴。

它呐喊："至少我也得变成一匹白马啊！"

青道士结结实实地给了它一巴掌："少做梦。那是龙三太子的差事。"

南疆山高林密，且潮湿雾瘴重，毒虫肆虐。故房屋全凭木造，再以木桩支撑，平地升起十多尺，只用木梯上下，以避潮湿和虫害。

青道士师徒就住在这样的房子里。

"师父，您回来了。"

"嗯。"

"师父，您看，我砸的剑！"

剑长四尺，宽两寸，吹毛断发，斩空龙鸣，是兵刃中的上上品。

青道士感慨万千，心智简单之人若坚持某事，往往能做到坚韧不拔、心无旁骛，所以能取得非凡成就。想不到，他唯一的弟子居然是个难得的铁匠。

"剑不错，配得上有自己的名字。"

"您给我的剑起一个名字吧。"

"你的剑？凌云的剑？那就叫凌云剑吧。"

"师父，您的思维好严谨。"

青道士扶着剑身，手指冰冷："少废话。你给师父打一把剑，长三尺三，宽一寸半。"

凌云开心地答应："是！"

青道士想了想："我要这把剑像蛇一样灵巧柔软，但是不要开锋。剑成后先用布裹起来，不要让它见天日。"

凌云点头，又问："师父，您怎么走路回来？我们的驴呢？"

"跑了。"

"啊，花蛊婆还等着用我们的驴给她家的马配种呢。"

"你告诉花蛊婆我们家的驴是公的。"

"花蛊婆说可以试试。"

"难怪它要跑了。"

"现在怎么办？"

"要不，我们去黑风山，向黑熊精借个山洞住一阵？"

凌云默默地给火盆加了些炭，又用棍子挑了挑。炭火旺起来，火盆变得通红，整个屋子变得明亮且暖洋洋的。

这样的火盆是南疆房屋中的必备之物，盆边两个把手用一根细铁索穿过，从屋顶悬空垂下，离地四五尺，用以寒天烤火取暖。

凌云双手烤着火，过了会儿才说："师父，您可能忘了，去年黑熊精迷上西方佛，来我们家布道，结果您嫌他啰唆，把他打一顿赶走了。"

青道士眯了眯眼："算了，熊黑的洞又冷又臭，你肯定也住不惯。"

凌云盘腿坐下："师父，我们为什么不去汉地生活呢？"

青道士迷迷糊糊地说："汉人狡诈。"

过了好一会儿，他又说："我不喜欢。"

寒冷的夜晚，师徒围炉坐眠，再也无话。

白衣男子摇扇叹息："清清，你就那么爱我吗？"

女子紧紧拥住他："我不让你走。"

白衣男子道："无奈我是浪里小白龙，不能为谁停留。"

女子泪眼婆娑："那你带我一起走吧。"

白衣男子道："可是你父母双全，亲恩未报。"

女子毅然决然地说："那我削肉还母，削骨还父，只求和你比翼双飞！"

白衣男子说："我爱的是你的孝义仁德，你若不孝，我如何爱你？！"

女子大哭："那怎么办？必须有人做出牺牲。"

白衣男子两眼含泪："为了孝义仁德，我们只能将爱情深埋在心里，从此相忘于江湖！"

女子的双手勒得更紧："白哥哥，那为何我们洞房花烛的时候你不这么说呢？！"

白衣男子吃疼："别，别，你不要揪我的龙筋！疼——疼——疼！"

女子心如刀绞："白哥哥，你就留下来当我的夫君吧，凡人也有凡人的逍遥快活！"

白衣男子大骇："谁教你抠我命门的！别啊，好妹妹，我修行不易啊！"

女子不为所动，双手掐得更紧。

白衣男子怒号："哪个天杀的设计害我？！"

"我。"

白衣男子循声望去。只见一个清秀的年轻青袍道士靠坐在木楼的窗户上，道袍的下摆在春风中轻轻摇摆。明亮的月牙挂在窗棂间，衬得青道士恍如天上人。

白衣男子疼得面目扭曲："我定与你不死不休！"

"哦？"青道士绕到他背后，"小白龙的口气不小，你是东海的？不，东海太远。是北海的？"

女子紧紧抱着白衣男子，十指抠着男子后腰的穴位："哥哥，你留下来做我的夫君吧。等我百年，我随你去那海里见龙王爹爹。"

白衣男子强作深情："你听哥哥说，仙凡有别，你还得修行才——才是。"

青道士伸出手，在女子双手的食指上一按，骨头碎裂的清脆之声响起，白衣男子瘫倒在地。

女子惊醒，跳下床四处找他的情郎。

青道士还倚在窗上，双眼微睁。

凌云站在他身旁，手持出鞘的凌云剑。

一条花色白蛇从床底爬出，无力地盘绕在地上，头昏昏沉沉地摇晃着，七寸之处还有血迹。

女子大哭："臭道士，我的白哥哥呢？"

青道士指着花蛇说："不就在这儿吗？我还奇怪怎么揪不出龙筋呢？"

女子大骂："不可能。我的白哥哥是小白龙，焉能如此？！"

青道士一拂袖，白蛇在地上翻了个滚后化作人形，正是那白衣男子。

白衣男子一脸尴尬："清妹妹。"

女子一愣，突然号啕大哭，声音凄惨，把诸人都震住了。

哭了一阵后，女子冲过去抢凌云的剑："我要劈死这条花蛇，偷心贼！什么龙王太子！"

凌云左闪右躲，几次被女子抓住手腕又挣脱。

青道士看不过眼，一把抓住女子的手腕："你若爱他，我让他变作一凡人与你长相厮守就是。"

女子"吓"了一声，说："一条花蛇妖也配得上我？！"

她怒视白衣男子，持剑就要砍下："你个妖怪，骗得我好苦。我的名声啊！"

青道士挡开女子，掏出翠绿色的绳环："行啦。去吧。"

绳环一抛，射出青光罩住白衣男子，将他化为小白蛇盘在绳环中间。

青道士收回绳环，作一揖："告辞了。"

"且慢，"女子喊住他，"道长务必将其挫骨扬灰，莫让此事传扬。"

"拿人钱财，与人消灾。"青道士招招手，扬长而去。

月黑风高林茂密。

凌云打着灯笼走在前面。他揉了揉被蓝清清抓伤的地方："师父，女人真是猛如虎。"

后脑挨了一巴掌，他才想起师父也算一个女人。

青道士把绳环一抛，花白蛇被甩在地上，化作白衣男子。

青道士问："什么名字？哪里来的？"

白衣男子磕头如捣蒜："大仙饶命，我本在陈留郡北麓修行，朋友都唤我白衣秀士。"

青道士冷冷地扫视他："陈留郡距此千里之遥，你还能祸害人家姑娘？不杀你难以正天道啊。"

白衣秀士汗如雨下："大仙误会。我本在深山修行，逍遥自在。直到东海边一石胎化作猴妖问世，纠结其他六妖称'七大圣'，率东土群妖与天帝的十万天兵打得天昏地暗。两边都不容我们小妖怪作壁上观，要么保皇，要么造反，横竖都是死。万般无奈之下，我才背井离乡，躲避至此啊。"

青道士盯着他道："这和你祸害人家小姑娘有什么关系？"

白衣秀士叩拜："这个，这个，我流落他乡，心中倍感孤寂。那天夜里，见蓝姑娘柳眉杏眼，嘴角含春，便一见钟情。我发誓，我对她是真心实意。奈何人妖有别，不能结为连理！还望大仙念在同根之情，给小的一条生路！"

青道士面有怒容："真情？那你何须假借龙王太子之名哄骗人家？！"

白衣秀士被吓瘫在地上："大仙，清清第一次见面就夸我白衣倜傥，当为龙凤人物。我又不好说自己是凤凰，所以就谎称自己是龙子。此乃虚荣作祟，没有欺骗之意！"

青道士见他言语诚恳方才息怒，随后从腰间掏出一颗丹药："此丸有剧毒。你若肯服下，再往南走一天一夜，可见一山，名黑风山。山上有一黑熊精，是我的老朋友，你投在他门下修行，自可保住一命。"

白衣秀士三跪九叩，接过丹药服下："感谢大仙再造之恩，他日必定涌泉以报！"

青道士甩甩手："走吧。"

白衣秀士再拜，化作一条花白蛇隐没在浓密的树林之中。

凌云打着灯继续往前走："师父，如果他不去找黑熊精呢？"

青道士说："此妖胆小怕死，必定会去。"

凌云问："可是师父，您不是和黑熊精割袍断义了吗？他还愿意救？"

青道士作诧异状："有这事吗？我忘记了……"

越来越多的汉人从东土逃到夜郎郡，又从夜郎郡逃到乌江北岸。

一个赤眉灰袍的魁梧男子站在木梯之下，看着迎风招展的三条布挂：一书"有钱能使鬼推磨"，二书"一分金银一分力"，三书"乾坤有道"。

赤眉男子冷哼一声"狗屁不通"，然后进了屋子。

凌云高喝："师父，有生意。"

青道士盘坐在地上，缓缓睁开眼睛："坐吧。"

赤眉男子作揖后与青道士对坐："道兄，你这里不拜天地三清？"

青道士说："门外头顶是天，脚下是地，门上挂三条布挂，布挂背面刚好是三清像。"

赤眉男子一愣："道兄未免狂妄了吧？"

青道士皱眉道："进屋十文，算命加十文，砸场加五十文。不拖不赊。"

赤眉男子哈哈大笑："要钱？道兄取走便是！"

他伸出手，张开肥厚的手掌，掌上是一锭金子："道兄若取不走，就将此处让与我，我好在南疆布道，传道门香火！"

青道士伸出手，窗外突然飞沙走石，天昏地暗，似天狗食日。

凌云看向赤眉男子手中的金子，哪里是一小锭金子，分明是一座被缩小的巍峨山峦。

山形虽小，但重压仍在，整幢木屋开始摇摇晃晃，木板吱吱呀呀作响，尘埃飞扬，虫蚁四窜。

青道士不悦："你不要压坏房子。这是借的住处，东主可是个麻烦人。"

说着，青道士单手托住男子摇摇欲坠的手掌，颤抖的房屋归于平静。

赤眉男子诧异地望着青道士，欲翻过手掌却不得。

青道士用食指和中指夹住男子的食指，轻轻向上一抖，山峦被抛向半空。青道士随之拂动另一只袖子，山峦变成金子被他收入袖中。

青道士的手指又用力一夹一拉，男子的手掌不由自主地往前一送，哪还是人手，分明是一只毛茸茸的犬爪。

青道士不屑："一只狗妖？"

他一甩手，赤眉男子被从窗户抛出，重重摔在地上，四肢化作毛茸茸的四足，躯干还保持着人形。他抬起头，青道士已在面前。

赤眉男子求饶："大仙饶命，饶命啊，我无意冒犯！"

青道士问他："什么名字？赤眉军中怎会有你这样的妖物？"

男子答道："我本是在云中郡修行的苍狼精，名凌虚子。前些年，东海边有七大圣造反，对抗天帝，妖仙之战旷日持久。谁想天界不稳，人间随之动荡，大汉气数未尽，就横空杀出个赤眉军。而天子政权不稳，百姓香火祭祀不旺，又影响天庭统治。后来天宫深感天下妖众过多，应善加分化利用，便对众妖下了招安令，许诺如有建树可以早登仙班。我修行三清得道，自当顺应天命。招安不久，我便受命混入赤眉军中，四方云游，传播道门，吸纳信众，以增加香火祭祀。"

青道士冷哼一声："你自诩天庭正道，为何不助汉朝，反资敌寇？"

凌虚子叹气："那汉朝以儒家治国，而赤眉军以道门聚众，天庭派给我的任务是增加人间香火，自然是赤眉军的身份更加方便。这三苗之地，自古不奉天庭，我若能在此布道成功，必是一等一的大功德！希望大仙念及三清同道之情，饶我一次！"

青道士冷冷地道："死罪可免，活罪难逃！"他转头对凌云说："把剑拿来，我要挑断他的妖筋。"

凌虚子声泪俱下："大仙，大仙，我四百年修行不易，妖筋一断，便再无得道的希望！"

凌云捧出一铁坯："师父，剑还没打好。"

青道士无奈沉思，掏出一颗黑色的丹丸："算你运气好。服下此丹，然后向南走一天一夜。有一山名黑风山，山上有一黑熊精，你投在他门下修行，让他为你解这丹药之毒，便能保住修行。"

凌虚子张嘴扑上来，把丹药吞了下去，然后头也不回地转身，向南绝尘而去。

一句话从远方飘来："大仙，我方才乃以金甲神将之力借来山川，大仙如不归还，恐山神不能善罢甘休。万望大仙三思！"

青道士答："区区移山小事，不劳费心。"

清晨，江雾弥漫。

青道士做了一个梦，在弯弯的河边，一棵巨大的柳树被火雨焚化。他正要走近去看那棵柳树，突然狂风大作，一道道闪电劈得他不能近前。

他一着急就醒了。窗外蒙蒙亮，雷光稀疏。

多年未做梦，不知吉凶。青道士披头散发，赤着脚跟着雷光来到江边。

一只江鳖正伏在江滩上，四脚朝天。

两群人在一旁打得你死我活、热火朝天。

青道士定睛一看，一群人披金甲，另一群则是手足齐全的鱼虾蟹精。

青道士走到江鳖身旁："老王八，这些人打什么？难道你和鱼虾蟹精开黑赌档、诓骗天庭之人？"

江鳖一脸奴才相："恩公，你能不能把我翻过来，我悄悄溜回去。"

青道士蹲在地上："你先说这是怎么回事。"

江鳖道："前天夜里，乌江水妖接到北海龟公传讯，说覆海大圣号令天下水族齐聚东海，一同对抗天庭，不从者斩！我想这等妖界盛举，去看看也好，反正我未修成人形，不能上阵冲锋。谁知道鱼虾蟹精非逼我上岸受雷火之劫，修得人形再东去。可是，恩公你知道，我怕雷劈火烧之苦，故在江滩上与鱼虾蟹精僵持。后来，来了几个霹雳，把天兵震了下来。双方见面就掐，无暇管我。"

青道士感叹："乌江也不太平啊，你不如随我回去？"

江鳖道："恩公，我好歹是有五百年修行的水妖，不能当一头驴子，羞杀祖宗！"

青道士头也不回地说："当王八就光宗耀祖吗？再见。"

江鳖着急大喊："恩公，我是驴、驴，救我！"

打斗者闻声而止。两群人都盯着青道士："大胆，何方妖孽，敢来坐收渔翁之利？"

青道士招招手，驴走到他身后。

鱼虾蟹精大怒："我等受覆海大圣之令，广纳天下水族于旗下，你竟敢虎口夺食！"

金甲人道："青妖，天庭许你偏安一隅，你非但不感恩戴德，还敢救走水妖，是何意也？！"

青道士拍拍驴："叫两声。"

驴扬蹄嘶鸣，气势汹汹！青道士高声说："这分明是一头驴，哪里是什么水族？尔等眼盲就到乌江里洗洗。"

"放肆！"鱼虾蟹精一众持刀拿枪冲了上来。

青道士一挥袖："不识好歹！"

袖口飞出一锭金子，金子在空中一翻腾，化作一座黑色大山。

鱼虾蟹精抬头，目瞪口呆，不知躲闪，阴影瞬间笼罩它们。

大山轰然落下，大地颤抖，妖孽化作齑粉。

青道士又问金甲人："尔等，又如何？"

金甲人道："三苗之地乃蚩尤后裔所在，不奉天庭。故虽有妖孽作祟，我们也不便插手。幸得青道长为天庭，不，为民除害，实乃功德无量。我们走。"

几道金光像箭一样射向云天外。

青道士指着金光啧啧道："看看，毕竟见过世面，懂得见好就收。你这只乡野王八，学人造什么反？"驴羞愧得低头不语。

青道士拉着驴正要回家，突然一声"且慢"传来。

青道士回头，发现一只老乌龟站在江面："老朽乃北海龟精。青大仙杀我们几个水族鱼虾事小，忤逆覆海大圣事大。前方虽然战事胶着，但见不到乌江水族如期报到，覆海大圣必会亲自前来。到时不知大仙如何自处？不如加入我们，列土封圣，将祸事变成喜事。"

青道士不耐烦了："再敢来人，我杀了便是。至于封圣之事，还是留给你这个龟公吧。"

老头儿怒道："青大仙未免自诩过高。我们大圣军虽不强人所难，但这只江鳖已经加入我们，你不能将它带走。"

青道士扬长而去："滚吧！你活千年不易。"

老头儿大怒，抿口鼓腮，猛吹出一口腥风。乌江的潮水喷薄而起，卷向天际，如一只巨手向青道士打来。

青道士翻身上驴，双腿一夹，驴迸出一个连环屁，四蹄激扬，潮水的巨手落空。他们眼看就要脱离江滩。不料，驴突然惨叫一声，险些把青道士翻下背来。

青道士转身一看，驴屁股不知道何时被一颗黑丸打中，流出腥血。

龟公叫嚣："青妖，我不能耐你何。但是，一只鳖精我还对付不了吗？你带不走它！"言毕，龟公遁入水中，欲逃之夭夭！

青道士大怒，双手隔空一扇，扑朔的江风猛地折向龟公，大山凌空翻了几个跟头，砸向乌江。

龟公以为入水便安全无虞，岂料江水竟被一阵大风劈开。他猝不及防，摔落江底，抬头一看，只见黑压压的大山当头砸下，避无可避。

分开的江水再次合拢，一缕鲜血漂至江面。

青道士只能把驴扛在肩膀上："走吧，去花蛊婆家治，她能解百毒。"

驴两眼泪汪汪："恩公，我如若不治，她不会吃了我吧？"

青道士安慰道："放心，她还指望你给她的马传宗接代呢。"

翌日，日上三竿。

驴和凌云住在外屋，青道士在里屋。

凌云睁开眼睛的时候，驴还在打鼾。

屋里有一摊水渍和两排湿漉漉的脚印，一进一出。

"师父，您看！"凌云大喊。

青道士盯着脚印："不可能，如有妖孽，我必能发现。"

凌云拍着胸口道："如果是人，我必会察觉。"

师徒看向躺着的驴。

驴用一只蹄子抚着伤口："关我什么事，你们看我作甚？！"

师徒仍旧看着它。

驴愤怒地在师徒二人面前拼命摇晃自己的蹄子："这是只蹄子，那是人的脚印，我走得出来吗？！"

也是。

青道士拍拍凌云的肩膀："晚上守夜，驴负责楼下，你楼上。"

驴用一只蹄子指了指屁股："我是病人，下不了楼。"

凌云无语："……"

是夜，月黑风高。

驴在楼上睡得很香。

突然，一只冰冰凉的手摸到了它的屁股。它惊醒，正欲大叫却被捂住了嘴巴。

青道士作噤声状："来了。"

驴撅了撅屁股，对凌云说："兄弟，你的剑碰到我的伤口了。"

一阵登梯的嘎吱声传来，众人神经紧绷。

门被轻轻推开，一只赤脚伸进来，脚上的水珠滴在木板上，火盆中的炭火随之变弱。

驴紧张得发抖。然后，一只卷着水草的手慢慢伸了进来。

来人的动作很轻、很慢。凌云轻声问青道士："是乌江的水鬼吗？"

青道士大喊："什么玩意儿？！这么慢，快现出原形。"

那人手脚一颤，显然是被声音吓到了，但他没有跑，反而推门进来。

来人是一个八尺高的魁梧男子，浑身湿答答的："不好意思，回来得晚，吵到你们了。"

众人都不高兴了："回来什么啊，你谁啊？"

青道士抛出绳环要将男子捆住，但他蹲下打了一个滚，居然避开了。

青道士惊讶，又想不起水里有什么人物："报上名来！"

男子自行坐到火盆旁边，娓娓道来。

他本是一方山神，成仙日久，已经忘记自己的名字，天上诸仙都称其为"山鬼"。

那日，他被金甲神将以搬山之术请来相助，又被青道士收入袖中，后来被抛入乌江，阻断了从乌江通向北海的通道。

他说完撩起头发，指了指暗淡的金色额头："你们瞧，这里本来贴着御赐金粉，现在都被水泡没了。"

凌云问："那你来我们家做什么？"

男子叹了一声道："乌江水冷，我实在待不住，只能到你们这里求宿。"

驴道："那你把山搬回去啊。我是病人，受不了你的湿气。快走、快走。"

男子又叹气："天庭见山峦阻断了水妖聚拢的必经之路，说有利于战事，让我原地待命。我不敢走啊！"

青道士说："你的修为尚在许多天将之上，不如挂冠而去，做一个逍遥野仙，想吃人吃人，想吃驴吃驴。何必做一个受气的小小山神？"

凌云和驴冷冷地看着青道士："你吃过多少人（驴）？！"

男子再次叹气："我本凡夫俗子，修行多年才封神一方，虽官职卑微，但毕竟有香火崇拜，实在不忍舍弃。如今只求道长收留，我白日入水镇山，黑夜返回休息，慢慢等待天庭许我返回故址。"

青道士说："我这屋子只剩楼下驴棚尚有位置，你若愿意便住下。"

男子作揖："感谢道长。我在水中听得一些消息，说那蛟魔王听闻乌江水族招兵受挫，正从东海游弋而来。恐对道长不利。"

青道士回道："不妨事，老冤家了。你且住下休息吧。"

驴不情不愿地说："我可不要和他一起住，我怕湿气。"

凌云惊："你本来不就是水里的王八吗……"

驴不悦："我现在是驴。"

不是年，不是节。

寨子里张灯结彩，席接百桌。寨门口第一张长桌旁坐着青道士、花蛊婆、凌云，还有一众妙龄少女，觥筹交错，不胜欢愉。

乌江水冷，一个披银甲的英俊男子从水中飞出，落在岸上。

男子正是蛟魔王，乃龙生蛇子，通阴阳、识四海，腹可纳乾坤，口能吞日月，群妖拜服，称"覆海大圣"。其为人豪侠仗义，光明磊落，乃真英雄，唯争强好胜，不谙人心，故每每吃亏。

蛟魔王走到寨门前，只见红烛之光照耀下，青道士正设下鸿门宴等他。

"青妖，你且亮出兵刃，我们较量生死。"

"不行，不行。今日是寨中大喜之日，我们正在喝酒，你且回去。择日再来。"

"前方战事正酣，我没有工夫与你废话，再不起身，我可动手了。"

青道士站起来怒视他。花蛊婆一把拉回青道士："别走啊，你不行就服个输，说你们这些蛇啊、蟒啊、蛟啊，都是软蛋。"

青道士拿起一小壶酒："谁说我们不行！"可他还没喝到一半，就被呛吐了。

花蛊婆阴阳怪气："去吧，去吧，你就是不行。"

蛟魔王正要发作，突然被几个少女围住："这位俊俏哥哥坐下来喝点嘛，到了寨门，不喝酒算不了汉子！"

花蛊婆指着蛟魔王说："我看这位好汉能喝，你是不行啦！"

青道士勃然大怒："就他？再给他一千年，他都喝不过我！"青道士说完一阵牛饮。

蛟魔王大怒："青妖，你放什么屁？！以前大家都是蟒精的时候，你就不如我！"

蛟魔王话音刚落，一壶三十年陈酒就递到了他嘴边。什么味道？雄黄酒！蛟魔王直皱眉头。

青道士好不容易饮完一壶："再来一壶。你敢喝？以前你就没敢过，哈哈！"青道士又是一饮而尽。

众人起哄："俊哥哥，你不会喝不过这个娘娘腔吧？！"

蛟魔王顿时豪气干云："喝。"

二人对饮不下百壶。天色微亮，寨子里的人都已散去，红烛将尽。

青道士对软绵绵的蛟魔王说："你回去吧，我不取你性命！"

没有蛇妖可以饮下这么多雄黄酒而功力不减，即便已经修成龙属。

蛟魔王虽力弱但豪情不减，亮出银枪："无妨，且看我取你狗命。"

银枪凭空风旋浪转，一条水龙张牙舞爪，要将青道士撕碎。

凌云急忙把裹着布的剑抛给青道士。

青道士也不让剑出鞘，剑尖隔着布顶住龙牙。青道士手腕轻转，引着水龙上下翻腾，如民间舞龙弄狮一般。待到水龙身子疲软，青道士一挑、一劈，布碎而龙气散，剑露出真容。

蛟魔王定睛一看，突然捧腹大笑，银枪险些掉地："青妖，你拔了舌头当剑啊！"

青道士一瞧，气得手发抖，软剑居然是一条长舌的形状，正在风中摇摇摆摆。他转头怒号："这就是你打的蛇剑？！"

凌云不解："师父，你说打把舌剑啊，柔软、灵巧！"

黑夜张开口，一道天光射了过来。

青道士顾不及生气，运气挥剑，青袍鼓动，剑走龙蛇。

没有开锋的剑，外有天光照拂，内有妖力充盈，一黑一黄，两气反复合齿磨打，剑身突然射出寒玉般的光芒。

剑开锋。凡器物大成之初，威力最大，杀伤力最强！

青道士直直刺出一剑，千万道光芒破剑而出，如流火炽热，如绝壁森然，一道道均有千钧之威。剑光射出，有先发后至的，有后发先至的，也有一发即至的，没有章法，无法阻挡。若是寻常妖仙，必定命毙当场。

蛟魔王不愧是群妖之首，只见其虽然步伐轻飘，但一挺银枪舞得密不透风，如银甲护身。一道剑光刺中银甲，轰然一声，银甲上出现一个黑点。他后退一步卸力，复前进一步迎敌，千道剑光至，声如山崩地裂。银甲变得越来越薄，越来越黑。

待到声音平息，蛟魔王气喘吁吁，而银枪已经遍体鳞伤。他心疼不已，却哈哈大笑："青妖，你的剑呢？"

青道士手里只剩剑柄。他把剑柄一甩，抛出翠绿色的绳环："画地为牢。"

蛟魔王还要持枪冲杀，但妖力所剩无几。只见他脚下一软，绳环已经从他头上落下，在地上化作一道翠绿色的光圈。

他面如死灰，但眼中有光："为曲？这是少青的宝贝，他也在这里吗？"

青道士笑说："你猜？"

蛟魔王摇摇头："我已经有五百年没见过他了。"

青道士走到他跟前："为曲的地牢没有人能走出来。如果你答应再不踏足南疆，我便放你东去。"

蛟魔王瞪大了眼睛："我不会被威胁的，除非你让少青来和我说。"

青道士哼哼："瞪我？凌云，你瞪他，他不停，你不停。"

三天三夜后。

青道士回来，蛟魔王筋疲力尽。

"青妖，你这个徒弟是牛精托生的吗？一双铜铃大眼眨都不眨地瞪了我三天。我实在和你耗不起了。"

"少废话。走不走？"

"我不是怕你，实在是前方战事凶险，他们少不了我。"

青道士一念咒，把为曲收了回来："滚远点就是。"

蛟魔王突然好声好气地问："少青真的不在这里吗？"

青道士不耐烦地说："废话，他要在，我们两个联手能把你们七个都杀了。"

蛟魔王唉声叹气："可惜啊，白来了。我这就回去，永不踏足南疆。但是，你要知道，我与你有旧交，我来，你尚无性命之忧。若是黑猴子来呢？你还是把少青找回来吧。"

"你想见他就自己找去。不送。"

蛟魔王摇摇头，化为一道白光飞向乌江。

凌云问道："师父，您找我有什么事？"

青道士盘腿坐着："你去东土找你魏师叔，帮我把青匕取回来。"

凌云又问："师父，您要大开杀戒吗？"

青道士不置可否："青匕是我用五百年功力所化，没有它，我敌不过东土的七个妖仙。"

凌云再问："需要把师叔找回来吗？"

青道士摆摆手："不要让他涉险。他为人多疑，你取剑时不要多说，不要着急，免得他发现端倪。现在仙妖战事僵持，那些人一时半会儿不会来找我晦气。你且去吧。"

凌云答道："是，师父。要不要再给你打把剑防身？"

青道士摆摆手："呃，不了。你路上小心。"

凌云领命而去，黑压压的屋子里只剩青道士一人。

"少青，你会来吗？"青道士喃喃自语，温柔的眼神在黑暗中就像乌江上缥缈的烟波。

第三章
算 寿

• • •

仙魔妖鬼，莫非凡人。

屋外阳光满地，地上胖鸟啄虫。春天醒了。

屋内温润潮湿，来人哭声渐息。余冬应该走了。

"他还在哭吗？"

"刚睡着了。"

"你去江边寻一棵柳树，然后种在窗边可以看见的地方。"

"师父，要柳树做什么？"

"你就和他说，那是他师父的真身，我们把他救了回来。"

"师父，这是真的吗？"

"去吧。"

青道士独自立在窗边，满目葱葱郁郁，都是生的希望，但少青再也回不来了。

雄鸡一唱，长庚落了。

两栋相依为命的吊脚小楼沐浴在晨曦之中，像两个依偎取暖的孩子。

青道士和花蛊婆曾经孤独地住在人群之外。无聊的时候，两人一个打坐，一个摆弄蛇虫鼠蚁，然后更无聊。后来，人慢慢多了，有了凌云，有了驴，现在还有了乐风，可谓人丁兴旺。以后大概就不会那么无聊了。

青道士不愿意起床，他近来总是睡得很沉，似乎迷魂在外。

乐风执着地把他从楼上拖到楼下，拖到柳树旁边："师伯，我师父要多久才能变回人形？他这人说不了话会憋死的。"

青道士睡眼惺忪地站起来，仔细打量这棵柳树："等树长得比房子高吧，三百年应该差不多了。"

乐风笨手笨脚地摸着树，在树杈上挂上一布条："那师父你乖，要快点长大。"

青道士一看，布条上歪歪扭扭地写着"爱护树木"，再扭头一看，门口的三条布挂不知道什么时候被猫爪子撕得稀烂。

这个小矮子是怎么爬上去的？

青道士无奈地摇头："少青，你的徒弟倒是有情有义。"

只见他肩膀微耸，青匕从袖中滑到手中。他把剑向地上一拍，翠绿的短剑变作一块大石碑，上书"动辄绝户"。

青道士打着哈欠牵着乐风的小短手，要回去睡觉。

"师伯，'绝户'是什么意思？"

青道士皱了皱眉头："就是死全家。你师父没让你念书吗？"

"师伯，您是蛇精吗？"

"算是吧。问这个做什么？"

"师父常说，世间最毒莫过蛇蝎心肠。"

"讨打。"

"哎哟，别揪我的耳朵，要掉了。"

夏天的雨水总是突如其来。乐风趴在窗边担忧地看着柳树，发现树下不知何时站了一位老人。

他隔空大喊："爷爷，你小心树，它根浅，容易倒。"

老人抬头慈祥一笑："我就在树下避会儿雨，不妨事。"

大雨像刷子一样捋着他沟壑纵横的老脸和坚硬的络腮白胡，稀疏树叶还未及他披散的头发茂密，焉能挡风遮雨？

乐风觉得他奇怪又可怜："爷爷，你到我家避雨吧。"

乐风去开门，老人走到门口，湿漉漉的手在湿漉漉的衣裳上揩了揩，摸了摸乐风的头："真是个乖孩子。"

水珠流过乐风的脸滴到木板上，乐风打了个喷嚏。

凌云倚在墙角看着老人。他觉得鼻子潮湿冰冷，也打了个喷嚏。

青道士在外屋打坐，双目紧闭。突然，他感觉雨水滴到了自己脸上，但他伸手一摸，又什么都没有。

老人站在门口："打扰两位道长了。"

青道士定睛一看，发现是个凡俗老儿，颔首道："长者请自便吧。"

老人坐到青道士对面："门口挂着招牌，道长必定能掐会算吧？"

乐风骄傲地抢话："能，能，生老病死、阴宅阳宅、方位吉时，我师伯都能算。如果我师父在，还能算生男生女！"

青道士再看一眼老人，仍觉寻常，便说："雨天无聊。长者如有兴趣，不妨问问，我们权作消遣。"

老人脸上有守株待兔的憨态："道长，我想请道长为我算寿，不知可否？"

算寿？青道士劝他："余寿易测，但从此一日一日地数着过，未免凄怆，长者不若不知道好。"

老人伸出干枯的手掌给青道士瞧："道长误会了。我想请道长算已过之寿，并非剩余之年。"

"什么？五千五百四十一岁？"

青道士低头一看，难以自持地脱口而出。突然，他两耳一鸣，仿佛溺水被呛。再看，发现老者掌中纹路似四海狂波，变幻莫测，哪里有什么生死之数。

青道士顿觉如芒在背，心里暗道不好，要站起来却已不能。

老人缓缓说道："道长神通，不知算得老朽几岁？"

青道士的头脑昏昏沉沉的："世间真有人会用这样无聊的法术？"

老人面无表情："多年前便听说南瞻部洲有一条青蟒和一棵柳树成精，号称青、柳大仙。二人神通广大，曾诛仙斩魔，慑服海内。老朽一直想来拜会，领教一二。可惜迟了一步，如今柳仙已死。不知道青仙一人能否算出老朽的岁数？"

五千？八千？都不对？

青道士一身蛮力尽数化作微微的汗珠，坐榻之下一片水渍。

老人接着说："大仙道法高深，有一千六百年的修为，如十六天内能说出老朽的寿数，自当平安。如过十六之期，则魂消魄丧，万事休矣。"

凌云发现事有不对，上前要拿住老人，乐风也扑将过来。

老人脸色一沉："后辈小生莫要无礼。"

一层雨水，大概寸余厚，应声透过屋顶，哗然砸下，竟如高崖瀑布之重，众人倒地，屋内势如水泽。

乐风像只小猫——不，他本来就是一只小猫——卧地翻滚过去，张口就咬。

老人把乐风轻轻提起来："孩子，你有邀我避雨之情，我不伤你们这些旁人。"老人说完轻轻一丢，乐风便与刚站起来的凌云滚作一团。

青道士伏在地上吐出一口血："我与你可有冤仇？"

老人站起来轻轻说道："大仙可还记得北海龟精？"

青道士心中了然，两眼一黑，昏厥在地。

老人哈哈一笑，不复龙钟老态，一两步踩梯离屋，三四步飘到十丈开外。凌云和乐风想追也追不上。屋内积水透过地板下渗。

楼下的驴棚内传来疾呼："楼上两个小鬼，不要随地小便！"

暴雨中的乌江坑坑点点、烟雾弥漫，背后的青山消失于天际。

一双手扒在岸边，山神从水里冒出头来，却感觉被人拿一桶水当头浇下。他愣了一会儿，又潜进水里，再冒出头来，又被浇了一桶水。如此反复几次，他才确定因为雨太大，陆上已经和水里无异。真是神憎鬼厌。

他上了岸。一个老人迎面走来，盯着他看了一会儿："是你？你怎么从水里上来？"

山神看着老人滴水的胡子，不明白他既狼狈又昂扬的神采从何而来："呃，我守的山掉到了水里，所以我就回水里守山了。您认识我？"

老人反应过来后哈哈大笑："原来近日名扬五湖四海的水山神就是你。五百年前，我到过你的地界，你不认识我了？"

"水山神？不，我应该不姓水。五百年太久了，我记不住了。"

"江河湖海本属龙王管辖，你是古往今来第一个被派到水里守山的山神，自然称水山神。"

"是吗？我这么出名？天庭会提拔我吗？"

山神摇头，他的眼睛在暴雨中就要睁不开了。他忘记了很多以前的事情。他又问："您知道我的名字？"

"真是造孽，居然连自己是谁都忘记了。"老人感慨地从身上摸出一块金牌，"神仙不需要名字。等你官阶再高点，天帝自然会再赐你姓名。现在你的山我征用了，你可以走了。"

山神迷茫地看看金牌，知道那是天庭的信物："我下岗了吗？"

老人扑通跳入水中："我可不想顶你的位置。暂借一用，十六天后自当归还。"

山神回到青道士家，见众人愁眉苦脸，方知发生变故。他是神仙，孩子们都指望他相救。

山神看看青道士，魂魄俱全、五脉顺畅，但他手里的寿数之纹已经断开，那是死人才有的手掌。

算寿之术？山神只知道它源自游戏。传说很多年前，天庭之上，老年仙家百般无聊，便兴起这算寿之娱。起先，它只是两个老头子的游戏："你猜猜我多大了，输了打掉你一颗门牙。"后来，老仙人开始以此讹诈小仙人。想那小仙人得道晚，老仙人看着他们修仙求道，自然对其知根知底，何况区区岁数。但小仙人上天时，老仙人早已得道多年，小仙人自然摸不透他们的底细。如此一来，老仙人以香火供奉为筹，轻易压榨小仙人。接着，它就演变成了一门法术，输家必须任赢家予取予求。这股歪风盛行多年，后来因影响实在恶劣，才被天庭取缔，列为邪术。

如今还有人懂这法术？那人得有多老了？

众人合计，驴驮着凌云和乐风去寻那黑熊精，而山神走水路去寻蛟魔王。这两个妖怪道法高深，都和青道士有交情，或许会有办法。

没有风，低沉的雨云像要把十万大山压塌。

那黑风山本来是座好山，万壑争流，千崖竞秀，烟霞渺渺、松柏森森。

现在只觉青山昏然，水路交纵。到底哪些是河、哪些是溪、哪些是道，都已分不清了。

那黑风洞本来是个好洞，倚鹿停鹤，蝶鸟纷飞，红蕊布道，紫罗绕门。

现在已不见生灵，倒是洞前积水尺余，密密麻麻伏倒一片，黑影斑驳，不知为何物。

驴驮着凌云和乐风走近前去，才发现是一群穿蓑衣戴斗笠的人面朝洞门在顶礼膜拜。驴摇头晃脑："不好，这黑熊精难道占山为王，成了邪教组织的头目？"

凌云也纳闷儿："这些人居然不惊讶你会说话？"

伏倒在水中的众人念念有词，专心致志。

乐风催促凌云："师兄，我们快喊门吧。"

凌云有点为难："我在想怎么喊才不失礼。"

驴摆头，不屑地将鼻腔内的水喷到二人身上："呆子，你师父喊他什么，你加个'叔'字表示尊称便罢。雨这么大，你再不快点，我的风湿就要犯了。"

乐风摸摸驴的脑袋："好可怜，你有风湿病，以前在水里可怎么过？"

驴正要说话，凌云鼓了鼓气喊道："狗叔，狗叔，快开门、快开门！"

驴呆了，乐风呆了。众人停下来盯着凌云看，他的脸瞬间红了。

听说熊类都比较暴躁、凶残！

巨石抬起，洞门大开，一股阴风扑面而来，吹得人站不稳。

只见膀粗腰圆的漆黑人熊盘着一条白玉腰带，气势汹汹地冲出来，喝道："老子乃黑风大王。谁敢在门前叫嚣骂人？！"

声震山岗，冷风横扫树飘摇，一瞬间雨水都汽化了。

凌云有点怵："狗叔，是我。师父有难，特来请您前去搭救。"

"两个小娃娃遵守秩序好不好，先来后到！"

哗啦哗啦，一群人跪倒在黑熊精面前千呼万拜，扑腾得水花四溅。

众人几乎异口同声："大仙，听闻今日是您的寿辰，我等是东边高老庄和矮老庄集结的福禄团。特来贺寿，求大仙赐福！"

一个面相祥和的老人露出一口牙床："大仙，大仙，我早年辛苦却不曾有温饱日子，到晚年才得享富贵，只求长一口新牙，好尝尝人间珍馐百味。"

一个壮实的白脸男子恳求："大仙，大仙，我爱邻家美妇，愿出百金买进，奈何她丈夫不许，求大仙施法成全。"

一个美丽的妇女娇嗔："我死了三任丈夫，想那凡人与我不能匹配，请大仙留下我，共修仙缘。"

一个干瘪老妇两眼冒着精光道："听闻大仙有以命续命之法，我有孙儿数十，请大仙为我接命，让我再活一个甲子。"

众人七口八舌，吵得黑熊精头晕眼花、步履凌乱，如头戴金箍，被人一勒再勒。

这时，凌云他们才看出，黑熊精已经被虔诚信众难倒了。

乐风下驴，挤过人群，两三下便爬到了黑熊精的肩膀上，悄声说："大王莫急，尽管刁难他们，让他们知难而退便是。"

黑熊精大喜："小娃娃如果能打发这些人，让我的洞府恢复清静，我即刻随你们前往出力，令我放火劫掠、装神弄鬼都绝不推辞。"

乐风眼珠子一转，站在黑熊精的肩膀上高声说："大仙要美人和金银！"

美丽的妇女脱去蓑衣，身材娇美，穿金戴银，腰肢轻摆："人在这儿，钱也在这儿，请大仙笑纳！"

乐风又说："大仙要华文歌颂，千秋万代！"

壮汉搬出一块爬满蝌蚪字的石碑："此碑正面为汉字，反面为苗语，侧边是熊语。已令石匠制好百余块，随时可以运往各地。"

啊？乐风偷偷问黑熊精："大王，你们熊精还有自己的文字？"

黑熊精摇摇头："鬼知道哪里来的，我又不认字！小娃娃快想办法。"

乐风在暴雨中跳起来："大仙要吃人！"一道闪电划过天边，冷峻如墨的山形若隐若现，变成阴气森森的背景。

众人一愣。驴舒了一口气："还好不是要吃驴。"

"有。"两个男子抬上一个箩筐，上面盖着一块红布。

"此乃赤眉刀下亡魂，我等特意沿途收集，给大仙享用！"

乐风愣了，他再跳："大仙要吃活的！"

一个老人走出来，把蓑衣和衣服都脱掉，露出千疮百孔的身体，颤巍巍地道："求大仙吃我，想我入山求道多年，不过下山一朝风流，居然染病，以至药石难治，实在恨这天道不彰。如今愿入大仙腹中，共成邪魔外道！"

"我也是！"

"我也愿意！"

黑熊精大惊，摇摇摆摆地后退几步，一屁股摔坐在地上。现在到底是妖精吃人，还是人吃妖精？

乐风摔在他背后，想起家中寄宿的山神，说道："黑叔，这黑风山可有山神、土地神？不如将他们请出，让这些信众去找真神，我们也好尽快脱身！"

黑熊精似茅塞顿开，鼓掌称妙。只见其一跳、两跳、三跳，震得山壁发抖，大地摇晃。

两缕青烟徐徐冒出，黑风山的土地神和山神在大雨滂沱中被地震逼出，一脸茫然，不知黑熊精何意也。

他们叹道："黑熊精，今日雨大潮湿，我等没有听你说佛的心情，快快别闹了。改日，改日，让花蛇请几个姑娘助兴，我们再谈佛理。"

黑熊精却指着土地神和山神向众人说道："这两位是黑风山的掌山大神仙，有求必应，连我都拜服他们。你们有什么愿望，向他们一一道来便可！"

乐风又爬到黑熊精肩膀上说："两位大神仙一天只许人三个愿望，快快把握时机！"

他们是人？不是被逼来听佛的妖精野怪？大雨天哪儿来的这么多人？土地神和山神还没回过神来，就被人潮淹没。

"土地神，你怎么和少妇搂搂抱抱，成何体统？我要告诉土地婆。"

"你瞎啊，我是被抓住了！你还和流脓的老家伙滚作一团呢，不知羞耻！"

"你更瞎。你们放开我，不然我变身了。喂喂，不要啃我的头，吃了也不能长生不老。喂！"

黑熊精溜到凌云身边："快上路。这路途不短，我们细细说你师父的事。"他边说边偷偷瞄了瞄驴。

驴心生不悦，踏雨扬蹄："看什么看？别指望我驮你，我的腰还没你的腿粗，你不得压死我啊！"

人群中有人突然反应过来："求神仙有什么用，山里的神仙不管水里的事，海里的不管河里的，东城的不管西城的，林子里的不管地里的，推来推去，多少庙都荒芜了！"

"对啊。他们的花花肠子太多了。"

"可不是，我烧了那么多香火，他们连我通奸都不保佑！这年头，拜神不如通鬼，求圣不如请妖。"

"快，别让黑风大王跑了！"

黑熊精的两只耳朵虽小，却是天聪，轻轻一转，千声入耳。等众人回过神来，他早已抱着凌云和乐风跑出老远！

驴在后面狂奔，大喊："驴——你们还有一头驴，把我也抱上！"

东胜神洲，有海外国，名曰傲来。

国近大海，海中有山，名曰花果山。其本神洲龙脉所结、东海灵秀所孕，山若少女倚卧，水如秋波藏幽，朝有红霞，暮有紫烟，青松翠柏长春，灵禽异兽常鸣。山中虽有生死交更，但万般竞发，安详怡然，实为罕见乐土。

直至西汉末年，大圣造反，仙妖混战。三昧真火、六丁神火、祝融真火和妖火、龙雷、鬼火在这片土地上交相焚烧，煮沸了东海，烧干了烟霞，把仙魔妖鬼的血肉炼成了永绝生机的黑暗。

世间从此再无花果山。

蛟魔王就在被烧死的花果山的近海坐着，身着宽松的黑色大袍，坐在嶙峋、腥臭、漆黑的礁石群中，与死物融为一体。

小妖都不知他是喜欢血腥，还是喜欢苦中作乐。

他对着海上硕大的一轮月亮，独酌一壶花酒。波光粼粼的海上，平静的海水中反复跃出追逐月亮的银鱼，它们通体透明，体内饱含月华。它们就是流淌的月光，就是蛟魔王记忆中群妖喜极而泣时的眼泪。

蛟魔王猛灌一口酒，摇一摇头，此处没有净土，他们以鲜血守卫的家园，只是勉力维持的一个噩梦。

飞跃的鱼群中闪出一条小白龙，细长的胡须和锋利的爪子映着金光。

蛟魔王喝完最后一口酒，问："怎么回来了，不是让你在乌江监视青妖吗？"

小白龙气喘吁吁："报、报、报大圣，乌江有一海胆妖，赶着我一路东来，速度奇快，面容难辨，沿途水族都无法阻拦！"

蛟魔王眉头一皱：这天下深藏的大妖精都要来落井下石吗？

此时，山神爬上了不远处的一块礁石。小白龙躲到蛟魔王背后："就是这个妖怪。"

山神拔下身上扎着的七八只海胆，针状的伤口处喷血如注。

蛟魔王认出他是青道士身边的人："你不痛吗？"

山神摁了摁伤口，想堵住血，但发现手指不够用，堵左漏右，堵上漏下，只好讪讪一笑："不碍事，山里人皮厚。只是游得太快，沿途扎了好多莫名其妙的海产，见笑了。"

山神抬头，看到月光照耀下一方焦黑垒土丑陋无比，无花草树木，无活泼生灵，只有被火烧过的嶙峋怪石和密密麻麻的千妖万魔。妖魔眨眼时，红、绿、黑、白、黄各色纷呈，眼神中带着愤怒、哀伤、痛苦、执着，与死去的山浑然一体，狰狞骇人。他愣住了：人间芳菲的花果山竟然是这般模样？

蛟魔王问他："你一个山里的小神，追得上小白龙？"

"追？"山神从脚到头，身体做了一个波浪状的摆幅，"我有事寻你，想着游泳来比较方便，下了水看到一条小白龙游得又快又美，我就学着他的动作一路游了过来。"

"呸！"小白龙喊道，"我游得可没你这般恶心！"

话说，能在水里逐龙的神仙，天上也没几个。

蛟魔王不得不正视他："不知山神所来何事？"

山神将青道士之事一五一十地道来："大圣对四海无所不知，故特来相询。"

蛟魔王沉默，月亮越升越高，已到中天，又是天河放闸之时。突兀的大风就像滚落的巨石，他高喝一声："趴下！"

花果山上群妖伏地闭眼，花花绿绿的眼睛突然变作一片黑暗。

蛟魔王扯开黑袍，露出布满伤疤的躯干。

山神大骇，急忙后退，以为他有龙阳之好。

蛟魔王大喊一声："我来战你！"一个大浪席卷蛟魔王的身躯，银色浪花化作覆海纹银甲和登天云步靴，小白龙俯冲而来，化作那日蛟魔王大战青妖的银枪。蛟魔王抛出银枪，把山神钩倒在地。山神紧张地护住自己的屁股。

只见天河倾斜，漫天星斗与越涨越高的海潮连成一片，天河闸门大开，一股浓稠的黑气闭月遮天，滚滚奔袭花果山。与此同时，花果山黑影幢幢，一股黑气呼啸而起。风声中似夹有亡灵的千呼万号，闻者无不肝胆俱颤、神志动摇。

山神偷偷望了一眼，黑气中遍布拼命挣扎的残肢和绝望的头颅，太过凄然，太过绝望，以至于他不敢再看第二眼。

两股黑气彼此钩探，像死中求生的巨手，要握在一起形成拯救对方的合力。挡在两手之间的，是花果山和蛟魔王。

蛟魔王立于潮头，目光如炬。只见他舞银枪，探东海，搅动汪洋，威风八面。一股激流以他为中心，龙盘卷绕，发出滚滚巨响，在空中形成一个高速轮转的旋涡。两股黑气方要握在一起，又被旋涡挤开，三股力量纠缠角力。鬼哭狼嚎之声、惊涛拍岸之音，在花果山上空反复挤压、爆炸，众人捂住两耳仍然头疼欲裂。

如此僵持半宿，两股黑气方才消失。微薄的月光盖在疲惫的蛟魔王和瘫软的小白龙身上。

山神两耳流血："方才是何妖魔，为何从天河而下，如此骇人？"

蛟魔王凄然一笑："大圣造反，四海千山皆拱伏，九幽十类尽除名。多少妖兵拍手称快，以为从此岁数绵长，不入阎君府。何承想，生死簿上的一笔勾销并非不死，而是不入地府、不进轮回。结果，众妖战死后徘徊无依，积怨成魔。"

山神震惊："那黑气就是妖兵死后冤魂不散所化？不对，那为何天河之中会有冤魂？"

蛟魔王望向遥遥天河："那时大闹天宫，我和老三率八万水族精锐在月圆之夜海天相连之时，沿冲天海浪杀进天河。那日如果功成，天庭早已易主。"

山神恍然大悟："我听说掌管天河十万水师的北极天蓬真君是极其难缠的人物。"

蛟魔王若有所失："那人确实骁勇，练兵有方，指挥有度。十万水师和我们的八万水妖鏖战于天河，直至同归于尽前，仍相互厮杀、啃咬，不入轮回。每当月圆之夜，天河放闸之时，在那一战中死去的仙妖冤魂都会冲回花果山，而在花果山战死的冤魂也必感应发狂。这两股力量如果合拢，怕是会天翻地覆，人间再无安宁。"

山神心生佩服："所以，你就一人在此守卫花果山？"

蛟魔王道："大闹天宫一战中，老三失去踪迹，其他人或者心灰意冷，或者在各地聚拢妖兵，准备卷土重来。总得有人守住我们曾经的乐土。只是以往，天河有天蓬把持，冤魂不敢造次，我只需镇守花果山便可。但自从他被贬，天河黑气来势汹汹，我不免腹背受敌……"

山神恭恭敬敬地作一揖："我这一拜真心实意，如有用武之地，尽管吩咐。"

蛟魔王摆摆手："我们不和神仙打交道。"又说，"你来得不是时候，我经此折腾，数日之内无法施展四海听波之术，恐怕帮不上青妖。"

山神恳求道："青道长命在旦夕，求大圣务必勉为其难，设法相助。"

蛟魔王想了想："只余一计，不知你是否愿意受累？"

山神不假思索地说："不远千里而来，自当为朋友两肋插刀。"

"如此甚好。"蛟魔王挥一挥手，小白龙软绵绵地爬向半空，变作一丈宽的巨瓢，舀起一瓢海水。

"喝！"

山神张开口，一瓢，两瓢，三瓢。他腹大如斗，脑中一激灵，吐出一句话："他富有四海，却是邋遢老儿。"

"再喝！"

四瓢、五瓢、十瓢，山神腹大如牛，再吐出一句话："他爱世间珍宝，不惜巧取豪夺。"

"再喝！"

直至百瓢，山神腹大如海鲸，再吐出一句话："他再造天地有功，福泽万代！"

"停。"

山神趴在礁石上狂呕不止，直到天边泛起鱼肚白。他筋疲力尽地问："你就是这样四海听波的？"

蛟魔王有点不好意思地点头："所以要有能纳四海的乾坤之腹。"

山神不由得敬意大减："那四海听波之术能否知晓我的名字和过去？"

蛟魔王摇摇头："你是山神，想来位列仙班之前不会是水族，而我只知道海里的事。大地上的事要问六耳猕猴或者通风猕猴，或者知一切人隐私的地藏王的神兽谛听。"

山神嘴角流水，脸上苦笑："谛听？三百年前我就向地府递交了文书，想见他一面，可惜官阶太低，至今未能如愿。"

蛟魔王嘲讽："所谓仙班就是等级森严的壁垒，逼得人人渴望执掌权柄。"

山神吐出一瓢水："难道你们群妖就是众生平等？"

蛟魔王不悦："你要找的人，我知道是谁了。"

山神再吐一瓢水："快说吧，我的肚子要裂了。"

蛟魔王一脸神秘，勾了勾手指。

山神捧着孕妇般的肚子抱怨："别勾了，我站不起来。"

蛟魔王无奈，遂附其耳边私语，然后故作大声道："你快去吧，时间紧迫。记得，我可什么都没有说。"

"屁！你还怕得罪人？"山神好不容易才站起来，却突如其来有点羞涩，"我不谙水性，没有你的白龙在前面，我不知道怎么游过去。"

蛟魔王又打量了他一番，对小白龙招招手："带他回去吧。"

白龙入水，水花平静。

山神要走，蛟魔王突然喊住他："等等。"

山神回头，蛟魔王掏出一顶薄如蝉翼的青灰色帽子："如果他不从，你就把此物赠予他。他一定稀罕。"

山神接过，才发觉帽子是石头质地。他作揖一拜："恩情难谢，他朝必报，我且去也！"

扑通，山神入海，激起一阵浪花。

滚滚乌江水连天。

黑熊精站在乌江边，鼓足勇气伸了伸脚，但碰到水又迅速缩了回来。

乐风问他："你做什么？"

黑熊精的黑脸一红："我怕水。"

大家白了他一眼："你是千年妖精，还怕水？"

黑熊精不乐意了："那黄花观里的蜈蚣精还怕老母鸡呢！我怕水算什么？一物降一物嘛！"

凌云拔出剑，视死如归："那就让我下去引出那老妖怪吧！"

驴用前蹄拍掌："有勇气，但是你别指望我驮你下去哟。万一那是个吃肉的主，我可跑不快。"

黑熊精拦住凌云，扯下腰带："差点忘记还有这家伙。喂，快起来。"

白腰带忽然自己摆动起来，变作一条花白蛇。正是那白衣秀士。

黑熊精把花白蛇的尾巴握在手中一抖，吹了一口气，喊了几声："大、大、大！"

花白蛇由尾至头次第膨胀，最终变成长十几丈的大蛇，恐惧地大喊："黑风大王，别吹了，我要被吹破了。我认错，我皈依我佛！"

这话如同火上浇油，黑熊精大骂："你个色鬼，还想皈依我佛？我见你面如冠玉，有几分样貌，令你去高老庄和矮老庄布道，你却借黑风洞之名传欢喜佛的道，到处送子。否则那些俗人怎会以为我黑风洞是个不正经的邪神洞？如今你若不能戴罪立功，要你何用？"

黑熊精爬上乌江半空，持花白蛇左一甩，右一抛，胖胖的身躯龙飞凤舞，力拔山河。

只见那大蛇被拧得如一浆洗棒，搅得乌江清浪变作浊浪，江底翻作江面，道行高的水族坐卧不宁，道行低的只能跟着天旋地转。

乐风和凌云抬头看那翻卷的大花白蛇，不自觉地摇头晃脑，头晕目眩。

不一会儿，乌江中爬出许多口冒白沫的鱼虾蟹精。凌云把乐风护在身后，怕水妖对他不利。

谁知鱼虾蟹精左摇右摆，没走几步便"扑通"一声抱头跪倒在江滩上，作呕之声此起彼伏。

驴只觉魔音入耳，腹中翻腾，不禁朝天大喊："别转了，黑熊，我都要吐了。"

乌江之中传来老人挑衅的声音："黑熊精，你力大无用，一根搅屎棍能奈我何？"

黑熊精如仙女舞袖，汗如雨下。乌江江翻海沸，咆哮不止。

一晌过后，那大花白蛇头痛欲裂，终于忍不住在半空中张口，一泻千里，连胆汁都吐在江中。江面一片黄黄绿绿，油油腻腻，大雨无法打散，方圆十里腥臭无比。

众人扭头回避，莫敢直视，只觉生平苦难莫过于此。

黑熊精气急败坏地回到江滩上，花白蛇化作原形，彻底晕死在地上。

当真拿那缩头乌龟没有办法了吗？

但见江中突然涌起高泉，一个老人捏着鼻子、带着一身汤汤水水的秽物，单手艰难地爬上江滩。

黑熊精大吼一声："你快快束手就擒，否则别怪本大王拆了你的老骨头！"话方出口，人已扑将过去，势比闪电，状如玉山崩摧。

老人把外衣一扒，只剩单衣裹体，堪堪闪到一旁："该死的蛇精，吐便吐，居然腹泻，真是中看不中用的花架子！"

黑熊精扑空，在江滩打了一个滚，又接连向老人拍出几掌。那肥厚的手掌看着温柔，但每一掌都有排山倒海之威，掌风带得旁人连连翻滚。

老人将手一挥，仿佛凭空生龟壳一般生出千屏万障。

黑熊精一掌接一掌地拍在屏障之上，空有轰然巨响，却一掌也穿不透屏障。

老人闭目养神，准备谁也不理，依仗这屏障慢慢耗过剩下的十余日。怎料他突然吃疼，发现乐风正龇牙咧嘴地咬着他的右手。

原来，方才兵荒马乱中，乐风被黑熊精的掌风推进了老人的屏障。

老人甩了甩手，小娃儿就是不松口。老人生气："你个小猫妖，再放肆我就不客气了。"

乐风手足并用，缠住老人的脖子："你是坏人，你为什么害我师伯？"

老人讥笑："我是坏人？他就是好人？"

乐风毫不犹豫："我师伯自然是好人。"

老人质问道："他一言不合便翻山压海，将我的重孙儿砸作肉糜。如此作为者是好人？难道在你小娃娃看来，与你亲近的便是好人，与你亲近的人作对的就是坏人？"

乐风想了想："他对我好，自然是好人。你害好人，自然就是坏人！至于其他人怎样，我不管！"

老人感慨："童言无忌，小儿无知。可是世间焉能没有是非对错？！"

驴把脸紧紧地贴在屏障之上，挤得面目扭曲："我觉得老头儿说得对，世间对错不能仅凭好恶评判。可是，你那重孙儿把我的屁股打出花来，害得现在其他母驴都以为我是文身的不良青年，你又要如何补偿我？"

老人勃然大怒，也把脸贴近屏障，吼道："你是驴吗？羞杀我水族，羞杀我龟类！"

驴稍稍一退，一把凌云剑贴着驴的耳朵插入屏障，剑光闪耀。老人不自觉地眨了下眼睛，再睁开时惊出一身冷汗。那快剑之尖已经刺破屏障，距离他的额头只有几寸。好在屏障坚硬，剑身已经粉碎，只余剑尖扎在屏障之上。

这些人在转移他的注意力？黑熊精呢？

老人扭头一看，发现背后的江滩上有一个黑屁股和两条黑腿。看来，黑熊精准备挖地道迂回攻进屏障，但显然他已经被卡住了。

老人气得全身发抖，抱着乐风在地上打滚，如孩童一般发脾气："你们年轻力壮，就这样算计一个手无寸铁的老人家，你们无耻！"

"甲做炼石炉，脚为四极柱，舍命补天缺，封荫遗四海。"

一个熟悉的声音混着呛水声传来。山神爬上江滩，走近众人。他抹了抹嘴说："今天的江水怎么这么油腻，我的舌头都快抽筋了？"

众人回头看他，心里一阵恶心，都不敢告诉他真相。

老人在屏障后盯着他，眼中透出冷意："你知道我是谁了？"

山神把脸贴在屏障上，比了比口型："我去了天涯海角，找到了北海的天柱。"

老人脸上失去笑容，露出阴沉之色，一挥手，屏障撤去，乐风翻滚着飞出。

众人正要发难，被山神拦住："老人家功比日月，号令四海，我们不能奈何他。"

老人道："你知道就好。我本意只取青妖一人性命，不要逼我多伤无辜。"

山神弯腰，恭恭敬敬地说："请您老高抬贵手。天柱上刻有时日，可以推算您的高寿，这算寿的游戏，您已经输了。"

老人笑问："我输了？你若知道我的寿数，大声说出来便是。老朽洗耳恭听。"

山神的腰弯得更低："我不敢，但是您的重孙加入妖军，且官职显赫，恐怕天庭知晓后对您将有所非议。"

老人道："大仙请便，我游走人世，不在乎天庭的事。"

山神只能掏出蛟魔王交与他的石帽子："此乃异宝，请您老宽恕青道士的冒犯之罪。"

老人不紧不慢地接过石帽子扫了一眼，眼波流转，露出笑容："有此物，早些拿出来便是，废话那么多作甚？"

山神再拜："请您老解开寿之术。"

"好说，好说，"老人家把石帽子藏进单衣，清清喉咙正色道，"尔等听好，吾与天地同日再造，寿有……"他话音方起，大雨戛然而止，江雾弥漫，难辨他人。

众人似乎都听到了他的岁数，但没有人能记住。

话音刚落，老人已经不见踪迹。

那日之后，青道士醒来，但一直卧床不起。

众人问他是否痊愈，他都推说早已无碍，只想静养，不与他人多说。

黑熊精问山神："那老人究竟是何方神圣？"

山神说："自从世间有人，人又成仙，争端遂起。仙妖启战端，不周山崩，青天陷，天河水泄入凡尘成灾。女娲古神于是请神龟相助，以龟甲做炼石炉，炼五彩石补青天。又得神龟献身，以四足为顶天四柱，扶正青天，人间遂重获太平。女娲感神龟相助之功，在青天扶正之日，以剩余五彩石为其重塑真身，令其魂有所归，从此位列仙班。天地再造的时辰便铭刻于顶天四柱上，那时日正是神龟的寿数之始。"

乐风问山神："那他是好人吗？"

凌云问山神："为什么他的子孙会造反？"

山神说："他的功劳太大，寿数无穷，渐成四海望族。子孙或世代沿袭四海丞相之职，或割据大江大河，富甲一方。仙妖再战，妖军之中自然要有他的子孙，这样他这一族才能经天地变幻而屹立不倒。"

驴问山神："什么时候我才能成为这样的人？"

山神说："四海名门，没听说过有鳖。"

夜郎郡中，城隍庙前立着一匹石马。

不知何时，石马旁多了一尊牵马的石像。

世道艰难，华灯早息。黑夜中，神龟老人站在城隍庙前，对着石像说道："我本答应助你铲除青妖，如今虽然失败，但是力不能白出，你的东西也该给我。"

石像张口说道："大人，我们约定事成后才把石猴的胎衣给您。如今事情没……"

老人拍着石马打断了他的话："你已经被贬为城隍庙门前的牵马官了。如果我再把石马拍碎，你守马不力，无马可牵，又该被贬往何处？去东海当个虾兵？"

石像沉默，掏出一只薄如蝉翼的青灰色手套。

老人夺过手套，一脸不屑："给脸不要脸。"

石像不语，弯腰拜别，眼中怒火倾泻在冰冷的地上。

老人扬长而去，消失在街头。

第四章
以梦为马

$\bullet\bullet\bullet$

不要和井蛙说海，不要和夏虫语冰；

蜉蝣不知道春秋漫长，神灵不知道人世短暂。

黑的炉、红的火，蓝天碧树。

锤子闪着金色的光辉，风箱鼓出青色的风。

"哐当"一声，烈焰散开，锤子碎，剑坯断。

凌云和乐风大汗淋漓地倒在地上，仿佛每一滴汗水中都挂着一个太阳。他们又失败了。

驴顶开一楼的窗户，把头架在窗框上盯着气喘吁吁的两个人："别停啊，我好不容易才习惯你们的打铁声，听不到，午觉就睡不踏实了。"

经过露天劳动，乐风俨然成了一头壮实的小黑熊。听到那驴语含讥讽，他愤愤不平地问："你只会吃、喝、偷懒，还有说三道四！你有梦想吗？"

驴耷拉着脑袋，露出幸福的表情："我少时曾经梦想有一天顺乌江而下，遨游四海，做一只见多识广的鳖。"

乐风懒洋洋地翻滚着靠近窗户，故作深沉地训斥道："千里之行，始于足下。四海虽大，但尽情遨游也不过百年之事。如果你少时就践行梦想，想必早已夙愿得偿，何须今日遗憾？当然，现在幡然悔悟也未为晚也。"

驴拉长原来就很长的脸，面露不屑："没文化的娃娃。你可知乌江水和海水有何区别？"

乐风道："怎么不知？乌江水浅，大海水深。"

驴更不屑："错。乌江最深处可以藏下千万仞的高山绝壁，相比大海，不遑多让。两者最大的区别是乌江水淡、大海水咸。"

乐风不解："所以呢，不就是一个放了盐、一个没放盐？"

驴将音量提高八度："所以？所以我是一只乌江淡水鳖。淡水的！你懂吗？海水苦咸，如果入海百年，我的两个腰花可承受不住。若命都没了，要梦想何用？傻瓜！你张牙舞爪地做什么？你个胖猪，知道腰花有多重要吗？人贵自知，有些事若先天不足，后天再勤勉也难以弥补。"

驴一边说一边瞄向凌云，又把声音提高了一点，显然醉翁之意不在酒。

"不准说我没文化，你这头笨驴！你才是猪！"

乐风跳起来要咬它，驴"啪"的一声把窗户关上了。

又是"啪"的一声，二楼的窗户猛地被推开，青道士探出头盯着上蹿下跳的乐风，又看了看成"大"字状的凌云。

"吵什么吵，你们给我上来。"

又是"啪"的一声。驴推开窗，与青道士四目相对："我不上去啊，我不会爬楼梯！"

"滚！没叫你。"

"你好好管管他们。可怜我晚上旁边睡个磨牙说梦话的山鬼，白天还要因别人的梦想堵住耳朵。"

说完，驴哼着小曲准备小憩一番，突然想起山神已经两日未归。

"嘿嘿，最好再也不要回来了。"

山光西落，几缕炊烟升起，远方响起群鸦的聒噪声和少女袅袅的歌声。

乐风一觉醒来，已是霞光满屋、夕凉微薄。凌云在楼下做饭，青道士关着门，乐风有点恍惚，不知身在何方。

窗扇在余晖中招摇，咿呀作响。他突然想起遥遥千里之外的家，以前每当炎日落下，师父就把太师椅摆到院子里，披头散发，懒洋洋地纳凉，然后支使他到街口买一碗米浆制成的冰糕，再用中午的剩饭撒喂晚归的鸟儿。最后，师父会告诉他："今天我们苦修，过午不食，所以就不做晚饭了。"想到此处，乐风眼泛泪花。

多少个饥肠辘辘的夜晚啊，师父这个抠门老道！

此时，一只鸟从窗前飞过，它从东边来，顺着远处山峦的高低起伏之势飞行，忽上忽下，似乘风滑浪，又披着云霞的红光，导致乐风看不清那是什么鸟，但大概是只乌鸦。

"喂，你是东土来的吗？"乐风忽然大喊。

那鸟居然"扑哧扑哧"地倒着飞了回来，慢悠悠地落在窗户上。逆光让它的身影变得模糊，乐风看不清它的模样。它飞的时候还猜得出是鸟，停下来就让人以为是只老鼠了。

"你喊我吗？"

"你是鸟还是老鼠？还是会飞的老鼠？"

那鸟咯吱咯吱怪笑两声："我还以为你是一只熊呢，原来是猫。你们不仅吃鸟，也吃老鼠。我是老鼠还是鸟，对你而言有何不同？但是，我还没见过这么胖的猫，你抓不到我。"说完，它夸耀地扑腾两下强健的翅膀，双脚噔噔交替，旋转几周，展示自己的苗条身材和敏捷身手。乐风慢慢走过去，无声无息，一下子把它握在手中。

鸟傻眼了，尖叫起来："喂，肥猫，你无耻，你玩偷袭，卑鄙！"

乐风仔细瞧了瞧它，捏了捏，又弹了弹。它黑色的羽毛在阳光下闪耀着紫色光彩，腹部的绒毛雪白蓬松，像棉花一样柔软。

乐风有点失望地撒手："不对，太花哨了。你不是我们老家的乌鸦。"

鸟扑腾着啄他的脸："谁是你老家的，这个破地方闷热潮湿，不是山就是水，不是水就是山。我乃繁华东土最好看的乌鸦，是此处的乡巴佬鸟能比的吗？"

东土的？乐风"啪"地又把它握住，这次轻重有点没拿捏好。鸟被他拍得眼冒金星，直懊恼刚刚就应该飞走。乐风摇摇它问："喂，你真的来自东土吗？可曾经过沛郡扶阳城？"

鸟呱呱地挣扎着："我的确从东土来，但没有经过沛郡，听说那里打仗打得很凶，哪只鸟敢从那里过！"

打仗？乐风失望地松开手，鸟这次可不敢啄人了，挥翅便飞。

乐风上前几步："那你要去哪里？"

"我去哪里关你屁事！退后点！"鸟落回窗户上，它得歇一歇。

乐风向后退了几步，摆摆手："我不吃你。我也是从东土来的，我们是老乡。"

鸟冷眼瞅他，丈量了一下彼此的距离足够安全后才说："老乡？一只猫和一只乌鸦？你是在暗示你的肥肚子是我的归宿吗？你不要乱来。我会啄瞎你的。"

乐风坐到地板上，把手压在屁股下面："你放心吧，我不打你，也不吃你。你和我说说东土的事，然后我再去告诉师父，让他开心开心。"

鸟冷笑："东土有什么好说的？他们打仗，没有粮食。然后，他们吃各种鸟。可怜我们的肉少，又干又硬，就被他们变着法子炮制成花椒烤乌鸦、大嫂乌鸦羹、老大妈乌鸦酱……"说着说着，它的眼泪就下来了。

乐风舔了舔嘴巴："啊？所以说，你们加了调料会变得更好吃吗？"

"滚！你加了调料才好吃，我啄瞎你。"鸟气急败坏地扑过来啄乐风的眼珠。

乐风双手大开大合。"啪！"

"你个骗子，说好不打人，我的肠子都要流出来了。"

啊？乐风吓得手一松，鸟摔倒在他怀里，爬不起来了。

"你别吃我，我不好吃。麻雀才好吃，油炸的、红焖的，加竹荪炖汤，或者蘸芝麻生吃，风味无穷。"

"我不吃你，你快起来。所以，你才逃到这里了吗？我们做朋友吧，你住在这里。你看你多可怜，一路追着太阳，眼睛都散光了。"

"你的眼睛才散光。这是梦想的光芒，你懂吗？我是一只有追求的鸟，我要跨越千山万水、重重劫难去西牛贺洲，听佛陀说经，偷喝他的灯油，才不会停留在这蒙昧野蛮之地。"

"西牛贺洲？那里比东土好吗？"

"佛陀说，那里的人不贪不杀，养气潜灵，人人固寿。到了那里，我就可以做一只快乐又长寿的乌鸦了！"

"可是，佛陀有说那里的人都吃素吗？人人长寿，如果他们喜欢吃鸟，那一辈子得吃多少只鸟啊？"

"呃……佛陀说过，那里的人不贪不杀。"

"不贪不杀是说人和人之间，但佛陀没说那里的人不吃肉，不吃飞禽走兽啊。"

"哎呀……你有病吗？一只猫这么关心我们鸟的事。据说，万鸟之王的大鹏都去了，不会有错的。快快让我走，不要耽误我的旅程。"

"那你还会回来吗？"

"我肯定不会回来了。好马不吃回头草，好鸟不飞回头路。"

"此去茫茫，一路孤单，你要多加小心才是。如果那里的人吃鸟，或者路上有人吃鸟，你就逃回来。这里的窗户会一直为你开着。"

"呸呸，闭上你的乌鸦嘴，那的人才不吃鸟，他们吃猫，那里的人都爱吃猫。"

"好好，他们不吃鸟，你别生气。"

乐风轻轻地把它捧在手心，然后走到窗边，向太阳落下的方向用力一抛！

"喂喂！你干什么？！别丢我，我的翅膀抽筋了，一时半会儿飞不动。喂喂！"

"扑通"一声，僵硬的乌鸦砸进密林里。过了好一会儿，它才像老人登梯一样吃力地慢慢飞出林子，飞向天空。

"该死的猫，你早晚会被这里的野蛮人吃掉！"

"乌鸦，路上小心！"乐风对着斜阳和乌鸦招手道别，"你以后别吃麻雀了，会有报应的，还是做一只善良的鸟吧！"

"你才会有报应！"

"乐风，吃饭了，今天炖雀汤补补身子，把师父也喊下来。"凌云在楼下对着站在窗边的乐风喊道。

鸟心里一惊，在空中摔了个跟头，赶紧落荒而逃。

夜凉如浸，虫鸣如歌，弯弯的月牙像一只含羞的眼睛。

凌云坐在吊脚楼的木梯上轻轻抖着脚，脚上趴着刚入睡的乐风。

他的剑断了。他渴望造出一把鬼神都无法折断的剑，但这无异于痴人说梦。

他叹了一口气。夜虫似乎洞悉了他的内心，换上一曲悲伤的歌调。

一只冰冷的手忽然摸了摸他烧焦的头发。他回头，看见青道士站在自己身后。自魏道士过世，又经算寿之劫，青道士日渐憔悴，已近形销骨立，眼中神采也不似往昔那般熠熠生辉。

"师父。"他忧心青道士，轻轻喊了一声。

"傻小子，你发什么呆？"

"师父，我在想未来应当如何？"

"未来？你是我的弟子，青出于蓝，你大概会成为一个伟大的道士。"

"师父，我能不能既当道士也当铸剑师？"

"铸剑师？为什么不是铁匠？我一直觉得你是个好铁匠。"

"师父！铸剑师铸的是剑，铁匠造的是锅碗瓢盆、马铁牛犁。"

"铁匠打不打剑？"

"有的也打。"

"如此说来，铁匠是一专多能，铸剑师技艺单一，我建议你还是当一个铁匠比较好。"

"师父……"

"好吧，不取笑你了。但你所铸之剑已是凡尘中的上上之品，你应当将精力放在修行上。"

"师父，我希望我的剑像你的青匕一样，不怕天兵的戟，不怕妖魔的枪。"

青道士有点诧异又有点怜惜地看着弟子："你何必执着？你须知人寿往往不过五十，七十已是古稀。如果你不能摒弃杂念潜心修炼，恐难以延长寿命、得道飞升。"

凌云沮丧地低下头："我知道，师父。我和你们不一样，我是人。"

他想了一会儿，鼓足勇气说："可是我想，我未必需要长生。如果我铸造的剑像你们一样长存于世，即便我死了，你们看到剑也能想起我。那和我活着大概也一样吧。"

青道士不知道弟子是聪慧还是痴愚，亘古至今，真正的神器只有道德天尊的丹炉炼得出来。再者，相比于他和少青这样以丹元炼化出来宝贝，凡人铸的兵刃从来是不入法眼的末流。

青道士拍拍凌云的肩膀："那就让我来帮你吧。"

"师父！"凌云激动地站了起来。青道士已来不及阻止他，只好用手捂住双眼。下一秒，乐风从凌云腿上滑落，"咕咚、咕咚、咕咚"，沿着木梯滚了下去。

凌云立即跳下去，一双黑手在乐风身上到处乱摸，生怕他哪里摔坏了。乐风翻了个身，迷迷糊糊道："师兄不要摸我。摸自己，摸自己。"凌云如释重负地坐到地上："师父，吓死我了。"

"别说话。"青道士作噤声状，然后从楼上轻轻一跃，如落花般缓缓降下。

"你听。"青道士的食指和中指轻轻凭空一夹，将风中的珠玉之音如同有形之物一般掐住，放到凌云耳边。

第一声珠玉之音是"唵嘛呢叭咪吽"。第二声珠玉之音却是一阵痛苦的呻吟。

"师父？"凌云不安地喊了一声。

"带你师弟去休息吧。明日，我们去一趟夜郎。那里的王铁匠手艺卓绝，你可以偷偷师。"

夜郎郡，却不是夜郎人的夜郎郡。

西汉末年，夜郎国被踏破，汉人设郡取代，从此扼住南疆的咽喉。夜郎慢慢变成一座蛮荒通向世俗、温暖通向机械的城。

城里的茶馆内有汉人，也有被汉化的夜郎人，他们都在议论从东边来的老和尚，场面沸沸扬扬。

据众人说，一个缺胳膊、缺脑筋的老和尚上个月从白马寺远道而来。守城士兵见他自富庶的东方来，有意刁难索贿。

两把长戟交叉挡住城门，问他："哪里来的？到哪里去？"

和尚手托一个化缘黑钵，一脸高深莫测地道："和尚从污浊十方来，往极乐净土去。"

"喂，老光头，给我们说人话，不然拘到牢里好好收拾你！"

"和尚不叫光头，和尚叫和尚。"

"新鲜，光头不叫光头，改叫和尚了。你说说什么是和尚？"

"和尚，梵文音译，意为师也。"

"shī？什么东西？"

"古语云：师者父也。和尚为师，亦为父也。通俗地讲就是，和尚是你的老师，也是你爹。"

"和尚是我老师，是我爹？嘿，你个混账东西！"

几个士兵把他密不透风地团团围住，准备围殴明抢。

"别动！"和尚高举黑钵，在人墙的包围中闪耀出顶天立地之威。士兵和路人都不觉后退一步，仰视他。他突然将黑钵奋力往地上一砸，黑钵落地开花，残片露出点点金光。原来是金子铸的饭碗，众人的目光瞬间落在地上，不可自拔。

"师为弟子谋，父为子谋，方能香火不绝。如今和尚的饭碗是你们的了！"

"那怎么好意思，大师快请进城，以后行走江湖再莫废话连篇了。"

"等等！古语云：子随父道。父虽死，三年不改为父之志乃孝也，诸位得了我的饭碗，还望秉持孝道，悔悟皈依！"

"什么孝道？你爹才死了，欠揍！"

"弟子不可伤师，子不可伤父！"

和尚高喊着甩掉追兵，逃之夭夭。

青道士站在茶馆楼下听着楼上人声喧哗，突然扑哧一声笑了。

"师父，你笑什么？"

"我笑楼上人讲的一个老和尚。"

"师父，相隔如此远，你都能在乱七八糟的杂音中分辨出他们在讲什么？"

凌云感慨地问驴："是我的耳朵不好使吗？你听得到吗？"

驴对着他甩甩尾巴："别烦我，傻小子。我听楼上做什么，那多费力？不就是个和尚吗？楼下的这些小妹妹都告诉我了。你要想听，我也可以给你讲讲。"

原来，不知道什么时候，驴已经和茶馆楼下拴着的几匹小母马挤作一团，一片桃花绯红。

那和尚第一日从东门入城，经过林家府邸，察觉林家乍看门第高达，隐隐有红光，乃有福之家，细看却是祥瑞藏凶，透出颓败荒芜之象。怪哉、怪哉。和尚推门闯入，只见府内亭台楼阁、树木山石一应俱全，却犹如无人之地。直到和尚登上大堂，才有一老媪从里间出来拦住他："哪里来的光头，竟敢光天化日闯入民宅欺我孤儿寡母？！"

和尚退至门口，纳闷儿道："孤儿？何处有稚子？"

老媪突然面有愧色："在小妇腹中。"

啊？和尚斗胆与老媪四目相对，发现从她的眼睛看，此人确实涉世不深，应不过二十岁，便料定其中有诡。

"冒昧一问，你缘何容貌如此？或者和尚能排忧解难？"

"和尚是什么？我只知道我们有巫师、蛊婆，还有道士。"

"呃——和尚就是不收钱为人作法平灾的人！"

"不收钱？那可怎么好啊。请道长快快随我到后堂说话。"

"我不是道长，叫我和尚。"

"和尚道长快来，快来。"

里间有一群老人和整整齐齐一墙壁的诸神雕塑。

和尚呆了，和老人们比起来自己就是个年轻人，和东土神仙比起来自己就是个异教徒。

"小伙子，"一个老头儿拍拍他的肩膀，"你真的可以帮我们？请了这么多神仙都没用。如果你能救我们，我们就把你当活神仙供起来。"

和尚看了看密密麻麻的神仙墙，一个、两个、三个、四个、五个……数都数不过来。和尚的额头冒出亮晶晶的汗，连忙说道："不必了，不必了，墙上太挤，我就不上去了。你们把原委一五一十道来，我再计长短。"

想那林家富甲夜郎，但自三个月前始，林家子弟急剧衰老，体力下降，容貌尽毁，导致生意荒废，下人作鸟兽散。夜郎诸人皆视他们为不祥之人，几乎绕路躲避而行。

举家发生急祸，一般都是因为阳宅不宁。和尚慢悠悠地在宅子里逛，身后跟着一群"嗡嗡嗡"交头接耳的老头儿、老太太。他来到宅子里的一棵大树下，树叶太密了，密得像一张纱网，将阳光都滤成了粉末。好老的树，都成精了吧，和尚心想。

"喂，你能说话吧？"

树叶在风中抖动，发出和尚才能听懂的声音："哪里来的老光头？找我做什么？"

"我，一个东土来的和尚。你壮硕年长，想来在此居住已久。我想问你这家人有何变故，是否妖怪作祟？"

"不是我搞的鬼。"

"我知道。你只是金玉其外，道行不够，翻不起浪。"

"你说话倒也老实。"

"出家人不打诳语。"

"我太弱小了，不想得罪人，你自己找找它们吧。"

"不行，我不擅长捉妖，找不到它们。你快告诉我它们在哪里。"

"没有金刚钻就不要揽瓷器活儿。"树不理他，树叶静止，风吹过也不动。

"你当真不说？不后悔？"

和尚拍拍树干："这棵树有古怪，好好检查检查！"

老头儿、老太太齐齐应和道："给它检查身体！"

一群人不顾斯文，对着一棵树手抓嘴啃，犹如群狼撕咬猎物。

"啊！好恶心的口水。不要撕我的皮，会留疤的。老光头，我说，我说。在花园，它们是铁铸的！"

和尚这才喊停，将人领走。花园草木杂乱，仿佛历经沧桑，唯有八只铁铸的蟾蜍一字排开，熠熠生辉。和尚踱着步，摸着光滑的蟾蜍，心里若有所思。

老头儿、老太太跟着他悠悠地转着，突然听和尚说："就是它们。"

"啊？道长，我们的牙口实在咬不动这铁东西。"

"告诉我铁蟾蜍的来历。"

一个最老的驼背老人从人群中走出来，他说话的时候下巴几乎要顶到膝盖。

"三个月前，城隍庙有一庙祝来林家化缘，说要在庙前塑一石马和牵马官，需要铜钱十万贯。我们林家的钱可都是一点一滴挣下的血汗钱，怎么会肆意挥霍？所以，我们只同意捐赠五十贯。数日后，有一来历不明的白衣男子用车拉着这八只铁蟾蜍来敲门，说是庙里回馈的纳财祥瑞之物。"

"你们腰藏万贯，陌生的风水之物也敢擅用，就不怕妖祟入宅？"

"我们世代勤俭持家，深明来世报不如今生财的道理。何况是庙里赠物，怎会致祸？"

和尚摇摇头，世人愚昧，亟须大乘佛法东来啊。

"去吧。你们去蒸些糯米，再找些鸡蛋和蜡烛过来。"

池月东升的时候，老和尚一人坐在八只铁蟾蜍面前，捧着一大桶素菜。除了和尚自己，蟾蜍的豁嘴也被塞得满满的。和尚看着满嘴油光的蟾蜍，突然哈哈大笑："佛祖啊，若要众生圆满，何须日日念经，先解决他们的温饱吧。"

蟾蜍的影子变得越来越浓重，然后慢慢拉长，再逐渐膨胀，终于变成八个壮汉。

为首的壮汉怒道："该死的和尚，你我本井水不犯河水，为何前来寻衅？"

和尚吃一口素菜："我知道你们不是寻常妖孽，是聚财镇宅的宝物，但你们夺人精气伤天害理，我就得管管。"

另一个壮汉争辩："林家府邸本就是风水宝地，广聚四方财气，请我们进来便是聚宝盆中再添聚宝盆。如有命格贵重之人居住，自当因富成贵，权柄一方。但如果居者命格轻薄，则府中财气和人之精气会源源不断地被我们纳入腹中。现在是主人家贪婪招祸，不是我们有意害人。况且终日囫囵饱食，我们也不适得很。"

和尚站了起来："与你们无关最好，也省得我多费口舌，就且端走本尊，另觅去处吧。"

又一个壮汉道："混账，我们岂能呼之则来挥之则去？"

再一个壮汉说："不可，不可。我们本是荒庙香炉，被人再铸成形方能享受人烟。如果离开，又是无主之物。"

和尚拍拍屁股上的灰尘："你们不走，那我走咯？"

八个壮汉齐声道："站住，你用糯米、鸡蛋和蜡烛封住我们真身的排泄之孔，不解开此法，岂能离去？"

和尚笑了："道有道门，佛有佛法。我封你们气孔的时候曾念下伏魔经，心术不正之徒无法破解。你们不走，我就不解。"

八个壮汉咆哮："小老儿！你不怕我们杀死你？！"

和尚朝西哈哈大笑："杀死我？大闹天宫的猴子都被佛陀压在五行山下了。现在朗朗乾坤、佛光东照，你们竟敢说要杀掉为佛陀奔走的和尚！就不怕佛陀怪罪吗？"八个大汉确实不敢，只能面面相觑。

和尚说："你们喜欢聚气，如今漏气之孔被堵住，便成了只进不出的貔貅，岂不美哉？！"

八个大汉脸上一阵红一阵白，但他们无高深道法，只能欺软怕硬，最终唯有端起自己的本尊："也罢，我们兄弟八人这就离去，望长老守信。"

"且慢，若你们背信该当如何？"

"天打雷劈，永堕荒野。"

"走吧。"

壮汉们刚迈出林家大门，堵住蟾蜍排气孔的封蜡就掉了，几缕七彩的气缓缓喷出，弥漫林府。和尚捏着鼻子再去后堂。林家诸人虽然一洗耄耋之貌，但难以恢复往昔之容，望之乃比同龄人痴长十余岁。一个约莫五十岁的男子向和尚道谢："老人家，我们要为你修建一座庙，让你传经布道，证明西方的神仙比东土的管用。"

此言一出，晴天霹雳大作，惊得林家人都缩成一团。

和尚暗道不好，冲出府邸，发现八只铁蟾蜍在林府不远处的转角被雷火烧成了铁疙瘩。他对天长叹："你们怎么如此小气，自己不管，还不许别人管了？"又有一道雷落入林府一角。和尚复入府中，发现曾与他说话的大树也被劈成了焦炭。和尚的心一沉："没想到连你也害了。我不该逼你。罪过，罪过。"

和尚把铁疙瘩收进来埋在大树下，为它们念了一段往生咒，又对林家人说："不要为我建庙，现在还不是佛法遍布东土的时机，莫要惹怒老天爷。这雷不晓善恶，还不如蟾蜍的屁股，好歹有个眼睛。"林府的人一来惜财，二来畏死，自当遵照和尚吩咐，但心中又觉得有所亏欠，便为和尚广播声名，以此报其大恩。

第三日，和尚要从城郭西门离去，却被守卫扣下。

只因郡守日闻东土的和尚神奇，夜梦神人授意，要强留和尚在城中最高的溪山上凿下经书，令其止步南疆，不再西行。也不知是真有其事，还是日有所思、夜有所梦。

无论如何，和尚不得不从。

青道士要去溪山找老和尚。

凌云拽了很久，才把驴从它的"女人堆"里强拉出来。

驴看着通往溪山的路一点一点攀高，意兴阑珊，连尾巴都甩不起来了。

"我应该在茶馆等你们。驴找'秃驴'不是搞笑吗？"

青道士走在它旁边："我们找和尚，你找的却不是和尚。"

驴心头蒙上一层阴影："难道是要让我找罪受吗？你心眼儿太坏了。"

沿途有零星的商铺夹道，其中一间传出打铁的声音，凌云站定聆听。铺面外连个招牌都没有，可是屋里火光耀眼，声音节奏明快，举锤的人影子细长，动作变幻灵动。凌云感觉自己仿佛在冬夜的篝火旁喝酒唱歌，看心爱的女子翩翩起舞，简直有点迷醉了。

"师父，这就是王铁匠吧？"

"嗯，去吧。"他又对驴说："你和我一起走。"

"我不放心他，若傻小子被人拐走，你可就断了传承。你快去溪山，回头再来找我们。"

青道士瞥了驴一眼："凌云，一炷香后拉它一起上来，它的腰上有不能推卸的重担。"

"是的，师父！"

凌云兴致勃勃地拉着驴进铁匠铺，一股热气和强光扑面而来。

驴高叫："快撒手，让我出去，不然得成'驴肉火烧'了！"

废话真多。凌云把缰绳绑在铁匠铺的柱子上，驴急得直打转。

"师傅！"凌云高喊。

一个矮小、敦实的男子从白蒙蒙的蒸汽中现出身来，他盯着凌云打量一番，又扫扫旁边的驴："小道士，你做什么？我这里只打马蹄铁，驴蹄子我可伺候不了。"

"不，师傅。"凌云略感吃惊，觉得高人前辈不应当是如此形象。或许人不可貌相吧，他接着说："我想向你请教铸剑之术，万望赐教。"

王铁匠的小眼睛眯成一条缝："怎么，小道士想和我抢饭碗？也行，你先买剑，我再进行技术指导。"

他将三把剑展示在凌云面前：一把长而尖，简直就是巨大化的绣花针；一把短而粗，如同折断的戒尺；一把扁而圆，好像画里的月亮。

"三把，三百吊钱。"

这是什么规矩？凌云有点着急："买一把可以吗？"

"不行，一次卖三把是夜郎的规矩，一把赚的钱归我，一把赚的钱归郡守大人，一把赚的钱归巡城的士兵。你只买一把，我可是还要倒贴两把的。"

"可是我不需要这么多剑，钱也不够。"

"你试试就知道值不值得一起买了。"

王铁匠把戒尺短剑塞到凌云手中："你挥一下，此剑破风之声清脆，威力无穷，但注意不要太用力，万一把墙划拉开就麻烦了！"

三把剑奇形怪状，不似良剑。但盛情难却，凌云握住短剑不情不愿地一挥，果然"铛铛"清脆作响。他方要反省称奇，却发现短剑断掉一截。原来，方才的声音是短剑断掉的残片"铛"的一声砸到了绣花针剑，绣花针剑折成两段，其中一段飞起，又"铛"的一声扎到了弯月剑，把剑刺破了。

"哎呀呀，你怎么这么不小心，三把剑都坏了。一把三百吊钱，一共九百吊。"

凌云惊得满头大汗："不关我的事，我不是故意的。"

"剑是不是你挥的，你敢推卸责任？"

凌云几乎无言以对："就算要赔，刚才不是三百吊钱三把剑吗？"

"小伙子，我这里是一把剑三百吊钱，你买的话我是买一送二。但你现在不是买，是赔，那就不能白送你两把啦。快点把钱拿出来，我还会传授你一点铸剑之秘。否则我告官，你就要坐牢了。"

凌云更急了，几乎有点说不出话："我，我，我！"

王铁匠小眼圆睁："别我了。没钱就把驴抵押给我，让它白天在炉边为我鼓风，晚上把肉割下来做火烧下酒！"

驴听到他们的对话，心急如焚，低声喊凌云："傻小子，我褡裢里有钱，莫要与他争执。我比较重要，别在乎钱。"

凌云苦中得救，从驴腹旁边的褡裢中掏出几个金蛋蛋，正在猜疑为何物，已被王铁匠一把夺过，藏入衣襟。

"既然你有钱赔，今日之事就此作罢。这把短剑归你了。"

凌云由惊转怒，但王铁匠步步为营，占据上风。凌云不知该如何争辩，只能接过戒尺短剑，牵着驴愤愤离去。

"喂，你不学铸剑之秘了吗？"

凌云才不相信他会是一个好的铸剑师："骗子。"

"我为人公道，不占你便宜，你自己听着吧。"王铁匠对着凌云的背影大声说道，"一切有生之气、有形之状，皆阴阳幻化，神兵利器该莫如此。匠人两手，一手为阴，一手为阳，顺铜铁之根本，舒阴阳之二气，塑以形状，使有形包容生死，使变化之道往返不绝、生生不灭。"

凌云才不理他："你不要用玄之又玄的东西来糊弄我！"

王铁匠大喊："再见，谢谢你的惠顾！"

溪山之上，悬壁明如镜、色如铜，直面乌江，映照南疆千山万林。

青道士行至此处，看见独臂老和尚腰间盘着井绳，孤悬半空，于壁上凿字。石壁坚硬，他每次落笔都会惊起火花。

青道士站在下方，感觉迸射的火花几乎要点着自己的头发。他不得不感慨，此人动作奇绝，居然以腰盘绳索来控制高低，欲上则卷绳，欲下则放绳，竖排篆刻，所刻都是工工整整的梵文。风吹过这些梵文的一笔一画，发出独特的响声，就像风在读他的文字。

待老和尚降到地面，看见青道士："不好意思，让道友久等。"

青道士说："长老专心致志，能人不能，实属难得可敬。"

老和尚微笑道："道友谬赞。"

青道士又说："只是这石壁刻字实在困难，不知长老是否需要帮助？"

老和尚摆摆手："我知道道友有点石成金、呵气成雨的法术，但和尚应承之事得亲自完成才算了结因果。不知道友来访，有什么需要效劳的地方？"

青道士问他："不敢。我来找一个朋友。他人高马大，不修边幅，租我的房子很久没交租，又夜不归宿。我想找到他略施小惩。不知道长老是否见过？"

老和尚点点头："几日前和尚在城隍庙前救回一垂危男子，料定必有人来寻。请道友随我来。"

悬壁的顶端有老和尚搭的简易茅屋。茅屋内只有铺地的茅草和遮顶的茅草，空无一物。一个浑身伤疤和血渍的人躺在茅草上。青道士端详这个人的脸，能辨认出山神的模样："你为什么除了脸体无完肤？"

山神想揉揉脸，但手疼得提不起来，只能强作笑颜："因为我求他不要打脸。"

和尚忍不住插话："施主，道友是问你因何事受伤。"又对青道士说："道友，施主是说，只要不打脸，受伤不要紧。"

原来，那日山神奔走救下青道士，被人在天帝面前参了一本，说他与妖孽混迹，被罚打神鞭二十。因山神官阶低微，不足以上天宫领罪，天帝便命其到夜郎城隍庙前受罚。城隍命庙前的牵马官行刑，牵马官手里的打神鞭刁钻无情，一鞭皮开肉绽，二鞭伤筋动骨，三鞭魂摇魄动。二十鞭下来，山神早已不成人形，命垂一线。

"你为何不反抗？区区小神，即便有打神鞭在手，又能奈你何？"

"不可，不可。我虽是一方小神，但君要臣死，臣不得不死。况且如若反抗，恐怕仙籍不保。"

"愚昧！"青道士细细查看山神身上的伤痕，这二十鞭的纹路乃是被少青修炼的独门鞭法所伤。如果世间还有第二人晓得施展此鞭法，只能是他。"你终于敢出现了！"

老和尚在腰间盘一圈厚厚的绳索，准备继续从悬壁垂下凿刻佛经。

青道士面容如铁地问他："长老可知那城隍庙的方位？"

老和尚往西北方向一指，又喊住欲匆匆离去的青道士："道友，你修的法门是什么？"

青道士不明其意："我修的是从有中来、向无中去的法门。"

"既然是从有到无，追求的便是超然欲仙，执着反是修行路上的绊脚石。"

"多谢长老提醒，但是我喜欢想有就有，想无便无。"

和尚还要说话，道士已经绝尘而去。

和尚空叹一声，继续凿他的佛经，就差那么几行，佛法便将在南疆唱响。

城隍庙在街道的尽头，偏安一隅，香火不盛。

青道士站在石马跟前，一掌拍过去，马首轰然撞开庙门。

青道士在庙前伫立，他知道庙里除了宁静的夜色，早已空空如也。是啊，难道白元问还能等他来寻仇不成。当年白元问在柳树前吟诗作对时就该把他掐死。他那么弱小，弱小到如同蝼蚁。可是白元问不怕死，为人狡猾，又有书生的傲慢，怎会轻易逃跑？青道士思绪烦乱，迟迟不肯归去。

直到那个熟悉的声音在他背后响起，近在咫尺。

"少惟。"

"你还敢露面？"青道士回首刺出一掌，他要将白元问开膛破肚，以泄心头之恨。但是，指尖只有湿热的空气，其他什么都没有。灯火和星光都熄灭了，黑压压的一片，连街道和房屋的轮廓都悄悄消失了。

"少惟。"

该死！青道士方察觉不对，感觉犹入瓮中，举目一片黑暗，不能辨别声音的来源。

"少惟，你可敢答应我一声？"

"怎么不敢！今日便是你的死期。"

一个小小的红点，像点燃的香头，在远处隐隐约约地闪着，那是黑暗中的唯一光亮。青道士的目光不自觉地被红点吸引，一魂一魄从瞳孔中慢慢飘出来，向红点飘去。这是什么勾魂夺魄的法术？青道士有意反抗，却略显余力不足。

此时，远处传来一阵诵经的声音，这是风送来的援兵。

"唵嘛呢叭咪吽。"

和尚的佛经已经凿完，这部佛典将日日夜夜在风中传诵，教化生灵。黑暗像春日的冰面一样慢慢化开，星光和灯光重新亮了起来。青道士凝神一吸，将魂魄收回丹田，这才发现一尊石像手中握着一个紫金红葫芦，在不远处的屋顶喊他的名字。他劈出一掌，凛冽的刀风隔空将石像当肩自胯斩成两截。

"出来吧，你想怎么死？"

"少惟，你总是自以为是。"

白元问从慢慢滑落的石像背后走了出来。他确实有一张俊秀的脸，眼神温柔而儒雅。

"我以前就说过，你的自以为是会害了你的性命。"

青道士不言语，逼近一小步，再逼近一步，眨眼间居然穿过几丈距离，闪至白元问身前，以掌为刀，当头劈下。

白元问抖出腰间的软剑迎敌，剑出嘶鸣，如灵蛇吐芯，将青道士直直劈落的手臂裹住。

青道士手臂一绷一推，剑便支离破碎。青道士的指尖划过急急后退的白元问的胸膛，鲜血顿时喷涌如注。

"少惟，你法力消减不少啊。换作以前，我已经毙命。"

青道士微微再跨一步，动作极小、极轻，那么自然，那么不易察觉。但白元问发现了，他躲闪了，闪得那么快、那么急，就像受惊的兔子。偏偏青道士半个手掌就是没入白元问的肩胛，鲜血淌到手腕处，又缓缓滴落地上。

"少惟，你舍不得杀我吗？"白元问凄然一笑，仿若被负心的女子。

青道士脸色铁青，指尖在血肉中一曲，白元问惨叫一声。

"你以为我是少青吗？我要你痛不欲生、生不如死。"

"少惟，我刚才说过，你太自以为是了，这会害了你的性命。"

白元问突然双手紧紧抓住青道士淌血的手，一条金色绳子像闪电一样从他的袖口溜出来，攀着青道士的手游走过去。青道士心知不好，连忙蹬出一脚将白元问踢出，借力向后飞去。但那绳子更快，一下子将青道士捆得结结实实、不能动弹。

"啪"的一声，青道士重重跌在地上。白元问捂着伤口捡起地上的葫芦，缓缓走近青道士，把闪着红芒的葫芦口对准他："你莫挣扎了，这是道德天尊的幌金绳，大罗金仙都无法挣脱。"

青道士欲化作大蟒挣断绳索，但身形稍微一涨，就被幌金绳活活勒回人形，疼得他直冒冷汗。

"少惟，我需要拿你去天宫复命，但念在相识一场，这葫芦是道德天尊的紫金红葫芦，你答应一声，就可以死在葫芦里化作轻烟，总好过死于酷刑。"

青道士漠然地盯着他，好像置身事外的旁观者在看小丑唱戏。

白元问本以为青道士会像困兽一样暴怒、挣扎，但青道士竟然用一种蔑视的眼光回应他。白元问目露凶光，用葫芦口顶住青道士的天灵盖："我一直厌恶你的自以为是，你的傲慢到此为止了，快答应我一声。否则，若被绑上天宫的剐妖台，可得接受雷打火烧、刀劈斧凿！"

"嗒嗒"的马蹄声传来，只见驴驮着重伤的山神，凌云牵着驴，他们还没发现青道士，走得不急不缓。但是，白元问急了，他慌不迭地把葫芦挂在腰间，掏出匕首要割下青道士的脑袋。说时迟那时快，青道士朝白元问的面门喷出一口绿雾，雾像一只手那样抓来。白元问知道绿雾有剧毒，沾之必死，连忙用尽全身功力双手一挥，掀起一阵大风拦住绿雾，但雾中几道银光一闪，吐出的银针已经打在白元问身上，透体而过。

白元问惨叫一声，体内如沸如冻，如万虫啃噬，命在旦夕，却还想持匕首行凶。只是方才一耽搁，凌云已经发现青道士被擒，从驴头借力横空弹射，由远而近，双掌重重拍在白元问胸前，将他推出丈许远。可惜仙凡有别，这一推是以血肉撼岳，推开对方已经不易，凌云自己也重重跌在青道士身旁。他不知幌金绳是道德天尊炉里炼出来的宝贝，只想救出师父，便即刻掏出戒尺剑，用尽全力将绳索一割，居然割断了。

青道士挣脱束缚，快如过隙白驹，一跃而出，杀气冰冻十里，连远处的驴都忍不住打了个寒战，但那白元问已经不见踪影。

那溪山上，悬壁佛经已成，照拂大地。

筋疲力尽的老和尚在悬壁下打坐冥想，犹如匆匆苍老数岁。

青道士向他致谢："幸得长老篆刻经典，救我于危难。"

老和尚说："郡守受城隍托梦，要和尚在此处留下佛经，震慑南疆妖魔，否则就不允许我西去。只是他们不知道，所谓邪魔外道，不是指众生的出身，而是心中善恶，否则也不会因缘巧合，助道友一臂之力。"

青道士问他："长老如今功成，可欲留下传法？我可引荐长老深入南疆。"

老和尚摇摇头："等到天明，我便要继续西行。想当年，我和一众师兄弟与师父自西牛贺洲不远万里来传道，在流沙河遇见一大妖怪，师兄弟都被他吃了。幸得我以三寸不烂之舌说服那妖怪，以断臂为代价保住师父和我的性命，才有后来的白马驮经入东土。如今多少年过去了，师父已经涅槃，西牛贺洲再没有传经之人前来。想来定是那大妖怪拦路作祟，无人敢来。我必须在有生之年回到西牛贺洲，将更多经典带回东土以救沉沦众生。"

"我听得那妖怪本是一名神仙，在王母娘娘的蟠桃盛会上失手打碎琉璃盏后被贬落流沙河做妖，每日要受天宫降下的飞刀穿心之罚，自此变得性情狂躁、穷凶极恶。我怕长老此去凶多吉少。"

清晨的第一缕阳光照亮了和尚的秃头，他摸摸自己的脑袋，缓缓地站了起来，对青道士施礼："既然他也是可怜人，那就让佛法来度他吧。道友无须为我担心。你所修法门是从有中来、到无中去的超脱之法。我修的却是我不入地狱、谁入地狱的苦行之道。我们就此拜别，如有幸，他日东回之时再见。万一不幸，死于半路，就让我的骨头化作佛门法器，继续保护佛法东传。到时道友见了法器也算了却我们的因缘。"

"既然如此，请长老兀自珍重，山高水长，后会有期。"

和尚走出一段路，又扭头笑了笑："道友，你的胡子掉了。这么俊的女子，还是不要装扮作男子了。哈哈。"

青道士一把扯掉自己的胡子，望着和尚离去的背影，心情莫名地沉重。

凌云牵着驴又回到了铁匠铺。

他用王铁匠的剑割断了道德天尊的幌金绳，方知王铁匠手艺通天。

门开着，铁匠收拾好行装正要出远门。凌云急忙拦住他："王师傅，我有眼不识泰山，请您千万不要怪罪，务必传授我铸剑的法门。"王铁匠狡诈的脸上有歉意："我要出远门去长安了。铸剑之秘就是昨日那番话，须知万变不离其宗，你好好领悟，他日必能有所成就。"

凌云错愕不已："为何如此突然？况且此去长安，一路刀兵凶险，怕是不智之举。"

王铁匠眼中满是憧憬："再难，也难不过独臂和尚在悬壁上刻佛经。他身有残疾尚能如此，我也一定能到得长安。我年轻时本不欲做一铁匠，而是想当一名出色的乐师。如今年已不惑，时日无多，再不去长安乐坊学艺，怕是一生都要埋没在炉火中，做一个满身铜臭的匠人。"

凌云望了望他粗短的手指："可你是这么厉害的铁匠。"

"那你还是一个道士呢？

"去吧，小子，人生苦短。谢谢你的金蛋蛋，我的盘缠因此非常充足，足够一路吃喝玩乐到长安了。"

驴心里一惊，翘起小尾巴一言不发。

凌云只好恭恭敬敬地作一揖，既是拜别，也是谢王铁匠的薪火传授之情。

要回家了。夜郎城已经落在他们身后的山影之中。

夏日水涨，横波难渡，但渡头偏偏换了一条大船，换了一支长长的篙，还换了一个船夫。他瘦瘦高高，双目微陷，鼻梁高耸，明明不是善类的容貌，却有两条长长的慈祥的眉毛，让人捉摸不透。

他撑船的技术很好，一双握篙的细手肌肉均匀，就像久经年月的竹条编织出来的。他一篙下去，任风高浪涌，船也能如履平地、稳健前进。

驴都忍不住称赞："船夫，你可是乌江上百年不遇的撑船好手。"

船夫不紧不慢地点点头："谢谢。"

青道士看着他似曾相识的背影问："你不觉得这头驴奇怪？"

船夫哈哈大笑："风都会传经，一头驴有什么奇怪的？"

青道士点点头："你也听到风在说话？这乌江两岸怕是不会太平了。"

船夫把篙一收，船头轻轻挤上滩涂："世间是非之事，总得有是非之人来平，道长不要再卷入是非就是了。"

青道士不紧不慢地拉驴下船："他们不来找我，我也要去找他们。是是非非，不死不休。"

船夫在他背后摇头一笑，轻轻地说道："看来我也躲不开啊。"

乐风在家里听凌云讲述一路的见闻。他问青道士："师伯，和尚会死吗？"

青道士略带遗憾道："听说那个流沙河的妖怪日益残暴，尤其喜欢吃佛门中人，以断绝佛法东来。如果和尚愿意留下来多好。"

乐风又问青道士："帅伯，王铁匠能到长安吗？"

青道士点点头："只是那些金蛋蛋是驴的粪便变化而成的，法术一过就会露出原形。王铁匠虽不会死，但一路可不好受了。你不要和你师兄讲，否则他又要内疚儿日了，烧的饭菜也会不可口。"

乐风再问："那我见到的那只乌鸦，它能到西天吗？"

青道士点点头："此去路途遥远，天气恶劣，它怕是飞不到了。但它一心向往西天，死后当魂归极乐，也算是通向西天的捷径吧。"

乐风听到乌鸦必死，突然就哭了。

第五章

怀璧其罪

• • •

树无用，不求有为而免遭斤斧。

乌江浩渺。江以北是夜郎城，江以南有青道士的小木楼。

此夜，青道士在屋中静坐，窗外的远景是如裙袂飘扬一般的山脉，数不清的林木在风中摇摆，像沉默的列队行进的士兵。天空中突然出现一抹苍白的妖气，往夜郎城的方向流窜，正邪难辨，一晃而过。

青道士随之远眺，隐隐不安。十天后，青道士的小木楼接连抬进求医的人。他们由家人抬送，从夜郎城渡江而来，病症古怪：团抱成卵状，绝食等死。普通大夫束手无策。

青道士的驴子会说人话，在一江两岸早已见怪不怪。它仿佛在数钱："一个蛋、两个蛋……十个蛋。"

十个人被抬进驴棚里，吵吵闹闹："不要碰我，我是一个等待孵化的蛋，快把我放到温暖的屁股下面。"

于是驴子一屁股坐下，轮流坐到他们脸上，让他们安静下来。

青道士总是一副冷冰冰、拒人千里的模样："此病不难治疗，方法有两种：一种成本低，所以便宜，收十文；一种成本高，所以贵，要收一百文。"

一个病人的妻子要便宜的，剩下的钱要给孩子买肉做饭。

青道士随手一抓一抛，她的丈夫被甩出去，像张年画一样牢牢地贴在墙上，片刻后才滑落在地，呕出三口黑血，慢慢清醒过来。但他醒后全身剧痛，没有十天半个月是下不了地的。

一个病人的父母要贵的。青道士让乐风拿来一个碗和一个生鸡蛋，在病人耳旁轻轻敲碎鸡蛋，说道："蠢货，足月了，当破壳而出了。"

"哦，我长大了。"那人倏忽睁眼，喜极而泣，流出深红色的眼泪。等到眼泪流尽，人彻底清醒，紧紧地抱住他的双亲。

一个病人有两个儿子，他们窥视救人之法后偷偷地把父亲搬出了驴棚。一人从怀里掏出一个熟鸡蛋，准备依葫芦画瓢。他们没想到，这充饥的食物有大用途。

青道士在驴棚里喝道："我有法术，你们没有，照猫画虎尚会弄巧成拙，何况还是用一个熟鸡蛋？"

"你不要唬人，一个鸡蛋才一文钱，你却要我们十倍、百倍的价格！我们不上当。"

"都说凡人生子生孙不过贻误自己，果不其然。"青道士冷冷一笑。

兄弟二人在父亲耳旁将熟鸡蛋打破，急切地说道："足月了，该破壳了。"

二人的老父兴高采烈地叫道："啊，破壳啦，可是我怎么被煮熟了？"然后老人两脚一蹬，一命呜呼。

兄弟二人反复检查老父的身体，瘫坐在地上恍惚许久，跟着捶胸顿足，怒目而视青道士："你的方法不对！你要为老父的死负责！"

"赔钱！"

"对，赔钱！"

二人气势汹汹地冲进驴棚要撕扯青道士。驴子忽然直立起来，挥舞前蹄将他们踢得满地找牙："滚！不要妨碍老子做生意，这个月能不能改善伙食就看今天了。"

兄弟捂脸号啕，又知道敌不过这个妖怪，只能抬着尸身叫骂而去。

求医的人千奇百怪，有钱的舍不得钱，没钱的又舍不得亲人遭罪。折腾了一天，青道士才把他们都打发走。

乐风问青道士："为什么对那个老父亲见死不救？"

青道士不以为意："他的儿子都不爱惜他，我又何必多管闲事？"

乐风不同意："可是我们作为好妖怪，不是应该古道热肠、救人于水火吗？"

"那是你师父，不是我。再说了，什么是好妖怪？我是凭心而活、吃人长大的妖怪，怎么能被俗世的道德评价所束缚？"

"讨厌鬼。"乐风对着他做鬼脸，青道士也对他做鬼脸。

翌日，平日深居简出的蜘蛛精七姐妹登门造访。她们之中只有一个人站着，美丽性感。另外六个人躺着，不断吐丝作茧，把自己裹得严严实实，变成乳白色的蛹。

乐风轻推其中一个茧蛹。茧蛹发出声音："不要碰我，我要变成蝴蝶！"

乐风扭头问驴子："啊？蜘蛛最后会长成蝴蝶吗？"

驴子做思考状："不对，毛毛虫会变成蝴蝶，蜘蛛只能长成一飞就掉粉的蛾子。"

"混账，你才是掉粉的蛾子。"蜘蛛精大姐勃然大怒，要把驴子大卸八块。

"够了。"青道士把驴子的长耳朵扭成一团麻花，然后甩了出去，算是救了它一命，"从明天开始，你和乐风一起去上学，我的坐骑不能这么没文化。"

青道士慢条斯理地从茧子上抽出一根丝，捏在手里悬丝号脉，脉跳时而缓慢如滴水，时而急速如骤雨。

六姐妹和此前的凡人一样，体内阴气被大量抽走。凡人因此折寿，她们则丧失修为，并且体内阴阳失衡，神思发生不同程度的混乱，产生癔症。

"谁干的？"

蜘蛛精大姐一时半会儿不知从何说起。只道那日她们在露天浴场洗澡，忽有一英俊男子偷窥，若在往常她们会将这登徒子勾魂摄魄、榨干吃净。但那一日不知为何，姐妹七人反被此男子迷住，遭他逐一亲吻，被吻之后随即失魂落魄，开始吐丝作茧。

若非老大法力深厚一些，及时清醒过来，恐怕姐妹七人都要遭受厄运了。

"不记得他的模样？"

蜘蛛精惭愧地摇头："记不住，只觉得是一个美男子。"

"原来我以为只是一个贪恋凡人精气的宵小之徒流窜至此，没想到能把你们迷住，看来这人有几分道行。"

"大人救救她们！这茧坚韧无比，我无法破开，又怕妹妹们吐丝吐尽、气血败亡。"

"破开此茧容易，但没了五百年修为，恐怕她们保不住人形了。"

一把翠绿色的匕首不知何时出现在青道士手中，一道青芒闪过，数个虫茧同时分崩离析，六只颜色各异的大蜘蛛现出原形。大姐不禁抽泣，这几个姐妹被打回原形，必须重修人身了。

"青莽大人，你也没有办法吗？"

"被谁夺走的阴气，吃谁的肉，或许还有机会复原。"

蜘蛛精连歹人是谁都不知道，谈何吃他的肉、喝他的血，只得悻悻告退。

乐风问青道士："师伯，为什么你帮妖怪不收钱，帮人却要收钱呢？"

"因为蜘蛛精长得漂亮、身材好，衣服穿得少。"

"你太过分了！可你只是一个银样镶枪头啊。"

"看看也过瘾。嗯？不对，谁教你的这些乱七八糟的。"

乐风指向驴子。青道士瞪向驴子："罚你一个月没有零花钱。"

"我不服！他不是小孩子了，八岁的猫已经很老了。"驴子愤愤不平。

青道士瞥了驴子一眼，严厉地说："你们两个最近都给我安分点。寻常妖鬼只是吸人阳气，这夺人阴气的路子太邪门了，恐怕又有很危险的人来了。"

驴子吓得捂住嘴巴："吸阴气？那我的初吻不是很危险了。"

青道士狠狠地踹了它一脚。

深夜，乐风疯耍了一整天，方趴在青道士腿上沉沉睡去。青道士看他睡得熟，睡梦中还在絮絮叨叨，想到了少年时候的魏少青，不禁一笑。然后，一阵倦意袭来，青道士的眼睛缓缓闭上了。

梦正要开始的时候，他听到屋顶上有很轻的脚步声，像一朵花轻飘飘地落在水面上荡起涟漪的声音。

有人从窗户进来，他手里有一把锋利的剑，或者他纤细的手本身就是一把绝世凶器，锋利得薄如蝉翼，在空气中轻轻颤动，发出悦耳的鸣声。

青道士睁不开眼睛，他恍惚了，有庄周梦蝶的困惑，或许那把剑会扎进他的心窝。

不是，这个人不是要杀他，而是要亲吻他。对方的唇齿有一股秋日里草木凋零的味道。青道士的袖口忽然青光大作，他双目一疼，骤然清醒过来，一掌劈出，一个白色的身影翻出窗户，远远遁去。

青道士放下乐风去追赶，但那人已不知所终，只在天边留下一道擦痕。如果不是青匕护主，今晚恐怕他就着了道。什么人，有这般迷人心魄的本事？他不禁朝远方怒道："何方妖孽，我还没找你，你倒送上门了？"

驴子突然推开窗户，探出头和青道士四目相对。它长长地"哦"了一声，然后诡异地笑道："吸阴气的人来了？你的初吻还在吗？"

"滚进去。"青道士手一挥，窗户"啪"的一声紧紧关上，把驴头都打肿了。

"哎呀，我的鼻子歪了。"

"不对，滚出来！"青道士的手隔空一抓，鼻青脸肿的驴子从一楼的驴棚滚了出来。青道士指着贼人消失的方向："追妖气去。"

"晚上开工要三倍工资。"

青道士瞪它一眼，驴子服软："好吧，加一倍就可以了。"

"师伯，我也要去玩！"不知何时被惊醒的乐风从二楼的窗户上跳下来，落到驴子身上。

"你不能去，小朋友不睡觉不长个头儿。"

"可是家里没人，我不敢睡觉，我怕。"

"怕什么！你凌云师兄不是在家吗？让他哄你睡觉去。"青道士不理解乐风在怕什么。他的弟子年方十四，是勤俭持家的好男儿，烧菜做饭、带孩子、管理牲口都是一把好手，唯一的爱好是打铁铸剑。平素都是他在照顾乐风。

"师父，我在这里。"一个熟悉的声音响起。

凌云不知什么时候备好了干粮，骑上了驴子："师父，我们好久没有夜游捉妖了。月色如此撩人，不可辜负啊。"

青道士捂住脸："真是受不了你们。那你们两个往前挪一挪，空个位置给我坐。"

驴子的脚一软："我驮不动三个人，我要告你们虐畜！"

夜晚把世界变成了一张水墨画。乌江水缓，波纹如锦缎。

一条渡船停在江心，一个船夫躺在渡船上。水流而渡船不动，仿佛船是画在江水上的。

微凉的雨水飘飘洒洒，就像织布机上轻轻柔柔还未成形的丝丝缕缕。

船夫把斗笠盖在肚子上，双眼似闭未闭。他喜欢看雨，尤其是这种淅沥沥的小雨，总是让人心生惆怅，让许多早已忘怀的人和事涌上心头。

他来自西牛贺洲灵山之下的一块宝地。那里从来没有雨，因为那里的人无牵无挂，心如止水。而没有愤怒和悲伤的地方，自然没有炎炎暑热和凄风冷雨。那是一种心满意足的孤独。他害怕孤独，所以才会跑入这红尘俗世。

他听到慌张急促的脚步声从乌江南边传来，看见一个男子跟跟跄跄地逃亡，赤足褐衣，头发散乱，一只猫紧跟在他身后，皮毛呈淡黄色，四蹄白如雪。

等到了江边，男子举目张望，江面开阔，彼岸难登。他对猫儿说道："月儿，你快跑，不要管我了。"

男子话才说完，便气力不济昏厥过去。猫儿伏地一滚，用尽全身力气变作一个十三四岁的女孩子，艰难地背起男子，想要泅水渡江。女孩看见江中有一船，若有似无，急忙哀求："船夫！麻烦您，您能摆渡载我们过江吗？"

"不能。我是一个有原则的人，白天干活儿、晚上休息，从不加班。"船夫不假思索地拒绝，然后颇有深意地提醒道，"你可以放下那个男人，自己游过去。"

"我不会抛下他的。"女孩不愿苟且独活。回头是死，不如一往无前。

"你喜欢他？"

她的脸红了："他是我师父。"

"答非所问，无趣。"船夫不再说话。河岸突然传来沉重的脚步声，追兵至。两个高大的黑影来到岸边，不约而同地发出震耳欲聋的威吓："哪里逃！"

女孩闻声瑟瑟发抖，她克服恐惧，驮着她的师父潜水远游。女孩的师父迷迷糊糊地醒来，想把女孩推开："月儿，快放手。"

"不行！"

追来的两个男子不识水性，着急地对视一眼，分别甩出一根红线，牢牢捆住他们往岸上拽。

"救命！"女孩呼喊。

"如此良夜，怎可喧嚣？停手吧。"

"谁多管闲事，不知死活吗？"

"口气真大。"船夫抬手轻轻一抛，斗笠顿时向半空翻腾，斗笠上的江水和雨水挥洒如舞，然后准确稳当地落到一男子头上。

轻盈的斗笠此刻仿佛有千斤之重，一压到底，那人还没来得及哼一声就被压成了一团血污，腥臭的味道飘出。另一个人吓得扭头狂奔，再不敢回头。女孩和她的师父在水中沉浮，难以自救。

船夫不管他们，合眼听江水流动。

"大鹏鸟，你既然出手了，何不好人做到底？"青道士一行正好来到江边。

"我不是要做好人，只是嫌来人太吵了。你在岸边看了那么久的戏，为什么不出手救人？"

"哦？吵啊？"青道士故意大声说，"来，搭我们过江吧。"

"明天请早。"江心的渡船径直顺流而下，去寻他的清静赏雨之处。

"既然他不救，那我们救吧。"青道士一脚把驴子踢下水。驴子化作一只巨鳌，搭他们三人乘风破浪，英雄救美。

女孩躺在地上良久才睁开眼睛，她看到一头驴子、一个俊秀得男女莫辨的道士和两个傻乎乎的孩子。

驴子抱怨："我本来只想把女的救上来，谁知道她手里还拽着一个男人，真是费劲。"

乐风在女孩身边嗅来嗅去，兴奋地和青道士说："漂亮的小姐姐也是一只猫妖。"

好奇怪的一群人。女孩犹豫要不要继续假装昏迷。青道士打量了两人一会儿，双手突然从宽大的青白袍子里伸出，然后隔空一抓。只见男人弓身腾空，被一团青光困住，慢慢变作一株巨大的老山参；女孩则腾空变成了一只猫。

众人吃惊，驴子垂涎欲滴："我去，好大一根人棍，这得有多补、多值钱？"

乐风问凌云："师兄，这么大的人参煮汤好喝吗？会不会太老了？"

凌云说："是老了点，不过切片和老母鸡一起煲，补气补血。"

女孩大吼道："不要吃我的师父，不要！"

青道士诧异地看着她，问道："你一只猫妖，拜了一株人参当师父？要知道，即便在草木精怪中，人参一类也是数一数二的弱小之辈。虽然有大补的功效，但它们的体质有缺陷，无法修炼出本命丹元，所以能变成人的非常少见，更莫提有什么大的本事了。又凭什么为师，凭什么授徒？"

"人参精怎么了？我师父是天底下最好的师父。他对我好，对人好，是最善良的妖怪。"

乐风问她："他怎么对你好了？"

"那时候我还没修炼成人，在山中被野兽追赶，是我师父把野兽赶跑的。他因此被野兽咬伤一条腿，落下终身残疾。后来我们一起在俗世闯荡，穷困潦倒，天寒地坼之际流落街头。大风大雪几乎把我们吹成雪球，但师父始终紧紧地把我抱在怀里，没有让我受过一丝风寒。缺吃少喝的时候，他自己不吃不喝，都让我吃、让我喝，免得我吃老鼠充饥。他的好三天三夜都说不完。"

驴子捂住嘴："好恶心。吃老鼠？看你眉眼清秀，居然吃老鼠。"

乐风感慨："那你师父是很好，我师父经常不让我吃饭，嫌我胖，要我减肥。"

青道士看她的伤心悲痛是真情流露，不禁手一松，猫儿变成女孩摔到地上。

青道士问："你喜欢他？"

驴子鄙视地盯着她："这么小的年纪就爱来爱去的，臭不要脸。"

所有的颠沛流离、提心吊胆和单相思的委屈忽然全部涌上心头，女孩忍不住号啕大哭："你这头骡子精才不要脸，你们才不要脸，整天想着吃我师父。吃萝卜不行吗，非得吃人参？"

乐风从旁递上一块布："小姐姐不哭，不哭。我也是猫妖，我们都是好人，除了那头驴子。"

女孩接过布抹了抹眼泪："你也是猫妖吗？你可不能像他们那样坏，太欺负人了。"

凌云突然一把将布夺下，神色严肃。女孩惶恐地看着他："你们果真是坏人吗？"

"不是的，只是这布是我师弟睡觉时所用，不太适合擦脸。"

驴子把脑袋凑到女孩跟前："他爱尿床，用来当尿不湿的。"

女孩仿佛受到了极大的刺激，呆呆地看着这群人："你们究竟是神经病还是坏人？！"

"你确定这是你师父？"青道士五指用力收紧，人参在半空中一阵紧缩，吐出一道暗淡的黄光，变成一根如人的发丝般粗细的参须掉在地上。

"师父！"女孩一愣，转念就想明白了什么，悲恸欲绝，"坏人要来吃他，他怕我不肯离开，用分身之术骗我走。"

"这么有情有义啊……值得赞许。"青道士不痛不痒地拍拍手，一脸的不信。

驴子偷偷和乐风说："没准儿她师父是把她抛出来吸引火力的，好自己逃跑。"

乐风瞪了它一眼："驴子，你的内心怎么这么黑暗？"

青道士说："既然你师父希望你逃出生天，你就该遂他的心愿，从此远离是非，好好生活。"

女孩爬起来："不行，我师父对我不离不弃，我不能让他独自面对危险，我要与我师父同死。"

乐风猛地想起魏道士惨烈的死状，心头一热，跟着慷慨激昂地说道："我也要和你师父同死。"

青道士狠狠地拧了一下乐风的耳朵："乱喊什么口号，乱说什么话，你认识她师父吗？"

"疼、疼，师伯，那我们去救她师父吧，她师父是一个好人耶。"

青道士问女孩："你师父身在何处？"

"在夜郎城以北的无名小镇。我们在那里有一处宅子，他肯定是独自留下面对坏人了。"

女孩遥指的方向正是白色妖气消失之处。青道士说："既然顺路，那我们就陪你走一趟吧。"

女孩说，她的师父是一株两千年的人参，生活在云雾缭绕的秦岭山脉，靠吸收太阳的精气获得了人形，一直漫无目的地活着。后来，他听说积德可以成仙，便想入红尘化作一名江湖游医，悬壶济世。

在世间行走之时，他收留了失去母亲的猫儿。猫与生俱来就擅长抱阳守阴之道，喜欢吸收天地灵气。在人参精散发的药性滋养下，她慢慢有了人形。后来两人结为师徒，共同游历。

随着大汉朝爆发赤眉、绿林之乱，三军对垒，白骨成山，人参精便随军从医，救治那些身不由己的可怜人。

赤眉军中有一术士，名赤道人。传说此人的法术已臻化境，动怒时足以惊动鬼神。他发现了人参精的身份，一开始还传授人参精一些法术，说人参精的体质特殊，无法修炼别的法门，但可以传承他的衣钵。后来人参精才发现，赤道人是要把自己培植成鬼参吃掉，以增加功力。

所以，人参精师徒不得不亡命天涯。但随着赤眉军攻城略地，势力范围越来越大，赤道人的爪牙发现了他们的行踪。

乐风问青道士："为什么增加功力非得吃掉人参精呢？那得有多疼，人参精的家人得多伤心？"

青道士轻描淡写地说："你吃鱼的时候，鱼不痛吗，鱼没有家人吗？这个世界就是吃来吃去的世界。"

女孩不服："我师父不是普通的人参，我师父是好人。"

青道士笑了："哦，好人不该被吃。那如果你师父是坏人，就可以被吃掉了？"

女孩一时语塞，有点嗔怒："不行，我师父不能被吃，不管他是不是好人。不，不对，我师父就是好人！"

青道士又笑了："遵循善恶是非只是为了内心的平静，这种遵循并不能躲避灾祸，或者让弱小者变强大。"

乐风托着脑袋："你说得好深奥，不明白。"

"猪脑子！"驴子扭头鄙夷地看了乐风一眼。砰！驴一头撞在了一座花岗岩门楼牌坊上，牌坊晃了一下。除了步行的青道士，几个孩子摔了一地。

驴子一会儿捂着头，一会儿捂着脖子，叫唤道："痛死老子了，刚刚明明还是一段山路，怎么突然到了这里？这是什么鬼地方？"

青道士回头看了一眼，乌江已在二三百里之外，而眼前门楼牌坊巍峨高耸，门楼之后灯火通明。

世间有一门缩地之术，可使千里路程瞬归一处，二三百里的距离更不在话下。他们显然是中了缩地之术，被请君入瓮了。青道士的表情凝重起来，看来是来者不善、善者不来。

"你们打起精神，这个地方不太对劲。"

"不对劲？"驴子拔腿就跑，"那我先回去睡觉了。"

狂奔一圈，驴子又回到了牌坊前，目瞪口呆。青道士狠狠地敲了一下它的脑袋："我们中了别人的缩地之术，就像孙猴子进了西天佛陀的五指山，不破此术，不要想跑。"

凌云悄悄地把半截戒尺剑塞到乐风怀里，附耳道："师弟，这是王铁匠卖给我的利器，你拿着傍身。不要让驴子知道，不然它也吵着要。"

"这断剑有什么用？"

"曾经割断过幌金绳。"

小镇悄无声息，草木枯萎，空气干燥。驴子趴在街边房屋的窗户边上偷看，发现屋里都是一些团抱成卵状的神志不清之人，油灯里没油却依然烧得非常旺盛。众人喉咙发疼，眼睛干涩得布满血丝。

"这个地方显然已经阳亢阴衰。你离开这里多久了，之前是这样吗？"青道士问女孩。

"三天，三天而已。师父，师父！"女孩一路奔跑，来到小镇中央一处三进三出的大宅前。宅子庄严、肃静。

"没想到你们住的地方还挺豪华。这哪里像在避难？"驴子的语气酸溜溜的。

"师父说了，大隐隐于市，繁华之地才是最安全的地方。"

女孩推开门，宅子里静悄悄、黑漆漆的，没有点灯。因为是阴天，也没有月光。她不需要掌灯，很快就轻车熟路地来到一个隐约有光亮的地方。

再推开门，只见纵横交错的红线闪闪发光，衣衫不整的人参精被花式捆绑于梁柱之下，仿佛受尽折磨，心满意足地沉沉睡去。凌云伸手把乐风的眼睛捂住。驴子强忍住笑："猫妖，你师父的姿势好销魂。他是喜欢受虐吗？"

"贱骡子精。"女孩狠狠地踩了驴子一脚，欲冲上前解救师父。

青道士手一拂，剑影绽放如花开，红网破碎，人参精跌落在地，命留一线。

众人围住他，想看他是死是活。女孩轻轻呼喊："师父，师父？"

人参精毫无反应。乐风想安慰她："你师父好帅，死了也这么帅。"

女孩点头，眼里满是崇拜："嗯，他很帅，特别是给人治病的时候，不分贫富贵贱，都超有爱心。不对，你才死了，我师父不会死的。"

"嗯，他不会死的，可是为什么他的头发有点少？"

女孩遮住人参的头顶，有点尴尬："其实，我们师徒并不精通医术，每遇见疑难杂症，我师父就拔下一根头发化作人参为人医治。师父的心太善，为了多救一些人，长头发的速度都赶不上拔头发的速度了。"

"哦，舍己为人，好伟大。"驴子凑过来，"需要人工呼吸吗？"

"不用了，要也是我自己来。"女孩推开驴子，紧紧护住她师父。

这时人参精慢慢睁开了眼睛："月儿，你怎么回来了？为什么不跑？"

"师父，有一个很厉害的道长来帮我们了，或许我们可以不用逃了。"

"月儿，绑在我身上的红线不能断，一断我就活不成了。"说完这句话，她师父便变作一根一指粗细的人参须。

青道士冷笑道："又不是真身，你师父怎么像兔子精一样。"

凌云问："师父，是狡兔三窟的意思吗？"

女孩瘫坐地上："师父到底去了哪里？"

乐风正要安慰她，地面突然抖了一下，一道绿光像初春的野草一样从地底钻出来，一幅巨大的绿色金乌图腾出现。

这绿像是坟头萤火的绿。青道士猛地抓住他们几人后撤，喊道："快跑。"

众人还未来得及反应，突然仿佛暴风骤雨袭来，沙尘俱下，门扇倒下，门框倒下，梁柱倒下，天井分崩离析。仿佛有一头怪兽从地底钻出，张开巨嘴要吞噬这处宅子。它先是咀嚼，然后噎住，最后用强健的咽喉肌肉将残砖碎瓦彻底挤碎咽下。

强大的吸力像一个难以挣脱的旋涡，要将一切都挤压成齑粉。

青道士刺出千百剑，无数剑芒汇聚一处，变作一条青色大蟒将众人团团包裹。

等到万籁寂静，驴子率先从废墟中钻出来："都死光了吗？死光了我就一个人回家了。"

"哐当"一声，一块石头砸到了它头上，凌云和青道士钻了出来。半个小镇的房屋都毁于一旦，而周围依然万籁俱寂，没有人被惊醒，也没有人围观，连鸡犬都没有吵闹。这个地方比墓地还要安静。

"师弟呢？乐风，乐风？！"凌云焦急得到处翻找。

"师兄！我没事，可是小猫姐姐为了救我受伤了。"乐风扶着女孩钻出来，她的头上被砸出一道很深的伤口，仿佛一条长长的蜈蚣趴在头顶。

驴子检查她的伤口："我去，救回来也破相了，不如让她安心上路吧。"

"走开。"青道士把驴子重新按进废墟里。

乐风哀求青道士："师伯，你肯定有办法，对不对？"

青道士拧着驴子的耳朵："把你藏起来的两根人参拿出来，否则骗了你。"

"这都被你发现了？"驴子不情不愿地拿出两根人参，喂女孩服下。女孩的伤口渐渐愈合，神色从痛苦转为安宁。

有人？是始作俑者吗？一个白衣人突然从一侧的屋顶掠过，如蜻蜓点水般远远落在门楼牌坊上。

"鼠辈哪里走？！"青道士冲向门楼牌坊，但那白色身影如风无定势般飘忽，稍纵即逝。青道士想追赶他，又怕乐风他们落单有危险，便跺脚放弃了。

青道士询问女孩："你可认得那个身影？"

"想吃我师父的赤道人平素最喜穿白衣了，恐怕就是他。"

"此人的阵法和身手相当了得，我们快点走。"

青道士环顾四周，感觉众人就像一张蜘蛛网上的飞虫，猎手不知道在哪里悄悄潜伏着。

一行人才走出小镇，乐风忽然感到一阵头晕目眩："师兄，我感觉自己好像骑在一条蛇上面。这条蛇原本盘成一团不动，现在突然伸展身体在飞快地爬行。"

凌云背后冒出冷汗："师弟，你可以晕，千万不要吐。"

青道士的脸僵硬了："看不出你的知觉比我的还灵敏，值得夸奖。"

驴子不悦："难道我们又中了别人的法术，你没有发觉？你是带我们出来被猴耍的吗？"

"我大意了，没想到同样的招数对方会用两次。喂喂，乐风，你捂住嘴。"

乐风吐了驴子和凌云一身。等他抬起头，发现众人正身处一片桃林中。桃花已经落尽，大地一片粉红，沉甸甸的枝头挂满了火一样红的桃子。他们又中了缩地之术，一步千里。

青道士再次回头，乌江已与他们相隔千山万水。

驴子拉开四蹄，像一架梯子一样架在一棵桃树上。乐风顺着驴肉梯子往上爬，准备摘桃子吃。

"不要动。"青道士呵斥他们，"只有这个时候你们两个才不吵架。"

驴子和乐风一脸正经地说："吃肯定比吵架重要啊。"

"这么红的桃子，恐怕有古怪。"

驴子说："红怎么了，怎么古怪了？大不了吃完上火，喉咙痛。小胖子快摘，快摘。"

"啊！"乐风摘下一个桃子，还没来得及吃，突然感觉像徒手抓着炭一样，不禁惨叫一声。桃子掉到地上变成了一团火，一幅红色的金乌图腾随即出现，越变越大，星星之火迅速燎原，整片桃林瞬间变成火海。

众人顿时焦头烂额，紧缩在一起，但火墙越来越高，几乎有吞天之势。青道士在地上画了一个圆圈，将青匕剑一抛，扎中圆心，火势被逼退七尺。

他嘱咐道："你们不要离开这个圆圈。这火是极阳的三昧真火，非常危险。我去探探路。"

女孩喊道："道长，请带上我。找我师父的同时，或许我还能为你效劳。"

"那就一起走吧。"青道士长袖一卷，把女孩抱在怀中，匆忙踏火而去。

驴子和乐风心心念念都在挂记化成火的桃子，不禁垂头丧气。

一个白衣男子在火中劈开一条路，慢慢逼近圆圈。他的眉毛是红色的。

乐风盯着他："我好像在哪里见过你。"

来人非常骄傲："我走南闯北，用这招和我搭讪的男人、女人如过江之鲫。但是，孩子搭讪，我还是头一次遇到。"

"切，我师父、我师伯都比你好看多了。"

"是吗？"白衣男子试图把手伸进圈子里，凌云和驴子如临大敌。青匕剑一闪，把白衣男子的手弹开了。

"你们和人参精是什么关系？"

"坏人，我们要救人参精，你就等着被我师伯揍扁吧。"

白衣男子再次尝试破掉青道士的圆圈，但青匕剑威势不减。火舌肆虐之势不断增加，周围温度足以熔金烁石，男子的白衣边缘出现不少黑点，再僵持下去恐怕会被三昧真火烧伤，不得不转身遁去。

"师兄，我们会被烤熟吗？"

"不会，被三昧真火烧到，灵魂会直接变成灰，不会变成烧肉的。"

乐风忽然眼中有泪："我师父当年就是被三昧真火烧死的，那得有多难受啊。"

凌云抱乐风在怀里："乖，有我和我师父在，没事的。"

驴子挤进他们两个中间："也抱一抱我吧，这样先烧死外围的人，我还能多活一会儿。"

这金乌阵法催生的火焰不比老君的丹炉逊色多少。青道士心急如焚，他一人脱身并非难事，但难以顾及一众人的安危。而在三昧真火中几进几出，他的力量消耗极大，再过片刻，恐怕青匕剑也难以护住乐风他们了。

女孩也很焦虑："我师父最喜欢在这片桃林独处，我感觉他肯定在这里。我们要救他。"

"不需要费这功夫了，这么大的火，如果不破阵，谁都得死。"

"我听师父说过，赤道人曾经传授过他关于金乌的法术，或许他知道怎么破阵。"

"既然如此，只能死马当活马医了。只是不知道你怕不怕死？"

"不怕！"

"那就好，"青道士把女孩甩了出去，"麻烦你冒险了。"

一道奇怪的符咒注入女孩体内，她落在火中变成一只避火螭吻兽。青道士落在她身上，说道："猫妖乃罕见精怪，有潜移变化的天赋，我将你变作避火神兽，可有一炷香的功效。如果找不到你师父，你将被三昧真火烧得魂飞魄散。"

"道长不必废话。"避火螭吻兽动如脱兔。一道白色的身影远远跟着他们，但因为火焰之幕，机警如青道士也一时不察。

桃林火海，树木被烧成红艳艳的珊瑚。

避火螭吻兽斥退火焰，终于在九曲十八弯之处找到两棵几乎完全对称、相隔五尺的桃树。它们像一道火门。

"有我师父的味道。"

青道士的袖口鼓起一股寒冷的罡风，两棵桃树上的火焰仿佛被扒下外衣一样熄灭了。一棵树上有字：毁之则生。另一棵树上有字：毁之则死。火焰只熄灭了瞬间，然后重新烧了起来，热度更胜之前。

避火螭吻兽说："看来这就是阵法的生门和死门所在了。道长，我们是毁掉生门还是死门？"

火越烧越旺，青道士左右为难，突然问了一句："你师父在哪里？"

"火势太大，到处都是焦煳味，我只能感觉到他被困在附近，生死不定。"

"既然是生死之间，就放手一搏了。"青道士掐诀唤雷，天上顿时层云如聚，随后龙形阴影划过，一道龙雷劈向两棵桃树中间。

火焰散开，第三棵树出现，人参精与之前一样被花式捆绑在树下，被雷劈得焦香浓郁。

"你师父的花式爱好真的好特别。"青道士吞吞吐吐地感慨一句。

"不许嘲笑我师父！"避火螭吻兽扭过头要咬他的手。青道士闪避之后拍了一下避火螭吻兽的脑袋，它重新变作一个女孩。而捆绑着人参精的红绳像吸血虫一样不断从人参精身上汲取力量。

"怎么办？"

青道士一眼看出究竟："看来你师父才是维持阵法的关键。杀了他，可以破阵。"

人参精睁开眼睛，看着女孩叹息一声，说道："月儿，你又来了，难道这是天意吗？"

"不可以，不可以杀我师父。"

火光中闪过阴影，青道士急忙回身。几道紫气自他背后射来，他旋身左右一拔，但有一道紫气漏过青道士的掌击，射中人参精的脑门儿。

青道士欲向敌人发难，但是对方轻轻松松地退入火海，变成一道白光飞向远处。他留下一句话："不要意气用事，想想怎么救你的同伴吧。"

桃林火海中的红色金乌图腾消失，火势虽然不减，但失去了滔滔不绝的势头，一线生机出现。

被捆绑的人参精变成了一根三指粗细的人参须。女孩捧着人参须说："每一根人参须都是师父的精气幻化的。一路以来，人参须越来越粗，师父的精气恐怕要耗尽了。他到底在哪儿？"

"你师父果然古怪，以我的功力都看不出这只是一个分身。"

虽然很轻微，轻微到就像蛛丝在空中飘扬，但青道士仍发现地面在移动。他怒发冲冠道："要是连续三次中了你的缩地之术，我在妖怪的江湖岂不成了笑话？"

青道士一举手，青匕剑破空而至，一念动，剑如定海神针，直插大地深处。"轰隆"一声巨响，地面被青匕剑炸开一个直径和深度都有丈余的大坑。烟雾激荡，坑里传来一声类似瓦釜破碎的声音，然后戛然而止。

地面像一团紧缩的布满褶皱的纸，被完完全全摊平，平整如初。缩地之术被破，对方再不能随意转移他们。

等到大坑里的烟雾散尽，青道士和女孩发现青匕剑正扎着一个人参精。

女孩跳下坑，握住人参精的手。他望着女孩，凄厉地吼了一声："月儿，我死得好惨。"说完又变成了一根三指粗细的人参须。

怎么又有一个人参精？青道士突然觉得头皮发麻，仿佛有无数人参精正围着他跳草裙舞，妖娆的人参须抚弄着他的七窍，要让他打喷嚏。

"到底在搞什么鬼？！"青道士大吼一声。一道闪电在他身后划过，照出他烦躁狰狞的脸孔。

救回乐风等人后，众人为应该打道回府还是继续去救人参精吵了起来。

驴子说："我认为该回去。毕竟天要亮了，我们还得吃早饭，人参须煲鸡粥是首选。"

凌云说："那就得早点回去了，毕竟还要杀鸡。"

乐风咽了咽口水："可是我们答应过小姐姐要救她师父。"

青道士阴沉着脸："原来我们认为人参精留下分身迷惑敌人，自己趁机跑路了。现在看来，恐怕他很有可能已经被大卸八块，作为燃料来驱动这些法术，使我们陷入险境。不知道对方下一步要做什么？"

女孩失魂落魄地摇头："不会的，不会的。"

"我觉得人参精应该没有死。"乐风忽然指向远方。天边有一片红色的云，云气蒸腾，是一株人参的形状。

青道士说："那要么是白衣人引诱我们自投罗网的陷阱，要么是人参精的真身所在，两千年的参气外泄，导致天有异象。"

"师父，那我们去不去？"

"去？不去？不去把那白衣人的脑袋拧下来，我就不姓青。"

乐风提醒他："师伯，你本来就不姓青，世间也没有青这个姓。我师父叫魏少青，你是不是叫魏青青？"

青道士拧他的耳朵："就你话多，快点上路。"

众人顺着人参状云霞的指引来到一处山脚，山脚下有一个无名洞府。

入洞不远，众人看见一把石椅，椅上坐着一个白衣男子，四十左右的年纪，身上斜倚着一根手杖，脚下踩着一个被花式捆绑着的人参精。男子双手端着一杯茶，热气升腾，红光满面。

驴子问他："你喝的是参茶吗？"

白衣男子开口，声音细细，如歌管之乐："嗯，这里这么多人参须，不泡茶浪费。"说完他又从人参精头上薅下一把头发。

"不要伤害我师父！"女孩流着眼泪喊道，情绪激动。青道士按住女孩的肩膀，不让她轻举妄动。

"你是赤道人？"青道士问他。

"正是。你是猫妖请回来的救兵？"赤道人点头，"说起来我还要感谢你们。

人参精以分身为饵，在小镇和桃林设下缩地之术的陷阱和金乌阵法。我不慎触动缩地之术后被困住，还好你们闯了进来，相继触发和破解了两个金乌阵法，否则我可无法毫发无损地脱身。而阵法一破，人参精伤了根本，参气外泄，自然无处可藏。"

青道士手一挥，罡风凛冽，青光如飞刀藏在风中。

"不说话就动手，真是没礼貌。"赤道人单手扶正手杖，热乎乎的怪风平地而生，将罡风和青光吹散。

"大妖怪，第一局你输了。"赤道人一笑，准备继续品他的热茶。

"我又不是要砍你。"青道士也笑，一副不肯认输的模样。

"什么？"赤道人一怔。众人只听得"咔嚓"一声清脆的响声，赤道人手中的茶杯突然平整地裂成两半，滚烫的茶水浇到身上。

乐风捂住耳朵，一声惨叫紧随其后："烫死我了。"

赤道人气得脚下用力，人参精吐了满地的血："既然你们是来救人参精的，我还给你们又如何？"他一脚上挑，被五花大绑的人参精飞向青道士他们，女孩冲出去接她师父。

青道士定睛一看，隐隐觉得有异，急忙移形换影将女孩替下了。人参精砸入他怀里，体态越来越臃肿，甚至皮肤皲裂。

"轰隆"一声，橘黄色的光像朝霞一样铺天盖地，人参精掉到地上变成一根四五指粗的人参须。

这是人参精设下的第三重陷阱，但是被赤道人识破了，反而用来设计青道士。青道士痛苦地合眼，胸前断了三根骨头，吐出一口鲜血。

赤道人趁机掳了女孩，远远遁去。众人面面相觑：人参精到底躲在哪里？

赤道人扛着女孩一路飞奔，快如水面的浮光。他说："小姑娘，我看你骨骼清奇，是难得之才。你帮我找到人参精，我收你为徒。有我教导，你必定成才。"

"我只有一个师父。"女孩摇头挣扎，想摆脱赤道人的控制。

"多少人想拜入我门下都没有机会。"

"我师父不稀罕你，我也不稀罕，你这个吃人参的坏蛋。"

赤道人跑得有点喘，眉头紧锁："小姑娘，看不出你还挺能藏肉，个头儿不大，分量不小啊。"

"因为还有我啊，我可是一身肉呢。"一双小手伸出来狠狠地抠了一下赤道人的眼珠。

"什么情况？"赤道人两眼一黑，惨叫一声，摔了一个狗吃屎。

等他睁开眼睛，乐风正拉着女孩的手夺路狂奔。他回忆了一下，难道方才兵荒马乱中抓人的时候，这个小家伙趴在女孩身上一起跟了过来？

"哪里走？"

"哪里走？"

两个声音同时响起，驻剑而立的青道士和揉着眼睛的赤道人面对面而立。乐风拉着女孩躲到驴子和凌云身后。

"阁下的手段可不光明磊落。"

"我的目的是除掉人参精，其他人等和我无关。可是现在看来，不除掉你，我是无法自由行事了。"

"除掉你，人参精就敢露面了。"

白衣男子怒拔手杖，紫气拔地而起，直冲霄汉。众人头上的云层稀里哗啦碎了一地，苍白的月光照下来。

青道士轻轻跃起："跟我来吧，不要伤及无辜。"他施展缩地之术，星移斗转，方位变幻。

手杖一晃，天上的紫气如瀑布奔流，白衣人紧随而去。

一道光闪过，青匕落入凌云手中。青道士传来耳语："不管发生什么，保护好他们。"

月光下，白衣男子的两道眉毛被描成赤色，与白皙的脸色形成强烈对比。他手擎一根枯木手杖，卷着紫气，如大海波涛尽在手中。

青道士冷眉冷眼，鼻如玉柱，一抹红唇下却是飘扬的胡须。他左手食指和中指合拢，指尖青光延展，犹如一把薄薄的冰剑。

"你的人头，我收下了。"紫气涌如高山，占据半壁天空，尔后突然山崩石裂，如大浪吞没一切。

冰剑一击，汹涌的紫气中出现一片扇形的空白，但跨过这片扇形空白，紫气迅速从身后将青道士包围。

"我这一式紫气东来，不用兵刃的话，你绝非敌手。"白衣男子手杖的紫气更胜此前。

青道士的额头上布满汗水，他的指尖如被重峦叠嶂压于一处，两指慢慢有不能合拢之势。奔涌的紫气像九头蛇怪一样到处肆虐，整个山脉都在摇晃。

乐风和凌云看着远处一道青光和一道紫气反复交缠，就像两把锯齿露出最锋利的牙齿，要把对方锯掉。

女孩紧紧地抱着乐风，让他不要害怕。她和乐风说话："小弟弟，我是不是坏我师父大事了，我是不是不该找他？"

"小姐姐，你不要伤心，你师父可能正躲在某个角落唱着小曲喝着参茶，可开心呢。"

"他不可能开心的。你知道吗？多数草木精怪的修炼都艰难异常，千年万年不如人短短的一生，甚至远远不如动物。但是一千年前，有一柳树精找到了一条不同的路，她和蟒蛇精一起修行，借助蟒蛇精的力量突破了极限，成了当世的大妖怪。"

乐风问她："你说的是我的师父和师伯吗？小姐姐，你的眼睛怎么越来越小了，你斗鸡眼了吗？还有，你为什么要咬我的头？我好疼。"

女孩啃咬着乐风的脑袋。凌云急忙一把拽过乐风，握剑后退一步。他发现女孩的瞳孔完全消失，变得面目可憎。他感到骇然："你不是小猫妖，你是谁？"

女孩颈部向下一寸的位置裂开一道口子，一株三寸长的人参从中钻了出来。它身上有千年修炼留下的古铜色光泽和淋漓的鲜血："你看着呆头呆脑，其实聪明、机警！为了模仿青妖和柳仙的成功之路，我也和月儿一起修行。"

乐风失声："你是人参精！"

驴子说："植物和动物一起修行，必须心意相通才行。你和这小姑娘，相爱？"

人参精说："开玩笑，我怎么会喜欢一个十三岁的小女孩？我喜欢年纪比我大的姐姐们。"

驴子骂道："臭不要脸，两千岁的妖精还喜欢更老的女妖精。"

凌云剑指人参精，问道："无关情爱，又非同类，善恶不同，何来的心意相通？"

人参精笑得很灿烂，舞动手足，手足上的须根丝丝缕缕，里三层外三层地缠绕在女孩的心脉上。他爱怜地抱住女孩的头颅："可是她喜欢我啊。她有爱我的心，我就可以把根须种植到她的心脏上，知道她的想法，吸取她的精血，操控她。"

乐风怒不可遏："你好残忍，亏得小猫姐姐那么崇拜你、喜欢你。"

"独阳不生，孤阴不长。偏偏我是缺一门的至阳之物，修不出本命丹元，注定是被人吃掉的弱者。我本打算通过积德行善求一个位列仙班，但是仙妖大战需要的都是有战斗力的妖怪，不需要一个善良的废物。我很伤心。"

他顿了顿，接着说："直到我遇见月儿。她爱我，所以只要让她吸取足够的阴气，再找到合适的时机把她吃掉，她就可以变成我的本命丹元，弥补我至阳之体的缺陷。

"最幸运的是，她是猫妖。这种动物在阴阳两界行走，攻击性极强，能够轻易吸取他人的精气。只要有我的操控，她就可以变成强悍的傀儡为我所用。"

乐风不寒而栗："小姐姐知道你对她做的这些事情吗？"

"当然不知道，吃掉一个不爱我的人，即便修成丹元，也会和身体相互排斥。"

"你太坏了！师兄干他，驴子干他！"

"骂人我在行，打架不要找我。"驴子躲到凌云身后。

"可惜因为我附身时间太长，她变得非常孱弱，这样炼成的丹元效果不佳。我正烦恼的时候，一个被贬的神仙告诉我，只要让月儿吃掉一只服过蟠桃核的猫妖，以形补形，就能让她恢复强健。到时，我再吃掉月儿，就可以成为比青妖和柳仙还强的妖怪，甚至位列仙班。"

"吃过蟠桃核的猫妖？是我吗？"乐风指着自己问道，急忙躲到驴子身后。

人参精的根须握住女孩脆弱的心脏，就像抓住一条濒死挣扎的小鱼。女孩的容貌随即蜕变，变成了一个俊朗的白衣剑客。

凌云看了一眼白衣猫妖，发现他的容貌和赤道人的非常相似："你这不是普通的障眼法术。"

人参精趴在白衣猫妖头上："当然，我挤压月儿的心脏，迫使她的潜能最大程度地发挥出来。这种变化之术，恐怕火眼金睛都看不穿。"

凌云剑指人参精："这种杀鸡取卵的方式，难怪猫妖无法承受你的附身，越来越孱弱。"

人参精笑道："吃了肥猫，她就恢复了，不劳你费心。"

"肥猫？你才是肥——肥人参。"乐风冲出来骂他。

"驴子带着乐风快跑！"

白衣猫妖一剑刺向乐风，凌云持青匕剑格挡，二人酣战成一团。

青道士数次召唤青匕剑，但青匕剑都没有来，唯一的可能就是凌云他们出事了。他心里着急，脚步在奔腾的紫气中开始松动。

高手斗法，任何一丝松懈都是致命的危险。赤道人松开手杖，手杖浮空。他一脚踏上手杖，手杖入地三寸，大地裂开，丈许大的三足金乌图腾若隐若现，紫气更加强悍。

赤道人轻轻一跃，如一道流火直射青道士的眉心。

"该死。"青道士骂了一声，回臂收剑，身前的扇形保护顿时消失。"轰隆"一声，奔涌的紫气将青道士和赤道人吞没。浩渺的紫色烟气中，青光凝聚成一线，对着那道流火击出一剑。

等到紫气散尽，赤道人和青道士均以指为剑，抵住对方的眉心，指尖有血。

"你输了。"赤道人说。

青道士一身血污："你也没赢。"

"哼，你居然以肉身硬扛住我的紫气东来，用玉石俱焚的方式刺出这一剑。"

"你也厉害，居然能够分心二用，同时发出两式，差点就死在你手里了。"

赤道人笑了："你这样的人，怎会和人参精狼狈为奸？"

"你这样的人，又怎屑于吸取他人的阴气增加法力？"

赤道人脸上有疑惑："虽然我修炼的是至阳法术，但我已用自宫之法破掉阳刚之躯，使得阴阳互调，如何需要吸取他人阴气？"

"不是你到处吸取阴气？难道是——？"

"人参精在赤眉军中时，我曾有意收他为徒，传授过他金乌法术，但他执意不入我门，还偷偷吸取士兵的阴气，我才要捉拿他问罪。"

"所以，我们两个人都被人算计了吗？"两人感觉有一双眼睛在远处盯着他们。

"那还不快收手。"两人同时大喊一声，收回法力。但说时迟那时快，虚无缥缈的白色剑光一闪而过，从两人心窝射过，两人同时喷了对方一脸血。

"你喷血的时候就不能把头扭过去一点吗？"青道士抹掉一脸的血。

"难道你扭头了？没素质。"赤道人也在抹脸上的血。

两人相互扶持着喝道："滚出来吧，人参精。"

一个白色身影站在不远处的屋脊上，手里抓着伤痕累累的凌云，浑身如镜，连月亮都倒映在他身上。青道士又闻到了那种草木凋零的气味，认真瞧了再瞧："长得和你有点像，是那只小猫妖？"

人参精从白衣猫妖的背后钻了出来："两位找了我许久，不是？"

赤道人也将他们瞧了个仔细："你一出来，猫妖吸取的阴气就外漏了。"

青道士说："原来如此，人参精藏在猫妖体内，以自己的阳气将阴气压制住了。难怪我第一次见猫妖时没有发现她就是到处吸取他人阴气之辈。只是你这么糟蹋自己的徒弟，于心何忍？"

"别人吃我们的时候又于心何忍？只怪月儿命不好吧。不过，等她变成我的丹元之后，她就永远和我在一起了，这也是她的愿望。"

白衣猫妖挥剑，气贯长虹，剑气如暴雨梨花，直取人首级。

"放屁的贱人！"两人一推彼此，兵分两头。猫妖落空的这一剑在地上划开一道丈许深的裂痕。赤道人握杖而起，紫光瞬间充盈天际。

青道士大喊："你不要冲动啊，小心我徒弟。"

"生得伟大，死得光荣！"赤道人拼尽全力又是一式紫气东来，但威力已经远不如之前。

猫妖将凌云抛开，横剑在胸前，剑一挥，七道剑影如长钉激射。青道士贴着紫气的边缘穿过剑影，一把夺下凌云。猫妖躲避，紫气很快像一块破布一样被剑影撕裂。

赤道人倒在地上，身上有三四个剑眼儿。

青道士看着赤道人说道："喊口号的家伙，你不会那么容易死吧？"

"死不了。"

"但是，你好像杀不掉他。"

"恐怕你也不能。"

"未必。"青道士将凌云放在地上。

凌云说："师父，师弟已经逃走，青匕在此。"青匕剑从凌云怀里钻了出来，全凭此剑护主，否则凌云恐怕已经死在人参精手里了。

人参精钻入白衣猫妖体内，骂道："赤道人，你没想到会栽在我的手里吧？"

赤道人骂骂咧咧："你是妖精，我不在乎。你混入我赤眉军中，以疗伤治病为由吸食士兵的阴气，第一次我饶你一命，见你是至阳之体，可以继承我的衣钵，还想收你为徒。但你再犯，我就不能放过你。"

"我一个千年人参精拜你区区几十岁的人为师，不是笑话吗？你今日作古，明日我还到你赤眉军中肆虐，到时我看谁能奈我如何。"

"你为何偏偏要用这吸食他人阴气的歪门邪道，即便是至阳之体，我也教授过你修炼的法门不是？"

"歪门邪道？死太监，你要我学你挥刀自宫再来修行，难道不是更加歪门邪道？"

赤道人紧握手杖，咬牙切齿，但是再没有爬起来的力气了。

青道士手中的剑嗡嗡作响："你这样利用自己的徒弟，不顾她的死活，我的剑都不齿于你。"

白衣猫妖对他有所忌惮，劝说道："我此前闯入你的小木楼只是为了抓走那只服过蟠桃核的猫妖，不想与你为难。偏偏你横插一手，我迫不得已才临时设计，引你们和追杀我的赤道人鹬蚌相争。如今你若能答应不与我作对，我绝不阻拦你离去。"

青道士握着青匕剑："再虚弱，对付你这种不是男人的东西也够了！"

他是一个脾气暴躁的人，话未说完，人已如离弦之箭。白衣猫妖的法力本不及青道士，但是青道士重伤如此，法力已不及平日十之一二。只见白光不断重创青光，青光处处挨打，只有最后一下狠狠拍打在白光之上。

两道光散开，青道士重重地摔在赤道人旁边。

"好像你也干不掉他。"

"我的一剑不是为了杀人。"

白衣猫妖落到地上，难以置信地抚摩着自己的胸口，然后大笑："青道士，你用剑身横拍，是要帮我挠痒痒吗？"

青道士摊开身体："不管怎么样，天快要亮了。"

"你以为那只肥猫跑掉了吗？"白衣猫妖冷笑，"肥猫，如果你不送上门来，今日我就将这些人通通杀掉。"

凌云说："没用的，驴子逃跑是最快的，最少已经跑出百里了。"

白衣猫妖声传百里。在辽远又辽远的山外，乐风答应了一声"好"。

"可惜，我最擅长的就是缩地之术，只要锁定了位置，他逃不掉。"白衣猫妖剑尖垂地，喝一声："地缩。"

乐风和驴子转眼就到了他们眼前。

驴子眨着眼看着众人："说好了啊，找死的是这只肥猫，我接着赶我的路了。"

白衣猫妖突然捂着胸口："为什么，为什么这么疼？！"

青光一闪，"扑通"两声，人参精从白衣猫妖体内甩了出去。白衣猫妖变回女孩，直挺挺地倒下了。

"我那最后一剑不是为了取女孩的性命，而是为了把你从她体内逼出。"青道士大喊一声，"乐风，还不替天行道！"

乐风接过青匕剑，直冲人参精而去，人参精吓得连滚带爬。乐风手握三尺三长剑，一剑斩下，但是一道白光闪过，反将他击飞，在他胸前留下一道深可见骨的伤口。

女孩诈尸一样护在人参精面前，显然已没有任何意识，只是凭本能在保护她的师父。

一众人等，再没有能动弹的了。

人参精大笑："我的月儿，我的月儿最爱我了。即便我让她去死，她都愿意。对不对，月儿？"

女孩点头，她残破的身体令人不忍直视。

乐风大声叫喊："小姐姐，你快醒醒。他是坏人，坏人！"

女孩的身体动了一下，但是依然护着她的师父，或许她的灵魂早已死去，只剩下一股执念。

人参精命令道："月儿，杀了他们。除了猫妖，一个不留。"

女孩缓缓挪动脚步。乐风抱住她的腿，对人参精说道："我心甘情愿让你吃掉，但你放过我的师伯、我的师兄和我的驴，还有那个红色眉毛的人。"

"吃掉你是早晚的事，你没有讨价还价的资本。"

"可是活着的猫比较好吃，若我挣扎之下和他们一起死了，就不好吃了。"

人参精犹豫了一会儿："那我这就让月儿吃掉你。"

"小姐姐现在都失去意识了，她哪能把我吃掉？还是你直接来吧，可能效果更好呢。"

"那我就先吃了你，再吃月儿，如此一来就神功大成了。肥猫，你把手里的剑丢掉。"人参精显然对青匕剑非常忌惮。

乐风把青匕剑丢弃。人参精还不放心："月儿，把猫妖的手脚折断。"

女孩抓住乐风，反复折叠他的手脚，但是怎么都折不断。乐风不好意思地笑了："我比较懒，不爱运动，平时都在原地练柔技。"

人参精冲过去，迫不及待地啃咬乐风的脑袋。血从额头流到乐风的眼睛里，迷糊了他的眼睛。

"人参精大叔，你能先咬脖子吗？头太硬，我疼，你也疼。"

"如你所愿。"人参精的牙齿啃得都松动了，急忙弯腰对准乐风的喉咙，一口下去，血喷了出来。

凌云大喊大叫，挣扎着要去救他师弟，但被女孩一脚踹倒了。

驴子哭了："没想到你是这样一个好孩子。"

血流一地，但是味道很奇怪，就像人参鸡汤。

女孩突然像被雷劈到一般，僵硬地回头，看到乐风手里的戒尺剑扎进了人参精的心窝。

人参精猖狂地笑了："虽然我法力不高，但也不可能被一把俗人的破剑杀死，你真是白费心机。"

乐风摸着自己流血的脑袋："可是这把剑割断过幌金绳。"

"幌金绳？"人参精低头又看看那把破剑，感到心脉俱裂，大叫一声躺倒在地，"老天爷，人人都想吃我，我吃几个人怎么了？我就成坏人了吗？"

女孩其实全靠人参精残留在她体内的须发吊命，人参精一死，她必有感应。只见她愤怒地看了乐风一眼，狰狞地狂叫一声，倒地化作一只千疮百孔、血淋淋的小猫。

"师伯、太监叔叔，你们有办法救小猫姐姐吗？她好可怜。"乐风问青道士和赤道人。

赤道人不悦："不要叫我太监，没礼貌的孩子，叫我公公。"

乐风笑了："我就说我见过你。那天晚上，在道观里，你曾经找我师父算命。"

"可惜你师父已经不在了，否则见到他我肯定认识。而你？孩子长得快，真是认不出来了。"

"那你有办法救小猫姐姐吗？"

赤道人单手捧着小猫，摇头道："她长年被人参精寄生，骨骼、心脏和丹田都破碎了，恐怕只有老君的仙丹能救她。"

"未必。"青道士抓起人参精的遗体，一抓它便化作粉末，"这株千年人参本来就有起死回生之效，又和她共生多年，服之当可活。"

赤道人摇头："话虽如此，但她不知道她师父的恶行，在她心里，师父是一个可敬可爱之人，你让她吃掉她师父，她如何能接受？虚弱的精神经不住严重的打击，横竖都是一死。"

"不告诉她就是了。"青道士不以为意，把人参粉直接倒入小猫嘴里。

乐风插话："对，不要让小姐姐知道她的师父要吃掉她，不然她会很伤心的。"

青道士摸了摸乐风的头："乖孩子，可是她看见你杀了她师父，如果她以后找你报仇怎么办？"

"不怕，要报仇是她的事，要她开心是我的事。两不相干。"

"好，果然有我和少青的脾气。"

赤道人说："甚好甚好，既然你们两个人都能如此为她，我决定收留她，传她法术，将来好好教导她为人。"

青道士问："你要收她当入门弟子？"

"我们这一门派有个规矩：人要收妖怪为徒，妖怪要收人为徒。我当时想收她师父为弟子没成功，门下始终无人，如今收下她未尝不可。"

"你不怕她因为她师父的事情记恨于你？"

"我不告诉她事情的真相，只说教她法术，让她来杀我。有这般动力，她肯定能够青出于蓝。"

"你也是奇怪的人。"

"我们这一门都是奇人。"

乐风说："那你保证好好照顾小姐姐。"

"好，我答应你。"

"我们拉钩。"

"千金一诺。"

休息几日之后，赤道人要带着依然沉睡未醒的猫儿离开。

青道士和乐风去送别。青道士说："阁下有这等法力，何必插手凡人相争的俗事，不如潜心修行，远离是非。逍遥长生不好吗？"

"人生因为短才珍贵，我们门派从来不修长生。"

"仙妖之战已经尘埃落定，偏离的天道回归本位，赤眉和大汉之争已无胜算。"

"纵然知道结局，我也要坦然赴约。"

"祝好。"

"再见。"

第六章

天高地厚

• • •

都说天高十万丈，

我们站立时却不能不屈身。

都说地厚九千尺，

我们行走时却不能不轻步。

这世道啊，少年人莫轻言杯酒慰愁肠，

待到来日愁肠起，酒未至，先成泪。

孤独无眠的夜晚何以排遣？是饮酒、数羊，还是吹口哨、数星星？

一只、两只、三只、四只、五只……好多只……

驴惊慌地把搁在窗棂上的脑袋收回来，故作自然地紧闭窗户，然后焦虑地喊道："你快起来，莫再打鼾了，出事了！"

"嗯？怎么了？"卧床不起的山神迷迷糊糊的。

驴更加焦虑地说道："我本来在数羊，谁知数着数着招来一群奇怪的东西，太邪乎了。"

"什么东西？"山神勉强挪了挪身子，从木板的夹缝望出去，只见圆滚滚的身影摩肩接踵、堆积如山。

他倒抽一口凉气，纳闷儿道："哪里来这么多猪？"

驴说："还是母猪。"

山神倍感诧异："黑灯瞎火的，你如何瞧出是公是母？"

"它们方才窥见我的容颜便垂涎三尺，积水成河，自然是母的。太可怕了，那渴望的眼神。恐怕今夜将有大事发生。"

山神斜斜地望它一眼："那我接着睡了，你好生招呼它们。动静不要太大。"

"就知道你靠不住。我上楼喊人。万一它们按捺不住，你可护不住我的清白。"

驴徐徐后退，轻轻蹭开门，心里盘算着三十六计走为上策。

谁料它方出得门去，忽然闻得饥肠辘辘之音。它怀疑自己没有吃饱，本能地低头去听，声音若即若离，由远及近。这一迟疑，原本堆积如山的猪群突然如雨中泥山倾倒，瞬间就将小木楼的一楼淹没。

乐风和凌云揉着眼睛站在二楼的门前，发现尘嚣直上，猪群遍地，而木梯已然倒塌。

"师弟，我在做梦吗？"

"师兄，你咬我一口。"

"师弟，你尿床尿了自己一身，我如何下口？"

"师兄……你思维如此清晰，我们定不是在做梦！"

"这可怎么办呀？！"二人被困在了二楼。

三天前，太阳落山，青道士要出门。

一位身披彩衣的女子立于门前柳树下等他。她很美，修短得中，天姿掩蔼，一袭青丝委地，恍若黑夜银瀑。

青道士却看都不看她一眼，出门向东，步履矫健，绝尘而去。

青道士转眼翻过几个山头，闯入黑夜，不一会儿就站在了黑风山黑风洞的门口。洞门紧闭，洞内传来诵经之音。他欲敲门时，发现石壁上隐隐约约倒映出他的影子，影子四周是横枝斜出的茂林修竹，而树影里还有一个纤瘦身影，似乎正抚胸气喘吁吁。

青道士迟疑片刻，用力拍门。洞内诵经声音不减，但无人应答。他愤然砸门。"砰砰砰"，门裂了，碎成数方巨石，轰然往洞内倾倒。

"该死！"一道黑光闪出，一道白光与一道青光不情不愿地紧随其后。

黑熊精披着袈裟，左手捧着经卷，右手抓着木鱼，往门口一戳，手不释卷、目不斜视，朗朗说道："阿弥陀佛，何方施主，竟强闯民宅？须知诸恶莫作，作恶必遭殃！"

白衣秀士和凌虚子满口腥风，正欲装腔作势训斥来人，但发现是青道士戳在门前，于是默默后退一步，低头唱一句："冲撞道长，有怪莫怪，有怪莫怪。"

青道士还未言语，那女子却轻声慢语道："青道长！我诚心求您，您何故避而不见呢？"

诸人这才发现青道士背后尾随了一美妙女子。

说来也奇怪，他们不曾发现女子时，这洞府是腥臭、昏暗的洞府，但众人一察觉女子的存在，顿觉空中弥漫岸芷汀兰之幽香，昏暗之中透出几分早春才有的恬静。

"瑶池若有仙，定不过如此。"白衣秀士痴痴地说道。

"收收你的手，摸我的大腿有什么用？"

凌虚子拍掉白衣秀士的爪子。他虽修道虔诚，也不禁为女子所吸引。

"美人如泡影，与我一般吃饭拉屎，熬夜便秘，死后长蛆，烂肉白骨。我看不到，看不到。四大皆空。"黑熊精闭上眼睛，喃喃自语道。

青道士也对女子视而不见："黑狗子，事情紧急，快随我进一趟南疆腹地。"

黑熊精把木鱼和佛经夹到腋下，甚为不悦："正要骂你呢！动不动就砸门。山中夜露深重，无大门隔绝，众人如何安眠？再说了，你去那鬼地方作甚？不去不去！"

"岂容你不去，再聒嘴就烧了你这黑风洞。"青道士押着黑熊精欲向南遁去。

"道长！"女子伸手挡住二人去路，一身锦袍与天光辉映，灿烂丝毫不逊彩凤当空展翼，"我追了您一路，您难道连听我一言都不能吗？"

黑熊精拉住青道士，嘿嘿一笑："姑娘说吧。大青蛇，你还怕她吃了你吗？做一道菊花蛇羹？"

青道士瞟了黑熊精一眼，道袍一抖，负手背对女子。

女子见青道士不理不睬，急得欲下跪叩头，却被白衣秀士和凌虚子扶住。二人谄媚道："姑娘只管说话，等道长应承你了，再行大礼不迟。"

女子哀求道："那福陵山中有一猪妖，为祸人间。我恳请道长出手降服他。"

青道士失声片刻，冷冷道："瑶池女子，请妖杀妖，荒唐！"

白衣秀士向青道士作揖道："既然如此，便让我和凌虚子代劳如何？"

"二位请便。"青道士把手探向黑熊精颈部，突然发力把他往土里一摁，施展出潜渊缩地之术。

"道长！天大地大，有本事降他的人寥寥可数，请道长垂怜！"女子呼喊，但青道士和黑熊精已经消失在泥土里。

"呸！该死的蛇精，你不要每次都让我开路啊！"

"我平生最不喜瑶池女子，让你磨磨叽叽。"

"这么美的女子，为她杀个把小妖又如何？哦，我忘了。你不是男人，也不懂男人。"

青道士掐住黑熊精的脖子，把他往前推："就你懂男人。你以为那个猪妖是什么来历，说杀便杀得了吗？"

黑熊精吐出一口泥，又呛进一口泥："喂！都说不，要，摁。我吃，土，了。"

凌虚子和白衣秀士热情洋溢地去杀妖，女子却止步于福陵山下。她说她不能见那猪妖，让二人千万小心。她在山下等他们，一个人站在满是灰霾的回忆里，就像漂泊于汪洋大海。

想那时星汉迢迢，天河潺潺，一条银练通九霄。在河之旁，不见烈日，终年是烟笼寒水月笼沙。

所以，水师十万，个个俊美，皮肤白皙、唇红齿亮，不知道的还以为是河里的贝壳化妖。他们很骄傲，尤其是在河中操练的时候，披盔戴甲，攻防激烈，杀声震天，多少围观的仙女如痴如醉。他们也因过分俊美被戏称为天河娘子军，加之太平之象已经年深日久，更使人不知他们的虎狼之威。

这支部队的统帅是北极天蓬真君。据传他是九重天阙三大美男之首。其余二位是妙道二郎真君和三坛海会大神，不分伯仲。

那一日，正是蟠桃盛宴，天宫处处披红挂彩，连南天门门柱上的两条龙都涂脂抹粉、嘴衔彩灯。众神备下厚礼，携老扶幼从四面八方赶来，可谓冠盖云集，好不热闹。

霓裳仙子却蹲在一条僻静的小路上、一棵孤独的树下，沉浸在蒸腾的云雾中，若隐若现，忽明忽暗。

她"呜呜呜"地抱膝抽泣，乌黑油亮的头发披在身后，遮住了她整个柔弱的身躯。

"凭什么不带我玩？我还是王母娘娘的人呢。可是王母娘娘为什么也不喜欢我？！"

她哭到最动情的时候，有人喊了一声："傻狗，你的主人呢？"

"你才是傻狗，你全家都是傻狗！"她刚要回头，一个宽厚的手掌猛地拍在她后脑勺上，"砰"一声打了她个五体投地。

"糟糕，是个人！"偷袭她的男人声如洪钟，音带磁性。

来人右手小心翼翼地捧着一个剔透的琉璃罐，不慌不忙地用左手扶起她，问道："仙子，你可安好？"

"好什么好！欺负我！都来欺负我！"她的暗暗抽泣变成号啕大哭。

"这个，这个，这个。"男人有些慌乱。

"这个这个什么。你这个浑蛋，欺负女人！我要向王母娘娘状告你。"

"莫哭，莫哭。"男子先是不知所措，后见霓裳实在哭得伤心，犹疑一阵便把琉璃罐递到女子面前，揭开了盖子，"小仙子莫哭，你瞧。"

罐中星沙点点，七彩融通，熠熠生辉，最奇的是沙砾流转无常，时而化作日月双轮、星宿图腾，时而变成银河浪花、四海奇兽，妙不可言，美不胜收。

霓裳入迷后才慢慢止住哭声，爱怜地将罐子捧在怀里："你是何人？我又没得罪过你，为何打我？"

男子正儿八经地行礼，说道："鄙人天蓬。方才将你错认为故交好友，多有失礼之处，请霓裳仙子恕罪！"

天蓬？霓裳仙子把眼泪抹净，仔仔细细地瞧了瞧他：身高体瘦，气质华发，双目深邃明亮，犹如深谷的碧潭飘雪，但也只称得潇洒君子，不足冠绝天宫。

霓裳小眉头凑在一起，绕着天蓬转了好几圈："不对，不对。我虽未见过天蓬真君，但他乃众人称誉的第一美男子。你这般模样却称不上，称不上第一。打人就打了，莫要还骗人。"

天蓬不气不恼，哈哈一笑，把脸扯长又将眼睛眯上："你瞧我像谁？"

霓裳端详一阵，惊呼："你竟然有六七分像天帝！"

天蓬笑道："天帝威严，无人敢妄议，偏偏我与他有几分神似，他们便夸我英俊犹胜二郎和三太子，兜兜转转其实就是在夸天帝罢了。"

霓裳这才心领神会："原来如此。可是你为什么认识我？"

她心里暗想，难道自己芳名远播，连在天河深居不出的天蓬真君都有所耳闻？她脸上没来由一片绯红。

真是奇怪的仙子。天蓬把琉璃罐的盖子盖上："我曾听闻王母娘娘在下界时有一件最爱的锦袍，后化身成仙。我瞧仙子的容貌与王母娘娘少时相仿，便大胆猜测，想来无误啊。"

霓裳讶异地望着天蓬，心想："他说我是一件衣服变的，他是不是在笑我？"平日里受其他仙女排挤的心酸往事又被勾起，眼泪在眼眶里转呀转，绯红的面色因气恼转为潮红："你们这些修道成仙的人太可恶了，怎么就看不起我们这些鸡犬升天的人呢。我与七仙女一同练舞数月，结果她们说我是一件衣服，难登大雅，蟠桃会献舞不带我。甚至连蟠桃园采桃子都不带我去。狗眼看人低！"

怎么这般难缠！天蓬哭笑不得，只能强作一脸真诚："在下绝无此意，仙子莫恼。我这就告辞，告辞！"

霓裳蹲下去大哭："你凭什么看轻我？我是衣服怎么了？可我为什么是一件衣服呢？"

天蓬匆匆走几步，想起琉璃罐还未取回，又听哭声实在戚戚然，心里不忍，便折回来扶起她："仙子，人生在世，如水在河，岸宽则波平，岸窄则浪激。你要想你还好是一件衣服，万一你是王母娘娘的鞋变的呢？"

天蓬左右环视，压低声音："如果是鞋变的，万一王母娘娘有脚气，不但你自己受不住，连众仙都要对你退避三舍了。"

霓裳感怀身世，啼哭转为抽泣，抽泣又变作呜咽："可是，可是。我也就比那鞋子成仙好一点。身份卑微，不但这蟠桃会无人邀我，连端茶递酒都不让我去。"说着说着，她又要大哭。

天蓬心想"这蟠桃会我还不想去呢，费时赔笑不说，还得割肉献礼"。

他说道："那我请你同赴蟠桃会如何，王母娘娘许我携伴同行。"

霓裳不语，一会儿点头，一会儿摇头，还是哭。

过了一会儿，她慢慢止住哭声，对天蓬说："那这个琉璃罐也归我了吗？"

"不成、不成！"天蓬凭空一伸手，琉璃罐回到他手中，"蟠桃会上众仙皆要为王母娘娘备礼，给了你，我就两手空空了。你若真喜欢，我来日寻个更美的罐子与你赔不是可好？"

"真的吗？"霓裳终于破涕为笑，"那我还要让七仙女给我倒酒、喂桃子，可以吗？"

天蓬如释重负："走吧。我给你倒酒、喂桃子都行。莫哭了就是。"

霓裳谙熟通往瑶池的各种小路野道，带着天蓬七拐八拐。

"这天上也是无聊得很，不是烟就是雾，不是仙就是宠物。哪有以前随西王母在下界生活来得多姿多彩？"

天蓬云里来雾里去，已经不辨方向："这是哪儿啊？是去瑶池的路吗？不要迟到了，迟到得罚酒。这么说，你修成人形多年了？"

"才不是呢，"霓裳努了努还有点发红的鼻子，"我本是周穆王西游时送给西王母的一件百花云纹裳，多少双妙手焚膏继晷才把我缝制出来。在昆仑时，西王母可喜欢穿着我和穆王饮宴了，夜夜琼筵飞觞，坐花醉月。可是穆王东归之后，她等啊等，都没等到穆王回来。后来登临天宫，她就不喜欢我了，把我挂了起来。我整日无所事事，吸收瑶池的灵气，直到十六年前才变成仙。"

天蓬看着霓裳，觉得她还真像西王母年轻的时候："穆王啊？真是个天纵之姿的奇男子，难怪能迷倒西王母。喂，三只眼，你怎么在这里？！"

"三只眼？"霓裳顺势望过去，才发现是兼具美貌和武功的二郎真君和他高傲的哮天犬。

"天蓬。你又为何在此？每次一见你这张脸，我就心烦。"

"怎么，又和你舅舅吵架了？长得像他又不是我的错。你不去参加蟠桃宴了？"

"不去。我要回灌江口，从小路走没什么人发现。"

"怎么不参加了？"

"你不看看现在参加蟠桃宴的都是些什么人？以前只有修道才能成仙，如今不是靠裙带关系，就是招安。东海一个猴妖支面'齐天大圣'的旗帜，三太子去剿他却被打伤手臂，结果天帝为息事宁人，还真给他封了个'齐天大圣'。莫名其妙！"

天蓬担心地看着霓裳，担心她会对号入座，却发现她一脸花痴地对着二郎真君点头再点头："对，对，对。二郎大人所言极是！这天宫越发没有规矩了。"

"这位是？"

"我是霓裳。天蓬大人要带我去参加蟠桃会。可你不在，蟠桃会岂不失色许多？那三坛海会大神会参加吗？"

二郎真君看看这个一脸天真烂漫的如花少女，又看看天蓬，一脸狐疑："三太子伤势未愈，也不参加蟠桃会。"

"啊，你们两个都不去，那我去干什么？！"霓裳一惊一乍。

天蓬摸摸自己的脸，天帝长得有那么不堪吗？

天蓬想转移话题，指着拿后背对人的哮天犬说道："你的狗怎么这么傲慢？"

"哮天犬，打招呼。"

"汪、汪、汪！"

二郎真君训斥道："没礼貌，说人话！"

"你好，你好，你好！"

"真乖，最近皮毛更亮啦。我刚才还把旁人错认成你了呢。"天蓬拍了一下它的头，"砰"一声，哮天犬五体投地。

"汪、汪、汪。"

天蓬哈哈一笑："又失手了。它说什么？"

"它骂人呢，别管它。这天庭难道还有人养狗？"

天蓬突然意识到失言，回头的时候发现霓裳泪眼含凶："这就是你的故交好友？你刚才就是把我错认成哮天犬了？我像一条狗？"

"糟糕，被发现了。小仙子，你别哭。就是，你看它的皮毛柔顺、茂密，你的头发也乌黑油亮，你们蹲着的背影在云雾里真的雌雄莫辨。"

霓裳看看哮天犬，发觉它的皮毛丝毫不逊于任何瑶池仙子的头发。哮天犬也望着她，用头温柔地蹭了蹭二郎真君，眼神非常傲慢，似乎在说"你还不如我呢"。

"太欺负人了！"霓裳崩溃大哭，夺路狂奔而去。

"你不去追她吗？"

天蓬有些犹豫："现在的仙子好生娇气。我每言必错，实在可怕。"

二郎真君拉着狗："我还是不妨碍你去找她啦。现在的小仙人多半道心浮躁、根基不稳，万一寻了短见，你的罪过就大了。"

"这样啊？那我还是去看看吧。"天蓬犹疑片刻，纵身一跃化作一道银光。

二郎真君看着他的身影掐指一算："天蓬啊，这一劫你躲得过去吗？"

青道士和黑熊精从南疆腹地回来了，乘夏夜的凉风飘然而至。

他们未料到眼前居然是这番景象：小木楼的一楼毁了，只剩四根木头柱子支撑着二楼，驴珍藏的粮食散落遍地。

倒塌的木板上横七竖八地躺着一头头猪，还有一些猪在悠闲地散步，有的在喂奶，还时不时地啃点食。

柳树不远处架着一口锅，在烧水。一头满脸褶子的大猪像人一样后腿盘坐着，前蹄捧着茶杯在认认真真地品茶。乐风骑着一头粉红的小猪在玩耍，凌云正在添柴助火。

那个瑶池来的女子坐在二楼门前，一双细足悬在半空，与垂下的黑发形成强烈对比，更显光洁如玉。

"青道长，黑风大王，你们回来啦，快坐下喝茶。"

女子反客为主，挥挥手与青道士和黑熊精打招呼，但群猪还沉醉在自己的世界中，没有人给他们让出立足之地。

凌云热情地招呼："师父，你回来了！还有黑狗叔，你怎么越来越黑了？"

乐风也招手："师伯，骑猪好好玩，你要不要来试试？黑风大王就不能试了，会把猪压死的。"

黑熊精倍感震惊："青蛇，你什么时候经营养殖业了？我觉得我们可以合作，黑风山可以租给你做散养的场地。"

青道士阴沉着脸："谁给我说说发生了什么，驴呢？"

女子在楼上喊起来："都给我散开。让青大仙的驴出来。"

横七竖八的猪才挪动身子，把原来一楼的位置空出来。山神还躺在草垛子上养伤，正在安眠。

驴被包扎成一团粽子，只有头露在外面："你可算回来了。这群猪实在可恶，我本以为它们仰慕我的美色而来，谁知道是一群土匪，来抢我的粮食了，还把我的腰踩断了。你要为我做主啊！"

白衣秀士和凌虚子也躺在草垛子上，哼哼唧唧道："那猪妖妖法甚高，我们一时不慎，一时不慎。"

黑熊精勃然大怒："什么一时不慎，折杀我黑风洞！"

乐风骑着猪慢慢走到青道士跟前："师伯，我来告诉你怎么了。这是一群猪的悲惨故事。它们太可怜了。"

青道士深深地吸了一口气，让自己平静下来，然后直接踢了猪屁股一脚，猪一吃疼便驮着乐风跑开了。

"凌云，你来说，简明扼要。"

原来，那福陵山云栈洞盘踞着一猪妖，爱好杀人，喜欢吃猪，附近高老庄和矮老庄的猪不堪其害，公猪奋起反抗，母猪集体逃亡。在青道士走后的第二天夜里，饥肠辘辘的猪发现小楼里藏有大量口粮，就闯入觅食，还把驴给踩踏了。又过了一天，瑶池仙子拖曳着负伤的白衣秀士和凌虚子来到此地养伤，等待青道士归来。

"青道长，我早说猪妖并非寻常人物，这方圆数百里，除了你，恐怕无人能降服他。"女子像被风吹落的透明雨滴，轻飘飘地落在青道士面前，静静地凝望他。

"混账！你莫小瞧我们黑风洞。猪妖有甚本事，让我手到擒来予你瞧瞧！"

黑熊精骂骂咧咧地遁地而去，青道士想拦他也拦不住。

"小丫头，你报上名字吧。"

"小女霓裳。"

"这些猪是你招来的吧？"

"道长莫错怪我。这些猪是听闻道长此处能容天下难容之妖，所以才慕名前来。猪妖不除，只怕假以时日，附近所有的猪都要来投奔道长了。"

青道士冷笑："你威胁我？你能把猪招来，我也可以杀一儆百！看看谁还敢来？"

他的语调不高，但所有的猪都听到了。正在喝茶的大猪站起来，潸然泪下："都别睡了，快过来求道长不要杀我们。"然后带头扑倒在地上，放声大哭。

密密麻麻的猪趴在地上扯着哭腔："道长不要杀我们，道长救我们一命。我们苦啊！"

各个年龄的猪一起哭喊，有高音、中音、低音，简直就是一场波涛汹涌的大合唱。

乐风和一头猪玩得正欢，谁知它突然伏倒哭泣，便把乐风甩了出去。乐风"咕咚咕咚"滚到青道士脚下。

乐风顺势抱住青道士的腿："师伯，你不要杀它们。它们是妖怪的好朋友。"

凌云也劝青道士："师父，你不要杀它们。我们是好人！"

霓裳在一旁煽风点火："道长，猪妖不除，你枉杀无辜也拦不住'后来猪'。"

青道士两耳轰鸣，觉得世界恍恍惚惚，无奈地摆摆手："够了，够了！休息吧，我累了。明日再说。"

"谢天谢地！道长放我们一条生路了。"

"谢天谢地！我们还是该干吗干吗吧。"

大猪坐下来，呷一口茶，又望了望满月，叹道："花好月圆人非故，谁家庭院问生死？"

话说那日天蓬化作一道银光追赶霓裳，终于在瑶池开席的钟声响起时找到她。那是北天门之外的一堵墙，没有门，也没有窗，她一边哭一边用手在墙上画圈圈。天蓬走过去，看到她用眼泪在墙上画了一个小小的房子，房子里有一群老媪。

天蓬惭愧地垂下头颅："仙子，你哪里来这么多的眼泪？"

霓裳不理他。天蓬又说："这是你出生的房子吗？

"这些人就是你的妈妈吧？她们的手真巧，难怪可以赋予你生命。

"你想家了吗？"

霓裳微微一颤，像有许多羽毛飘落在她心里，编织成阻隔冥夜寒冷的翅膀。

"你怎么知道那是我的家？"

"因为你刚刚在去瑶池的路上说过你的来历。我记得。"

"拿来。送给我，我就原谅你。"霓裳伸手。

天蓬摇摇头，把琉璃罐递给她："也罢。反正来不及参加蟠桃会了。向你赔罪了。"

"谢谢你。"

"莫哭就好。我去也。"天蓬轻轻一闪，化作一阵风飘向天河。

"谢谢你认真听我说话。"

天蓬来不及参加蟠桃盛宴，以为错过了一场盛会，其实是错过了一场闹剧。被招安的妖猴先在蟠桃园以定身之术制住七仙女，囫囵糟蹋蟠桃，又因王母娘娘未邀请其赴宴，持铁棒大闹蟠桃宴，一路打进瑶池；之后又一路打出南天门，最后毫发无损地回去当他的花果山美猴王了。

待天帝赶赴瑶池问讯时，会场残垣断壁，王母娘娘深受刺激，端坐在凤鸾上呆若木鸡。天帝现场办公，怒斥文臣畏死、武将无用。众人推卸责任，最后认定缺席盛会的仙官罪责最大。

于是，天帝着人将缺席宴会的二郎真君、天蓬真君和三太子绑来问罪。

天帝拍着桌案质问三人："寡人问你们，如果你们在此，妖猴岂敢放肆？！"

二郎真君看着桌案上起起落落的果盘和如同干瘪橘子的蟠桃，突然凛然道："他敢！他就是只疯猴子，我们在他也敢发疯！不能以常人的思维衡量他。"

天帝被震住，捋了捋胡子，又轻声问道："那寡人换个问法，如果你们在此，可制得住放肆的妖猴？"

二郎真君不假思索地回道："区区小妖，但凡我等一人在此，岂容他跳梁卖丑？"

此话似火上浇油，天帝整整衣襟，厉声道："既然如此，你们无故缺席蟠桃盛宴，导致妖猴大肆破坏，便犯了玩忽职守之罪。"

"臣有话说，"青稚的三太子反驳道，"二郎真君言过其实，他或可以力压妖猴，但我不行，我上次就打不过妖猴，在这里也制不住他。所以我没有错。"

天帝本想斥责三太子长他人志气灭自己威风，但转念一想，他确实是妖猴的手下败将，一时语塞。

太白金星挺身而出："三太子莫要狡辩，贬损天宫。你再不济也可以拖延一日半日，待天帝调兵遣将，将其一举拿下，至少不致让其脱逃。"

"对对对！"天帝怒道，"休要花言巧语蒙骗寡人，妖猴大闹会场的罪责必须有人承担。"

"臣还有话要说！"三太子又反驳，"臣有病，本来就不能出席蟠桃会。又何罪之有？"

天帝盯着他仔仔细细地瞧了一遍："你哪里有病？莫要再犯欺君之罪。"

"陛下请看！"只听"哐当"一声，殿上金光大作，闪得天帝眼冒泪花。三太子现出三头六臂，刀剑棍棒都握在手里："禀告天帝，上次与妖猴大战，我的第三条和第五条手臂，还有第二个和第三个脑袋都被打伤。现在我的脑子还在嗡嗡作响，痛苦不堪呢。"

朝臣立于两侧，交头接耳，议论纷纷。

"三太子耍横呢，当谁傻呀，他的脑子比谁都清楚。"

"你敢大声点吗？他就是横啊，敢削骨还父、削肉还母，你行吗？小心他揍你。"

"我可不敢，他脑子有病，打死人还不偿命呢。"

天帝犯难："三太子是真受伤了？"

三太子的三个脑袋在抢话："臣愿近前给陛下瞧瞧，我的脑仁疼着呢。"

太白老儿抢先几步来到天帝身旁，附耳道："陛下，这小子有暴力倾向，以前还打过他爹，我看还是不刺激他为好。"

"得得得。"天帝摆摆手，"天王何在？"

天王托着塔出列："臣在！"

"将你儿子带回好生休养吧，伤着脑袋是大事。最好把他锁起来，不要伤了旁人。"

天王谢恩："遵陛下法旨。"

三太子谢过天帝便要打道回府，三头六臂忙着和众臣道别："有空来府里玩风火轮，有空来啊。不喜欢轮子，我们也可以玩飞枪射仙。"众人纷纷避之不及。

"那你呢？"天帝用睥睨天下的眼神打量二郎真君，"你又何故未来蟠桃盛会？"

"陛下，您贵人多忘事啊。那日我与您发生争执，您迁怒于哮天犬，多次踢踹，导致它发狂逃窜。我恐恶犬伤人，为四处寻它才未赴宴。"

天帝有点尴尬："呵呵。说起来是有这么一回事。你的狗还好吗？"

"不好，陛下。它的脑袋受伤至今未愈，一发病就四处咬人。臣特地让它在殿外守候，陛下可以宣它进来一验真伪。"

众臣又交头接耳："原来天帝有错在先？"

"天帝怎么会错？其中有诈，应该将狗解剖了看看。"

"你疯了，人家舅甥之间的事，你掺和什么？"

太白老儿又附耳说："陛下，若宣哮天犬进殿，一验是假伤，会伤了您和二郎真君的情分；万一是真伤，又恐狂犬伤人。"

天帝只能叹道："好吧。二郎真君带着你的狗也去看病吧。大家都位列仙班，不要亏待它。"

只剩一个人了。天帝掉转枪头："天蓬真君，你既没有负伤，也没有家眷爱宠，你对于此事可有何申辩？"

天蓬见天帝冕冠之下已现隐隐汗珠，不想与他为难，便百拜俯首："臣无话可辩。臣未及时赴宴有失君臣之礼，未擒住妖猴有愧武将之职，实乃大罪，请陛下责罚。"

总算有人肯负责了。天帝舒了一口气："既然如此，寡人应当处罚你才是，官贬三级？"

太白老儿又附耳道："陛下，若因天蓬未及时赴宴便重罚，那些饱食一餐还护卫不力的岂非也得严惩？如此牵连太广，恐怕人心浮动。"

天帝领首道："这天宫的家也不好当啊。那就收回元帅虎符，罚去天河面壁三个月，以观后效吧。行了，事情搞清楚了，都退下吧。"

天蓬正欲归去，却发现二郎真君和三太子在朝堂之外等他。

三太子轻蔑地微笑："你还是天蓬吗？倒像东海的丞相了。"

二郎真君也不解道："你怕那老头儿作甚？我们二人如此，他也无可奈何。"

天蓬满脸宽厚的笑容，拱拱手道："二位贤弟所言差矣。我是尊重天帝，并非怕他。君臣之间总得给个台阶，大家才好收场。我不能像'三只眼'这般潇洒，孤家寡人养条狗，一条狗喂饱就是全家安乐。也不像三太子，他是家中稚子，自有父兄顶风遮雨。我手下有天河十万兄弟，我得照看好他们，总不能让他们落入匹夫手里。"

三太子有讥笑之意："大哥，没想到你也开始恋栈权势了？"

天蓬搭住二人的肩膀："我有我的责任。你还是个孩子，或许将来你会明白，或许你永远都不会明白，这个世界需要有人委曲求全。"

二郎真君的三只眼都看着他："天蓬，你变了。"

天蓬伸手遮住他的第三只眼睛："谁都会变。西王母在昆仑时名满天下，是何等厉害的女子。可谁能想到，久居庙堂后，居然连只猴子都能唬住她？修行不易，为官更难，但我等也不能都马放南山、看世道沉沦啊。走吧，我们去喝酒，天河陈酿，再找几个小子跳跳舞。"

"算了吧，你们天河的娘娘腔舞蹈不看也罢。"

待到拂晓，黑熊精捂脸负伤而归，把凌虚子和白衣秀士扛在肩上，准备瞒着众人悄悄溜回那黑风洞。

"站住！黑狗，你不是说要把猪妖手到擒来吗？"青道士如鬼魅一样站在他身后。

霓裳又鬼魅一样站在青道士身后。

黑熊精如芒刺在背："我回去歇歇。改日再与那猪妖大战三百回合。"

"把脸转过来。"青道士揪住黑熊精的尾巴勒令道。

黑熊精要跑，青道士一个推手，黑熊精结结实实地摔在地上。

"哎哟喂。两位大仙，你们就不能照顾下我们伤号吗？能不能把我们放到一旁再动手？"凌虚子和白衣秀士被黑熊精压在身下，已经无力呻吟。

青道士不客气地拍开黑熊精遮脸的爪子，发现他满脸掉毛，脸上露出朵朵血粉色的梅花印，不禁掩嘴笑道："被猪蹄子戳个满脸印？"

黑熊精气得嗷嗷直叫："是又如何？"

"打了一个晚上都没用兵器？"

"猪妖的蹄子不能拿武器，我难道能欺负他不成？"

"还好没用兵刃，否则我怕你得被戳几个窟窿。"

"笑话。我的黑缨枪也不是吃素的。本来我压着他打，谁知道他突然如癫似狂，全无章法，我才被他'乱拳打死老师傅'。"

"别嘴硬了，留在这里吧。"青道士看家宅被群猪霸占，着实烦扰，"我去探探那猪妖，回来再计长短。"

霓裳知道青道士的言下之意，跪倒谢他："谢过道长，不论成败，我必倾尽所有报答。"

青道士道："小小仙子何以报答？你且说是谁让你来寻我的。"

霓裳突然掏出一把匕首架在脖子上："小仙真身乃西王母的百花云纹裳，虽非旷世奇珍，也是稀罕贵重之物。只要道长答应除妖，我可以即刻去死，将百花云纹裳献于道长。"

"别啊！"白衣秀士和凌虚子挣扎着把黑熊精推开，想飞扑过来夺下匕首。黑熊精又一屁股把他们压在身下："红颜祸水，你们白听我讲这么久佛理吗？"

青道士探出两指一划，凶器便已易主。

"笑话，你的命于我有何稀罕。可是那姓白的让你来寻我的？"

霓裳慌乱："道长，非小仙不诚，只是他说你若知道是他指点来的，恐怕不肯帮忙。"

青道士"哼哼"冷笑两声："他是不是还说我吃软不吃硬，叫你死缠烂打于我？"

霓裳犹豫地点点头，不敢吱声，就怕青道士反悔。

青道士却说："你无须怕。我做事历来随心随性。虽然他与我有血海深仇，但你们的事与他不相干。"

"道长！谢谢你。"霓裳热泪盈眶。青道士一挥手，匕首没入霓裳身旁的土地："收起来吧。以后别动不动要死要活，现在的小姑娘真是将自己看得太轻了……"

黑熊精插了一句："对，真是不如你们这些老姑娘了，越来越重。"

此言一出，霓裳方明白青道士为何须眉不掩秀丽，冲上来拉住他的手："道长，原来您也是女子。那您一定明白我的心事，我私自下凡已做好必死的打算，求您务必为我杀了猪妖！"

青道士看着她久久不语，怅然一声："世上最讨人嫌的莫过于痴男怨女。"

霓裳黯然说道："神女有心，襄王无意罢了。"

回忆就像无边的梦乡，没有翅膀就飞不出那无穷无尽。

天蓬头顶月亮，听着吴刚砍月桂的声音，合眼倚着一朵浮云在天河边上打盹。

一朵幽幽的桂花掉到他的脸上，花粉扑鼻。

广寒宫的花真香，他连眼皮都不抬，深深吸一口气，觉得人更加松弛了。

"哗啦啦"。突然，一堆桂花砸下来，打得天蓬满脸斑斓冶艳的花汁。

吴刚怎么这么来劲，要把树都砍掉吗？天蓬也不恼不凶，轻轻用手一抹，满脸黏糊糊的，眼睛都睁不开。

"你的脾气还真好。"一个温柔、青涩的声音传来，然后一块手巾在天蓬脸上揉啊揉，把花汁都擦干净了。天蓬感觉到手巾背后有一只冰凉的小手，手上的香味和桂花香截然不同。升仙以来，哪有女子与他如此亲昵？惊得他四肢僵硬，不敢动弹。

"天河乃军事重地，哪里来的姑娘？"天蓬睁开眼睛，发现是霓裳。

"天蓬真君，众仙都说你是宽厚君子，看来所言非虚。"

天蓬苦笑说："众仙这是在笑我是个没脾气的草包。只是你如何闯进来的？水师历来不许女仙入营，门防偷懒吗？"

"他们可不敢偷懒，盘查了我许久，"霓裳原地转了转，裙角飞扬，秀发轻舞，"哈哈，但是我后来这样转转，他们就放我进来了。我有魅力吧？"

"有魅力，但我的士兵比你还秀气呢，不会受你迷惑的。快说实话。"

"真的，不骗你。我就说是你的朋友啊，他们就放我进来了。"

天蓬看出了端倪，霓裳漆黑的头发上星光闪烁，迷离如银汉迢迢。

天蓬瞪着眼睛，故作凶态："小姑娘，你把我的星沙都涂到头发上了吗？那可是我和水师费时三天三夜才从天河里筛出来的最珍稀的沙子，本来是要献给王母娘娘的。"

霓裳坦然地盯着他的眼睛："那又如何？你不是把它们赔给我了吗，那就是我的了。我听说你被罚面壁才来探望你，也好使你瞧瞧这些星沙要物尽其用才美，放在琉璃罐里太糟。快夸我好看。"

天蓬心想难怪卫兵放行，估计现在全水师都知道元帅把准备给王母娘娘的礼物送给了小仙女，真是跳到黄河也洗不清了。

他无奈地耸耸肩："好看好看。"

霓裳不高兴了："我要真心的赞美。"

天蓬看看天，看看地，又看看霓裳。她确实美丽，但是这和他有什么关系呢？

"小仙子，你快回去吧。此乃军事重地，女子不宜久留。"

"你歧视女仙，我去王母娘娘面前告你。"

"行行！"天蓬躺回他的浮云上，"那你自己转转吧，一炷香后，我让士兵送你回瑶池，我还得面壁呢。"

"有你这么面壁的吗？"霓裳从衣袖里掏出一把铁尺，一抖就变成了一根黑色的鱼竿。

"这可是好法宝，我从吴刚神那里磨了很久才借来的呢。"

天蓬悻悻地看了一眼："小仙子，天河虽然有水，但没有鱼，要钓鱼得回瑶池，那里的锦鲤又大又笨。"

霓裳对他挤眉弄眼："天蓬大人落伍了吧，这可不是钓鱼的。"

她用力一甩，鱼竿一颤，金色的渔线和鱼钩透过云层摇摇下坠。

天蓬有点好奇地站起来，盯着鱼竿看了看："你把鱼钩抖下去做什么？"

"哈哈。这可是最近流行的钓鸟，比钓鱼有乐趣呢。"

"钓鸟？"天蓬哭笑不得，"小仙子，哪只鸟会那么蠢？"

"快帮忙！"天蓬话音才落，霓裳就被鱼竿一拖，一个趔趄险些摔倒，惊呼道，"帮我拉竿，是大鸟，大鸟！"

天蓬目瞪口呆，轻轻伸手把霓裳扶稳，然后不可置信地把另一只手搭在鱼竿上，发现还真挺沉的。

虽然天蓬有意保持距离，但霓裳隔着薄薄的空气仍觉得仿佛倚在天蓬怀里，小脸唰一下就红了。她不承想，文文弱弱的天蓬只是轻轻托住她的手臂，就抵消了原本使自己摇摇欲坠的重担。

"什么鸟这么重？"天蓬嘀咕着和霓裳一起拽着鱼竿往上一提。只听"扑哧"一声，厚厚的云层被气流冲散，太阳一样火红炙热的庞然大物被猛地甩到天蓬身后。

霓裳惊呼："天哪……怎么办？我会被丢下堕仙井的。"

天蓬一看，心咯噔一跳，这下捅大娄子了。被钓上来的是昴日星官和他的龙马车，鱼钩钩着龙马的鼻子，而昴日星官被龙马车压着，濒临窒息。鱼竿被惊慌失措的霓裳丢在地上。

在天宫，以下犯上是重罪。天蓬看霓裳急得粉汗淋漓，如花含露，心里不禁怜惜她。他走过去捡起鱼竿，将龙马车推开，把摔得晕头转向的昴日星官扶了起来，躬身赔罪。

"天蓬真君，您焉能如此戏耍于我？须知我正赶着接太阳回家，好让黑夜降临，你这是妨害我执行公务。"

天蓬诚心实意地赔礼："星君莫怪，我百无聊赖，所以闹着玩。不承想妨害了您和龙马，万望恕罪，恕罪！"

昴日星官见天蓬真君低声下气，本也想息事宁人，但发现龙马的鼻子被钩烂后，他气愤难耐："闹着玩？你看看，龙马都破相了。你逗小仙子开心，钓我、甩我，我官卑职小，再难忍也得忍！但你不该毁我龙马的容，它尚未婚配。是可忍，孰不可忍！"

"星君，你留步，星君！"

气急败坏的昴日星官驾着龙马直奔凌霄殿去了。

霓裳围着天蓬团团转，心急如焚："怎么办，怎么办？你为什么要代我认罪？他如今向天帝告你，你要受罚的。你还是把我供出来吧，可是你供我出来，我这么卑微，会被打下堕仙井的。怎么办？"

天蓬不胜其烦，只想赶紧转移她的心思。于是他突然厉声喝止她，显得非常惊惶："糟糕！我想起关于那星沙尚有一事未向你说明，希望你知道真相之后莫责怪我。"

霓裳惊恐又狐疑地望着他："什么事？此时难道还有比被天帝责罚更重要的事吗？"

天蓬点点头："当然！话说盘古开天辟地，眼睛化作日月，头发化作天幕和星星，但是星沙——星沙来自何处，你可知道？"

霓裳有种不祥的预感："不要卖关子了，是他的血吗，还是他的魂魄？"

天蓬故作羞愧："都不是。星沙乃他的头皮屑掉落所成。"

"什么？！"霓裳眼前一黑，犹如五雷轰顶，"头皮屑……头皮屑！"

"快告诉我这不是真的！"霓裳暴跳如雷，误伤昴日星官之事瞬间被她抛诸脑后。

天蓬只能表示遗憾："绝无虚言。别跳了，孩子，你都成玉兔精了。"

"怎么办，怎么办，怎么办？！"

天蓬连忙驾起一片祥云，把她送到天河的门防处："还能怎么办，快回去把头皮屑洗掉吧。记住，以后不要轻易来这里。"

"你怎么老是欺负人？！你赔我的损失，赔我的头发。"霓裳拉住他的衣襟不放。

天蓬张开双手："小仙子，我现在身无长物，如何赔偿你？要不你看中我哪个士兵，我借给你可好？"

"流氓！不对，你怀里还有把梳子。你一个大元帅，焉能如女子一般随身揣着梳妆之物？"

一把双环坠叶的虎嘴银梳从天蓬的胸前露了出来，被霓裳一把抓在手里："先交由我保管。待我洗去星沙，确保头发无恙再还你。如果坏了头发，梳子就当赔偿我了。"

"仙子，且慢，那不是梳子！"天蓬要夺回时，霓裳已经把头发盘成一髻，用银梳一卡，飘然而去。

看着仙子走远，天蓬严肃地对左右门卫说："以后不论是谁，没有我的手谕，不准进入营区，尤其是女仙。"

"是，元帅！就是你的相好也不行！"

"滚蛋！乱说话，罚跑天河十圈！"

天蓬摸摸胸口，法宝只能择日取回了。

翌日清晨，太白金星奉旨来宣天蓬觐见。

"天蓬，不是我多言，你说你面壁就面壁，还钓什么鸟，和小年轻们赶什么时鬓？况且，误伤就误伤，你官高三级不止，又有天河十万兵，让手下的人扛下这事，或者找几个人恐吓他，他敢告你一状？"太白金星挥着拂尘，一脸的恨铁不成钢。

天蓬比太白金星高大，弯腰拱手道："太白仙人说的是。我愚鲁了，望仙人在天帝面前多多美言几句。"

太白金星瞄了他一眼："你也不是真蠢。你若非处处与人为善、战战兢兢，天帝也不能放心将十万水师交你执掌多年。"

天蓬的腰弯得更低了："还要多谢仙人拂照。"

太白金星志得意满："当年扫定四海，人人以为你是侥幸，但是我们几个老仙心里都明白，你有本事。也该得有你这般不骄不躁的股肱之臣，不然都是尸位素餐、拍马逢迎之徒，天宫危矣。本来第一次剿花果山，我就建议让你带兵去，天王偏偏要争个风头，谁晓得他脸没露出来，露了个屁股。否则现在事情也不会这么难办。说到底，他们治军不行，打仗也不行。"

天蓬心头一热："仙人心里明亮，天蓬不胜感激。"

太白金星笑了笑："你不会以为只有你忠君爱国吧？大家各行其道罢了。"

天蓬连忙说道："不敢，不敢。"

二人有一搭没一搭地聊着，很快就来到南天门。天蓬一眼就看到了徘徊的霓裳仙子，只见她惶恐不安，头上还卡着虎嘴银梳。

"烦请太白仙人先行一步，我稍后便至。"

太白金星看了霓裳一眼，"嗯"了一声，轻轻摇着头穿过南天门。

"你在此处做什么？"天蓬盯着霓裳发髻上的银梳。

"我听王母娘娘说天帝要罚你。你本就是戴罪之身，我怕你受重责，"霓裳低着头，"我就想向天帝禀明此事全是我的过错，与你无关。可是我又怕被剥夺仙籍打落凡间，所以进退维谷。"

天蓬认认真真地端详霓裳，发现她的两个小耳朵已经憋得通红，不禁一笑："你莫多想，此事于我不过就是罚几个月俸禄而已，无须担心。你若愧疚，就在此处等我吧。待我安然出来，将你头上的，就算是梳子吧，还给我可好？"

霓裳心里感恩，抬头看他，发现自己还不及他的下颌高，就踮了踮脚，说道："一言为定。可是，你藏把梳子有什么用？你是大元帅，总不会临阵对敌时拿出来挠痒痒吧？"

"都说不是梳子了。"天蓬苦笑着走向凌霄殿，"就当我喜欢对敌搔首弄姿吧。"

天蓬刚跨过南天门的台阶，要追上太白金星，两耳突然捕捉到风破的声音。"不好！"天蓬大喊一声，"跑！"前面的太白金星吓得双脚一软，头也不回地向凌霄殿爬行冲刺。

南天门诸人尚未醒觉，密密麻麻的铁箭已经从下界直射过来，有的箭短、快、狠，是为扑杀天门守卫；有的箭长、慢、准，箭头有倒钩，箭尾有锁链，是为锁住天门石柱，打通南天门和凡间的阻隔。

天蓬拨开云雾，发现众妖舞枪弄棒，踩着锁链来势汹汹，夹着一股黑色妖气，直冲天际。他们人数虽众，道行却都不高，一时半会儿到不了天宫。奈何天门守将不受调遣，居然以为妖兵已至，手忙脚乱地向天门内龟缩筑防，将南天门外围拱手相让。

那霓裳仙子在兵荒马乱中闪避不及，被一支长箭的倒钩钩住肩膀，一头栽下云层。

天乃清气所聚，地乃浊气所凝，清气每日上浮，浊气每日下沉，天地之间，遥遥不可跨越。妖精魔怪虽有飞天遁地之能，却多为一身浊气所累，纵使施展浑身解数，也只能离地，攀不上天。

花果山傲居东海，海外有三岛拱卫。七大圣手下的七十二洞妖怪以三岛为基，以巨石、高木为料，垒砌登天台，日进数丈，朝天宫而去。南天门守将从天庭俯视高台，只觉芸芸蝼蚁可笑，兴起时便命人持弓拿箭射杀几只妖怪取乐，全然没将它们放在心上，最终酿成今日之祸。

天蓬施展花开顷刻之术，以一化五：一分身急调天河水师开闸泄洪，协防南天门；一分身往灌江口请二郎真君；一分身去请托塔天王和三太子；一分身去请四大天王、五方揭谛、十二元辰和二十八星宿。至于其真身，则鼓腮吹散层云，呼起狂风，荡得群妖在半空中摇摇欲坠。他一双千里之目，从人头攒动中分辨出正如落叶般飘落的霓裳。

他纵身一扑，化作一道银光，直劈黑色妖气。只见火花飞溅，云雾被燎燃，银光所到之处妖气支离破碎。而花果山中也有黄、红、黑三道流光直冲凌霄殿，正是那齐天大圣、平天大圣和驱神大圣。他们所经之地，光芒收敛万千小妖，一道飞升九天。

四道光芒在云霄隔空相望，那猴王冷眼瞧了一眼天蓬，根本没将他放在眼中，似在说："尔等小卒，不配我动手。"天蓬也不屑地回望他一眼，似在说："迟早让你这个猴头知道我的手段。"

猴王轻轻挥出一棒，一个跟头径直翻上天阙。天蓬则于半空追到已经昏厥的霓裳，小心地将她抱在怀中。猴王挥出的千斤重棒转瞬而至，天蓬弯腰将霓裳牢牢护住，仿佛她是一个脆弱的泡沫，自己强受了猴王一棒。

这敲山碎石的一棒如重锤加身，让天蓬坠若泰山压顶。"轰隆"一声，天蓬砸在登天高台之上，炸裂的石片、木屑在滚滚黑烟中变作飞舞的火焰，高台顷刻损毁过半。如此一来，妖众已不能通过高台攀缘铁锁登天。百万妖兵多半只能滞留地面。

天蓬环视四周，只见花果山上旌旗飞彩，寒风沥沥，怪雾阴阴，群妖丫丫叉叉，凶神恶煞。两个独角鬼王见仙人从天而降摧毁登天台，便率队冲杀过来。天蓬全然不惧，低头看看霓裳。她失血过多，命悬一线。等他再抬头看天，哮天犬已经开始食日，星群若隐若现。他料定二郎真君等人已经聚首天宫，再支持片刻便会有人接应。

想那天蓬通晓天罡三十六般变化，有移星换斗、挟山超海之能，寻常小妖围攻，他根本不放在眼里。他身形一晃，变作十七八尺高的巨人，霓裳在他的怀里犹如三岁孩童。他巨手一扇，掀起风浪，小妖未及近身便被拍晕；他巨足一踩，海中隆起巨石屏障，将小妖拦于彼岸；他喊一声"陷地成钢"，土地便张开大口、长出铜牙，将小妖吞噬。

"谁欺我花果山无人？！"人未至，声先到。一个巨大气泡从深海冒出，炸裂之音震得众人耳朵轰鸣。一道白光紧跟着劈波而出，来人正是那覆海大圣蛟魔王。

"无知狂徒，留下性命。"又一声巨响传来，一道金霹雳从花果山上射出，正是那混天大圣鹏魔王。

天蓬始知妖军不可小觑，居然有可以御龙的蛟和可以食龙的鲲鹏。二人也真非等闲之辈，一把白缨龙枪能度雾穿云，一把凤衔花的金刀快如飞云掣电。二人刀枪罗织，点、刺、挑、拨、拍、劈、砍、削，配合无间，势要将天蓬千刀万剐。

天蓬怀抱霓裳，险象环生，几次堪堪避过，自知无法坚持一盏茶的工夫。他悄悄伸手去取霓裳的梳子，霓裳在昏沉中突然握住他的手："真君，借去一用，可要记得还我。"

天蓬失声一笑："真是个小丫头。"那边，一道白光闪过，龙枪逼近他的眉心，枪尖未至，威压已逼出天蓬的眉间血。

他急忙用力握住银梳，喊一声"变"，顿时银光大作，逼退蛟魔王和鹏魔王。那虎嘴梳子顺着银光延展，化作镇河宝器——九齿钉耙。但见钉耙呈九齿形，如龙爪般寒光摄人，耙嘴是鎏金虎首，耙柄上刻着蟒蛇挟星斗图，一时间光照四野。九齿钉耙缓缓抢动，卷动烟云蔽日月。待到烟云散，天蓬身披烈焰赤金甲，朱发冲冠，赤足踏火，肩披黑风。

"吾乃执掌天河十万水师之北极天蓬真君，今日留下姓名，好让尔等知道命丧谁手。"

天蓬步空凌云，单手使一把九齿钉耙，与蛟魔王、鹏魔王战作一团。那钉耙狂舞时洒下寒风，生出冰凌四射，相持时催生火焰，能够熔金化铁。

在这妖气滚滚、浊浪滔天的海空一色中，众妖只看到一道白光、一道金光和一道含赤的银光时而在三岛巅峰，时而在汪洋水面，时而在虚无高空，交相冲撞，铁器碰撞的狂暴之音吓得地面的妖兵捂耳回避，惊得深海水族疯狂逃窜。

天蓬仗着道德天尊在八卦炉中锻炼的九齿钉耙神威无比，以一敌二，每一耙下去似乎都要将天捅出九个窟窿，而蛟魔王手持的白缨龙枪乃龙子所化，奇快无比，能屈能伸，能指东打西、刚柔变幻，每有奇招，打得人防不胜防。只有那鹏魔王的金刀稍逊一等，每过十个回合必定刃卷刀崩，但金刀乃其羽毛所化，取之不尽、用之不竭。战到酣时，鹏背有百刀千刀飞舞夹击，实有以多胜少之妙。

天蓬与二人争斗二百回合，已经大汗淋漓。南天门外的弹丸之地为妖军所据，与天兵杀得热火朝天。无数人从天坠落失去踪迹，是死是伤，实无人可以顾及。

天蓬用尽全力猛地一抡九齿钉耙，如龙出深渊，稍稍逼退二人，即刻化作银光欲归天宫。鹏魔王金刀一指，背后千羽、万羽激射，在天宫之下化作鲲鹏双翼，双翼又闭合成伞盖状的金顶，绵延千里，将天宫和花果山完全隔绝。天蓬稍微靠近，双翼立刻飞出万千金刀将他逼退。

"天蓬小儿，就留下你的头颅给我们祭旗吧。"蛟魔王一枪抢道，彻底封住天蓬的去路。鹏魔王闪至天蓬背后，金刀砍向他的颈部。

天蓬使出纵地金光之术，急急坠落高台，双足着地，再抢钉耙向上一顶，将二人的兵刃推开，但此时他已现强弩之末的颓态。

恍惚之间，一条手巾突然抹了抹他下巴上的汗水，手巾背后还是那只冰凉的小手。他微微低头，发现霓裳双眼微睁，一张俏脸上点点滴滴都是他的汗水。

他笑得有点苦涩："失礼了。"转眼又与金光和白光交缠在一起。

霓裳看他面如火燎，乱发冲天，受两大妖王围攻，一把九齿钉耙轮转如雷，虽颇为狼狈，仍在尽力保护她。她突然觉得二郎真君不能比他，三太子不能比他，甚至天帝也不行。激斗中，眼花缭乱的光芒让她目不暇接，她索性不去看，只偷偷地往他怀里钻了钻。尽管肩膀的伤口疼得她一直颤抖，她心里想的却是今日哪怕和他一起死在此地，也算死得其所、了无遗憾了。

最危难的时候，哮天犬完成日食，太阳消失。银河在黑夜里星光大放，磅礴的河道完全显现，闸门轰然打开，滔滔天河水改道南天门，冲向花果山。水本柔弱，但从三十三层天来，自上而下每落一层，则威重复加一倍，蹚过南天门时已化作凶猛无比的洪泽，将妖军席卷一空。此后，巨大水龙如支天之柱直落花果山，一路摧枯拉朽，即便是鹏魔王的双翼，也无法抵挡洪水之威。"哗啦"一声，伞盖破碎，魔王吐血力竭。

天河水师的三千伏兵藏于水柱之中，势不可挡地冲杀过来，将蛟魔王和鹏魔王逼退。天蓬抱紧霓裳，将九齿钉耙一收，便化作一条银爪赤龙，攀缘水柱飞上天宫。水师紧随其后，彻底摆脱气急败坏的两大妖王，全身而退。

天宫胜了，惨淡、狼狈。

因为猝不及防，南天门几度失守，幸得水师精锐守住凌霄殿，二郎真君又率眉山兄弟和二十八星宿缠住三大妖王，才力保天宫不失。尔后，天河水突然改道南天门，方逼得猴王退兵。

只是洪峰来时，天帝正端坐凌霄殿上指点诸仙呐喊助威，不想竟有余浪波及凌霄殿。众人被洪峰拍得东倒西歪，而天帝为保威严，紧握龙椅纹丝不动，被灌下满腹黄泥水，连头顶冕冠都被冲落。

天蓬觐见之时，凌霄殿水积寸许，遍地泥巴、砂石，他拜倒在天帝面前请罪。

天帝抖落冕冠上的水珠，轻描淡写地说："天蓬，此次大战，你有功，前罪既往不咎。我本来收了你的虎符，如今还你，反正有无虎符，水师都只听你一人调遣。"

天蓬大惊叩首："臣有罪，臣擅自调兵，请陛下责罚。"

"爱卿请起吧。寡人岂是赏罚不分之人？寡人还要赐你一个'大'字。从今日始，水师元帅就改称水师大元帅吧。"

"陛下！臣不敢！"

"行啦。退朝吧。待这凌霄殿退了水，我们再议围剿花果山之事。"

天帝下朝，群臣鸦雀无声，片刻后方陆陆续续散去。太白金星扶起天蓬，在他耳边说道："你的水师围住凌霄殿时，已有朝臣私议，说水师悍勇，如若你造反，祸害恐怕尤胜妖王。你千不该万不该，不该自行调兵遣将。天帝已经猜忌于你。好自为之。"

天蓬大战之后已经筋疲力尽："多谢仙人提点，如今但求无愧于心罢了。"

"回去吧。我也不能和你走得太近，否则来日为你说项，也要被人非议。"

数日后，天帝命张、鲁二班为天蓬扩建府邸，将元帅府的牌匾改成"大元帅府"。但他点遍天将天兵，以数十万之众围剿花果山，却没让天蓬和水师参与。

猴王率领六大妖王、百万妖兵与天兵天将鏖战于东海。天蓬常常在天河边独酌一壶小酒，拿一根鱼竿钓水。

许久无人与此闲人叙叙了。官升了，天帝的青睐少了，谁也不是傻子。只有弼马监的副使白元问，偶尔提壶酒来陪他小酌。

白元问饮得微醺，问："元帅，你说仙和妖有什么区别？仙有善恶，妖也有善恶。那猴王本来是妖，可是天帝一纸诏书，他就成仙了。难道顺从为仙、反抗为妖？"

天蓬越喝越清醒："元问，道生天地，我们顺道修行便超然成仙，逆道反常则堕落为妖。但为仙不修者，不过妖孽，而为妖悟道者，也是仙人。"

"哈哈。元帅，以你此言，放眼天宫，岂不是也躲着妖孽？看那花果山，岂不是也藏有仙人？那效忠天宫抑或屈从花果山，又有何不同？"

天蓬道："当然不同。天宫虽然有陈屙之态，但毕竟以法度统御三界，尚能顺应天道，恩泽万民。那花果山诸人以自由为旗帜，其实推崇武力、不拘束缚，遵从弱肉强食之法。如果他们取代天宫，即令心存善念，也不可能维持三界安稳、众生喜乐。"

白元问却不信："元帅，你只与花果山之妖交锋一次，就如此断定他们不堪大任？"

天蓬笑道："你只需想想那花果山何人领头，我们天宫又是谁人主宰？"

白元问沉思片刻，恍然大悟道："那花果山以武功第一的七大圣为贼首，我们天宫却不以武功论英雄，讲究有德者居之。可是元帅，人的德行和心胸并非永恒不变的。"

"嘘！"天蓬轻轻说道，"有人。"

白元问一惊，方才的话如若传到天帝耳中，只怕有杀身之祸。他屏住呼吸，耳听方圆动静。只听得几个仙女在偷偷议论。

霓裳躲在远处的云影里："几位姐姐，那位白衣谦谦君子是何人？竟然如此文雅清秀、龙章凤质。"

几位彩虹仙子叽叽喳喳："那是弼马监的副使白元问。乃下界小道，因缘际会得了仙籍，不值一晒。"

"再俊俏有何用，不过是个马夫。哪比得天蓬真君，手握天河精锐，天帝都要忌惮他几分。"

霓裳不解："那怎么天帝老罚他，对那齐天大圣反而忌惮几分，百般容忍？"

"小丫头，君臣之道犹如男欢女爱，打是疼骂是爱。如果突然把你捧在手心呵护，就离抛弃你不远了。"

天蓬喝一声："何方朋友？出来吧。"

霓裳这才领着彩虹仙子来到天蓬面前："这七位是彩虹仙子，赤霞、橙霞、黄霞、绿霞、青霞、蓝霞和紫霞。"

天蓬对七位仙子一一施礼，惹得她们又惊又喜。白元问见诸仙子光彩照人，皆为仰慕天蓬而来，心想自己不过一介尴尬马夫，便匆匆拜别诸人。

霓裳附在天蓬耳边说："天蓬大人，我和姐妹们说是你的好友，她们央我领着她们来天河划桨赏星。你千万要给我面子，不然我在瑶池就无地自容了。"

天蓬看着她一脸的认真、严肃，心里暗暗觉得好笑，有意成全她，便朗声道："欢迎仙子大驾光临，不知道仙子的伤势恢复得如何？"

霓裳拍拍她的肩膀："谢谢天蓬真君关心，我已然痊愈，所以今日特意领众姐妹来谢真君的相救之情。"

天蓬看着她，心想："你就这样两手空空，还领一群两手空空的人来谢我？"他一笑："来人，备船，请众仙女游天河。"

打发走了彩虹仙子，霓裳却缠着天蓬不走。天蓬传来门防的士兵，喝道："我不是说过，天河重地不许外人擅入。违反军令，当如何？"

士兵答道："当斩！"

霓裳吓得脸煞白："斩？大人，不关他们的事。"

士兵低声反驳道："我不服。"

天蓬脸色一沉："如何不服？"

士兵说："仙子不是外人，仙子是元帅的相好。"

霓裳跟着说："对，不要杀他们。我不是外人，我是相好！呸，我不是你的相好。"

天蓬道："胡言乱语，当杀。"

士兵伏到地上："属下没有乱说，元帅把九齿钉耙给仙子做定情之物，所以我们不敢阻拦仙子，还要恭迎仙子。"

天蓬这才想起，九齿钉耙变成的银梳还卡在霓裳的头发上。

他深感无奈："下去吧。今日不追究你，下次守不住门防决不轻饶。"

"谢元帅，谢仙子！"

"滚！"

霓裳小脸滚烫："我没说，没说过是你的相好。"

天蓬道："我治下无方，仙子莫计较。只是银梳当物归原主。"

霓裳偷偷看看天蓬不容置疑的眼睛，不情不愿地取下银梳："没了信物，你再被关禁闭，我就不能来探望你了。"

天蓬接过银梳："我说过，军事重地闲人勿入。"

霓裳黯然低头，余光扫到天蓬搁置于石桌下的鱼竿："可是你整天这么无聊，就不需要我来探望你吗？我可以陪你钓钓鸟。"

天蓬摇摇头："不需要。我不钓鸟，而且军事重地闲人勿入。"

霓裳有点生气了："你是结巴吗？勿入、勿入！那你把鱼竿带在身旁做什么？"

天蓬隔空取物，鱼竿缩成铁尺飞到他手中："还你。"

霓裳夺过铁尺："讨厌鬼。我再也不来了。"

望着霓裳愤然离去的背影，天蓬把银梳揣进怀里。一阵异香飘来，他摇摇头，小仙子竟然把九齿钉耙拿去浸香了。什么味道？丁香、百里香，还是野菊？他叹一口气，天河的雾更浓烈了。

青道士骑着驴，驴绑着绷带，就着宁静的夜晚，一步一个脚印地穿过高老庄和矮老庄，走向福陵山。这福陵山温润肥沃，晨昏娟纱轻雾，四季幽幽碧草。河溪洋溢流淌如水银泻地，林木葱茏递进如碧玉美肌，百兽聚集，鸣禽常驻，实乃福地。可惜美中不足，有山无峰，状似陵碑，两侧山丘又缓缓下沉，如左右扶手，山腰鼓胀好似人之便便大腹，远瞻如无首之躯端坐陵碑之上，多少有些骇人。

驴三步一停，故作凄惨道："我身负重伤，你怎么忍心奴役我？"

"今日我去见一个大妖怪，不能失了排场。再者，花蛊婆不在，谁给你看病包扎的？你无非就是想掩人耳目，希望别人伺候你罢了。"

驴哼一口气，连走几步又愤愤不平地说："你这个老滑头。既然需要排场，为何不将我变作貌美男童伺候于旁，偏要我做脚力？"

青道士也哼一声："你模样太丑，我功力不够。"

驴恨得牙痒痒。青道士用手一指："山腰处有一云栈洞，乃此山'肚脐眼儿'，大妖怪就住在那里。你最好扯了绷带，否则万一突发不测，我跑了，你可跑不了。"

云栈洞九曲幽深，夜晚的穿堂风吹过洞府，发出呜咽之音。

很多很多的猪在洞府一侧的梯田劳动，它们昼夜不息，越来越瘦，累死的便做了猪妖的盘中餐。

猪妖体大如象，鬃毛如钢，好不威武。他坐在洞前，用前蹄捧着茶杯品茗，旁边的火堆上烤着一头瘦猪，焦香脆皮馋得驴食指大动。青道士在猪妖面前盘腿坐下。

猪妖懒洋洋而彬彬有礼地望着他："我知道玄武大帝的真身是龙盘龟。道长这等蛇骑鳖，恕在下眼拙，你究竟是天上神仙还是山里妖怪？"

青道士摇摇头："是妖怪。"

"近来访客纷杂，有三只眼睛的和玩火轮的神仙，有花蛇、狼和熊变的妖怪，还有一只莫名其妙的大鸟。有聊天的，有打架的，也有找人的，不知道长是哪种？"

"我只是听说福陵山来了个吃猪的猪妖，觉得有趣便来拜访。"

"哦，无甚稀奇。我原来也吃人，只是后来发现和猪比起来，人体臭、味酸、心苦，寄生虫又多，所以就将配菜从人换成了猪。这对于四里八乡，想来也是功德一桩。"

青道士不解："配菜是猪？不知道猪先生的主菜是什么？"

"道长到得正是时候。主菜来了！"

只见遥远的天边寒光一闪，"嗖嗖"，七把小飞刀射向猪妖，穿心而过，如此七次之后欲复归天阙。猪妖不痛不喊，反而兴奋若狂，血盆大口变幻如象鼻，追逐飞刀，将之卷入口中一通咀嚼。血，慢慢溢出嘴角。

猪妖如享奇珍，满足地说："这就是我的主食，夜夜有天人送来，加上配菜实在是绝味。"他边说边取下烤猪，就着飞刀嘎吱嘎吱地囫囵饱餐，良久之后将一堆铁渣和血水吐出。

此情此景看得驴头皮发麻，口舌又疼又痒，仿佛自己嘴里也有刀子在绞。

青道士知道飞刀之刑乃天宫对天蓬的惩罚，不承想猪妖精神错乱如此，不仅啖同胞血肉，还喜咀嚼沾着自己鲜血的飞刀。

他有些厌恶地起身："不妨碍先生用餐，我们告辞了。"

猪妖的尖嘴獠牙冒着血沫沫："道长今天不动手吗？"

青道士牵着驴慢慢走远："改日再和猪先生会会。"

猪妖阴阳怪气地大笑："道长能杀了我最好。"

驴拖着青道士一路狂奔："那只猪是神经病吗？好可怕。"

青道士说道："天地法则，禁食同类。狼吃狼，必肠穿肚烂；牛羊食牛羊，必颅脑生蛆。所以世间万物，除魔和人，皆不敢以同类为食。那猪妖体内寄宿怨魂，怨魂有'求生不得、求死不能'之恨，故导致猪妖好吃同类，又喜食自己的血肉，已经病入膏肓，不除必成魔障。"

驴说："你要杀他？你确定斗得赢这种疯子？"

青道士翻身骑驴："世间疯魔最是可怕，往往破釜沉舟，能以一敌百。不过，只要我们去乌江边找一个帮手，便能稳操胜券。"

"乌江？好远，你可以自己去吗？"

"那好。到时我斗他，你为我掠阵。"

"啊。我知道有条近路，走这边可以节省半天脚程。你快坐稳，等会儿我脚下生风，怕你掉下来。"

猪妖夜梦频繁，很多陌生的回忆让他不能安枕。

比如一场突如其来的大雪，落在众仙和群妖眼中就像白色的火焰，消融了一切。异象之后，猴王终于被擒获，仙妖大战告一段落。

　　天蓬被罢官，禁闭在蟠桃园思过，不许与旁人相见。缘起战事胶着之时，天帝执意命水师夜夜开闸泄洪，水淹花果山。天蓬深知河水迅猛，如持续开闸，必水漫九州波及无辜。故开闸之后，不待月上中天，他便偷偷闭闸。

　　那猴王也真不知道好歹，居然修书一封送达凌霄殿，满纸虚情假意的关怀，其实就是嘲讽天帝夜尿频繁，尿频、尿不尽，故而花果山入夜便有零星大雨，未及尽兴便雨水枯竭，实在可笑。

　　天帝雷霆大怒，怨恨天蓬阳奉阴违，但他也好生耐心，直至猴王被擒方向天蓬发难。

　　天蓬交出虎符和水师，每日于蟠桃园内打坐冥想，偶尔实在烦闷便取出九齿钉耙把玩。那霓裳浸的香，久久不散。

　　二郎真君、三太子和白元问各自寻他几次，都被守园门将拦下。不久之后，白元问便被贬至南天门做守门天兵，至此官阶全无。更莫说其他人，谁敢来见他？

　　亏得守园夜班是彩虹仙子，那霓裳才能在众人入眠的时候溜进园里。

　　"你在睡觉，还是在打坐？"天蓬听见熟悉的声音，缓缓睁开眼睛，天已经黑了。

　　"落魄的大元帅，现在不能赶我走了吧？"

　　天蓬颇久无人探望，如今喜见小友便笑道："这蟠桃园又不是我的地盘，如何能赶走小仙子呢？不过我并非在睡，而是在打坐修行。难得无俗事缠身，可再修这物我两忘之道。"

　　"物我两忘？那有什么意思？"

　　天蓬望着辽远的云山，眼神也如云般缥缈："吾为一介凡人时，不好文，不喜武，认为那文、武艺不过就是卖与帝王家的把式。所以我潜心修行，以为修成大道便可化作那清风拂高岗，化作那明月照大江，从此逍遥无拘、放荡形骸。岂料世间真有天宫，修道只能成仙，到头来依然是这俗世的勾当，只得本本分分做人、认认真真做事，求个不愧对良心。"

　　他沉默一阵，叹出一口气："早知如此，何苦修行？"

　　霓裳看着他的脸，在婆娑树影下悲喜莫辨，摇摇头道："我不懂君臣之道，也不知道修行究竟为何，只觉得你此刻孤独得很。若你厌倦天宫，不如我助你逃离这蟠桃园，往下界做你的逍遥道人？"

　　天蓬抬头，发现她靠得很近，又沐浴在明亮的月色中，于是恍惚觉得自己在和一个晶莹的玉影说话，多少有些如梦似幻。

　　"小仙子，普天之下莫非王土，人间有天子，天宫有天帝，何处可以逃脱？我正是无处可逃，才尽职勉力，希望能够改变这个世界的微末。况且你助我逃走，你又如何？可受得住天宫重罚？"

霓裳慎重思量，良久后说道："你思虑太多，负担太重。我却不怕，大不了被打回原形，继续做一件衣服罢了。"

天蓬心想，这世间男儿都小看女子，视她们为附庸，其实女子如何不丈夫，丈夫又有多少称得仁义。

他笑着站起来："谢谢你来看我。走吧，我带你好生逛逛这片桃园，现在正是花开的好时节。"

霓裳心花怒放却不露言表："那我就勉为其难陪陪你吧。只是今夜你得把银梳借于我，我这头发太多太密，普通的梳子总是易折。"

"好。真是个孩子。"

道德天尊的八卦炉炸裂时，众神不禁想起很久以前共工撞倒不周山的巨响。但这次不是人间洪灾，而是天宫的火劫。他们突然意识到，数千年的安逸生活竟似掩耳盗铃。

八卦炉的火焰就像狰狞的野兽，嘲笑诸神迎来末日。

猴王拖着熔化的残躯和摇曳的血肉，以沉重的步伐跟随火焰的利爪，缓缓迈向凌霄殿。

世界静悄悄的，火焰狂潮在九霄的寒风中猎猎作响，孤独而向往自由的脚步发出微弱的吱吱声。但猴王都听不见了，他的耳朵在八卦炉中被焚成了顽固的黑铁。眼前崩塌的殿堂、断裂的刀剑、狂奔的神、惊慌的马匹、破碎的星空，就像一出可笑的默剧。

他也无法发出振聋发聩的怒吼或者得意的狂笑，因为喉咙已化作炽热的焦炭。连他的眼睛都被炼成有九九八十一道棱边的红宝石，这样的双眸只能闪烁璀璨寒光，没有一丝怜悯。

沉默，他只剩下沉默的灵魂。

他抬头凝视远方，两道金光射穿宇宙，使日月暗淡、风云变色。他低头寻找同伴，金光刺穿宫殿，划开天空，直达花果山。妖王呼唤万妖。万妖用贪婪的舌头像潮水一样舔舐威严的天幕。

一根铁棒挥过，什么琼楼玉宇、朱阁绮户，都被撵作齑粉；什么铜墙铁壁的禁地，什么高高在上的形象，都悄然崩塌。

他是疲惫的英雄。他以为追逐自由是自己的宿命，但他不知道，通过复仇和毁灭获得的自由，已经被取而代之的权欲所禁锢。

他用力一跃，踏上凌霄殿的金碧琉璃瓦，一股股黑色的龙卷妖风，像一排排高大挺拔的树般矗立在他身后。他制造的恐惧笼罩着整个天宫，任天兵天将如何冲杀，他都屹立不倒。

天帝在凌霄殿里临危不惧，高喊道德天尊、二郎真君、三坛海会大神，还有天蓬。他知道，诸神必须保卫他。

与此同时，圆月高照，天河放闸，东海大潮，水天连成一线，蛟魔王率八万水族精锐乘浪直冲天宫。大鹏则用万里之背收容妖兵，如同浮空巨岛，不断逼近天河前线。

"天蓬，你要去吗？"霓裳在蟠桃园里望着沉沦于黑烟和烈火的凌霄殿问道。

天蓬多么渴望与猴王一较高低，但他忧心忡忡地望向天河，星芒灰暗，血光如飞花漫天，美且残酷。

"天蓬！快！"太白金星突然灰头土脸地冲进蟠桃园，"天帝唤你救驾！"

"元帅，新将临阵脱逃，水师节节败退。"水师的传令兵也冲进蟠桃园。

"天蓬！"太白金星吼道，"你此时一定要清醒。须知救十万、百万不如救一人。你若不顾天帝安危，前往天河指战，恐怕天宫再不能容你。"

天蓬犹豫了。天河失守，三十三重天门户大开，彼时必将死伤枕藉、血流成河。而凌霄殿有众神拱卫，天帝断不会有失。

太白金星知道他的心事："天蓬！救天帝于他或是锦上添花，于你却是生死攸关。你今日弃他，他必视你为心怀不轨！失去天河，还能徐图后计啊。"

太白金星所言极是。天宫非一人一姓之天宫，却是一人一姓主宰之天宫，顺则昌，忤逆则亡。

"但道之所存、心之所往，吾虽明台微尘，如何甘心只做那一人一姓之将，任群魔乱舞？或许命该如此罢了。"天蓬回头看了霓裳一眼，微微一笑，似有诀别之意。霓裳见他笑得坦然决绝，不觉就哭了。一阵狂风吹过，天蓬化作一道流星直落天河。

"痴儿啊！值此世间，焉能容得下不受摆布的英雄。"太白金星长叹一声，散作轻烟，回那凌霄殿。

蛟魔王和鹏魔王率精兵强将，趁众神围聚凌霄殿，直捣天河防线，一路高歌猛进。岂料天蓬忽以法天象地之巨大法相，身高百丈，三头六臂，手持钉耙、弓箭、斧、矛、戟，伴着五色狂雷横空出世，一柱擎天。多少妖兵被其神威所摄，目瞪口呆，引颈受戮。

此战关乎大势，双方无不冀望速战速决。可妖兵势大，水师则占有地利，彼此以伤换伤、以命换命，哪里有此消彼长，谁也不曾占得便宜。结果此战反而僵持最久，最为惨烈，双方战至手口并用、以血肉相搏，甚至要生吞活剥对方。

倒是那凌霄殿外，有花果山四圣率三大鬼王、七十二洞妖主猛攻南天门，策应猴王大战天宫，本是最应胶着的战事，竟因天帝鬼使神差地着人往西天请来佛祖助阵，最终以五行山镇压猴王匆匆谢幕。

天帝稳操胜券之后，又着二郎真君和三坛海会大神下凡间乘胜围歼花果山众妖。济济天宫无一兵一卒支援水师，反倒是"看他鹬蚌相争，我只待渔翁得利"的壁上观之态，好似那天河只是天蓬的天河，那水师只是天蓬的水师，与天宫毫无瓜葛。

也不知道是山中一日世上千年，还是弹指一挥间，天蓬的法天象地之法相被彻底击垮，鹏魔王则被九齿钉耙一耙打落凡间。蛟魔王见两败俱伤、无人生还，只得狼狈逃回花果山。

从此岁月悠悠，天宫却不会有神仙提起这场战役。

下界凡夫俗子也只记得那几日突然天降暴雨，云抖狂雷，血红霞霭不分昼夜地笼罩大地，无不惊得闭门不出，虔诚地向天忏悔、祷告。他们当然不知道，备受崇拜的诸神在这场战争中也纷纷跪地自求多福。

青道士找到乌江上新来的船夫，其一双鹰眼炯炯有神，看得驴心生寒意。

"我想起你的名字了，大鹏。"

"青妖，被你惦记上可不是好事。说吧。"

"你来杀天蓬，我为你掠阵。"

"你倒是什么都知道。我正是因与他未分胜负，才冒险逗留此地。可我见过猪妖，他不是天蓬。"

"你莫管。明日四更，夜最深之时，我请天蓬现身，你来杀他。"

"呵呵。你要真有手段，我到时必定赴约。但是，你只可在旁掠阵，不得插手，否则我必辣手无情。"大鹏的鼻梁如刀，声音低哑。

"一言为定。"

"不送。"

青道士返回家中时，大猪满脸油光地在烤火喝茶，霓裳在和它窃窃私语。见到青道士，霓裳便迎了上来。

青道士问她："明夜四更，你可来见他最后一面？"

霓裳微颤地紧握双手，说道："见他？如果不是为我所累，他今日不至如此。他托付我请二郎真君和三太子收服他，我请不动他们，才厚颜来此纠缠道长。我有何面目见他呢？"

"既然如此，你就静候我的消息吧。但猪妖是猪妖，天蓬是天蓬，你要告诉我如何将天蓬请出？"

霓裳颔首，指向大猪："不瞒道长，天蓬的残魂堕入凡尘时落入猪大婶胎中，于是他就和猪妖合一转世。他出生时携有九齿钉耙变化的虎嘴银梳。只要九齿钉耙现世，天蓬必然临凡。"

大猪此时才缓缓挪开屁股，取出被压得暖烘烘的虎嘴银梳："我儿刚鬣乃罕见的一胎一胞，出生后日增百斤，十日成年，我就猜他绝非凡夫俗子。不承想，他竟然是天上星宿转世。总算不负他爹与我一夜缠绵后便被屠宰的悲苦命运了。就请道长为我儿除去前世孽债，好让他安心地干一番事业。"

驴听后默默地闪到一旁，靠着山神假寐，生怕青道士还有安排。

天河没有尸山血海，没有断肢残骸，只有黑茫茫的一片雾，谁也看不到里面究竟发生了什么。幸得道德天尊借出金刚琢，霓裳才能领着二郎真君和三太子在一片黑茫茫中找到气若游丝、容貌尽毁的天蓬。又是他们央道德天尊用可起死回生、白骨生肉的大金丹救回天蓬一条命。

对天蓬，天帝只道功过相抵，让他保留原职，仍做他的大元帅。

数日后，天帝在瑶池宴谢西方佛，戴着崭新的冕冠，好不耀眼。

天上一派歌舞升平、盛世再临之象。天蓬的座位与二郎真君和三太子的在一起，只是二人还在领兵围剿花果山，不能与会。霓裳虽然在场，却只是一奉酒的仙婢，不敢和天蓬攀谈。于是，天蓬自饮自乐，喃喃自语道："死了这么多人，有什么可庆祝的呢？"

天帝灵聪尤胜千里眼、顺风耳，他冷冷扫过满面伤疤的天蓬，心生厌恶，赐了天蓬一杯酒，命霓裳奉他饮下。酒席方才过半，天蓬已酩酊大醉，被抬回天河。王母娘娘将霓裳召至近身，又拉着她走到无人的一旁，轻轻说道："你是为数不多随我飞升之人，我为什么不愿意多见你，你可知道？"

霓裳摇摇头："奴婢不知。"

"我每次见你都会想起那个黎明，酒席散场，马匹扬蹄，穆王央我与他一起东归。我推托不肯，只赠他金丹两颗，希望他年年益寿，他朝再与我相聚。谁知那日一别竟是永别。"

霓裳有似是而非的记忆，心领神会，但不敢妄自评价。

西王母拍着她的手道："多么柔软的小手，都可以摸到人心里去了。对于你和天蓬的事，我也有所耳闻。"霓裳的脸一红，正要申辩。

西王母不让她言语："我没有怪罪你的意思。只想私下告诉你，莫要首鼠两端，重蹈我的覆辙。虽然天宫不许仙人思凡，但是只要不太逾规矩，总归不会太严苛。去吧，天蓬已经回天河，我瞧他是多年没有的大醉，想来心中太苦，你好生宽慰宽慰他。"

霓裳以前以为西王母厌恶她，今日方知也有关怀，心里感激涕零，谢恩之后匆匆往那天河去了。

天河已无一兵一卒，无一朵浮云，亦无一捧清澈之水。妖魂不散，仙鬼不甘，生前死敌，死后纠缠，终于融为一体，滞留不去。

所谓大元帅，其实不过是一个守陵人。他瘫睡在河滩上，任风吹雾走，仿佛自己就是一地的沙石。

霓裳几经辛苦方在尘土中找到他。

天蓬醉态丑颜，捂住自己的脸："你走吧。"

小姑娘眉目哀恸，仿佛一朵好不容易绽放却发现世界早已凋零的花朵，自己到底是迟来一步。

"怎么了？我们不是朋友吗？"霓裳摇身一变，变成人身猪头，"你看，你看，容貌就是变幻无常的，你不要在意。"

天蓬觉得可笑："无关容貌，我只是心灰意懒了。再者，此地怨气盘桓，不宜久留。你回去吧。"

"别别别，我可是西王母座下女仙，不怕区区怨气。"

天河冤魂聚化的黑气闻得小仙女大言不惭，在半空咯咯冷笑，如同闷雷发作，吓得霓裳赶紧躲到天蓬背后。

"莫怕，我在。他们不会放肆。"

霓裳小心翼翼地问："他们到底是什么？时而是障目的黑雾，时而又似人形，怎么这般可怕？"

"他们有的是我水师手足，有的是花果山妖兵，战死后不甘忿，轮回不收，只能盘桓此处。走不掉，度不了。"

"那他们不是很可怜？"

天蓬伤心地说道："对。他们是天帝和猴王脚下的高山，是我亲手一根一根堆起来的白骨之塔。本来我也应该和他们在一起，不应该苟延残喘的。"

霓裳忧心地望着他："你不要乱说话。"

天蓬看着他们，眼中闪过诡异的红芒，认真地说道："霓裳，我本来就要与他们一起死了，是你用道德天尊的金刚琢逼退他们，才把我抢了回来。可我仍与他们心意相连，每日倍感其苦、其恨，已经筋疲力尽。若有一日，我把持不住也堕入疯魔，你一定要请二郎真君和三太子杀了我。让我化作一缕尘埃，从此不知烦恼、不晓世事。"

霓裳怔住了，一是怔他第一次喊自己的名字，二是怔他严肃坦然地谈论自己的生死。她突然觉得自己似乎会永远地失去天蓬。她哭了："你乱说话，乱说话。"

"这小姑娘不是衣裳化仙吗，怎么似水做的一般爱哭？"丑陋的天蓬真君手忙脚乱。霓裳突然几步并作一步抱住他，头埋在他胸前，呜呜说道："天蓬，你是傻瓜吗？"

天蓬低头看着她的头发，就像望着夜里静静流淌的溪水，慌乱的心平静下来，不知要怎么回答她。突然，一阵风吹草动！

天蓬连忙把她推开，但纠察灵官已经率众围住他们："深夜私会王母娘娘女侍，秽乱天宫，乃犯天条的死罪。走吧，大元帅，与我等到天帝面前领罪吧。"

"天蓬，我，我不知道有人。"霓裳惊觉拖累天蓬，可为时晚矣。

天蓬却平静地说道："霓裳，到了凌霄殿，切记莫出一言。"

四更天。阴气深重，露水沾衣，树影缓缓挪动。

刚刚躺下的猪刚鬣突然眼皮跳动，恍惚觉得有一只猛虎蹿来。他警醒地睁眼，发现一簇银光由远及近，如飞鸟入怀。他下意识地要伸手接住，但一只猪蹄子映入眼帘，心里瞬间涌起莫名的苦涩和自嘲：猪哪里有手指？

疼！犹似寒蝉破茧，一只似有还无的手从猪蹄中探出。那簇银光缓缓地、本本分分地落入此手之中，恰是镇河神器——九齿钉耙。

手的主人是一个模糊的影子，一个十五六岁的少年，他脱离猪刚鬣的身躯，背对着猪刚鬣。

"天蓬？"猪刚鬣心里涌出这个名字，然后虚脱地晕倒在地。

曾经高大英俊的神将返老还童，赤身裸体，一如未修道前，一如刚诞生时。

"我是谁？"他低头看看自己，薄如蝉翼的皮肤下血脉纵横，一寸一缕都清晰可见，仿佛皲裂的瓷娃娃。一眼迷茫一眼恨，他紧紧地握住九齿钉耙，钉耙以愤怒的嘶鸣回应主人的惶恐。天河的黑气在群星之间流转响应，蠢蠢欲动。

光，好像旧铜器在余晖中的光芒。

羽毛，无数的羽毛集腋成裘，化作人造的穹顶，牢牢笼罩住福陵山。

于是，没有黑夜，没有星辰，只有黄色泥土和金色天空。

鲲鹏降临，敲响天蓬的丧钟。

所有羽毛尽做神奇变化，他也只剩一个赤身裸体，好似黑釉，又如墨玉。日月星辰、流水行云，都隐隐包含在他体内。

金翅大鹏来了。

青道士和黑熊精立于云栈洞前，不得不惊叹鲲鹏法术之雄奇、诡秘。

黑熊精痴痴地说道："好可怕。这就是魔吗？这么喜欢脱光衣服。你确定你这样看两个裸男合适吗？要不要我帮你蒙住眼睛。"说着他伸出手要去摸青道士的脸。

青道士踹了他一脚，把他踢出丈许远："滚。好好为我护法。"

鹏魔王在金顶之下身随意转，神出鬼没，所到之处轻轻一指便如点触水面，生出涟漪，涟漪又生出形态各异、纹路迥然的刀刃。他心念所至，尖刀飞杀而去，无间、无隔，不停、不止。

少年的天蓬，心中没有前尘往事，没有未来，只有一腔毁灭自己、毁灭他人的执念。"杀！"咽喉处纸一样的皮肤被声浪轻轻冲破，辗转飘零。钉耙一挥，九齿分崩离析，化作锋利的九刀。剑仙以气御剑，人是人，剑是剑，剑不能随心随欲；天蓬御剑，有刃无柄，剑出时先伤己再伤人，以血喂剑，是悖道而行却所向披靡。

双方走过一百三十回合，刀剑密布如风雨交加，铁屑横飞若雷霆大作，金色的穹顶禁不住激烈的冲击，隐隐有崩毁之象。当九九归一，九刀归作一剑，天蓬终于一剑击碎金顶。天蓬至此狂暴不能自持，面目扭曲，凸目犬牙，恍如深渊爬出之恶鬼，而大鹏鸟呕血败退，被风暴般纷纷扬扬的羽毛裹挟，行动受制于人，命悬一线。

青道士因为有黑熊精保护，一直合眼静立，静待这一稍纵即逝的破绽。只见他突然怒目圆睁，原本鼓动的长袍、飞舞的头发突然静止，丝毫不为外物所扰。一道青芒紫电从他袖中斜斜飞出，迅疾决绝如孤星凌日，霸道刚猛可斩断长空。

天蓬微微扭头望来，却是迟了。这是何物，又是什么速度？没有多余的技巧，没有花哨的法术，没有斩风的声音，从几丈外不遮不掩、直直刺来，他还没看清楚使剑的人，剑尖就到了面门，仿佛咫尺之击。

天蓬持刀抵挡，但方才一击后，他已经力竭。没有火光，没有意料之中的激烈相持或者震天撼地的响动，"叮当"一声，仿佛两个铜铃偶然相碰，青匕擦过天蓬的刃尖，如一根细长的针，无声无息地洞穿他的百会穴，然后脱力落入泥土中。

天蓬的绝望和愤怒在小小的伤口中一泻千里。回忆慢慢涨潮，他在空中摇摇欲坠。他低头低声问了青道士一句："尔乃何方神圣，吾可曾认得？"

青道士面色苍白，被长袖遮住的指尖正在淌血，他摇了摇头。

"阁下高姓大名？"

青道士好不容易缓过神，说道："已死之人，知我姓名作甚？"

"也是。既不能报恩也不能报仇。"天蓬的神志越发清醒，他以为了断自己的会是二郎真君或者三太子，因为他拜托过霓裳，但那个小丫头大概忘记了。他突然想起第一次见面时她蹲在地上哭的场景，又想到她把昴日星官和龙马钓起来时的惊慌失措。他不禁一笑，忘记了也好。小丫头的胆子好小，日子还长，天宫对不问世事的仙人还是很宽容的，希望她好好地走下去吧。

至于他？既然人时已尽，何必留恋呢？

这个笑容调动了他全身的肌肉，耗尽了他最后的力气，那青涩的脸庞和稚嫩的身躯上慢慢爬满裂纹，清风拂过，便逐点逐块被翩然掀去，犹如蜂蝶，复作粉末。

黑熊精问青道士："这样的人，就这样了？"

青道士看着天蓬的最后一点光芒散尽："嗯。结束了。"

凌霄殿的早朝，君臣一片倦容，浓烈的酒味和晨雾混在一起，有人觉得飘飘欲仙，有人觉得恶心欲呕。

天帝和王母娘娘并坐，朝臣分立两侧，连二郎真君、三坛海会大神，还有二十八星宿、四大天王都被召回。这可是擒拿猴王的阵容。

金甲神按住天蓬的肩膀要押他跪下，但他强行一抖将诸将甩出了凌霄殿，露出久违的桀骜不驯。

"天蓬放肆！"太白金星高喝一声，众仙纷纷指责天蓬。

天帝摆摆手，示意众人禁言。他醉意阑珊地问道："天蓬、霓裳，你们可知罪？"霓裳吓得跪倒在地上。她看了王母娘娘一眼，发现西王母一脸轻贱表情，绝无维护的意思，这才发现自己上当受骗了。

天蓬故意将诧异和失望的目光投向天帝，天帝坦然地回望他："天蓬，你可知罪？"

天蓬方确信天帝设计他，于是大笑不止，直到大殿的瓦片被音浪震得开始抖落沙尘。众将紧张地亮出兵刃，他才缓缓伏地，大声说道："臣醉酒调戏霓裳仙子，意图不轨，臣有罪！"

霓裳惊恐地望向天蓬："天蓬，你疯了吗？"

"对！"天蓬说道，"就是发酒疯才会非礼仙子，也怪仙子貌美，勾得臣百爪挠心。"

天帝拍桌喝道："究竟是私会还是调戏？"

纠察灵官出列说道："天蓬真君一派胡言！"

他还要说，却突然惨叫一声。

原来二郎真君手一松，哮天犬扑出，死死咬住灵官的大腿，抱着他在地上打滚。

"放肆！"天帝训斥道，"二郎真君，你怎么带狗上朝？！"

二郎真君不慌不忙："禀天帝，这朝堂之上又不止一条狗，况且哮天犬位列仙班，可以上朝。"

"行行行！你把你的疯狗牵好。纠察灵官，你接着说。"

纠察灵官站起来刚要说话，却发现三坛海会大神手里转着乾坤圈，眼睛死死地盯着他。

他心惊肉跳，掂量再三后说道："天蓬真君说得极是，臣可以做证。"

天帝掸掸手示意他滚开，又对天蓬说道："酒后调戏瑶池仙子，该当何罪？"

天蓬不抬头看他，只高声说道："臣愿领死！"

朝野震惊，所有目光都集中在天帝身上。天帝问太白金星："爱卿认为如何？"

太白金星故作公平公正地说道："禀陛下，调戏仙子罪不当死，但霓裳仙子乃王母的彩袍化仙，天蓬这是既调戏仙子，又对王母大不敬，两罪并罚，非死不可。"

天帝捋了捋胡子，陷入沉思。

"陛下、王母，霓裳有话要讲。"霓裳鼓足勇气准备将爱慕天蓬之事如实道来，但话音未落就被天蓬制止，一道白色光芒将两人与外界隔绝。

"小丫头，你不要说话！"

"不！是我害了你，我的错。"

"真是个孩子，什么都不懂！"天蓬弹了一下她的眉心，使她沉沉昏睡。

待到白光散去，满朝文武错愕地看着他怀抱霓裳仙子，纷纷交头接耳："这天蓬也太大胆了，虽然仙子长相标致，也不能在殿前放肆啊。"

"听说他以往在水师中便男女通杀，所以那些兵卒才忠心于他，我们还是小心点吧。"

天帝暴怒而起，指着他骂道："天蓬，你实在目中无人，竟敢当着寡人的面调戏王母的衣服！你该死！该死！"

"臣愿领死！请陛下恩赐。"

"陛下！天蓬素有累功，请陛下开恩！"

二郎真君跪倒，三坛海会大神跪倒，群臣慑于二人之威也纷纷跪倒。

"臣只求一死！"天蓬跪地不起。

天帝见脚下乌压压一片，脸色阴沉，拂须沉思片刻，说道："天蓬，你虽罪大恶极，但天宫仁厚，轻易不杀有功之臣。如今就将你打落堕仙井，入凡尘受五百年苦劫，如历练有成，还可再列仙班。诸位爱卿请起吧。"

天蓬也不谢恩，只冷冷地看了那凌霄宝座一眼，便由纠察灵官带去行刑。

朝会散去，二郎真君和三坛海会大神拦住太白金星："老头儿，你的心也太狠了，非置天蓬于死地？"

太白老儿皮笑肉不笑地说道："可笑啊。二位大人可知什么叫生不如死？"

二郎真君和三坛海会大神不解其意。太白老儿接着说："天宫堕仙井有九口之多，你们以为那都是摆设吗？每口井的刑罚都不同，其中有一口为刮仙井，入井之人要先被三昧真火焚去护体金光，再被尖钩钩下天灵盖、撕下皮，然后被阴毒的弱水腐蚀血肉、消融残渣，只剩一副骷髅架，最后还得被斧锤挫骨扬灰，从此仙骨永消、神魂泯灭，只剩几缕残魂堕入恶道，不妖不鬼，万劫不复。五百年后，不会有重列仙班的天蓬，只有堕入疯魔的天蓬等你们去剿灭。"

二人惊呆，久久方道："天蓬之罪何以至此？！我们得找天帝理论去！"

太白金星怒斥道："事已至此，多言何益？！你们这些黄口小儿，平素只知恃宠而骄、倚武卖乖，焉知为臣为下之道？天帝若非洞悉人心、狠辣精干，怎能度过一千七百五十劫，最后高居庙堂、执掌乾坤？平日他容许你们撒野冒犯，盖因尔等未触及皇权根本，逆鳞未张。天蓬这般战战兢兢，可一旦不奉天子召令，也是灰飞烟灭。你们若还敢胆大妄为，就等着步他的后尘吧！"

他推开二人，腾云驾雾，飘向另一重天，只盼离凌霄殿越远越好。

乐风起床的时候，群猪已经离开。

他站在二楼的窗口看着他师父，发现不知什么时候树梢上钩着一件绣着人间百花和天上层云的锦绣衣裳，在无尘无垢的阳光中明媚生姿。他不知道发生了什么，却突然觉得有些怅然，想起了师父最后叫他好好念书的场景。

凌云比他年长，多通些道法，也隐约明白人间情爱之苦。他看着那衣裳和衣裳胸膛处的刀口，便明白这几日常常徘徊此地的仙子已经不在了。人生苦短，长命的也不一定快乐。一阵微风从东边的福陵山吹来，那衣裳飘飘如断线纸鸢，终于随风而去。

当天蓬彻底在世上消失，他的小丫头还有什么理由不追随他，一起永结无情游，做那不悲不喜的清风拂高岗、明月照大江呢？

第七章
恶人

• • •

众生皆是菩提果，恶人自有恶人磨。

大火星划过刚刚擦黑的天空。

七月的余热被沙沙作响的树叶覆盖，蒸腾的大地终于消停。

三天。青道士去收服猪妖，三天未归，没有音讯。

驴用后腿直立，解放双手劳动，像个滑稽的人，或者说猴子。它让乐风把最后一块木板递给它，只要嵌入这块木板，此前被猪群挤破的墙壁就修好了。

"小鬼，你发什么呆，快把木板给我。"

乐风反应迟钝，良久才说了一句："有鬼？"

"鬼？"驴走过来疑惑地拿起木板。

"驴子，有人在喊'有鬼'。你听是不是？"

驴右眼突然一跳："真晦气。小朋友不要乱说话，哪里有人在喊？"

"不对。"它的两只长耳朵比脑袋机警，即刻本能地竖起来，"真的有人在惊叫。"

"有鬼。"声音近在咫尺。

"窸窸窣窣""窸窸窣窣"，有人在林子里狂奔。突然，一个身影蹿到他们跟前。

"救命啊！有鬼！"来人是个惊慌、疲劳的男子，风餐露宿和担惊受怕让他面黄肌瘦，就像个鬼。他发现眼前有一栋小木楼，还有一个孩子，就前来求教。他最初看漏了驴，现在他看清楚了。那是一头直立的驴，两个前蹄捧着一块木板，讶异地盯着他，就像一个不苟言笑的木匠。

"妖怪啊！"他扭头要跑，却想到来处有鬼，再回头又看到驴。他惊前惧后，反复几次，突然喷出一口血，昏厥倒地。

"驴子，你看到了吗？"

"嗯，看到了，他晕过去了。"

"不是。我是问你有看到鬼吗？"

"没有。但我好像闻到了，她的体香正在弥散。"

这是一个诡异的夜晚。驴发现了，乐风也发现了。蝉没有叫，青蛙也没有求偶，而八卦的猫头鹰居然不敢睁开眼睛。

"快点。快躲起来！"驴撒腿就跑进屋里，并急忙从屋里把最后一块木板嵌紧，如临大敌。

"那外面这个人怎么办？"

"你把他拉进来，我要锁门了。一、二、三！"

"砰"。

世界静悄悄的。一根针"叮"一声掉在地上都可以听见。

"叮、叮、叮"，但木屋里没有针。

"什么声音？"驴有些惊惶，"哪里来的针？是我幻听了吗？"

"我觉得像是有人在磨牙，牙齿细细的、尖尖的，就像一把锯子。"

驴更慌了，它觉得那把锯子似乎悬在自己脖子上。平日还有些月光透过木板的缝隙洒进来，今日屋内却伸手不见五指，似乎有一块黑布把小木楼严严实实地罩住了。

一点火光毕毕剥剥地跳了起来，像一颗急不可耐的豆子。

乐风点亮了一盏灯。

微弱的火光照亮木屋的一角和那个昏倒的男子，他的脸色很苍白，脸上还有一些细细的伤痕，有的是被树枝剐花的，有的却像被爪子划破的。

密密麻麻的"叮叮"之音绕梁不散，但屋子里什么都没有。

"驴子，你怕鬼？"

驴捂住耳朵："废话，你不怕？"

"我怕啊。可你是老妖怪了，为什么要怕鬼？"

"因为我没见过鬼，从来都没有。我害怕未知的事物。听说鬼虚无缥缈，喜欢将人吓得肝胆俱裂。我心脏不好，经不起吓。"

油灯闪烁，忽黄忽绿，不时有几缕焦黑的腥烟飘出，连应当扑火的飞虫都背道而驰。

乐风捏住鼻子："为什么你的灯油这么臭？"

驴也捏住鼻子："所以我一直都不点灯。"

"你到底拿什么当灯油了，怎么是膏状的？"

"啊哈哈，听说动物粪便可以点灯，为了开源节流……"

"你好恶心。那师伯给你买灯油的钱呢？"

"夏存冬粮，防患于未然。我把所有的钱都换成粮食了。"

"粮食呢？"

驴低沉不语，不久突然放声大哭："粮食都被那群猪抢走吃光了！"

乐风却不安慰它，反而捂住它的嘴："你听。"

"呵呵、呵呵、呵呵呵。"屋外有一个女人在笑，笑声百转千回。

她与他们就隔着一堵木墙。

两人的心脏"扑通、扑通"猛跳。

几炷香的时间很漫长。

驴蹲在灯下哆嗦。

"她笑了这么久不累吗？"

乐风抱着驴的后腿哆嗦："你知道吗？我师父说过，遇见哭泣的鬼并不可怕，因为可怜之人往往还有怜悯之心，不至于夺你性命。可是，遇见笑个不停的鬼就很危险了。"

"为什么？"驴吓得把长耳朵折成了卷耳朵。

"因为我师父说，只有傻子和疯子才笑个不停，跟这种人杠上，很难沟通。只能抽他，把他抽哭了，他才服你！"

"那你要抽她吗？我可以帮你开门，然后明天给你收尸！"

"我还是个孩子，我的日子还长。叔，要不你出去吧？"

笑声停了，戛然而止，但是尖指甲抠门的声音骤然而起。

驴的两个蹄子按住心脏，似乎有点喘不过气来："天哪！她如果有能耐，就不能穿墙进来，给我们一个痛快吗？非得这样折磨我们和自己？我们这房子用的木料都是陈年老木，她的指甲得多疼啊。"

"咚咚、咚咚、咚"，小木楼轻轻摇晃起来，好像有一头牛在顶门。

乐风两脚一软："惨了。你个乌鸦嘴，她真的要破门而入给我们个痛快了。"

"能怪我吗？你好歹是个小道士，就没有学过驱鬼降魔的法术？"

乐风想了好久，可是他师父以前都是教他算账、追债和拉生意，哪里正儿八经教过他本事？

小木楼晃得越来越厉害，驴有点按捺不住了："再让她这样撞下去，不是她头破血流，就是我们的房子被连根拔起了，你快点随便念个咒画个符试试！"

"有了！"乐风站了起来，"我想起有一道符可能有用，但是画符需要朱砂，这里没有朱砂。"

"那就找点代替品。对了，血也是纯阳之物。你把手指剁下来，用血，快，用血！"

"不行。我失血会头晕，头晕就画不出符了！"

"那用他的血，反正都是他害的！"驴的蹄子踹向晕倒的男人。

"不行，要用童子血。他的身体如此虚弱，肯定不是童子。你来吧。"

"你又知道我是童子？！"驴咆哮。

"因为我师父教过我怎么辨认童子。"

"怎么辨认？"

"一是丑，二是嘴臭，三是须发旺盛。这样的人往往没人喜欢，孤独终老。"

驴喷出一口老血。

乐风在四壁上画满了符咒，但是撞门声没有停止。

鬼还在笑。他们觉得屋外那位肯定是个傻鬼，一边拿头撞门一边笑。

驴恼火地盯着乐风，他一脸错愕："怎么不行呢？难道你是条淫虫？"

驴用头顶着他的头，四目相对，怒道："我守身如玉五百年，岂容你非议？！"

"等等。"乐风恍然大悟，"我大概知道她为什么笑我们了。"

"为什么？"驴急不可待。

乐风端详满墙的符咒："可能画成安胎符了。难怪不行！我们再来。"

"什么？！"驴还没来得及反对，乐风手里的小刀已经再次无情地划过它的屁股，"啊，疼啊！"

"你这次画的是什么符？如果还不行，我就把你丢出去喂那个女鬼。"

乐风如同一只壁虎，攀着墙壁继续鬼画符："应该没问题。这次是送子符，没错！"

"送子？！"驴顿觉屁股上的"十"字形伤口和女鬼一起在嘲笑乐风。它悲愤交加，晕眩倒地。但它马上又挣扎着起身，它要开门让女鬼进来，它要和乐风同归于尽。

它的蹄子已钩到门闩，忽然，墙壁上的符咒大放红光。

"哎呀，我的肚子啊。"

屋外的女鬼惨叫一声，捧腹化作一抹红烟逃遁。世界太平了。

"你确定你画的是送子符？"驴不可置信地望着乐风。

"我师父说过，再暴烈的女子也有温柔的母性。所以我想，如果送给那女鬼几个孩子，或许可以化解她的怨恨，让她做一个好鬼。"

其实乐风也没有把握，他把手和耳朵轻轻地贴在门上。

直到蝉纵情高歌，猫头鹰恬不知耻地在树头向他们邀功，一群青蛙和蛤蟆隔着门向他们求安胎符给还没孵化的小蝌蚪，他才确定女鬼走了。

他把门推开，玉白的天光铺进屋里。驴把男子捆了起来，用草团子塞住他的嘴，然后开始整理草垛，准备睡觉。

翌日，红日高升。

被捆绑的男子像蠕虫一样四处挪动，惊醒了酣睡的乐风和驴子。

乐风有些同情他："我觉得我们不应该这样对他。他也是受害人。"

"嗯。我们应该把他吊起来，这样他就不会吵到我们了。"

"也许他是好人呢？"

"小鬼，我吃的盐比你吃的米都多，此人定非良善。"

"对。你就是盐吃多了肾才不好，以后还是少吃点吧。"

乐风扶男子坐好，从他嘴里掏出草团子："你是什么人？你要是好人，我们就给你松开。"

男子不说话，鄙夷地扫视他们。

乐风又问："你怎么不说话？"

"假惺惺。我是举孝廉入仕的朝廷官员，怎么不是好人？如今不幸落入你们这些妖人手中，要杀要剐悉听尊便，但不要妄想我会开口求饶。"

"孝廉？什么东西？"乐风望着驴。

驴摇摇头："大概是汉土的后备官吧。"

乐风宽慰他："莫怕。我们既然救你，就不会伤害你。只是你总得告诉我们事情的原委吧？"

"哼。"孝廉男子横眉冷对，视死如归。

"呸呸！"驴直立起来，把口水吐在蹄子上，戳了戳男子的脑门儿。

"妖怪，拿开你的脏脚。你干什么？！"男子斥责道。

"我有一门法术，吃掉谁的脑髓就可以知道谁的心事，所以我准备在你的天灵盖上打个洞，不劳烦你废话了。"

男子顿觉一根根脑筋抽动着要逃离他的脑袋，汗水瞬间打湿了他的睫毛。

"说吗？"

"哼！说就说，不用威胁我，我不怕。"

驴对乐风隐隐一笑："看到了吗？恶人还需恶人磨。"

男子姓王名坝，小城小户的普通人家，由寡母抚养成人，至孝至恭，曾为寡母寒天卧冰求鱼，盛暑露体喂蚊，城中人人称道。后来，天听眷顾，以孝廉赐官籍，命他入京城就职。他欣然携母上任，岂知行至半途便爆发了赤眉之祸。汉家天下大乱，入长安的道路被逃亡之人壅塞，光耀门楣化作一滩泡沫。他唯有携母向南逃难。

"所以呢，你的母亲去哪里了？"乐风问王坝。

王坝先是咬牙切齿，似乎在强忍悲痛，然后仰面流泪，痛不欲生地道："死了。被女鬼害死了。都怪我。可怜我的老母亲，为什么不让我替她去死？"

驴看他像个戏子，假惺惺地安慰道："不要伤心，女鬼这般凶恶，想来你不久的将来也难逃一死，不要着急。"

他狠狠地瞪了驴一眼："天子式微，贼人当道，连你们这些妖魔鬼怪也纷纷出来祸害良人。天下危矣！"

"我只想知道那个鬼的来历。"驴用蹄尖推了推他的鼻子，"你废话再这么多，我就把你的两个鼻孔戳成一个。"

王坝只能接着说。一天黄昏，他们路过一个野树林，树叶败落，秃枝如指，群木就像垂死挣扎的手，从黄土里伸出来，要抓住天空中的云朵。

王坝背上的老母亲因为疾病已经混混沌沌多日，突然在那时一激灵惊醒过来，用皲裂的嘴唇贴着他的脸说道："儿啊，此地有不祥之气，你要多加小心啊。"她话音刚落不久，斜阳便被乌云遮蔽，凉飕飕的风突然停止，浓稠的雾气从黑暗来临的方向缓缓涌来，归巢的群鸦炸窝飞窜。逃难的人群被异象迷惑，突然停下脚步，四下张皇，不知道谁喊了一声："有鬼！"

仿佛就是这恐惧的一声招来厄运，原本结伴而行的众人突然不顾一切、不明就里地各自逃命。王坝背着母亲逃窜，哪里人多就往哪里跑。人们渐渐被浓雾和夜色遮蔽视线，首尾不顾，到处都是惨叫之声和血腥之臭，却什么也看不到。偌大的逃难队伍究竟是化整为零了，还是消亡殆尽了，谁又知道呢？

最后，王坝和另外六七个男人躲进了一座荒废的小庙。庙里充斥着久无人烟的陈腐之气，但墙瓦牢牢、门户齐全，有些遮风避雨、防贼防盗的用处。庙里的神案上有一尊泥塑神像，时间褪去了其颜色，模糊了其面目，它就像没有烤制的泥坯。但是汉土素推"人老为尊，物旧为贵"，反而觉得饱经沧桑的泥塑更值得信任。于是众人参拜泥塑神像，求个心安后便掩门闭户，准备共度长夜。

同行的几个男子原先并不认识，只听他们言谈虽粗鄙，倒也投机，很快便倚墙交谈、推心置腹。

"他娘的，到底有鬼没鬼？这么多人莫名其妙就跑散了。"

"就是，我从一个病秧子那里抢来的婆娘也被冲散了，如今只怕被别人拐去快活了。"

"你那还是别人的婆娘。我的女儿才十二三岁，我本指望将她卖给一户好人家，她有好归宿，我也能得笔本钱。如今都不知道哪里去了。"

"呵呵。谁让你们跑那么快，好像真的有鬼在后面追一样。"

他们又来问靠着墙角的王家母子是什么人。王坝坦诚相待，告诉他们自己是个举孝廉的官员，又对他们一番循循善诱，让他们爱护妻女，以后不能只顾自己逃命。几个男子听说他是朝廷官员，又携着老母，以为他会有金银细软，心里暗暗生了歹念，但嘴上并不明说，只彼此交换了眼色，等着有人挑头作恶。

王坝的老母亲此时再次醒来。王坝去搀扶她，她借机悄悄说道："儿啊，为娘已经半截入土，能够听闻鬼神之音。你们没有察觉，我却听到屋外有白毛女鬼在推门，而屋里几个男子身上隐约有血光，必然背着不少人命。这是前有狼后有虎啊。如今你坦白自己是朝廷命官，他们定以为我们有钱财，不消片刻必会杀了我们取利。"

王坝性情耿直，不承想到江湖险恶，再看那几个男子，便觉他们一副磨刀霍霍的模样。

老太太又和他说："这庙里的泥塑神像有神灵庇佑，所以白毛女鬼不能闯入，但神灵只能驱鬼不能赶人。你听为娘的话，万一他们图谋不轨，你便抱着神像躲进案桌底下。如此一来，让女鬼入屋，我们或许会有一线生机。"

"娘亲，我若躲入案底，您怎么办呢？"

老太太摇摇头："我早就活够了。你千万不要有妇人之仁。"

"娘！"王坝心存侥幸，期盼几个男子是老实巴交的庄稼人，但他们已经商量完毕，纷纷站起来摩拳擦掌，逼近王坝母子。

只听他们理直气壮地说道："我们都是穷苦人，而大老爷是富贵人、父母官，希望大老爷赏几个钱，接下来的路上我们必定好好伺候大老爷和老太太。"

老太太推推王坝以作示意，然后不慌不忙地说道："各位好汉客气。钱财都藏在老太婆身上，这些身外之物，诸位如果需要，尽管拿去便是。"

可惜王坝心慌意乱、狗急跳墙，纵身猛扑向神像，"哐啷"一声，将神像和案桌一并撞翻，自己还被破碎的泥塑硌得在地上直打滚。

老太太长叹一声："儿啊，你怎这般愚鲁，焉能有活路啊？"

几个莽汉正要收拾这对母子，门闩突然掉在地上，门被缓缓推开。他们壮胆回望，一双女人的手映入眼帘，纤细柔弱、平凡无奇。如果非要说有什么不同，就是这双手只有八根手指。众人感到莫名的寒意从足心钻入，直达腑脏，纷纷哆嗦起来。

白毛女鬼进来了。

乐风听得有点害怕："要不就让他走吧？他是好人也好，坏人也罢，都和我们没关系。"

驴往嘴里塞了两把干草，故作镇定地咀嚼起来："不急。你接着说。"

王坝冷笑两声："你们这是逼我在自己的伤口上撒盐。有什么好说的？那个女鬼没杀死我，而其他人和我的母亲都被杀死了！"

"怎么杀的？怎么就没杀你？"驴又往嘴里塞了几把干草，用力嚼。

"说了你莫怕才好。她是一个有朝天鼻的女鬼，只要她用贴着金粉的鼻孔对着谁吸一口气，谁就会被抽干精气死掉。"

"啊！"驴惨叫一声。

"怎么了？你被吸精气了吗？"乐风紧张地问。

"呸！"驴吐出一口血和很多草末，"我咬到自己的舌头了。"

驴问："难道就你没被吸精气？"

男子摇头，似有难言之隐。

"说。"驴踢他。

"说来惭愧。女鬼吸我精气之时，我因恐惧导致腹气上涌，打了一个油腻的嗝。她猝不及防，将油嗝吸入体内，便扶墙呕吐起来。我就乘机跑了。后来她便一直追赶我，向我索命。"

驴把舌头伸出来晾着："你吃什么东西了，打个嗝把鬼都熏吐了？"

"那日有人杀了驮行李的驴，我吃了很多驴下水。可能没煮透，就臭得很。"

驴斜眼看了看王坝，狠狠地给了他一脚："让你吃驴，让你变相骂我，就你聪明是不？如此说来，一切祸事都是从你而起、冲你而来？"

王坝点点头。

"那你滚吧，越远越好。"驴给他松了绑，踹得他连滚带爬。

"这样就没事了吧？"驴喃喃自语。

"驴子，你快出来看一下，门上有字。"

驴一看，门上有血红大字"不婚而孕之仇，誓不罢休"。它忙用两个蹄子捧住自己的头，只觉得天旋地转。

"怎么办？"

"什么怎么办，你不是说她当了母亲就会变成好鬼吗？"

"呃——送子符只能当引子，让她的肚子鼓起来几天，不是真怀孕。如果没有人和她洞房成亲，过几日肚子就消了。"

"让鬼洞房成亲？亏你想得出来。"

"要不我们今晚和她好好谈谈，没准儿她不介意你是一头驴。"

"滚。我介意她不是驴。呸，不是鳖。"

"天哪。师伯不知道去哪里了，凌云师兄和山神叔叔又去找师伯了。可如何是好啊？"

"废话。这个时候肯定是三十六计走为上了。"

乐风看着在风中飞舞的柳树，说道："这样太有辱师门了吧？"

"你爱走不走。我只答应过他们带孩子，没说过负责捉妖拿鬼。"

驴进屋背上褡裢，朝着乌江的方向扬长而去。

驴似踏雪寻梅般悠游。它在等乐风追来，但是乐风一直没来。

驴站在乌江边，看着水里的倒影。最近青道士太忙了，都没空帮它修剪毛发，长长的鬃毛盖住了它的身体，就像水里的藻类。

它疑惑了，它到底是一头驴还是一只鳖，它应不应该自己躲到乌江里？小贼猫一个人会不会有危险，会死吗？它好烦恼。

一只虾游过，抬头看了它一眼；一只螃蟹爬过，也抬头看了它一眼。它们一前一后，对视而笑。

"我今天看到骡子了。好丑的骡子。"

"它的头发好长。听说骡子是马和驴偷情所生，不男不女，不能生育。"

"看来果然如此，哈哈。"

驴把头扎进水里，吼道："放肆，你们这些小虾、小蟹，老子可是乌江修炼五百年的鳖大王。如今上了岸，也是一头像龙马的驴子。岂容你们轻议？！"

小虾、小蟹迅疾游开。

"天哪，它听懂我们说话了？它说它是鳖精。"

"它说它是龙马。"

"哈哈。它肯定是胆小的绿毛龟，没修炼好变成了骡子。"

"你们才胆小！"驴子恼羞成怒地扭头返程，"真是见鬼了，现在的小水产真是没家教，老子才不回水里和你们这群智障一起玩。"

此时，乐风正在爬树。他爬到柳树上小心翼翼地折下几根柳条，再用柳条编出一根细细的鞭子。"师父，我现在借你几根头发用来打鬼。你要快点长大变成人哈，不然我被人欺负了也没人帮我。"

他清楚，柳条在师父手里能打鬼，在他手里只能壮胆。但此刻他平静得就像沉寂的远山，他想起有一次自己和师父去一户富商家里捉鬼的事。

闹事的是个艳鬼，她自诩风华绝代，将富商的独子迷得神魂颠倒，整天一哭二闹三上吊，要和女鬼殉情。师父开价十金，可是富商表示家中窘迫，只能支付五金。

师父说明码标价，十金他来抓鬼，五金他的徒弟去抓鬼，他抓鬼只消片刻，徒弟抓鬼却需要数日，但都能药到病除。富商心里盘算，小徒弟又白又胖，跑都跑不动，肯定捉不到鬼，魏仙人让他二选一，不过是逼他多掏钱罢了。如果他选择小徒弟，而小徒弟捉鬼不力或者反被鬼祸害，魏仙人总不会砸自己的招牌或者见死不救吧？于是，他果断地掏出五金，并为省下五金沾沾自喜。他不知道，没有人算计得过魏道士。

魏道士也不和他计较，让富商先上两桌好菜，鸡、鸭、鹅和鱼、虾、蟹都要有，热碟、冷碟各半，还要了两个丫鬟伺候。待到酒足饭饱，他一边抠脚丫子，一边把乐风叫到身旁耳语几句，然后就开始打盹了。

"师父，我怕。"乐风拽着他的袍袖。

"别怕。她如果敢伤害你，你就吐她口水。你服过仙桃核，又是童子，唾沫中有纯阳之火，鬼魅被喷到就好比你被人用香烛烫到一样。可疼了。"

乐风泪眼汪汪："可是师父，被香烛烫又不要命，万一她不怕烫呢？"

"放心啦。喜欢被滴蜡的始终是少数。这些艳鬼为师见多了，自以为颠倒众生，还假装有洁癖，不怕烫也要躲着你的口水。你安心上路吧。"

"师父。"乐风只能不情不愿地按他的吩咐拉了一根红绳，悄悄摸到富商独子的床底。入夜之后，艳鬼着白衣红裙飘然而至，陪公子念了几句"之乎者也"和"天地玄黄"，便要携公子上床云雨。

二人不知黄雀在后，刚卧床蹬掉鞋子，突然被人用红绳将脚踝分别套住，着实被惊吓了一番。乐风滚落地下，躲到门口。

"该死！什么鼠辈作祟？！"艳鬼发现脚踝被一根红绳系住，手扯不断，嘴咬不断，心里已经暗道不好，脸上还要强作泰然。

富商公子双目凹陷、病病殃殃，一副纵欲过度之相："你这小童，是谁招来的奴役？怎么敢随意闯入我的房间？小心我家法伺候，阉割掉你。"

乐风彬彬有礼地道："少爷莫急，小的不是家仆，是东南道观魏道士的徒弟。我奉师父之命来为二位解燃眉之急。"

"又是道士。"富商公子怒斥道，"我不需要人帮忙，我与她在一起快乐似神仙。我们海枯石烂、矢志不渝，即便赴黄泉，也是比翼鸟、连理枝。"

艳鬼挽着她的爱郎，一脸柔情似水："小朋友，你不懂男欢女爱，莫要妨碍我们。快快剪去这碍事的红绳，否则我就不客气了。"

"对对。你个小讨厌鬼，不要妨碍我们享鱼水之乐。快剪去红绳。"

"公子有所不知。"乐风回避艳鬼恶狠狠的眼神，继续说道，"此乃月老绳，能千里姻缘一线牵，被系上的两人将永结同心、生死不离。也就是说，来日公子哪怕精尽人亡，你的魂魄也可以和这位小姐姐绑在一起，形影相随、难舍难分。"

"小道长此话当真？"

"我们师徒收钱办事，绝不含糊。"

富商公子大喜，连连答谢。艳鬼却勃然大怒，要来抓乐风。

乐风撒腿就跑："我师父还让我告诉你，这是他施了法术的红绳，专治情场骗子。要解开法术只有一个方法，就是让这家公子自己动手扯断红绳。否则，他就是死了变成鬼，也不会离开你半步。你们将相亲相爱到地府毁灭，无人可以拆散。"

艳鬼要追，富商公子却火急火燎地一把将她抱住滚到床上，开始扒她的裙子。女鬼无奈，现出原形。

乐风边跑边听到房内传来男人的惊叫，然后是哭泣声，然后是女子摔东西的声音，最后又听到男人的惊叫。他师父还在饭厅打瞌睡。

"师父，师父，"乐风拼命地摇他，"我听见这家公子在拼命号叫，他会不会惨遭女鬼的毒手？"

魏道士睁开眼，慢慢打了个酒嗝："你向后看看就知道他为什么叫了。"

衣衫不整的骷髅女鬼就在乐风身后，黑洞洞的眼眶中有蛆虫探头盯着他。

乐风晕倒了。

他醒来时已经回到道观的床上。师父买了肉包子在院子里大快朵颐。他走了出来，清晨的阳光让他有点晕眩。

"师父？"

"啊，怎么不多睡会儿？我买的包子只够自己吃哟。"

乐风想起昨晚的艳鬼和蛆虫，摇摇头："我吃不下。"

"甚好。"魏道士把一个肉包子囫囵吞下，抹抹嘴角的油，"有事吗？"

"我想知道那个艳鬼最后怎么样了？"

"她走了。"

"为什么？她怎么肯善罢甘休？"

"为什么不走？艳鬼其实不爱男人，她爱的是自己魅惑众生、倾国倾城的虚荣，所以她会孜孜不倦地勾引世间男儿拜倒在她的石榴裙下。我们用红绳将富商的公子和她绑在一起，使他们命运相连，那小子就赖上她了，死后也会变成色鬼纠缠她。你说，她再貌美如花、娇羞动人，也不可能带着一个拖油瓶去诱惑其他男子吧？所以她必须想方设法让富家公子对她死心，放她翩然离去。"

"可是那个公子不是口口声声说要与她生死相随吗，怎么就愿意扯断红绳呢？"

"世人肤浅，谁不爱美憎丑呢。艳鬼在他面前露出初死的容貌时，他还能勉为其难，说钟情她身材曼妙，可以蒙住脸继续做恩爱夫妻。等到艳鬼露出下葬百日后的腐烂皮相，他就吓得屁滚尿流，从此断了对她的念想。"

"师父，我还有一问，为什么你不直接收服艳鬼呢？"

"呃。这么说吧，傻徒弟，世间万物，包括仙魔妖鬼，都有生存的权利，我们不能随意剥夺。虽然艳鬼的人生目标比较低俗，但是梦想没有高低贵贱之分，不能蔑视。况且男女之间你情我愿的事，修道之人更不好插手。"

"师父，其实你就是因为人家少给了五金吧？"

"呵呵。"魏道士一脚把乐风踹倒，接着吃他的包子。

乐风把和魏道士一起捉鬼的几次经历仔细回忆了一遍。

乐风发现，自己的本事就是得天独厚的好运气和帮师父吐口水。

他顿觉信心倍增，马上摘了些果子，准备今夜果腹。

"来了，来了。"猫头鹰在树上放哨。

乐风看看天，太阳还没下山。猫头鹰看客式的莫名兴奋感染了他，他似乎有信心大干一场。

他入屋关门，肆意挥舞柳条，屋里光影交错，尘埃和飞絮飘扬。

"开门，是我。"乐风听到了驴子的声音。

"谁？"

"驴子。"

"你骗人，你以为假装成驴子我就会开门吗？"

"我真是驴。不信你透过门缝看看。"

"不行，你把脸贴在门缝上，我吐口口水试试，你不怕就是驴子，怕就是鬼。"

"那我走了，我不管你了。"

"再见，蠢鬼！"

乐风和屋外的人斗着嘴，居然没发现天开始变黑，屋里没点灯。

"吱、吱、吱"，木墙上传来指甲划过的声音，乐风警醒地闭嘴倾听。有人在靠近他的背后，这个人应该赤着脚，脚上也有很长的指甲，很锋利，锋利到脚踩在干草上时草都被切断了。

他不敢回头，他担心指甲会划破他的喉管。

他带着哭腔向屋外求助："你真的是驴吗？"

"他真的是驴，因为我不在外面。"一个陌生的女子开口说话了，是一种娇滴滴的能让男人神魂颠倒的声音，但乐风觉得一声声都是催命符。

"你快出来，我们一起跑。"驴子在屋外呐喊。

不能坐以待毙，要和驴子会合，死也要一起死。乐风下定决心后猛地咬破舌尖，回过头，连血带唾沫向后喷去，同时拉开门闩冲出屋外，所有动作在电光石火间一气呵成。

"驴子，快救我！"他张开手臂要去抱驴的脖子，但是驴子阴阴一笑，如同蜃景那样看得见摸不着，一会儿就消失了。

"傻了吧。傻了吧。"猫头鹰在树上叫。

一股湿热的风迎面扑来，乐风百骸俱软，仿佛在笼屉里蒸了几个时辰一般，再也站不稳了。

"呵呵。你总算出来了。"

一个高大的女子缓缓地从东边的林子里走出来，眉目俊雅、鼻子挺拔、鼻尖装饰的金粉明亮照人。她身披一件垂地的白毛袍子，但是袍子脏兮兮的，显得风尘仆仆。

她没有靠近小木楼，似乎在忌惮什么："小朋友，你家里的人呢？"

"我家没有人了，唯一的一头驴也跑了。"

"哦？没有猫吗？"

"没有。"

"那谁把我的肚子搞大了？！"女子拨开袍子，圆鼓鼓的腰腹好像已怀胎七个月。

"我不知道。"

"说谎的孩子会被月娘娘拔掉舌头哟。"

乐风紧张地抬头，发现月亮已经挂在天边。他想捂住自己的嘴巴，但双手乏力，不听使唤。

"既然你这么不老实，就让月娘娘拔掉你的舌头吧。"

女子瘆人地笑了一声。乐风背后凭空生出一双冰凉的手，掐住他的腮帮子，一点一点地箍紧，要把他的下巴拔下来。

"傻子。傻子。怎么自己掐自己？"猫头鹰扇动翅膀大声喊了起来。

白毛女鬼不禁打了个寒战。乐风感觉突然发现是自己在用手掐自己，如此一来，白毛女鬼的法术就破了。

"敬酒不吃吃罚酒！"

白毛女鬼亲自从长袍中伸出手来，慢慢走向乐风。

白毛女鬼走得很慢，因为突然嗅到猫的味道，她再次环顾周围，却没有发现任何蛛丝马迹，这让她不安。

"原来你不是鬼。"

乐风感到女鬼的身高异常惊人，她的影子笼罩住了他，让他不敢逃离。但距离的缩短让他发现了女鬼的秘密，猫的眼睛总是很敏锐。

"你是妖怪，你有影子，还有尾巴！"

白毛女鬼一怔，发现白袍之外露出一截指头粗的尾巴。

她不再隐瞒："可是我能够让你变成鬼哟。"

几只青蛙偷偷衔住乐风的衣服，奈何他最近又胖了不少，青蛙们根本无法拖动他。

"女骗子！你不是鬼，那我怕你做什么？"林中传来一声怒吼。

一只黑色的庞然大物挟移山填海之势闪出。女鬼看到一只江海巨鳖在空中飞翔，刚要感慨不可思议时就被砸到了。

她惨叫了一声，但是江鳖的身下什么都没有。

"跑了吗？"

"不可能。我的真身重达千斤，她跑不了。"

"那去哪里了？"乐风低头一看。

江鳖的腋下钻出一只白毛小老鼠，前肢护着肚子，后肢扒拉着要跑。乐风本能地伸出一只脚踩住它的尾巴，"喵"地叫了一声，吓得老鼠倒地装死。

乐风恍然大悟："原来不是女鬼，是只老鼠精。"

"没想到你这只猫竟被老鼠给耍了。"

"驴子，你太坏了。你刚才躲在林子里，看到我就要被掐死了，也不出来救我！"

"要知道她是妖怪，我早就出来了。再说，没我在林子里给它们撑腰，猫头鹰那个屃货敢叫吗？青蛙敢出来拉你吗？"

"好像也是。"

"那就别说了。想办法把我弄进屋吧，没有青道士，我没办法变成一头驴。"

"你这么大块头，只能拆一堵墙了。"

"天哪。我才修好的房子！"

白毛鼠被吊在树枝上，树枝下生着一堆火。

鳖恐吓它："你不是要向我们解释吗？说吧，说完我们再烤了你吃。"

白毛鼠眼珠成串："我一直心神不宁，原来真的撞到猫口里了。"

"我从来不吃老鼠。我祖上是宫廷贵猫，不吃脏东西。"

"真的吗？"

"虽然我从来没想过吃你，你却要杀我。"

白毛鼠一撇嘴，像个受气的小妇人："我本来是要杀那龌龊男人的。谁知道被你们搞大了肚子，这才被怒火冲昏头脑，招惹你们这些恶棍。"

"搞大你肚子？"树上的猫头鹰来了精神，看看乐风，又看看鳖。

"谁干的？都不可能啊？体形不对。"猫头鹰最后难以置信地看看自己。

白毛鼠含泪对鳖说："孩子他爹，你就真的忍心杀死我们母子吗？你就不怕雷公敲锤吗？"

"呸，谁是孩子他爹？"鳖都要抓狂了。

乐风出来圆场："老鼠精，你别担心，送子符只有几日的效力，如果没有人与你同房，几日后自然会失效。你现在只需将前因后果道来，我们觉得有理就会放了你。"

白毛鼠妩媚地看着鳖："其实，其实我不介意真的有孩子。"

鳖冷冷地看它一眼，又添了几根柴，把火烧得更旺了。

白毛鼠吓得泪嗒嗒地开始诉苦。

它本是东土一普通人家的老鼠。那户人家虽只有孤儿寡母，但素有母慈子孝的美名，所以常有宗亲四邻接济，家中粉面未曾有见底之时。它流连厨房饱食终日，对主人家感恩戴德。一日，它在厨房的铁锅里酣睡被家中儿子发现，正欲除了它，幸得老太太仁慈，见它通体雪白，不似其他鼠类那般招人憎恶，便放了它一条生路。从此它更是感激老太太的恩德。

后来老太太的儿子因品德高尚，举孝廉为官，遂携母亲赴任。它道行虽浅，但知道世道艰难、人心不古，便偷偷尾随老太太上路，想着总有尽些绵薄之力的时候。

王家母子到底是命里福薄，行至半途就发现前方已被赤眉叛军攻陷，他欲携老母返乡，又听闻家乡被叛军占领，一时进退失据，只能随难民向南逃亡。

那一夜正是月黑风高，王家母子与一众难民三五十人挤进了一座荒山野庙。白毛鼠本躲在老太太的行囊之中小憩，忽然闻得馥郁的血腥气，急忙爬出包裹一探究竟。它发现，这伙难民中有几人面孔生疏、臂膀强健，浑身散发着因长期杀生凝聚的戾气，便料定这是一伙杀人越货的悍匪或者逃兵。动乱的年月里，兵是匪，匪也是匪，只有人不是人。兵匪乔装打扮把难民引入绝境，然后里应外合谋财害命，是最常见不过的事了。

白毛鼠正琢磨如何救王家母子脱离险境。王坝突然附在老太太耳边说道："娘亲，恐怕我们的时辰到了，只能来生再做母子了。"

"儿啊，虽然艰辛，但我们相依为命也能度日。为何如此丧气？"

"娘亲，你看，将我们引入这小庙的几个汉子一直围坐在门前，把住了唯一的出口。我方才和他们攀谈了几句，发现他们中气十足、满嘴腥膻，怀里藏有尖刀，根本不像饥寒交迫的难民，倒像是土匪。刚刚他们又支了一人出去，久久未归，想必是要将其余匪众引来，好将我们一网打尽，杀了人，取了财。"

"儿啊，你如此聪慧，只要有机会定能成就大事，断不能命绝于此。为娘活够了，你快跑，不要管为娘这个累赘。"

"娘亲……我也有宏图大志，只是丢下你逃命却是万万不能的。"

"不要拘泥于小节。你是为娘的心肝，娘可以用命换你的命。"

"娘，那我就对不起你了。待我功成名就，一定为你立下九门牌坊，让我们王家子弟世代传颂。"

老太太点点头。王坝突然将所有包裹都堆在她跟前，捂住肚子说道："娘亲，儿子腹痛难忍，要外出解手，我们的包裹你千万要照看好，莫丢了钱财。"

老太太明白儿子心里早有打算，他是要转移匪徒的注意力，好借机脱身。于是她大声回答道："我知道，你快去快回。这里的金银首饰就是我的命，一件都不会少的。"

此语一出，引得众人纷纷侧目。王坝子然一身，弯腰捧腹，快步跨出庙门，经过守门的男子时还故意放了一个响屁，就此"屎遁"了。

王坝一走，不过一盏茶的工夫，十余带刀匪徒呼啸而至，野庙孤民全做了刀下亡魂。

"依你所言，王坝虽然无情无义，但老太太是被匪徒所杀，你为什么不去惩治那些匪徒，反而要纠缠她的儿子呢？"乐风不解道。

白毛鼠的脸色因为愤怒而微红："我功力微弱，只能施展一些魅惑胆小之徒的迷魂法术，没有其他能耐。那些匪徒胆大妄为，天不怕地不怕，我也曾化身白毛女鬼想吓唬他们，救下老太太，结果白白被砍了几刀，还差点被好色者绑回山寨侮辱了，实在拿他们没办法。但是，老太太的大恩大德我不能不报，所以我得治一治抛弃老太太独活的王坝。"

乐风问它："你与王坝所言截然不同。我们实在不知道相信谁好。"

白毛鼠乞求道："我所言句句属实，大家同为妖怪，你们应该相信我。"

鳖用一双绿豆眼注视它："你们谁所言真、谁所言假其实与我们无关。你们都不是什么好东西。小鬼，你想吃它吗？"

乐风摇摇头："乡下猫才吃老鼠，我吃包子、吃鱼、吃驴肉火烧，就是不吃老鼠。"

鳖让猫头鹰把它放下来："那个王坝，我们好心救他，他却趁我们夜里睡觉的时候偷了我放在褡裢里的金蛋蛋。你如果能找到他，也替我们好好惩治他的贪婪。"

白毛鼠叩头谢恩，说道："多谢两位恩公不杀之恩。都是奴家不好，鬼迷心窍，给你们添乱了。只是那王坝逃离已久，我也没有把握能找到他。"

鳖挪了挪位置，露出一个褡裢："你进去嗅一嗅，记住这股味道，就一定能找到他。"

白毛鼠钻进褡裢，良久之后方出："恩公，你这金蛋蛋怎么这般臭，差点熏晕我。那我这就去了。"

"你去吧。只是惩治了王坝之后，你又要到哪里去呢？"乐风问它。

"我不知道，我在东土生活多年，但现在那里人心败坏、战火蔓延，我不想回去了。天大地大，总有我容身之所吧。实在不行，我还能回来找孩子他爹。"说着白毛鼠还摸了摸自己的肚子。

"别别别。"江鳖紧张起来，"我听说西天很好，可以不劳而获，还能喝喝灯油提高修为，要不你就去那里吧。天色已晚，快走吧，我们不送了。"

"嗯。"白毛鼠朝他们挥挥爪子，跑向了远方。

第八章
曾经少年

• • •

他知你少年心事，你却不知他曾经少年。

雨一层一层地从黑色的天空筛下来，温度一点一点地下降。

秋夜的山峦一重又一重，如昙花一般由近及远、由内向外地绽放。风一阵阵地推动窗户，将寒意送进小木楼。

餐桌旁围坐一圈人，但是没有任何菜肴，只有几杯热茶。

乐风捧着茶杯道："我想我师父了。"

青道士敲了敲跟前的茶杯："不用想他。你太胖了，我们陪你过午不食，好好瘦身。"

驴子从草编的坐席上撕下一个角塞进嘴巴里："你们请便，我有草吃就可以。"

凌云举手引起众人注意："我看见一阵风刮进来了。"

乐风说："不可能。风无形，怎么能看得见呢？"

"哦？"青道士抬了抬眉毛，"能看得见的风？有客人来了吗？"

这阵可以看见的风像海里的白色漩涡一样落在餐桌上缓缓打转，一只脚兀地从漩涡里钻了出来，赤着足，小巧光滑、如玉凝脂。

乐风和凌云吓得连忙躲开，但是驴子看花了眼，一动不动。这只脚比它吃过的最娇嫩的藕心还要光洁动人，它的心弦忽然拨奏欢歌。

须臾之间，两只脚都从风里钻了出来，然后是红蓝相间的裙摆。只见裙摆轻摇，把满桌的茶杯和驴子都扫了出去。

一个女子完全从风里钻了出来，一双杏眼肆无忌惮地打量着青道士。

众人都觉得她美丽绝伦，虽然不及青道士和魏道士俊秀，但是更加明艳动人，如烟火一般灿烂。

她伸手去揪青道士的胡子。青道士要抓她的手腕，她又化成一阵风落到旁的一张椅子上，双腿搁在椅子的把手上，人斜斜地倚着椅背，说不出的慵懒。

青道士淡淡地问道："聂双，你还没死？"

"青阿姨，你就巴望我死？"

"阿姨！"凌云第一次听到有人敢这么挑衅他师父。但是，青道士出奇地平静："你死了，世上就少一个无所不知的偷听贼。"

"那不是就没人知道你的秘密了？"

青道士反问："什么秘密？"

"世间妖物都怕丹元受损，要小心翼翼地藏着、护着。唯有你和魏阿姨背道而驰，把丹元横炼成了法器。所以，普通的妖怪身死魂灭时，丹元便会化作灰烬。但你们二人即便人死了，元丹也还在。"

"够了。"青道士打断她，"蛟魔王的四海听波之术能知海水所过之处的所有事，你的听风叙事之术能知道风过之处的所有事，对此我也很佩服。但你如果乱说话，我可不放过你。"

"那是当然。我的嘴巴可紧得很。"

女子移形到青道士身旁："青阿姨，我是专程来提醒你一件事的。这件事将是你们命运的分水岭。"

青道士掏掏耳朵："我不想听，知道未来之事只会让生活寡然无味。"

女子娇柔地缠着他："我偏偏要告诉你。三天之后，有一故人来访，不管他提什么要求，不要答应，可以躲过一劫。"

青道士推开她："答不答应全凭心情。至于有无危险，我倒是懒得考虑。反而是你，毁了我们的晚餐，坏了我的心情。"

女子看看满地的茶杯碎片，不禁大笑："看这生活拮据的！还是魏阿姨能挣钱，你万万不如她。"

言罢，女子裙摆舞动，风吹而过，茶杯复归原位，一桌子丰盛的菜肴凭空出现。

青道士说："既然如此，我们开饭了。慢走不送。"

凌云和乐风闻言围坐过来。女子也不尴尬，假装嗔怒，道："青阿姨，我远道而来，薄酒也不请我喝一杯？"

"你酒品不好。我怕你喝高了拆掉我的房子。"

"那我这就走了？你舍得？"

"送客……"

"……"驴子赶忙凑上前去，"不如让我送阁下一程，我日行八百夜走一千，任劳任怨，持家有道，贴心温暖，是走兽界最暖的暖男。"

女子伸手抚摩驴子的下巴，笑得很灿烂地对青道士说："青阿姨，你的坐骑好可爱。"

然后，她又对驴子说："好意心领了，但我还是喜欢自己飞。"

"嗯。快点走吧，不然我这头驴子的魂要被你勾走了。"

"那我真走了。"女子忽然严肃地对青道士说道，"但三天以后的事，阿姨千万要记得我的忠告。"

青道士微微仰头，感叹一声："你变了。以前你没这么多话。"

女子说："你也变了。换作以前，魏阿姨出事了，你肯定要操家伙报仇，现在你知道救人比报仇重要了。"

一阵微风拂过，窗叶轻摇，人已无影无踪。

驴子痴痴地绕着四堵墙走了一圈，像在寻找她的味道，以至连饭都不想吃了。它问青道士："她是何方神圣，竟然如此让人怦然心动？"

"怦然心动？"凌云和乐风闻言惊呆，他们家的驴子发春了？

"她？曾经的七大圣之一。你？还是死心吧。"

驴子把头伸出窗外，摸着自己的下巴。雨水打湿了它的头发，模糊了它的视线，它突然很期待下一阵风吹过，那可能是她要出现了。

与此同时，在东海之滨的一座小城里，一户石匠家中。

家中无一家器布置，东倒西歪的都是石雕和石料，连横在门后充当门闩的都是一尊天帝石像。

一个微胖的老人躺在地上，枕着六尺长的方石条熟睡，鼾声均匀。

破落的门板在带着咸味的海风中微微颤抖，一只血手突然拍在门上，留下一个血印。

老人猛地睁开眼睛，心有感应似的起身，急忙拉开门。一个熟悉的身影还未走远，正在十步开外之处。老人追上去拽住那人。

那人回头，僵硬、犹豫的脸庞似笑非笑："本不想回来，结果还是让你看笑话了。"

老人见他浑身伤痕，刀枪剑戟加身的场面瞬时犹在眼前："又打仗了？这般重伤，为何过家门而不入？"

"不是打仗，纯粹是杀人。我不想拖累你。这人间妖界恐怕再无我容身之处。"

老人紧握的手抖了一下，有一种不祥的预感："何出此言？"

"我当了逃兵。他们不会放过我的。你我父子本无多少情分，死前能见上一面便于愿足矣。快点放我离去，免得被牵扯进来。"

那人挣脱老人的手，继续一瘸一拐地向前移动，留下一个踽踽独行的背影。

老人忽然想起那年这个孩子半夜推门离家，准备去参加反抗天庭的斗争。他上前阻拦，孩子坚定地说"人活一生，草木一秋"，不想如他一样窝窝囊囊地活着，要成为一个万人敬仰的英雄。当时那孩子的模样是那般稚嫩和顶天立地，如今却成了一个逃兵。

"站住！我知道有一个人或许能够保住你。我这就带你去寻他。"

"带我去？那我们的房子、我们的家呢？你不要了？"

"通通不要了。刚好明天房东要来催租，我们父子一不做二不休，逃之夭夭算了。"

"不要脸的东西！还逃租？"

"你个臭逃兵，还有脸说我？"

三天后，旭日初升，露水蒸发。乐风睡眼惺忪地在给门前的柳树施肥。

他第一时间见到了这对父子：一个看似英姿勃发但掩不住颓唐之气的少年，一个腰背微圆、眉目慈祥的老头儿。

老人问："家里大人在吗？"

"家里大人说不要和陌生人说话，以防被拐走。"

"我和青道士是旧交。"

"哦，家里大人还说，做坏事的往往是熟人。"

老人语塞，只能换个话题拉近距离："那你怎么起得这么早啊？"

"喂我师父吃早饭。"乐风舀一瓢水浇到柳树根部。

年轻人小声和老人说道："这个孩子是不是智力有问题？"

老人示意年轻人不要乱说话："这些守门童子往往大智若愚，你不要得罪了人家。"

"你确定他不是真傻吗？"年轻人指着乐风，他正将一瓢水高高地泼向树冠，然后水又像伞一样落下来，淋得他浑身湿透。

青道士和凌云一前一后推门而出。青道士吼道："驴子，你还没发够花痴？怎么不看着孩子？脏了衣服，你洗吗？"

驴子没有应他，驴棚里静悄悄的。

老人迎了上去："青道长，多年不见！"

青道士打量老人许久，连忙拱手作揖："我一时没有察觉是您来访。失礼了。"

"无事不登三宝殿，是老朽唐突。"老人拱手弯腰，谦卑非常，然后把年轻人推到了青道士跟前，"这是我儿子。"

青道士洞若观火，一只青玉色的狐狸在他眼前暴露无遗："好俊俏的孩子。他随母亲？"

"是的，他是一只狐狸精。"

一旁的凌云和乐风忍不住笑出声来。这平日听说的狐狸精都是妖艳女子，男狐狸精他们还闻所未闻。

年轻人略带怒气和羞涩地斥责他的父亲："你不要老对外人说我是狐狸精。我堂堂八尺男儿，怎能让外人笑话？！"

老人的胖脸似有不快："当狐狸精有什么好害羞的？你要有为狐狸精正名的决心。"

"对，怎么都比你个'无用精'好。"

青道士见父子俩要吵架，对乐风和凌云说道："你们带这位哥哥出去转转。"

凌云在青道士耳旁说道："师父，你不要忘记之前那个漂亮姐姐说的话，我担心你。"

"信她才见鬼。快出去吧。"青道士打发三个少年郎离开此处，然后转身对老人说道："您老人家曾经帮助过我和少青，有何事需要效劳，我必当尽力。"

老人对青道士说道："我思来想去，只有你敢并且有能力收留这个孩子。"

"男狐狸精有难？他把仙翁还是妖王的妻女肚子搞大了，人家要寻仇？"

"别别，他喜欢打架胜过喜欢女孩子，你不要多想。他现在是花果山的逃兵，众妖正捉拿他。"

这倒是出乎青道士的意料，他不解地道："你的孩子怎么会加入花果山？这个组织后来对逃兵的处罚非常残酷。"

老人窘迫一笑："我老年得子，他母亲又走得早，本来应该非常疼爱他。奈何年轻时空有一身力气，无一手艺傍身，只好在东海边干各种杂活儿，忙忙碌碌养家糊口，对孩子关心不够。他一直梦想成为叱咤风云的人物，一听说有仗打就跑过去了。"

青道士想起乐风，说道："带孩子真的不容易。我深有体会。"

老人从袖里拿出一个小物件奉上，一个精巧的半个手掌大小的石刻棺材，然后两指按住棺材盖轻轻一抽，露出内里乾坤玄妙。青道士忍不住两眼放光。

老人说："我远道而来的另一个目的，就是将此物给你。有了它，你才能起死回生。"

"我不是为了您的宝物才帮助您的。"

"我也不是因为你帮助我才给你此物的。听说天蓬不在了，我实在不忍看到曾经的少年郎——先我而去。"

凌云和乐风带着狐狸精去江边玩。早晨的江雾还没有散尽，白蒙蒙一片，江边横一舟，舟上已无摆渡人。

乐风盯着空落落的渡船，问道："最烦我们来玩的船夫怎么不见了？一个月都没见过他了。"

凌云说："可能回老家娶老婆生孩子了吧。天一冷，人就耐不住寂寞。"

狐狸精默默地说了一句："只有拥有理想的人才能真正抵挡寂寞，度过无数寒冷的夜晚。"

乐风说："我觉得炖一锅杂鱼汤比理想更能抵御寒夜。"

狐狸精摇头眺望远方："燕雀安知鸿鹄之志哉？"

凌云问他："那你的志向是什么？"

"像你这么大的时候，我想当一个斗、战、胜的英雄。"

乐风又问："现在呢？"

"当一个有脑子的英雄。"

"哦，"乐风恍然大悟，"我明白了，以前是打不过要以死相搏，现在打不过就跑吗？"

"对的。"狐狸精点头，拔腿就跑。

凌云和乐风抬头望天。一片浓密的阴影从空中笼罩下来，落到船头，化作一个六尺高、六尺宽的壮硕男子，鼻如鹰钩，眼若铜铃。

江面的波涛变得汹涌澎湃，任谁都能感觉到来者不善。

"师兄，这是个什么妖怪？"

"不知道，感觉像个野猪精，或者砖头精。"两人边跑边气喘吁吁地说。

妖怪一跃，渡船翻了个跟头。他扑到岸上，如猛虎震山岗，地面左右晃动了一下，正在夺路而逃的三人被震得差点摔跟头。

"他只有一个人，我们兵分两路，有幸不被追杀的人就赶回去求救。"三人推开彼此。

乐风和凌云结伴逃窜一阵之后，发现狐狸精又追了上来。乐风问他："怎么不分头跑？"

"屁。我想起他是来抓我的花果山妖怪，如果和你们分头跑，就不是兵分两路求救，而是我舍身成仁救你们。"

"你好没有献身精神，还想当英雄？！"乐风和凌云异口同声道。

那妖怪体格畸形，不擅于在狭处穿行。他身着一件褐色袍子，袍上挂满松针一般的铁器，乍看就像件蓑衣。

他在奔跑中每大喝一声，袍子上的铁针就会向四面八方激射，每一针都要射穿三棵大树的树干才会力竭落地。

　　片刻之后，树林里的飞鸟走兽纷纷被误伤，横尸遍野。凌云说："不能往这个方向跑了，不然满林子的活物都被射死，我们以后连吃山鸡都得翻几座山才行。"

　　乐风点头："我赞同。我们冲出树林，救救小动物们。"

　　狐狸精反对："我不同意，明明还有几里路就到小木楼了。"

　　"那我们兵分两路。"

　　"分你妹的两路。都说他要抓我了。"狐狸精怒斥二人，但他们已经改变方向，"哗啦"一声毫不犹豫地穿出林子。

　　到了空旷的地方，三人跑得更快，但是妖怪一蹦一落就是数丈远，仿佛居高临下的老鹰在抓小鸡。

　　"妖孽造次，速速退下！"远远传来一声训斥，天上接连劈下三道霹雳，将妖怪逼退。

　　青道士正骑着驴慢慢向他们靠近，驴子两眼放空，一脸生无可恋的样子。

　　那妖怪被逼退三步后一跃而起，蜷缩成球状，一身铁针像刺猬发怒时一样纷纷竖起来，势如九天外飞来的流星般砸向青道士。

　　"倒是有几分道行。"青道士持剑格挡，剑身一颤，驴子接连后退几步才顶住压力。

　　那妖怪变化而成的铁球随即高速旋转起来，摩擦产生的火花和电光就像一场夏日的雷暴雨。

　　乐风问凌云："师兄，驴子今天怎么了？这么大的火花，他都不躲避、不喊疼？"

　　"好可怜，或许还在发花痴吧。希望不要发生炭烤活驴的悲剧。"

　　驴子的皮毛渐渐有烧焦的痕迹。青道士想一剑将铁球劈开，但是此物沉重，他推了几次剑，居然力不从心。

　　凌云看出青道士势颓，手中飞出一道金光，一把戒尺剑扎进铁球。

　　"哎呀，我的屁股啊。"铁球发出一声惊叫，转速稍稍一慢。

　　青道士一剑将铁球劈飞，瞬间又斩出三十三剑，将铁球上的尖刺尽数削去，最后一剑击中戒尺剑，将其再送进铁球三分。

　　妖怪惨叫一声，想化作原形逃遁。青匕剑穷追不舍，变幻成牢笼将他罩住，然后越缩越小，变成一个普通大小的鸟笼。

　　众人看到笼中关着一只圆滚滚的猫头鹰。

　　凌云提起鸟笼走到青道士身旁，看到青道士的袖口有血，担心地道："师父，你的旧伤撕裂了。"

　　"不妨事的。我们回家吧。"青道士整理一下衣袖，遮住血污。

小木楼门口架起三个火堆。胖老儿左手一只鸡，右手一只鸭，忙得不亦乐乎，烤肉的味道香飘十里。

他看到众人回来，喜形于色，道："刚才在树林里捡到许多新死的飞禽走兽，稍加处理和调味就可以享用，我们真是有口福。"

驴子却说："你们吃吧，我没有胃口。"

乐风要去摸驴子的额头："你生病了吗？"

"小孩子懂个屁，不要烦我。"驴子不高兴地躲开乐风的手，紧闭驴棚。

青道士把鸟笼挂于门前一根树枝上，笼中鸟头圆圆、眼圆圆、身形圆圆，如何都瞧不出一个凶狠的妖怪。胖老儿把烹调好的烧烤分给众人食用。

凌云称赞道："胖爷爷的手艺胜过我百倍。"

"哪里，哪里。为了生活，什么买卖我没做过？厨子、木匠、轿夫，可谓技多不压身。"

狐狸精不喜欢胖老儿低三下四的殷勤模样，冷笑道："对。除了龟公，什么下九流的勾当你没做过？"

胖老儿想了想说道："其实我曾在妓院当过厨子。"

"呸，臭不要脸。真不知道我母亲为什么会嫁给你。"狐狸精啐了一口口水。

青道士想起狐狸精的母亲，忍不住称赞道："你的母亲当真是沉鱼落雁的美人，当年多少妖怪、神仙都对她仰慕不已。"

鸟笼里的猫头鹰开口了，声音出奇地柔美："我也要吃东西。"

"呦！是个女的，声音不错哟？"青道士问道。

"我是男的。"

"哦，你给我们唱个小曲助兴，东西给你吃。"

"混账。我乃驱神大圣手下鹰、犬、狼三大将领之一的鹰将军，怎么能以色事他人？"

"啪"。青道士不知从哪里抽出一根鞭子，击打到鸟笼上。猫头鹰顿时在鸟笼里东倒西歪、前后碰壁。

"唱不唱？不唱不仅没得吃，我还要狠狠地抽打你。"又一鞭打到鸟笼上。

"啦啦啦。"猫头鹰马上扯开嗓子唱曲，歌声有种说不出的惬意。一曲终了，乐风随即撕了一丝鸡翅膀肉给猫头鹰。

猫头鹰兴致更高了："各位客官，还想点什么曲子，好吃、好喝、好听不要停啊。"

"真是没有节操的东西，还鹰将军？"

"你个逃兵有什么资格说话？等驱神大圣救下我来，看我不收拾你个孬种。"

猫头鹰正要骂人，乐风又递给它一丝肉。猫头鹰抓着鸟笼摇晃："哎呀，小胖子，再给我来一口，再来一口。"

狐狸精起身走远。

青道士看着他，心有疑问：自尊心这般强的人怎么会当了逃兵？

夜里忽然响起犬吠，由远及近，凄厉异常。正在打坐调息的青道士睁开眼睛。

凌云推开他的房门："师父，有古怪，房子在动。"

"不要怕。"青道士从角落的箱子里翻出一卷竹简，用力一握，竹简散成竹条。他说道："把竹条贴在墙壁上。"

凌云以为是什么宝贵的符箓，结果一看竹条，发现上面写的都是脏话。

青道士见他不明就里，便说道："年轻时，你师叔为了让我修身养性，每当我盛怒难耐之际，他便让我在竹简上写字发泄。所以这些竹简灌注了我当年不少的法力。"

乐风和狐狸精也被惊醒，纷纷帮忙将竹条贴在墙壁上，唯有胖老儿依旧躺在厅堂的地板上呼呼大睡。

乐风透过墙壁的缝隙看到一硕大的白色条状物体在慢慢地缠绕整栋小木楼，越缠越紧。小木楼的木板被挤压得嘎吱作响，似乎随时都会支离破碎。

竹简在墙壁上若有似无地透着青光，就像一个疲倦的老人在呼吸，每呼吸一次就将屋外的压力卸掉一些。

等到半夜，一扇窗户突然被挤碎，一只水缸大小的白底黄瞳的眼睛直勾勾地看着他们。凌云和狐狸精抬起一张桌子紧紧堵住窗户。

转瞬之后，屋顶传来雨打落叶的声音，但是间隔颇久，像是庞然大物在滴口水。

"这是一条龙，还是一条蛇？我看到它好像有角。"乐风问狐狸精。

"花果山有千妖万怪，我实在记不住到底有没有这东西。"

乐风又问困在鸟笼里的猫头鹰："你知道吗？"

猫头鹰正用脚指头剔牙，傲慢地说道："老子饿的时候什么没尊严的事都可以干，如今吃饱喝足了，你们威胁不到我。我才不告诉你。"

一整夜，声响不绝，竹简上的青光随着时间的推移变得越来越弱，小木楼风雨飘摇，只有胖老儿和青道士稳如泰山。

等到黎明降临，屋外的庞然大物离去，小木楼猛地一阵颤抖，仿佛从悬浮的半空突然落地。

胖老儿这才醒过来，伸伸懒腰。乐风悄悄地对凌云说道："我怎么觉得这个爷爷比驴子还没心没肺？"

胖老儿对狐狸精说道："好啦。我们向他们辞别吧，不要拖累其他人。"

他已经猜到青道士身负重伤，否则昨夜那物这般挑衅，早就被大卸八块了。

狐狸精不屑地说："我本来就没想来。如今一个人走便是，带着你更加累赘。"

青道士闻声出来："你们少安毋躁，我已有对策。"

胖老儿拉着他到一旁，悄悄地说："我来投奔时没想到你有伤，否则不会让你以身犯险的。现在我们父子还赖在这里就是不仁不义了。"

青道士从袖里拿出三截幌金绳："你再等一夜不迟。我想了很久，才想起还有这东西可以制住它。"

等到青道士劝服胖老儿，狐狸精却不见了。胖老儿叹了一口气："我与此子的缘分单薄得很。他从小就羡慕别人有一个伟岸的父亲，看不上我。"

"你不要伤心，虽然你长得不尽如人意，但是他有一个美丽的妈妈，足够了。"

狐狸精在两个老人讲悄悄话的时候决意离去，但凌云在门外拦住了他："你不应该这样对你爹。"

乐风跟着说："你不应该这样对你爹。"

狐狸精有些嗔怒："你们两个小鬼管得太多了吧？你们要是有个这样庸庸碌碌又没文化的爹，恐怕也不会喜欢。"

"我没有爹。"

"我也没有爹。"

这个时候，驴子打开驴棚，以一副倚门卖笑的模样看着他们三个人，说道："既然都是伤心人，不如进来小酌几杯，我独自喝酒不能醉。"

驴子把一楼的窝布置得很温馨。这多亏了原本寄宿在此的山神，他虽然离去已有一段时间，但是井井有条的作风还影响着驴子。

"来喝酒，大碗大碗地喝。"驴子拿出几个豁了口的海碗，把酒满上。

"天刚亮就酗酒，恐怕不好吧？"凌云小声地说。驴子手脚麻利地把所有窗户都关上，把缝隙用干草塞满，屋内顿时伸手不见五指。然后，驴子点上一盏油灯。

"这不就天黑了？今天都要喝，谁他妈不喝就不是人。"驴子叫嚣。

众人面面相觑，然后目光都落到凌云身上。在这个驴棚里，只有他一个是人，其余的都是妖怪。

凌云硬着头皮端起碗："我怎么感觉你们在欺负人，那就喝一碗。嗯？怎么有酸味？还有点腥？"

驴子说："这是海洋的味道，你懂啥。"

狐狸精突然抓住凌云的手："独乐乐不如众乐乐，我陪你喝！"

乐风也端起碗。凌云抓住乐风的手腕："你还是小孩子，不能喝酒！"

几个人顿时你抓我，我抓你，变成了死局。驴子凑过头来，一口喝掉了乐风碗里的酒："他不喝，他负责给我们倒酒。"

一阵觥筹交错后，狐狸精醉了，端着海碗一边翩翩起舞一边骂爹。他抱怨这个爹不懂法术、不懂武艺、不通文墨，什么都无法教授给他，说他多羡慕那些以父亲为启蒙先生的小伙伴。

驴子叫骂："你说你有个爹还抱怨什么？老子是卵生动物，破壳而出的时候连我娘是谁都不知道。"

凌云也黯然神伤："我乃被人抛弃、顺江流而下的弃婴。"

乐风给他们满上酒："不要想不开心的事情。想不想都是一群可怜人。"

驴子踹了他一脚："会不会说话，会不会说话？"

狐狸精说："其实我爹对我挺好的。只是他不是我想要的爹。"

"啊？你还想选爹？"其余三人脱口而出。

狐狸精说，虽然他出生未几娘就过世了，但她给他留下一块玉佩，总在危险时保护他。狐狸精说着从胸前掏出一块玉佩来，上面有他娘的模样，当真是超尘脱俗、美若天仙。整个东海沿岸都找不到比他娘更美的人了，但他的父亲是一个矮小的死胖子。

东海沿岸多精怪，多数小伙伴的妖怪父亲都有可以吹嘘的经历，或者斗过天神，或者降过恶妖，或者通晓独一无二的法术，或者平凡却勇武。他们身上的每一道伤疤都是岁月和勇气的馈赠。

唯独他的父亲无建树、无脾气，喜欢混迹人世，宁愿从事各种卑微的职业赚点小钱，也不以妖怪的强大让凡人敬畏上供，沦为众妖的笑柄。

所以，从小他就希望有一个英雄般的父亲。到了后来，这个愿望就蜕变为希望自己能成为一个英雄——典型的求人不如求己。

驴子打断他的叙述："你觉得像那些动不动就拿刀砍人的傻瓜妖怪一样缺胳膊少腿是荣誉的象征？"

狐狸精驳斥它："你不要断章取义，我是觉得一个男人要有男子气概，要勇于挑战和攀登。"

乐风说："这个，这个，我见过的最有男子气概的人是我师伯，但他其实是一个女人。"

凌云说："虽然我没有爹，但是我师父就像我爹。不对，我师父是一个女人，他是我娘？也不对。他是雌雄同体？"

"够了！"青道士一脚踢开门，"我说怎么找不到你们，原来在这里喝酒。什么玩意儿，什么雌雄同体？"

胖老儿跟在青道士后面，他低垂着头没看狐狸精。他方才趴门上听了许久，或许此时正因为狐狸精的真情流露感到羞愧。他觉得自己不是一个理想的父亲。

青道士走到角落，揭开一口缸，捂着鼻子说："这种酒你们也敢喝？"

众人围了过来，发现缸里堆放着的剩饭正在发酵，里面还有醉倒的小虾、小蟹。

乐风说："难怪这酒有海洋的味道，原来是驴子的剩饭剩菜酿造的。"

驴子不高兴："剩饭怎么了，剩菜怎么了？我省粮食，我省钱，我骄傲。"

"我平时千杯不倒，今天怎么如此容易就醉了？"狐狸精扑通一声倒地。

青道士将手指放在狐狸精的鼻下，安慰道："还有气。但不是醉倒的，应该是食物中毒。"

又是扑通一声，凌云也倒地了。

驴子皱眉："那我怎么没事？"

青道士瞪它一眼："既然他们都倒地了，今晚最危险的任务必须由你来做。"

夜半子时，犬吠起。长蛇状的妖怪又来了，门户紧闭的小木楼被勒得逐渐变形，巴蛇吞象的前奏大概就是此情此景。

青道士让乐风把二楼的窗户打开。

狼首鹿角的怪物露出一鳞半爪。青道士问道："阁下乃何方神圣？"

"吾乃东海神龙。识相的就把狐狸精交出来，再叩三个响头，我考虑留你们全尸。"

"龙有三爪、四爪、五爪、六爪之分，爪越多，地位越高。不知道足下是什么等级？"

"我是最高级的。一、二、三、四。"那怪物伸出前爪，毛茸茸的爪子上有四个指头。

"不对，"它气急败坏地道，"再变。"两个爪子上变出了六个指头。

"你看，我是六爪神龙。"

青道士摇头："这六爪不是指有六个脚指头，而是指有六足，三个前足、三个后足。"

怪物把两个前爪在眼前并拢，瞧了又瞧，似有为难："这可怎么变啊？三只手又丑又不好听。"

乐风乘机叼着一根金色的细绳蹿过窗棱跃向怪物，如圆规旋转般画下几道金光。怪物还没反应过来，两个前足已经被捆住了。

它勃然大怒："你们这些自以为是的人，以为耍点小伎俩就能抓住我这条神龙吗？"

它越挣扎，细绳收得越紧："我还有后足，看我不把你们撕成碎片。"

怪物欲腾空而起发难，但是驴子已站在它的尾巴之下，嘴里叼着金色细绳的一头，而另一头在怪物身上。

怪物刚猛地舒展身体，突然如遭雷击般凄厉地大喊一声，又蜷缩成一团。

"该死，扯到蛋了。"

驴子松开绳头，笑道："在你废话连篇的时候，我把你的后足连尾巴都捆在一起了。看你如何挣脱。"

怪物反复挣扎几次，终于脱力瘫倒在地上，化出原形：一只身长四尺、腿长四寸的小猎狗。

青道士查看这只小狗，问道："你是什么来历？"

"哼。"小狗扭头，趾高气扬，"我是你爹。"

"啪。"青道士一个巴掌甩过去，小狗血染当场，狗头变成了猪头。

"你是什么来历？"

"我是你儿子，你不要打我。爹！"

乐风抚摩它红肿的脸颊，拔下它头上两个摇摇晃晃的角："师伯，这条狗好可爱。它在头上粘了树枝装龙角。"

"混账！吾乃驱神大圣座下的犬将军，是你能摸的吗？等老子修炼成神龙的时候，一口吃了你们。"

胖老儿此时提着鸟笼走了过来。猫头鹰看着小狗说道："我要是你，就不会说出自己的身份。整天妄想化龙，你以为身长腿短就是龙属吗？听过鱼跃龙门，有听过狗跃龙门的吗？"

"你这只吃得像猪一样的猫头鹰有什么脸说我？"

乐风说："师伯，我想养它们。它们好可爱。"

"士可杀不可辱。我死都不当俘虏。"猎狗气得满地打滚，搅得尘土飞扬，众人纷纷咳嗽。

青道士一脚踩住猎狗的尾巴，说道："知道捆住你的细绳是什么来历吗？"

猎狗还在打滚，丝毫没有理他的意思。

"我有一条被割成三截的幌金绳，我把每一截搓细搓长之后拿来捆你。虽然威力不及从前，但凭你是挣不脱的。胡乱使用蛮力只会伤害自己。"

"幌金绳？"猎狗顿时呆住，四足朝天、肚皮翻白地躺在尘土里。没救了，它想。

青道士摸了摸它的白肚皮："还挺软。放心，我不会杀你们的。"

猫头鹰和狗同时盯着他："真的吗？"

"当然。"青道士向天大喊一声，"有会飞的妖怪愿意跑一趟花果山吗？"

世界仿佛受到恫吓，沉默了一会儿。然后，一只夜莺落到青道士肩膀上，说道："吾可代劳。"

"告诉黑猴子，鹰和犬两位将军在我手上，如果他愿意饶恕狐狸精脱逃之过，我保证将两位将军完璧归赵。"

"明白。"夜莺张开翅膀翱翔而去。

胖老儿感动地要屈膝跪拜，青道士急忙扶住他。胖老儿感激涕零："此乃再造之恩，千言万语不足谢。"

虚弱的狐狸精扶着门框看着这一切，不发一言。

在他的印象中，父亲永远都在感谢和恳求他人，仿佛谁都比他高高在上，比他强大。狐狸精觉得好不悲哀：一个卑微的人的后代能够摆脱卑微吗？

青道士胸有成竹地道："今夜你们好好休息，不出两日必有消息。"

翌日，大家都睡到日上三竿，风尘仆仆的夜莺敲开了青道士的窗户。

"黑猴子说派人来接鹰和犬两位将军。我先行一步来告诉你这个消息，使者稍后便到。"

"有劳了。"青道士摊开手，手上有一颗可以增进功力的丹药。夜莺开心地啄起丹药离去。

"不好了！不好了！"乐风几乎是破门而入，"师伯，小鸟和小狗都死了。"

"什么？！"青道士惊得拍案而起。这两个人如果死了，拿什么还给人家？

他急忙前往现场查看。驴棚里，驴子口吐白沫，狗和猫头鹰口吐白沫之余还粪便失禁、鼻子流血。

胖老儿正在给驴子掐人中。狐狸精和凌云也扶着楼梯下了楼，他们食物中毒的症状经过一夜的休息方有所缓解。

青道士检查了猫头鹰和狗的尸体，怒得几乎站不稳："它们是食物中毒，腹泻至脱水而死的。"

众人震惊不已，这死得多冤啊。

驴子好不容易醒了过来，青道士质问它："你究竟给它们吃了什么？"

驴子吞吞吐吐。

原来昨夜它又睡不着，猫头鹰和猎狗吵着说肚子饿，它就拿出酒，然后烹调了一盘豆子炒蘑菇当下酒菜。它们就着小菜觥筹交错地痛饮了一番。

凌云检查剩下的小菜："豆是巴豆，蘑菇有毒。"

青道士双拳紧握："你发花痴发到神经错乱了吗？蘑菇哪里来的？"

驴子指了指墙角："那里摘的。我以为家里长的蘑菇没有毒。"

"酒有毒，菜也有毒，怎么没把你吃死？"

"我不爱吃蘑菇，就没吃。"

青道士把驴子拖出门外，狠狠甩到地上："你滚吧。我没有你这样的坐骑。"

"靠。我也食物中毒差点死掉好不好？你不关心我，还打我？我给你当牛做马这么多年都白做了吗？"

"滚！"青道士一脚踹到驴子屁股上，把它直接踹飞了。

"你不要后悔，从此我们恩断义绝。"驴子转眼消失于远方。

乐风拉着青道士的袖子："师伯，你真的要赶走驴子吗？我舍不得它。"

"它不走，难道拿命赔给人家吗？"青道士低语一句，然后对乐风说道，"不仅它要走，你们也要走。凌云，带着他收拾一下东西吧。"

青道士又对胖老儿和狐狸精说道："二位也速速离开此处吧，你们的事我办砸了。"

胖老儿担忧地说道："此事因我而起，我绝不能弃你而去。"

乐风闹着不肯走。青道士非常决绝，凌云不敢违抗，只能慢吞吞地收拾行李拖延时间，希望师父回心转意。

青道士交给凌云一口石雕的小棺材："这是救回你师叔的关键，你务必到黑风洞躲上几日，然后设法将此物交给山神。"

凌云还想说什么，青道士拍拍他的肩膀："你已经长大了，要懂得什么事情更重要，不要辜负我所托。"

凌云终于没有勇气反对青道士的决定。

狐狸精坐在驴棚里，一时不知道应该何去何从。胖老儿鬼魅一样出现在他身后，把他吓了一跳。

"你还不走？"胖老儿问他。

"往哪里去？连青莽道人都怕了他们，我还能躲到哪里去？"

"其实直到现在，我都不知道你为什么会当逃兵。你怕死吗？"

狐狸精抚摸胸前的玉佩，坚定地说道："我怎么会怕死？鏖战十万天兵天将时，我作为马前卒一直冲锋在最前面。"

"那你为什么要逃？"

"因为单纯的战斗并不能让我摆脱蝼蚁的命运，每场战役都会有成千上万的蝼蚁死去。我想成为掌握蝼蚁命运的人，即便死也要以英雄的名义轰轰烈烈地迎接死亡。"

"孩子，居于上位或者下位不是评判英雄的标准。蝼蚁也可以是英雄，而掌握蝼蚁命运的人未必就是英雄。"

"你说这话的时候不害臊吗？蝼蚁一样的人也敢对什么是英雄评头论足？"

"其实我年轻的时候身手很好。"

胖老儿笑得很坦然，同时比画拳脚，刻意地模仿别人冲锋陷阵的模样，但是他的身体协调性实在太差了，一个金鸡独立没做完就摔倒在地。

"你不要在意，我早就习惯自己的父亲是一个饭桶了。别人都以父亲为荣，等有朝一日我名扬四海了，别人会羡慕你是英雄他爹。"

胖老儿躺在地上："其实，我不想当英雄他爹。我和你娘的心愿，是希望你能够真正了解人间烟火悲欢喜乐的可贵，然后满足又快乐地生活。所以我一直带着你生活在人堆里，而不愿意让你和神仙妖怪打交道。"

"不要拿我娘说事。作为一个没用的妖怪，你没脸和同类相处，就逃到更加弱小的凡人那里。可是在人堆里你也混不好，整天求爷爷告奶奶。"

胖老儿坐起来看着狐狸精："其实我也不知道你到底随谁。你娘是一个淡泊名利的人。"

"没有成功过的人有什么资格说淡泊名利？"

"花果山的心灵鸡汤果然有毒。"

屋外突然传来一阵仙乐，有七彩祥云落到地上。

胖老儿透过门缝看见一个红衣仙女站在祥云之上，眉眼英气，口鼻锐利，浑身所有的线条都比男性的要刚硬，却又有种说不出的美。

青道士问："何人到访？"

仙女好不礼貌，也不答话，只说道："废话少说，如约把鹰、犬二将还来。"

青道士为难地说道："它们可能和原来不太一样了。"

"败军之将，我猜它们也会受到一些折辱。带出来吧，我们不计较。"

青道士只好拍拍手，凌云和乐风分别抬出了硬挺的猫头鹰和猎狗，它们被制成了标本。

仙女目瞪口呆，气得结结巴巴："好你个青道人，实在欺人太甚。"

祥云散开，红衣紧裹化作火焰一般的战袍，仙女伸出舌头，舌上有一把小巧的扇子，一经取下陡然变大。

"这是意外。你听我说，它们是在酒足饭饱中死去的，算是喜丧。"

"青妖狡辩，试我一记芭蕉扇如何？"

青道士心中暗道不好，看到这把扇子就知道来人是火焰山的铁扇仙。

传闻此女法力高强，手握至宝芭蕉扇，轻轻一扇就能吹得人形销骨立、魂魄散尽。

风如惊涛骇浪，滚滚而来。青匕剑祭出，入地三分，青道士一手握住剑柄，一手拉住凌云和乐风。

铁扇仙一扇风来，果然足以使月换星移。小木楼顷刻化作条条缕缕的木屑，翻滚至十万八千里之外。

狐狸精拽着他的老父亲，好不容易一把抓住乐风的小腿。一众人在风中被吹成一条直线。

"有本事不要用扇子。"青道士想用激将之法，但是声音转瞬被吹散。漫天席地都是咆哮的风声，其余声响都无法听到。

又一记风来，青匕剑开始摇晃。

"若你们能受我三记芭蕉扇，放过你们又如何？"

众人叫苦，再受一记芭蕉扇，恐怕都要魂魄离体了。正在紧要关头，铁扇仙不知为何突然腰身一扭，手中的芭蕉扇转而拍向身后。

间不容发的一刻，青道士将手中拉拽的所有人甩向铁扇仙。

人人出脚，合力一击。铁扇仙向右挪步一避，青道士从众人身后闪出，一掌正中其胸口。

铁扇仙闷哼一声，口中流血："都说青道士是一个光明磊落之人，原来也爱群殴和出阴招。一会儿我们搬齐了人马再会。"

她将芭蕉扇当作大刀般一劈，逼退众人，挟着鹰、犬标本全身而退。

乐风一把挂在驴脖子上："驴子，你怎么回来救我们了？多亏了你。"

驴子鼻子喷着白气，趾高气扬："我可不是为了救你们。只是方才感到有怪风吹向此处，我以为是那个美人回来了，想偷偷来看她一眼。一看到此女搔首弄姿，我就忍不住想踹她一脚。"

看到小木楼被夷为平地、片瓦不存，驴子伏地大哭："我的私房钱啊，杀千刀的，让我拿什么钱讨老婆？"

狐狸精问胖老儿："这就是你说的烟火气息吧？真恶心。"

胖老儿却笑了："这是一种幸福。"

凌云对青道士说："师父，要不我们跑路吧？反正家都没有了。"

乐风举手赞成："我们回汉土去，把柳树带上。我和我师父还有一座道观。"

"我们和花果山如今已剑拔弩张，不管逃到哪里，黑猴子都一定会来寻仇。我不如静候于他，了此恩怨更好。"

胖老儿说："我有一个不情之请，我想让儿子继续逃命去。"

青道士说："你也应该逃命去。"

"不，我活够了。我儿子希望我是一个英雄，所以我临死前想再英雄一回。"

狐狸精突然按住他的肩膀，一用力压得他跪倒在地："就你这样？算了吧。我留下来，你回去当你的石匠去。"

青道士沉思片刻，说道："既然大家如此想同归于尽，那就驴子带着凌云、乐风和狐狸精去请黑熊精来为我掠阵。我们好好斗一斗花果山众妖。"

驴子涕泪满脸地抬头："我还没原谅你呢，你以为那一脚可以白踹我吗？"

青道士走过去为它抹掉眼泪，然后郑重其事地又踹了它一脚："快点动身，这是救命的事。"

凌云摇头："师父，搬救兵不需要这么多人。我留下来。"

"今时不同往日，怕路上有危险，你们相互照顾。此去不容有失。"

胖老儿执意要留下来，于是其余一行人开始向黑风洞进发。干燥的风让万物变得虚弱，甚至天边的太阳都仿佛在虚弱地泛着蓝光。

青道士坐在废墟之上，青匕剑竖在他跟前。他拿手指弹着剑，剑身发出清水淌过石头般的悦耳声音。

这是属于两个老人的黄昏。

他们都静静地不说话，仿佛在聆听岁月的花朵凋零。直到夜幕来临，地平线处有一股妖气缓缓涌起。

"你真的不走？"

"我比你还老，早就活够了。这个时代的大妖怪，我也想见识一下，虽然心有余而力不足。"

一个九尺多高、浑身肌肉都锻炼成蛇一般灵巧的条状的男子从远处缓缓靠近他们。

因为长得黑，在昏暗的天色中并不能远眺到他的容貌。等到近了，才发现他是少有的阳刚过剩却依然好看的男子。

来人正是花果山驱神大圣，人称黑猴子。

青道士还是弹着青匕剑，落日的余晖在剑锋上闪烁，最后的光明就好像一首告别的曲子。

"好久不见。"黑猴子向青道士施礼。

"要怎么打？单挑还是群殴？"青道士抬头直视他。

黑猴子负手朗朗说道："青道人素有侠名，虽偶喜干涉我花果山之事，但我等终不会与道人计较。只是如今道人收留我花果山逃兵不说，还杀我手下两员大将，可就得给我们一个交代了。"

"单挑还是群殴？"青道士一脸不屑。

"我想请你嫁给我。"黑猴子忽然把脸向青道士凑近。

"什么？"胖老儿大跌眼镜，从废墟上摔下，"来了这么多妖怪，废了这么大功夫，就是为了求婚？"

青道士一把扯掉假胡子，愤然作色："说什么话！老娘得道的时候，你还在撒尿和泥呢。"

"年龄不是问题，身高不是距离。"黑猴子拿手比画两人的身高，继续说道，"你脾气大，我骨头硬，也算般配。"

"滚！"

"或者你入我花果山一同聚义。这两桩事，你但凡答应一桩，我们前事不计，狐狸精我也不追究了。"

"滚。"青匕剑龙鸣声震天。

"如果你不愿意，那我就只能请你到花果山走一趟，再从长计议了。"

远处铁扇仙和金翅大鹏鸟的妖气外泄。

"一言不合就开打"是青道士的习惯。黑猴子以铁拳扬威三界，赤手空拳来擒拿青道士。

青道士也赤手空拳迎击。二人四手对击，十指紧扣直接开始角力，企图纯粹以蛮力压倒对方。

远处的铁扇仙笑着对金翅大鹏鸟说道："这两个天生怪力的大妖怪如果掰上一百天不分胜负，我们就干等着？是不是叫几个小妖来做饭？"

大鹏鸟面无表情："青道士此前和我合力斗败天蓬时已然重伤，后又多次卷入莫名其妙的纷争，消耗极大，他坚持不过一炷香。"

黑猴子感觉到青道士明显后继乏力，不禁笑道："众妖皆知姐姐的霸道怪力能挟泰山以超北海，今日如此孱弱，难道是要故意输给我好下嫁？"

"轰隆"一声，黑猴子将青道士按倒在地，地面如蛛网般裂开。青匕剑一晃，有龙行之威，直刺黑猴子眉间。

黑猴子松开手，一拳击打在剑尖上，青匕剑被击飞。青道士趁机摆脱束缚，伸手握剑，又与黑猴子的一双铁拳杀得天昏地暗。

另一边，前往黑风山的道路千沟万壑、壁立千仞，换了普通骡马，根本无法安然通行。驴子走在山间险径上，"嗒嗒"的蹄子起落得飞快。

狐狸精问："那黑熊精是个什么妖怪？"

乐风说："一个了不得的妖怪，他的法力就比我师伯的差那么一点点。但是他很奇怪，喜欢念佛讲道。"

驴子偷偷地笑："那还不是因为青道士不喜欢他，他才闹着出家的。"

凌云喊了一声"停"，驴子面前出现两条路。

"我们兵分两路。你们一路去找狗熊叔，我顺着这条路去找山神。我听师父说过，他近来应该是在这个方向的大山里做一件秘密的事情。"

狐狸精问："那山神又是什么人？"

驴子说："是一个呆头呆脑的神仙，但是他的法力比黑熊精的还要强那么一点点。"

凌云知道黑熊精恐怕不在府邸。青道士是以搬救兵为名支开他们，他要想办法为师父做点事情。所以不等驴子和乐风他们答应，他就径直走向另一条路。

狐狸精问："离黑风洞还有多久的路程？"

驴子说："走过这段最险的路，再有三个时辰就到了。"

狐狸精看看脚下，濒临绝壁，林木丛生，失足踩错就万劫不复了。他不禁一笑："悬崖下怎么有金光闪烁，难不成有金脉流淌？"

"有钱？"驴子不禁伸头去看，乐风趴在它背上，也好奇地向前挪动。

狐狸精抬起一脚又犹豫了。乐风回头看见他的动作，惊道："狐狸精哥哥，你要做什么？"

"哼。"狐狸精收脚，掏出幌金绳将一驴一人紧紧捆住。

驴子紧张道："你是坏狐狸？"

狐狸精靠在山壁上："我最讨厌别人说我是狐狸精，所以我一直对外宣称我是狼妖。"

乐风恍然大悟："所以你是什么鹰、犬、狼之中的狼将军？"

驴子奉承道："那你可是三个人之中最英俊的哟。"

"不要拿我和那两个白痴相比。他们居然双双被俘虏，如果不杀掉他们，黑大王如何师出有名地讨伐青道士？"

驴子激动地说道："所以，他们不是吃了我的菜被毒死的？我是代你受过，白挨了两脚？"

"食物中毒怎么可能毒死他们？我作为花果山最擅长用毒的妖怪，要让他们死得不明不白是轻而易举的事情。"

乐风惊道："所以，你不是逃兵。你到底有什么目的？"

"蠢孩子，我没空和你们说了。"狐狸精起身离开。

"你要去哪里？"

"你不用知道。这是我偷拿的青道士改良过的幌金绳。你们不要妄想逃跑，好好待着吧。"

天空乌云密布，四海翻起波涛，海天相连，龙形的雷不断爬过天空，仿佛有无数的龙在飞行。

青道士斗不过黑猴子。

他化作原形——一条苍青色的巨蟒，妖界最强悍的蛇属。

当可以化身为蛟时，他没有化身为蛟；可以跃龙门时，他没有跃龙门。他坚持当一条比龙还要强悍的蛇怪。

所以，当他现出原形时，天下的龙都会因为他的傲慢而愤怒，以龙雷讨伐他。

自得道以来，一千年间，这是他第二次化身为巨蟒。

大鹏鸟张开双翅为黑猴子掠阵，二人与巨蟒缠斗。他不屑地道："大鹏鸟，你我斗天蓬时，你说要回西牛贺洲，如今却和黑猴子蛇鼠一窝。"

"黑猴子答应我，助他拿下你，我可以彻底脱离花果山。"

巨蟒怒张血盆大口，发出青色的雷光射穿天空。金翅大鹏鸟挥动双翼，飞羽如刀，但转眼就被雷光淹没。

狐狸精回到此地，看到铁扇仙正蹲着看二圣斗蛇的好戏，脚下踩着胖老儿。

"放开他。"

铁扇仙轻蔑地看了他一眼："你才回来。找不到青妖的七寸所在，还是难以生擒他。"

"放开他！"

"切。一个没有骨头的胖子，让给你就是。"铁扇仙脚下一滑，胖老儿滚到狐狸精脚下。

"你怎么回来了，其他人安全吗？"胖老儿担心地问。

"他们关我什么事？我是回来当英雄、跻身七圣之尊的。"

狐狸精腾空而起，落在苍青色巨蟒身上。巨蟒回头："为何在此？乐风他们呢？"

"我把他们捆得严严实实的，丢在山谷里了。"

"什么？"巨蟒惊觉发生变故，恼怒地朝狐狸精咬去。狐狸精胸前的玉佩黄光一闪，让蛇口稍微迟疑。

狐狸精于千钧一发之际避过，滑到巨蟒之尾向上一丈之处："就是这里了，黑大王。"

狐狸精即刻跳离巨蟒，黑猴子迅速补位，用尽全力，一拳打到狐狸精方才落足之处。

巨蟒该处的鳞片粉碎，其他鳞片本能地张开，身躯盘成一团，青色的雷光反复炸裂三次。

等到雷光停歇，青道士筋疲力尽地瘫坐在地上。他被击中七寸，再无还手之力。

狐狸精笑道："我赢了。虽然你法力高强，可以转移七寸，但我利用臭老头儿做饭的机会，在你的饮食中下了轻微的毒药。药随七寸而走，你毫未察觉，我却能感应到药的走向。"

胖老儿抓住狐狸精，给了他一拳："为什么要恩将仇报？！"

狐狸精一把揪住胖老儿的领口："花果山的通风大圣被除名，要递补一人为圣，我和鹰、犬都有意更进一步。黑大王许诺我们，谁能设法将青道士擒住，就可以获得他的推荐。我想起你曾说过和这青道士相识多年，便与黑大王商议，设计了逃兵一事来接近他。"

铁扇仙摇着扇子："青道士名声在外，和花果山的蛟魔王又是好友，我们不能直接发难。借着逃兵一事安排鹰、犬二将送上门来，让青道士理亏在先才好发难。"

狐狸精接着说："他们两个傻瓜被蒙在鼓里，还以为凭借武力就可以达到目的。我借机毒死他们，青道士难辞其咎。即便他和蛟魔王关系再好，蛟魔王也不能反对黑大王擒拿他。"

铁扇仙把扇子缓缓对准狐狸精，故作羞涩地笑道："这个计划唯一的缺陷就是，如果事成了，要让这个逃兵当上花果山的大圣。可是如此一来，其他妖众就要起疑了：一个逃兵凭什么鲤跃龙门呢？他们可能会猜测整件事情是一个阴谋。"

狐狸精皱眉："你什么意思？"

"如果要让这个计划完美，最好让逃兵死去，这样就不会有人发现青道士是被陷害的了。"

狐狸精看向黑猴子："大王，我们说好的不是这样。"

黑猴子沉默了一会儿，说道："虽然我是第一次听到铁扇这个提议，但我深以为然。"

该死，被"黄雀在后"了。

狐狸精抱起胖老儿仓皇而逃。

铁扇仙轻轻摇动扇子，风像无数鞭子一样纷至沓来，数次把狐狸精打翻在地，但他仍顽强地继续往前跑。

"放下我，这样你才能跑得快一点。"

"你再没用也是我爹，我还能让你去死？"

"孩子，你还是不懂，你让我陷朋友于不义，比杀了我还残忍。"

胖老儿伸手握住狐狸精胸前的玉佩，一用力，玉佩碎了，胖老儿吸进一口白色的气。

"你疯了吗？这是我娘。"

胖老儿一拳把他打翻在地，轻飘至半空："你还是不懂，不懂什么才是英雄。"

狐狸精错愕："你的拳头怎么这么有力？"

"我是一个没有骨头的人，而你娘是千年妖精，按理我们是不会有孩子的。为了让你的生命能够延续，她用全部的精气来滋养你，最后虚脱至死。而为了让你平安长大，我把最后一口仙气化作这块玉佩保护你。现在我要取回这口气了。"

"你到底在说什么？"

"我说保护你不如教你做人。况且子债父偿，天经地义。你如果还是我的儿子，就把青道士救走。"胖老儿突然坠地，低飞返回战场。

铁扇仙看到胖老儿去而复返，百思不得其解。

扇一动，山摇地晃，但是胖老儿避过了凛冽的风势，鬼魅一般和铁扇仙四目相对，胖脸阴沉得像黑夜里的大山。

"看不出你这个胖子还挺灵巧。"

"能动手就别废话。"

胖老儿快如闪电，几乎不逊色于芭蕉扇的狂风扑面。"砰"一声，胖老儿的五指抓住铁扇仙姣好的面庞，直接将她抛到地上，入土一丈深。

铁扇仙嵌入地里，眨着眼睛，还没反应过来发生了什么。

"来吧。让我看看这个时代的英雄有什么通天的本领，居然闹得天宫不得安宁。"胖老儿冲着黑猴子竖起两根中指。

黑猴子怒发冲冠，全身毛发都竖了起来。金翅大鹏鸟按住黑猴子的肩膀："不要大意。他身上有一口古怪的仙气，我想起一个曾经被天宫人口耳相传的胖子。"

"你没听到老胖子的话吗？能动手就别废话。"黑猴子两只铁臂高举，双拳增大，犹如翻江倒海的金箍棒猛地砸下来，就算是一座高山也会被砸平。

胖老儿居然侧身单手牢牢抓住了其中一只手臂。

尽管这只手臂如钢似铁，但是胖老儿的五指一紧，入肉三寸，直接掐住黑猴子的手骨，一拖一拽，黑猴子就到了眼前。

胖老儿另一只手五指合拢，一拳把黑猴子打倒在地。"轰隆"一声，仿佛地牛转肩，大地崩裂。

狐狸精尾随而至，扶起青道士："告诉我，他是什么人？"

"他是你爹。乐风他们呢？"

"抱歉，他们被绑起来丢掉了。"

青道士一拳打在狐狸精脸上，狐狸精头一歪，嘴角流血："我们快走吧，你都没力气打人了。"

黑猴子起身扑杀，二人赤手角力，胖老儿冷笑："你以为自己力气很大？"

胖老儿又一甩，黑猴子入地三丈。换作普通妖怪，恐怕已经被砸入黄泉道了。

"我来会会你。"大鹏鸟腾空百丈，俯冲如箭。胖老儿双手如白刃，双掌合拢，狠狠夹住他的脑袋，夹得大鹏鸟口吐白沫，然后也将他甩了出去。

"这个时代的大妖怪也太弱了吧？太弱了吧！"

胖老儿豪气冲天，但不知道为什么，狐狸精觉得他身上有一股回光返照的凄凉。

"臭小子，你给我记住了，为了捍卫理想、道义、疆土，不顾一切坦然赴死的人可以称为英雄，而只以居高临下、翻云覆雨为目的之人，永远都不配为英雄，哪怕他力拔山河、勇冠三军。所以在梦想成为英雄之前，先想清楚你要拼死捍卫的究竟是什么东西。"

大鹏鸟从尘土中飞起来，黑猴子和铁扇仙也从地底深处爬了起来，三股妖气如点燃的熊熊火焰。

"你们一起上吧。可叹时无英雄，居然以为敢于破坏、敢于说轮流坐庄就是勇敢，就能一呼百应？那些真正想创造一个新时代的人哪里去了？"

胖老儿站在青道士身前，缓缓张开双手，他的背后隐隐浮现一道雄壮辉煌的大门，仿佛海市蜃楼。

大鹏鸟脸色凝重："果然是他，曾经守护南天门的第一神将。因为在漫长的岁月里不曾离开南天门一步，他的仙气和南天门几乎已融为一体。他在的时候，从来没有一个人能够闯过南天门。"

"能动手就不要废话。"胖老儿声如擂鼓。

三大妖怪同时扑向他。他双手并用，同时击出无数掌，犹如一堵高墙将三大妖怪全部撞飞。

"青道士，虽然这个请求有点无礼，但是如果可以，请你好好教导我这个不成才的臭小子，就是死也要让他死得其所。"

狐狸精流下眼泪："臭老头儿，你在说什么，你要找死吗？"

"死得其所，方不负此生，臭小子。"

三大妖怪再次袭来。

"滚，快！"巍峨的南天门仿佛从天宫降临人间，这坚不可摧的防护，纵百万妖军到来亦不惧。

狐狸精背起青道士，化作一道流星。

狐狸精问青道士："他到底是什么人？不要说他是我爹这种答案，这个不用你讲。"

"南天门是仙界的唯一入口，不管是妖魔鬼怪还是人，要登临仙界就必须通过南天门。你爹曾经是南天门第一神将。南天门也是仙界最接近人间烟火的地方，有一天你爹遇上了你娘，后来发生了一些不可名状的事情。"

"我是成年人了，你不用这么隐晦。"

"毕竟是你爹、你娘，我不好多说。加之天庭日渐腐朽，你爹有了厌倦之心，决意和你娘厮守，就去天帝处领受了天罚，被剔除仙骨，贬下凡尘为人。他的名字被天宫从天地之间抹去，从此只剩下一个外号——死胖子。"

"既然被剔除了仙骨，他不可能像神仙那样战斗的？"

"他下凡时保留了一口仙气，当这口仙气耗尽，他就会死去。"

狐狸精一抖，原来这么多年一直保护他的玉佩是他爹的最后一口仙气。

"你想回去救他吗？"

"我这次会听他的话。我以前总希望自己的父亲是一个英雄，但此刻我无比地希望他不要是一个英雄，而是一个长命的窝囊废。"

六道银光如晴天霹雳，变成六把鬼头大刀倒插在地上，拦住狐狸精和青道士的去路。

六个青面獠牙鬼出现在大刀之后。狐狸精停住脚步，将青道士放下。

"没想到我这么快就可以死得其所了。"狐狸精化出他的兵器——一把紫玉扇子。

"你的武器好妖娆，要不要我把剑借你用？"青道士递过青匕。

狐狸精推开他的手："从今以后，我再不会因为自己是狐狸精而羞愧。花果山平天大圣牛魔王座下的六大鬼王都出马了，看来不抓到我是不会善罢甘休的。你不要做无谓的牺牲，快去把乐风他们救出来。"

狐狸精的紫玉扇子一抖，毒气弥漫，六大鬼王纷纷后退，但他们的包围圈始终没有缺口。只要僵持到铁扇仙到来，这种毒雾一扇子就会散尽。

"师伯，我们来了。"一杆黑缨枪突然射入六把鬼头大刀中间。大刀皆被震飞，回到鬼王手中。

黑熊精抖着他的披风，右手夹着驴子，肩上扛着乐风，阔步加入战局。

他斥责青道士："发生这么大的事，你都不找我帮忙？要不是感觉你家的方向突然妖气聚拢，我不放心出来看看，发现他们被挂在树上，指不定你死了我都不知道。"

"就你话多。"青道士瞪了他一眼。

黑熊精拔出黑缨枪，枪指六大鬼王："谁先来？不准搞群殴，不然打死你们。"

在青道士来的方向，暗淡的金光突然如晚霞一般洒满天空，然后被风彻底吹散，那座若有似无的南天门终于土崩瓦解。

狐狸精面如死灰、气血攻心，然后晕了过去。

黑猴子、大鹏鸟和铁扇仙灰头土脸、浑身挂彩地追赶至此，危局一触即发。

青道士突然举手，示意投降："我和你们去花果山，让其他人走，包括这个狐狸精。"

"不可以。你疯了吗？"黑熊精咆哮一声，山峦呼应，仿佛万人咆哮，"我的枪可不答应。"

"我不想看到再有朋友死了。你听话。"

黑猴子知道虽然此刻他们占据上风，但如果拼个鱼死网破，恐怕也要付出不小的代价。于是他说道："我答应你。"

乐风拉住青道士："师伯，我和你一起去。"

青道士抚摩他的胖脸："不可以，你乖。"

"不行。我要和你一起。"

"啪。"青道士一巴掌把乐风扇晕了。

驴子见状惊得咽了咽口水："我不跟你去，不要打我。我会好好照顾他的。"

青道士走向黑猴子："让他们先走，然后我跟你们上路。"

"等等！"黑熊精怒吼第二声，"我和你一起去。"

"不可以。"

黑熊精化为一股黑旋风，黑猴子等人警惕起来，但黑风只是缠住青道士，变作他的披风。

披风上露出两只眼睛："我在这南疆陪了你五百年。现在就算打死我，我也要与你同去。"

青道士无奈一笑："既然如此，你就和我结伴而行吧，黄泉路上有你念经也超度得快点。"

于是，驴子三步一回头，驮着乐风和狐狸精慢慢走远，一行人渐渐消失在青道士的视线里。

第九章
灯下黑

• • •

有时候，对年少时未竟的宏愿耿耿于怀，

只是因为余生已无回头之路。

有时候，对一个古老的名字念念不忘，

只是期盼传说可以如约而至。

花果山发生了两件振奋人心的事。

一件是驱神大圣禺狨王返山，新征集的各路妖兵陆续抵达，不计其数的向天庭叫嚣的旗帜重新遍布山野。

这些旗帜的内容都很粗简，多数妖怪画的是一根赤裸裸的中指，稍微有耐心的妖怪就画两根或者三根中指，最复杂的图案是神祇的头像，然后加上一把砍头刀或者一坨螺旋的粪便，以表示对当权者的不满和蔑视。

当然，美术盛行并非因为新来的妖怪艺术修养高，而是因为他们多半是不认字的盲流，只会画图示意。

蛟魔王对新妖怪嗤之以鼻，因为花果山原来的妖怪都略通天地玄黄之奥妙，能识文断字。他们若喝醉了酒，多数是对月当歌，聊修道之艰辛，谈未来之可贵。不像新来的妖怪，喝醉酒就随地小便，然后把自己的手指塞进其他妖怪嘴里取乐。

可惜有文化的妖怪基本都死光了，新人没有机会见识前辈的风采。蛟魔王很遗憾，他没有在残酷的战争中保护好他的手足。

还有一件事，就是山上失去生机的焦土上突然萌发零星的金色小花。它们向往光明，日出则东，日落而西。虽然植株稀少，但至少证明花果山在顽强地自救。

这两件事似乎在昭示旧时代已经过去，一个新时代即将来临。

蛟魔王进了水帘洞两次，但都没有见到禺狨王。水帘洞中只有一个脸面狭瘦、眉目耸拔的书生，守着他的宝器。

第三次蛟魔王动怒了："伥鬼，你的主人故意避我吗？"

名为伥鬼的书生行礼道："二大王，我家主人惦记着您呢，怎会避而不见？只是他有要务缠身，今晨已经悄悄离山了。"

"他才回来几日，又远行？"

"非也非也。主人吩咐了，多则三五日，少则一日，旋即返山。还要与二大王再议合兵抗敌之事。"

"哼。不在也好，省得妨碍我。你且说他捉来的道士被关押在何处？"

"二大王，我若知道必定如实相告，怎敢欺瞒？奈何小奴位卑职低，我家主人从不轻易将要事示下。"

蛟魔王怒目道："为虎作伥之鬼，巧弄簧舌。你若不说，是逼我用强？"

"二大王，小奴确实不知。不过，小奴另有一事相禀，以示我对您的敬重。"伥鬼折腰示弱，不敢直视蛟魔王，因为其怒挟有龙威，若直视其双目，恐伤及魂魄。

"说！"

"我家主人离山，大约是因为他获悉小白龙前往乌江之事。"

蛟魔王微微一惊，他差小白龙去乌江岸报信一事居然被发现了？但他还是平静地道："哼，有你鞍前马后，他倒是消息灵通。既然如此，今日也无暇与你为难了。"

言未罢，蛟魔王猛一转身，突然化作一白蛟冲出水帘洞，卷风掠云而去。

龙吟之怒涛响彻花果山，那些还在醉酒的小妖，有几个不明就里，以为战争打响，居然吓尿了。

一个孩子骑着一头骡子，骡子的脖颈上缠着一条白绳。

他们进入一座高大的城邦，只见风和日丽，道路纵横，行人步态优雅如流水潺潺，俨然高尚之地。

"小白龙，你认识路吗？"

孩子低头询问白绳，白绳微睁双眼，一脸茫然。

"抱歉。我虽久居东海，但很少上岸，对此地也不熟悉。"

骡子张口说话了。它满嘴海腥，唇齿间夹有贝类的残渣："你就是个骗子。你说变成船载我们到花果山，却半途漏水搁浅。我央你变成白马驮我们进城，你又变成一条上吊绳套住我的脖子，让我来驮你们。最可恼的是，让你把我变回一头驴子，你居然把我变成骡子。你说你会干什么？"

白绳心里也纳闷儿，它的法力不知道为何在海中被封住，导致没有能力继续前行，但它可不允许一个陆上的妖怪嘲笑自己。

于是它冷笑一声，突然箍紧骡子的脖子："我能勒死你。"

骡子窒息，四蹄跪地，连忙摇尾乞怜。

白绳这才手软："你再出言不逊，别怪我不客气。"

"嗯嗯。"骡子点头如捣蒜。

乐风茫然地张望，应该找谁问路呢？一个身形伟岸的中年男人忽然过来喊他："孩子，看你一脸彷徨，需要帮助吗？"

乐风被他友好的微笑感染，心中平静不少："大叔，我要去花果山，不知道该往哪边走了。您可以告诉我吗？"

中年男人指向东边："去花果山的路很好走，但是可不近，直走出了城门，向东还有好几百里路。你需要一头可靠的脚力。我看这骡子性子太野，你恐怕无法驾驭它长途旅行。要不要考虑卖给我？得了钱，你去买头小毛驴慢慢走，那样比较安全。"他一边说，一边用手重重地拍打骡子的脑袋，又撬开它的嘴巴检查牙口。

骡子隐忍不发，它人生地不熟，贸然说话怕被发现是妖怪。

"呦，这头骡子吃壳类，不错，不错，牙口好，经过训练应该能下海捕鱼。就是脸色血红，是晒伤了，还是高血压？怎么样，我不嫌它有病，卖给我吧？我叫侯爷，是傲来国出名的好人，我会给你个好价钱的。"

侯爷尽管吹毛求疵，但显然对骡子还是相当满意的。

"你才有病，让骡子下海捕鱼？老子又不是鱼鹰。再敢碰我，我揍你。"骡子激愤得要直立起来当场操戈。侯爷被骡蹄子晃花了眼，明显受到了惊吓，几乎失足跌倒。

乐风怕惹出事来，赶着骡子就要离开。

侯爷缓过劲来，拦住乐风的去路，笑道："原来是头骡子妖啊，这种寿命长、法力低、干活儿多、吃饭少的妖怪现在很少了。"

"它吃饭很多！"乐风忍不住纠正他。

"它吃很多，你可以给很少，这种妖怪皮糙肉厚，十年八年不吃都饿不死。我出五金买你这头骡子好不好？"侯爷不怀好意地看着骡子，伸出灰色的手指掐了掐它的脸颊。

"你有灰指甲？给我滚开！"骡子咆哮。

"五金？"乐风毫不犹豫地说，"不卖。金钱如粪土，友谊值千金。"

"哈哈，金是粪土，友谊值千金。换言之，千金就是'千粪土'，那友谊就是'千粪土'，都是不值钱的东西。"侯爷又说，"加十个鸡腿、二十斤果糖。"

"友谊是粪土？好像是这个逻辑。还有鸡腿、糖？"

乐风的口水流了出来，思想发生剧烈斗争。

"再加十个鸡腿。"

"啊！"乐风开始愧疚地抚摩骒子的脑袋，他的防线要崩溃了。

骒子的口水也流了出来，但转念一想，不对，这是要卖了自己啊。

它醒悟的自尊心勃然大怒："该死，卖我？！王八蛋，都欺负我！"

骒子突然狠狠地咬了侯爷一口，然后拔蹄狂奔、横冲直撞，搅得市集人仰马翻，似有玉石俱焚之心。

这会儿连白绳都勒不住它了。

等到骒子消停下来，已经不知道身在何处。

乐风和白绳一路颠簸晕眩，都无精打采地趴在骒子背上。

"这儿是哪里？"乐风眼冒青光，只见此地建筑与先前城郭中的大相径庭。

原来的城邦建筑与汉朝建筑相仿，都是土木结构，脊瓦、山墙、花砖都如出一辙，不过用料更好，规格更高、更大，显得庄严、厚重。此处的街道虽也规整，但房屋都是由巨大的花岗岩堆砌的，四四方方，且窗户硕大、天井狭小，三层重叠的飞檐不仅显得多余，还遮蔽了多数阳光，街面上铺天盖地都是一片冷峻的青灰色。

东边的一堵墙壁上贴着各种各样的买卖告示，贴纸都是艳丽的黄色，能够一下子抓住人的眼球。在黄色告示中有一张红色的，如鹤立鸡群。告示最上面写着"魔王有请"，内容是"谁让魔王得到乐趣，谁得到魔王的承诺"，落款是"灯下黑"。

"糟糕。"白绳"唰"一声变成青绳。

"你还敢变色？是不是吐胆汁了？不要脏了我的皮毛。"骒子厌恶地说。

白绳居然无视骒子的不敬，继续一字一字地说道："我们闯进灯下黑了。你也是妖怪，应该知道这个地方吧？"

"哪里？"骒子看向那张红色的告示。

"灯下黑！"

乐风感觉世界变得摇摇晃晃的，低头一看，发现骒子的长耳朵盖着眼睛，四足疲软欲坠。

乐风不解："这张告示有这么可怕吗？"

乐风仔仔细细地查看那张告示："魔王的承诺？什么意思，魔王要招亲吗？我觉得旁边这张告示更有意思。"他指向红色告示旁边再旁边再下边的一张黄色告示，上面写着两个字"危险"，没有任何内容，但用浓墨画了一幅头像，整脸全黑，只有眼睛和额头的部位是白的。

"你们看，怎么会有这么黑的人？"

骡子认真地对他说："小鬼，从现在开始，手不要乱指，话不要乱说。这个鬼地方可没几个好人，看你不顺眼就可能动手杀掉你。"

"南瞻部洲虽然有官府，但官府不管事，我们在那里时人家不也是想杀你就来杀你？你忘记了吗？"乐风反问骡子。

骡子被问倒了："反正不一样。"

"有什么不一样？灯下黑是个什么地方？"

白绳一脸正儿八经地说："我们已靠近花果山，正身处东胜神洲傲来国。东胜神洲者，敬天礼地，心平气爽。傲来国国民尊礼守法，克己自爱，事事规矩，路不拾遗、夜不闭户，乃道德典范。

"但光明如日月尚需轮值，浩荡如潮水也有起有落，这世上连神仙都难称品格完美，何况凡人？所以正人君子如傲来国国民者，也难以忍受时时生活在圣人的假面之下。"

白绳咽了咽口水，接着说："傲来国好比东胜神洲的明灯，而灯下黑就是投射在灯台下的黑影。大概一千三百年前，傲来国国民在东胜神洲和北俱芦洲的边境荒芜之地修建了一条古怪的街市，那里无常住之民，无受命之臣，为礼法光辉下的飞地、刑罚管辖外的森罗场，专营各种丑陋营生以满足他们不可见人的欲望，被称为灯下黑。"

"我们都是妖怪，难道还怕凡人不成？"乐风问道。

"阴暗的人心就像夜里吸引虫蛾的明月、荒野里召唤鹰鹫的腐肉。这条街道一开始只有傲来国国民前来宣泄，后来仙、妖、鬼、魔纷至沓来。最后，一个魔王占领了此处。他身怀异宝，能够使人的天赋、才能、运程、胆气，甚至梦境等虚无之物，都变成可以流通的具象之物。加之经营有道，灯下黑很快就从一条街道扩大为一座城。这里也慢慢变成了仙、魔、妖、鬼、人龙蛇混杂的黑市。"

"虽然我不理解，但好像挺不妙。那我们即刻离开吧。"乐风催促道。

骡子慌张得鼻涕在脸上抽搐："小鬼。虽然灯下黑代表邪恶，但这里又偏偏是东胜神洲、南瞻部洲、北俱芦洲、西牛贺洲四大部洲中最讲规则的地方。"

乐风疑惑："让一群追求无法无天的人守规则？"

白绳解释道："这里有三条规则必须遵守，其他再无束缚。第一条规则是做交易必须等价交换，童叟无欺；第二条规则是不交易不可进；第三条规则是违反前二则者，永囚灯下黑。"

"不交易不可进？"乐风不明。

"为了提高经营效率，灯下黑禁止进入者不交易就离开。"白绳答道。

乐风有点害怕了："这不是强买强卖吗？我们可是身无分文啊。"

白绳说道："东胜神洲有丰富的金银资源，最不缺的便是钱。灯下黑的主人蔑视金钱，明令禁止在灯下黑使用金钱进行交易。相反，身体器官、生命，乃至一首曲子、一道佳肴，反而成了流通货币。"

"太棒了！"乐风不禁惊呼，"那我可以把骡子秒剥虾壳的秘技卖掉吗？"

"如果有人要的话。呵呵，我们且行且看吧。"白绳已经不想多说一句话了。

灯下黑的道路就像一张经纬不分的蜘蛛网。

道路两边是林立的商铺、妓院、赌场、酒楼、屠宰场、澡堂，琳琅满目，应有尽有。站街招摇的美人化着各式各样的妆容，莫辨是人还是妖怪，但一应袒胸露乳、香气扑鼻。

走过这样的街道，骡子和白绳都面红耳赤，乐风反而镇定自若。

"小鬼，不要盯着别人的胸脯看，你不害臊吗？"骡子训斥乐风。

"为什么要害臊？我是奇怪那些女子的胸部为什么都画着一盏小油灯，而且她们穿这么少，不怕着凉吗？"

白绳咳嗽几声："你倒是见怪不怪啊。"

"这样的妓院、赌场和澡堂在我们汉朝的郡县比比皆是，越是繁荣喧嚣之地，花样越多。"乐风漫不经心地说道。

"南瞻部洲竟如此淫秽、糜烂？这些下流的勾当都能展示于光天化日之下，还让你一个孩童知晓？"白绳不敢置信。

"我师父喜欢到妓院喝花酒，有时候他没钱了，就会带着我一起去，然后把我抵押给妓院的老鸨。等第二天他出摊算卦赚了钱，再把我赎回来。那些姐姐、哥哥对我可好了，经常给吃的给喝的。"

白绳大跌眼镜。骡子连忙澄清："不是南瞻部洲如此，是南瞻部洲的大汉朝如此。像我们乌江两岸，民风便淳朴得很。"

"你们大惊小怪。我们汉朝还有很多皇帝喜欢男宠和娈童。有他们带动风气，有的妓院就专门网罗漂亮的男人招揽生意。我看这里没有男妓，实在不算繁华。"

"你们的皇帝是女人？"白绳小心翼翼地问道。

"才不，都是白白胖胖的男人。"

"呃——"骡子扶着墙，白绳扶着骡子，都开始作呕。

"不好意思。你们好像溅到我了。"一个声音从昏暗的墙角传出来。

"谁？"骡子惊呼一声。

那是一个约五尺高的黝黑孩子，穿着一件粗旧的黑衫，就像人的影子那么不起眼。

他站了起来："惊吓到你们了。我实在太累，所以在此睡了一会儿。你们很面生，是初来乍到吗？"

乐风点点头。他看到黑孩子的左额头上刺着一朵有底座的莲花，觉得他黑得很眼熟。

"这是什么？"乐风问他。

"一个标记。"

"好奇怪的标记。你叫什么名字？"

"尾喜。灯下黑土生土长的原住民。"

白绳低吟道："尾喜，真是一个好名字。你出生的时候，你的父母肯定很开心。"

尾喜坦然道："我没有父母。从我记事起，我就一直在灯下黑。"

一阵沉重的脚步声传来，似乎有一群人高马大者在靠近他们。

黑孩子机警而急促地贴着墙壁向上攀爬。他藏身于屋檐之下的阴影中，好比夜行蝙蝠融入了黑夜。

"喂。你们两个有没有看见脸上有这样刺青的人？"一个面若焦炭的彪形大汉手持扫把走近乐风，拉开自己的衣服，露出胸膛上烧焦的毛发和刺青——一盏小油灯。

"没有。"乐风警惕地摇摇头，"脸上有这个标志的是坏人吗？"

大汉声如响雷："坏人？他当然是坏人。他专门破坏灯下黑的交易，是魔王的叛徒。昨天有个女妖要卖身给我们兄弟，为奴两百年，以换得我们帮她渡过雷劫。我们本已经达成协议。这个黑小子倒好，昨晚趁老子睡觉，拿了一根避雷针别在我胸口，把女妖的雷劫都引到了我身上，结果女妖也跟他跑了。这种不守规矩的家伙，在灯下黑人人得而诛之。你们若瞧见了他，要马上通报我们，知道吗？"

骡子看着他皮肉模糊的胸口："嗯。你露点了，快把衣服穿好。"

大汉盯着骡子，忽然有点猥亵地笑了："小骡子，我就喜欢你这种结实的牲口，你有空约我。我就在这条街上巡逻，不分昼夜。"

说完，他大摇大摆地走开了，身后跟了好几个随从，他们的肩膀或胸口上都有刺青。

骡子打了个冷战："这里的人都是变态吗？"

白绳这才开口："那个黑孩子好奇怪，我似乎闻到了花果山的味道。"

"你还在吗？"乐风抬头喊道。

屋檐上空空荡荡。

骡子拔了两颗蛙牙磨成耳钉出售，乐风则在推销他捕鼠的绝技。

他们都失败了，漫无目的的兜售让他们饥肠辘辘。

"我饿了。"骡子盯着一个肉档说道。那里有血淋淋的肉和美味的熟食，隔开挂在档口的一排铁钩上。档口的老板还卖饼，生肉一层，熟肉一层，涂点膏状的血调味，再用薄而脆的烧饼包起来。是否味美不知，反正老板自己嚼得津津有味。

"我要吃饭，哪怕是卖了你，我也要吃饭。不然我就不走了。"骡子坚定不移地宣布。

"老板，饼怎么卖？"乐风只好硬着头皮去问。

"好俊俏的孩子。你拿一根手指来换，我给你两个饼夹肉。"

"老板，我怕疼，用骡子的手指换可以吗？"

"好丑的骡子。它没有手指。两条前腿换一个饼。"

骡子冲上去要砸档口，老板的手按在屠刀上："在灯下黑要守规矩。"

骡子看到档口上挂着五花八门的肉，人的、妖怪的、牲口的，主要是两肋部位的肉，又看看老板的刀，那么钝，剔肉时对方一定痛不欲生。

"算了。我们走吧。"骡子无奈地拉回乐风，食欲和皮肉之痛还是不能相提并论。

"我总算找到你们了！"

一个低沉的男声如洪钟般响起，最后还激动得破了音。乐风忍不住把耳朵堵起来。

想买骡子的侯爷站在他们身后。他没有微笑对人，而是怨恨地托着血淋淋的手腕："这骡子嘴巴有毒，我的伤口在不断溃烂，手就要断了。你们必须把它交给我处置，否则我决不善罢甘休。"

乐风于心不忍道："你多保重。但怎么会呢？它虽然经常不刷牙，但不至于腐蚀你的手啊！"

"我就啃了你一下，你不要碰瓷好吗？"骡子很不高兴。

"那你说，我的手是怎么回事？！"男人把伤手高举起来证明自己。

乐风看着他骨肉分离的伤口都觉得疼："大叔，你小心点，会掉的。"

乐风话音方落，"咚"一声，侯爷的手掌真的掉地上了。

"天哪，这真是让人遗憾的意外！你的手也太脆弱了。我闻闻，这味道像极了河里腐坏的螺蛳。你不会有什么暗病吧？"骡子火上浇油地奚落他。

"你得给我的手偿命！"

档口的老板正在霍霍地磨刀，他接待过无数客户，能够准确把握生意来临的契机。

男人狰狞地把断手挂到档口的铁钩上，堪比壮士断腕般决绝。

"我要交易。我出一只手掌，买他们的命。"

老板头也不抬地拒绝他："他们共三个妖怪，你就一只手掌，这不是等价交换。我不能接受。买妖大人时时刻刻都在监督我们。"

"一只手换那头骡子的命。"

"这也不是等价交换。灯下黑的规矩你应该知道。人人心里都有一杆秤。"

"我可是本地人，他们是外来的妖怪，我的手不比他们的命值钱吗？你不要因为同为妖怪就护短，卖妖大人可不会允许你这样！我会投诉你的。"

"好吧，看在你是本地人的分儿上，一只手掌换那头骡子的四个蹄子。你大仇得报，它受到惩罚，而且不会因为长短脚变成瘸子。如何？"

侯爷的眼神在挖骡子的心肝："成交！"

老板有点不好意思地看着乐风他们，挥着手里的剔骨刀，说道："失礼，失礼。你们初来乍到就要被放血。不过，我有庖丁解牛之术，保证无痛剁蹄子。乖哈，不要乱动。"

骡子质问他："你不是卖肉的吗，为什么要接打手的活儿？你肮脏的手不配制作食物！"

"不接打打杀杀的活儿，你以为我这里的肉是哪里来的？"

乐风宽慰骡子："不要怕，我们有三个人，他只有一个人，又老又胖，打不过我们的。"

老板把刀一丢，翻身跃过肉档，落地时已经变成一头巨大的棕色人熊。他缓缓地活动手脚，鼻孔喷出一股浊气，气流引发的共鸣仿佛使得土地也在颤抖。

"打吗？"白绳有点怯场。

"我就是不明白，既然他不用刀，那还磨刀干什么？"乐风也有点害怕。

"磨刀只是我的爱好，我剁肉都是用指甲！"人熊笑了，亮出尖锐的爪子。

"快跑！"骡子大叫一声，向前扬起双蹄。

乐风拉紧白绳，白绳勒住骡子，三人落荒而逃。人熊紧跟其后，咆哮不止。

他们从清晨狂奔到午后，利用错综复杂的街道和忽左忽右的奔跑方式，终于甩掉人熊。三人累得瘫在冰凉的地面上，旁边是一座大院，门户简洁、威严。

骡子问白绳："既然这里距离花果山不远，你快想办法报信搬救兵吧！"

"不要提花果山。当年孙猴子跑到傲来国寻兵器装备妖兵不得，后来就偷偷溜进灯下黑吹了一阵妖风，把刀枪棍棒都卷到花果山去了。从此灯下黑的魔王和花果山便势如水火。你在这里说我是花果山的人，那就是帮我去死。我死了，你也得垫背。"

"不是说不交易就不能离开这里吗？那孙猴子怎么就能离开了呢？"乐风又不解。

"他法力高强，又是个疯子，一般人不敢招惹他。纵然他有那般法力，在灯下黑也只敢做个小偷，何况我们？"

"你看，花果山！"乐风指了指旁边的那座大院。

"不可能！"白绳抬头一看，觉得尴尬了。

大院的大门旁边有一块朱漆招牌，书写"花果山义务征兵处"。朱漆招牌旁边是一块金漆招牌，书写"为了理想，为了未来，为了同胞"。

骡子阴阳怪气地说道："你不是说灯下黑与花果山势如水火吗？看来，你说话就像我放屁一样随便。"

"我——我也不明白。"白绳结结巴巴。它扭头看向大院对门的大院，那里也有一块朱漆招牌，书写"狮驼国高薪卖身处"，朱漆招牌旁边也有一块金漆招牌，书写"你比你想象的更有价值"。

花果山征兵处门可罗雀，狮驼国卖身处却人满为患。

乐风低声和白绳说："我觉得对面的口号确实更吸引人。"

白绳叹了一口气："以前花果山从不征兵，慕从者却蜂拥而至，因为那时候的妖怪都相信理想。如今大肆宣传却毫无用处，大概现在的妖怪已经不相信理想了。"

"走开，走开。"狮驼国卖身处走出一个高大的莽汉。他把人群分开，把那个叫尾喜的黑孩子丢到了乐风他们面前。

壮汉威胁道："我们征兵只征自由身。你这个奴隶来做什么？大魔王是我们能够得罪的人吗？你的脑袋被骡子踢了吧？"

"你怎么说话的？！我可没踢过他！"骡子奋力地挥舞着前蹄朝壮汉吼道，它要为自己正名。

壮汉举起斗大的巨拳，骡子马上安静了。

尾喜大喊："我虽为奴，但我的理想是自由的，不属于魔王！你应该知道这一点，我要把我的理想卖给需要的人。"

"谁要买你那愚蠢的理想，那是上个时代老掉牙的遗物了。你就该和这些傻子在一起，整日空想。呸。"他啐一口唾沫才进院子。

尾喜站起来掸掉身上的灰尘，然后左右环顾，可能害怕旁人的冷嘲热讽吧。

"尾喜？"乐风喊他。

"嗯。谢谢你们之前帮我掩护，被'扫大街'的那些人纠缠上就麻烦了。"尾喜觉得尴尬，想把话题扯远。

"你要卖理想吗？你想用它换什么？"乐风就是一根筋。

尾喜本想直接拒绝讨论这件事情，但乐风的小脸蛋上写满让人难以拒绝的真挚。

于是他无奈地低语："我想将理想托付给有需要的人，让他帮我实现它。仅此而已。"

"那是你的理想啊。你为什么要将它假手于人呢？像我的师兄，他为了打一把好剑，几乎是抱着火炉生活的。"乐风不解。

"对。为什么？"白绳也饶有兴致地问他。

"你们两个是不是傻？你们应该先问他的理想是什么吧？没准儿是嫁给魔王当王后。这样的理想确实只有依靠其他人才能实现。"骡子有点莫名的兴奋，它最喜欢看别人的窘态了。

尾喜愤愤地道："不要侮辱我。即便我是个女的，我也不要当一只生无可恋、无事生非的肥猪的皇后。"

"哦？你居然这样评价灯下黑的魔王。那你的理想是什么？很了不起吗？"骡子挑着眉毛，斜着双眼打量他。

"有理想的人都很了不起！"乐风鼓励尾喜，然后揪了一下骡子的屁股，示意它不要出口伤人。

"我的理想是成为一代妖王。"尾喜盯着街道的石板缝隙，轻轻地说，"我已经没有条件去实现它了，因为我永远不能离开灯下黑。我不想这个理想跟我一起荒芜。我想将它送给有需要的人，所以我才决定去狮驼国的卖身处试试，一个国家的妖兵应该需要理想。"

"为什么不去花果山征兵处？"白绳有些不悦，它打心眼儿里不喜欢狮驼国，虽然它从来没有去过那里。

尾喜是个很坦诚的孩子，他说："花果山只强调妖怪要不断奉献，连征兵都是无偿的。我始终觉得，不在乎人的价值的地方，也不会尊重人的理想。"

"那是因为你不了解花果山。"白绳更不悦。

"随便吧。我连自己都不了解，何况其他？我们后会有期。"尾喜转身离开。

"为什么要当妖王？"白绳看着尾喜的背影，觉得有种莫名的熟悉感，于是大声追问他。

"我不知道。这仿佛是与生俱来的信念，就像有人在时刻耳提面命，说我若为王，应在群妖中让弱小者和强大者平等，让卑微的努力得到尊重，让脆弱的规则得到遵守。"

"你的理想很崇高，你不应该出卖它！"白绳想起了花果山大圣聚义的情景，再一次严肃地提醒他。

"只要坚持，理想一定会实现的。"乐风大声说道。

"好吧。虽然这个理想很无聊，但它如果实现了，我就不会被他们欺负了。"骡子耸耸肩。

尾喜的步伐稍稍停顿了一会儿，他感到吃惊，这么多年，他第一次听到衷心的赞美而非嘲弄，他的内心在默默地道谢。

但他还是慢慢地走远了："那我就去别的地方再试试吧。你们不要进花果山那地方，邪门。"

"我们应该和他一起行动的，他熟悉这里，或许可以帮助我们。"乐风若有所失。

"我们跟他很熟吗？不要以为聊点人生理想就是挚友了。在你拉屎没纸的时候帮你擦屁股的我才是最好的人。"骡子有点吃醋地说道。

"他居然说花果山邪门，混账！"白绳气得变红了。

三人最后还是决定进入花果山征兵处，因为这或许是离开灯下黑的一条捷径。

宅院内空荡荡的，太阳通过窄小、高深的天井送进一片光，一只老马猴正在这片光下晒太阳，时不时抓只跳蚤往嘴里送，清脆的声响惬意地回荡。

懒洋洋的老马猴用眼角余光看到有人进门，慵懒地说："卖身的去对门，我这里不营业。"

"爷爷，我们想去花果山！"乐风走到它脚边，恭恭敬敬地说。

"什么？"老马猴这才正眼看他们，发现是一个孩子和一头骡子。

它在空气中嗅了嗅，问道："有股腥味，好熟悉，难道是花果山的海风？"

白绳轻轻勒住骡子的脖子，骡子机灵地张开嘴巴，吐出一口气："你闻闻，是不是这个味道？"

"呸，呸，臭死了。"老马猴厌恶地道，"小屁孩和满口牙虫的骡子去什么花果山？现在是多事之秋，花果山可没得吃喝玩乐。"

"你们这里不是征兵吗？"乐风问它。

"不征了。自从狮驼国卖身处在对面开业，这里便门庭冷落，早已结业。"

"那为什么不把招牌摘下来？"骡子不满地说，"这不让人白费功夫吗？"

"摘下来？摘了这里的招牌，你让我去哪里工作？回花果山可是要打仗的，开玩笑。我这把年纪就该在这种部门颐养天年。"老马猴晃动摇椅，理直气壮地说道。

"那你能送我们去花果山吗？"乐风又问。

"不能不能，你以为那是学堂秋游吗？再说，花果山还往这里送人呢！"老马猴突然意识到自己失言，不耐烦地站起来赶人，"出去，出去。"

"不行。"骡子趴在地上纹丝不动，"你得想办法送我们去花果山。"

"滚！"

骡子耍赖："老子就不动，请神容易送神难，懂不懂？谁让你把大门开着！"

老马猴眼中闪过一丝愤怒，转而平静地说道："哼哼。既然你们这么坚持，我就征了你们这最后两个兵。"

"这就对了。我现在只关心加入花果山可以等价交换到什么东西？"骡子很好奇。

"等等。"老马猴转身进屋，然后捧出一堆方条形的桃木片，"来吧。自己挑，每人两张。"

"什么东西？"乐风一边翻动木片一边问道，上面都是签名。

"认识字吗？这可是花果山七大圣的签名，正宗的辟邪桃木，可以镇宅保平安。"老马猴脸上洋溢着自豪的神情，继续说道，"以前应征入伍的人多，一个人只能分到一张，还是随机分配的。现在竞争不激烈，才能让你们选。你看看，这个被压在五行山下，这个生死未卜，这个跑了，这个去火焰山了……七大圣都散了，如今要看到这么多签名不容易，便宜你们了。万一哪一天七大圣都死光了，这些就是绝版签名，你们可赚大发了。"

骡子突然明白为什么花果山征兵处门可罗雀了。

乐风突然明白着急出卖理想的尾喜为什么看都不看征兵处一眼了。

"我就值一张签名？灯下黑的规矩不是等价交换吗？"骡子还有些不甘心。

"不对，是两张签名。怎么不是等价交换？大圣的一根腿毛就可以变出个大妖怪来，你能价值两张签名已经是受抬举了。"老马猴解释道。

"好吧。那我们什么时候可以去花果山？"

"先去厢房等待筛选，我们也不是什么人都要的。左厢房是大妖怪房，右厢房是残次品妖怪房。你们去右边。"

骡子要骂人，乐风摸摸骡子的头说道："乖。骡子，我们不和它争。我们就去右边的房间吧。"

骡子偏不，它一蹄子踢开了左边的房门，大摇大摆地走了进去，似乎在向老马猴示威。这是个空房间，墙上是大块大块红色、橘色的涂料，就像发酵的深秋树林，味道芬芳、颜色醉人。

老马猴"呵呵"一笑，也不阻止他们。

"什么味道？"白绳察觉有异，但是已来不及了，他们两眼一黑。

三人都被迷晕了。

一间地牢，四面墙壁，一条血渍斑斑的细铁链穿过很多妖怪的琵琶骨，把它们捆在一起。

骡子梦见自己变成一条威武的鲨鱼遨游北海，吃饱喝足后，有很多美丽、苗条的小鱼在给它剔牙。

"醒醒，醒醒！"骡子睁眼，发现一个狮子精正用后爪抠自己的嘴巴。

骡子狠狠地咬了狮子精一口，结果它自己哭了，狮子精满爪子都是臭泥垢。狮子精也哭了："你是头骡子吗？牙齿比我的还尖。"

"老子睡觉磨牙，越磨越尖。"

骡子在地上打了个滚儿，它的四只蹄子被捆住了。

乐风被人用绳子结结实实地绑在骡子背上。

乐风被骡子压醒，迷迷糊糊地问："这里是哪里？"

"我们也想知道。"一只三条腿的蛤蟆精说。

"我们本来还在喝酒，庆祝到达花果山。谁承想，宿醉醒来便身陷囹圄了。"一个得了红眼病的牛精靠近他们说。

"走开，走开，不要传染我。"骡子一脚踢开它。

"这是怎么回事？"乐风想问白绳，却发现白绳不在骡子的脖子上。

"小白龙？小白龙？"

"嗯，我在这里。"白绳发现自己捆住了骡子的四蹄，"老马猴把我当普通绳索用了。"

白绳松开骡子的四蹄，沿着地牢的四角慢慢移动。地牢非常大，它内心很焦虑。难道花果山出事了？走了几遭，它才发现出口在西北角，门严丝合缝，和墙壁浑然一体。

群妖看到骡子站了起来，纷纷狂呼："救我，救我。"

"嘎吱"一声，有人在外面打开了地牢的锁，缓缓推开门。白绳即刻归位，将骡子的四蹄一缚。

"砰"，骡子结结实实地摔在地上，假装昏迷。

"吵什么吵？"老马猴走了进来，手里拿着一根棍子。它直立时高达八九尺，一扫早前的颓态。

"刚刚谁在吵？"

群妖指向骡子。老马猴走过去，对准骡子的屁股就是一棍。骡子闷哼一声，依然假装昏迷。

"哟，我还打不醒装睡的骡子了？"又是一棍，骡子还是纹丝不动。

"再来一棍，"群妖还不满意，"为什么不穿他们的琵琶骨？"

老马猴走过去，对着为首的牛精、狮子精狠狠地抽了几棍："给你们穿琵琶骨是看得起你们，至少把你们当次品了。像他们这种废品，连穿琵琶骨我都嫌费功夫。"

"是吗？"白绳卷成一个绳套，突然勒住了老马猴的脖子，"不知道你是次品还是废品？"

"好！"群妖爆发出热烈的掌声。

骡子站起来，一脚把老马猴踹倒在地，然后指着群妖破口大骂："刚刚谁说要穿老子琵琶骨的？"

"是它。"群妖把手指对准老马猴。

"大仙饶命，饶命。"老马猴跪地求饶，距离这么近，它已经闻到白绳身上熟悉的味道了，"都是花果山的人，放过我吧。"

"花果山出事了吗？"白绳问老马猴，"你抓我们做什么？"

"没，没。花果山好得很，刚新添了几万兵马，声势正隆。"老马猴尴尬地笑了，"所以兵器短缺成了当务之急。"

"兵器短缺？"

白绳话还没说完，骡子的脚已飞起，又来踹老马猴："让你打老子，让你要穿老子的琵琶骨。老子肉这么多，自己都找不到骨头，你找得到吗？"

"喂喂，你不要借机行凶，不要踢到我。"白绳一边谨慎闪避，一边怒吼。

结果，骡子真的有一脚直接踹到了老马猴的脖子上，连白绳一起踹飞。

等到白绳回过神来，老马猴已经连滚带爬地逃走了。地牢的门再次被锁上。

"你个白痴。成事不足，败事有余！"白绳怒道。群妖对着骡子发出一片嘘声。

狮子精举手提议道："绳子精大人。要不，你把铁链啃断？我们不被穿琵琶骨，就能恢复法力。或许还有一线生机。"

乐风和骡子点头附议："这样或许能行。"

白绳将信将疑地移过去缠住铁链，拽了拽，虽然它张嘴蓄势，但仍在犹疑、摇摆。

"加油，加油，加油。"群妖鼓噪。

白绳把心一狠，倾尽全力咬了一口。只听"铛铛"两声，铁链没断，它的牙齿崩了四颗。

白绳痛得在地上打滚，几乎扭成一绳球。这个时候，它才看到地上有一行字：

不要啃，没用！　　——一条被观众忽悠的蛇精

"你们早就看到这行字了，是吧？"白绳凄厉地嘶吼。

牛精抹着红色的眼泪，惺惺作态："俗话说得好，梦想在于尝试。或许你的牙

口比它的好呢。"

"你们等死吧。"白绳自暴自弃地瘫在地上。

众妖睡得迷迷糊糊的时候，一个声音从天而降。

"醒醒，醒醒。"

骡子绝无仅有地率先坐了起来："该死，谁再敢把爪子放进我嘴里，老子打死它。"

乐风和群妖都被骡子吵醒："怎么了？谁又招惹你了？"

"看上面，是我。"一个声音让他们抬头。大伙向上望去，但牢房的顶部一片漆黑。

"呃？有星星？就像我在井底修炼时看到的景色一样。那个时候世界多小啊，一口井就能满足我所有的想象。"三条腿的蛤蟆精感慨，"真美！但声音是从哪里来的，难道老天爷可怜我们了吗？我们可是和老天作对的坏妖怪啊。"

乐风突然醒悟过来："房顶被揭开了一个口子，我们有出路了！是尾喜吗？上面太黑，我看不到你。"

"对，我来救你们了，你们爬上来。"尾喜说道。

"也救救我们啊！"群妖痛哭流涕，"我们被铁链锁住琵琶骨了，英雄下来救我们吧。"

尾喜确定没有惊动地牢外的人之后跳了下来。乐风上去抱住他："谢谢你。"

尾喜拍拍他的脑袋："不客气。你们救过我一次，我要回报你们。而且，我目前的生活乐趣就是破坏大魔王的各种交易。也算误打误撞吧。"

白绳不可思议地看着天，问他："你怎么能在坚固的牢房顶上打一个洞？"

"坚固？"尾喜说道，"这间牢房的四面墙是坚固，但房顶是纸糊的。我刚爬上去的时候，还差点摔下来呢。大概建它的时候，负责人偷工减料吃回扣了。"

牛精挤眉弄眼道："绳子大仙，我就说梦想在于尝试嘛！如果你白天多蹦跶会儿，没准儿早发现这个秘密了。"

"滚！"白绳缠上骡子的脖子，"我们走吧，反正它们的铁链弄不断，不管它们了。"

原本聒噪的群妖立马跪了下来，没人说话，只一直在流眼泪，都把骡子的蹄子打湿了。

"救救它们吧。"乐风无法抵御这种无声的力量，也向白绳求情。

"那得想想办法。你们挨个儿去咬铁链试试，咬不断我们再施以援手。"白绳一脸报复的快感。

尾喜走过去，徒手捡起铁链一扯，断了。

群妖诡异地看看白绳，又崇拜地看看尾喜。

"活见鬼了。"白绳嘀咕道。

骡子放了一把火，但没烧起来。花果山征兵处的房屋主要是土石结构，可燃物很少。

"我来！"三条腿的蛤蟆精把舌头伸进胃里掏了掏，取出三点微弱的火花。

乐风好奇，要伸手把玩，被白绳拦住了："别碰，那是三昧真火。"

三点火花一散，花果山征兵处烧起熊熊大火，浓烟滚滚。

"这种鬼地方也烧了吧！里面都不是什么好人！"狮子精指挥道。

三条腿的蛤蟆精又掏出三点火花，弹射到狮驼国卖身处，但火没有烧起来。

"失灵了？"骡子疑问道。

狮驼国卖身处忽然像大腹便便的人呕吐时的肚子一样，抖动起来。

"快躲起来。"三条腿的蛤蟆精扯破了嗓子。

"砰"！整个狮驼国卖身处居然爆炸了，把群妖都炸到了远处。

火光照亮了这个街角，响声通向云霄。

"你疯了吗？"牛精一拳把蛤蟆精打飞。

"三昧真火威力太大，我控制不住啊。"蛤蟆精正在解释，群妖上来围殴它，它转眼就淹没在人群之中。

"算了，算了。"骡子上来分开群妖，"当务之急是想办法离开灯下黑，大家不要窝里斗。"

"谢谢，谢谢。"蛤蟆精抱拳向骡子道谢。

骡子一脚狠狠地把蛤蟆精的下巴踩在地上，然后笼络群妖："我们还是商量一下有没有什么好办法可以离开这里吧。"

"我有宝贝可以卖。我有肾结石，就是牛黄。"

"我也有肾结石，是蛤蟆宝。"

"我有狗宝！"

"我的前爪可以做成辟邪的小刀。"

"我也有！"

"我们把宝贝卖了，就可以离开灯下黑了，还可以得到一些路费。"

群妖展示着琳琅满目的珍宝，只有骡子他们和尾喜两手空空。

骡子呆住了："你们有多余的宝贝可以借一借吗？"

"没有。"群妖异口同声。

"你们都走不了。"尾喜轻轻一句话，就让沸腾的妖群瞬间安静下来。

"你说什么？"狮子精颇不愉快地问道。

"你们都走不了。"尾喜擦了擦自己的额头，那个莲花刺青变成了一盏小油灯，原来多余的部分只是墨汁。

他指着自己的刺青："你们身上都有这个标志。"

群妖面面相觑，检查彼此，果然如此。

蛤蟆精大喜："我没有，我没有。"

"蠢货！"狮子精给了它一拳，"你的刺青在舌头上。"

只有乐风他们没有刺青。

"因为我们是废品吗？"骡子问道。

"或许吧。"他们三个不知道应该感到庆幸还是失望。

"所有被卖身给灯下黑大魔王为奴的人，都会被刺上这个刺青。从此你的一切就都属于大魔王了，就连体内的什么结石，都是属于大魔王的。"尾喜冷冷地道。

"那怎么办？"群妖惊叫。

"只能像我这样逃跑，然后四处躲闪，或者甘心为奴。"

群妖围成一团窃窃私语。它们认为，在灯下黑为奴和在花果山为兵其实没什么区别，反正有人管吃管喝，也要受人奴役。

然后，狮子精探出头来，一脸桃色地问道："为奴要做什么？大魔王没有古怪的性癖吧？"

"不知道。可能是巡逻站街，可能是被发配到妓院、赌场，也可能是被送到屠宰场做成猪饲料。"

狮子精暧昧的表情一僵，似有屠宰场的号叫钻入耳朵里，吓得又缩回头去。

尾喜一脸鄙夷。他对乐风说道："我先走了，不想和它们为伍。"

乐风还想说什么，但尾喜摆摆手就融进了苍白的月色里。

他的身手很快，神出鬼没，乐风甚至觉得他会隐身。

"我们决定了。先抓到那只老马猴，问清楚将我们卖给大魔王做什么用，再做打算。"狮子精站出来说道。

"灯下黑就如同一个庞大的迷宫。"白绳说，"一时半会儿如何找到老马猴？"

"我来试试。"牛精双目大如铜铃，射出两道红光。它绕地三圈，红光将方圆百里扫了一遍。

"有什么好看的吗？"蛤蟆精问道。

"精彩，精彩。东南十里是灯下黑最出名的黑寡妇妓院，二楼三排有个大房间，房内有个大木桶，有个大美女在洗澡。脱了，脱了。呵呵。"牛精的鼻血流了下来。

"继续，继续。"蛤蟆精的舌头瘫软到地上，群妖也都凑了过来。

"四排有个房间，床帏没拉，好精彩。天哪！好美的女人！"牛精突然惊恐地叫了起来，"天哪，那个男人完事之后被剪掉了作案工具。黑寡妇妓院果然名不虚传，一夜快活要付出一生的代价。"

狮子精走过去，一脚踹向牛精的裆部："干正事！"

"找到了。"牛精一边捂着裆部，一边痛苦地说道，"东南三十里，老马猴正从大魔王的大殿走出来。趾高气扬，摇头摆尾！"

"三十里。我们骑骡子快跑也得不少时间，怎么手到擒来？"乐风问，"骡子，你有把握跑过去抓住它吗？"

"我不是千里马！"骡子正色道。

"让我露一手。"干瘦的狮子精四足着地，全身肌肉开始膨胀，突然"嗖"一声冲了出去，只剩下一个残影。

大概喝一杯热茶的时间，它就叼着老马猴回来了。

白绳心烦如麻。它无法理解眼前所见之事。蛤蟆精虽然身有残疾，但是会使三昧真火；牛精有红眼病，但会千里观山术；狮子精骨瘦如柴，却能神行百里。这些妖怪都有一技之长，怎么会被老马猴擒住卖给大魔王？

花果山到底出什么事了？

"你不会把它咬死了吧？"

牛精一摸老马猴的胸口，已经没有心跳了。

"那就用三昧真火把它烧掉吧，彻底毁尸灭迹。"白绳对蛤蟆精说。

蛤蟆精即刻掏出三昧真火，老马猴冒出冷汗，又被火焰的高温蒸发。

"饶命啊，饶命啊！我不装了，不装了。"老马猴马上爬起来求饶。

"为什么要抓我们？"狮子精掐住它的颈部把它举向半空。老马猴拼命地挣扎，但不说话。

"哟，还挺有骨气。说不说？！"狮子精使劲掐它。

"你掐住它的脖子，它好像说不出话吧？"乐风轻轻地提醒狮子精。

"哦？是这样呀？"狮子精一松手，老马猴摔了个狗吃屎。

"说吧。"白绳命令它。

老马猴眼角含羞地看着群妖："各位大哥，只要你们肯放过我，任何事情我都愿意做。"

"呸。"群妖赤手空拳地围上来揍它，把它上半身的毛都拔光了。

"各位大哥，你们轻点。"老马猴捂着胸，一脸受虐的快感。

"散开，它在拖延时间！有诈！"白绳大喊起来。

天光突然被遮蔽，一张大网罩下，如夜幕四合，众人避无可避。

"逃窜的奴仆，你们被捕了。"两个纤细的铁甲人收起网。他们的眼耳口鼻都没有露出来，仿佛不是生灵。

"你们这群蠢货，竟敢在大魔王的眼皮底下抓我、拔我的毛，活该要被制成药丸！"老马猴叫嚣道。

"我们不是在救你，我们是在回收逃跑的货物。回去复命吧，买妖。"一个铁甲人说道。

"卖妖，等等。"名为买妖的铁甲人把手伸进网里，把乐风、骡子和白绳掏了出来丢到地上，"他们没有刺青，不是我们的货物。"

"等等，你们不抓他们吗？"老马猴看到白绳凶狠的眼神，哀求名为卖妖的铁甲人，"抓了他们吧。"

"在灯下黑，童叟无欺，他们不是花果山卖给我们的货物，我们不收。"卖妖告诉它。

"我有宝贝。我请你们帮我杀死他们。"老马猴苦苦纠缠。

"呵呵，"买妖指着乐风，"你有什么宝贝？灯下黑奉行等价交换，这个孩子未来有莫大的价值，可不是寻常宝物可以比的。除非你拿定海神针来，才能换他一死。你有吗？"

"定海神针？"老马猴错愕地看着乐风。

"再见吧。"买、卖二妖腾云而起。

"那我呢，我呢？我值什么？"骡子大喊。

卖妖消失的时候丢下一句话："你值十只烧鸡。"

白绳把老马猴倒吊在一棵树上。

"我只值十只鸡！"骡子把老马猴当沙包一样宣泄愤怒，"让你把他们招来，让他们侮辱我。"

乐风拖住骡子："你不要打死它。"

鼻青脸肿的老马猴口吐白沫："不要打我了，我说，我什么都说。"

"边打边让它讲。力气不用太重，打重点部位就可以。"白绳指挥骡子。

"花果山需要兵器，东胜神洲只有灯下黑这个鬼地方拥有批量制造能和天庭对抗的兵器的能力。所以花果山就和灯下黑达成了协议，花果山将妖怪卖给灯下黑，而他们提供武器给我们。"

老马猴结结巴巴地说："以前花果山有号召力的时候，我利用征兵处直接征兵，将优秀的妖怪送到花果山，将差的妖怪作为货物卖给灯下黑。后来在狮驼国的挤压下，征兵处征不到人了，就由花果山将淘汰的兵源送过来，主要是那些弱小或者有残疾的妖怪，凑足数之后，再由我和灯下黑交易。"

白绳阴沉地说："你撒谎，花果山焉能如此？你是谁的部下？"

"大人，打仗是需要资源的。你不会天真地以为，兵员和武器会从天而降吧？从天而降的，那是要杀死我们的天兵、天将！"

骡子点点头："它说得也有道理。那你为什么要抓我们？！"

"骡子大仙，是你们到我的征兵处赖着不走的。后来我想，既然你们送上门，我就把你们卖给妓院或者赌档，也让我得些意外之财。毕竟征兵处整日只有清汤寡水，日子不好过啊。"

"我们和灯下黑不是因为孙大圣偷兵器的事闹翻了吗，怎么还会做交易？"白绳又问。

"灯下黑的大魔王是个没有原则的人，只喜欢好玩的人、事、物，只要有异宝就可以打动他，面子这种东西他根本不在乎。据说黑大王给了他一件奇物，他便欣然冰释前嫌。大魔王不喜欢钱，而我们花果山也没有可以交换大量兵器的奇珍异宝。黑大王于是提出，用我们最丰富的资源——妖怪——做交换。大魔王同意了。从此，灯下黑就多了一个掩人耳目的花果山征兵处。"

"卖给灯下黑的妖怪会被怎么处置？"骡子很好奇。

"虽然交给大魔王的都是被淘汰的兵源，但如果此事外传，必定会动摇花果山在妖怪中的神圣地位。所以黑大王要求大魔王必须让所有被贩卖的妖怪守口如瓶。于是大魔王就将这些妖怪投入了炼丹炉，要么炼成有趣的器物要玩，要么制成丹药服食。听说这几年大魔王得了难以医治的怪病，基本都是将妖怪炼制成刺激性药品自己服用的。"

"打死它。"白绳冷冷地说。老马猴吓得昏厥过去。

"什么？"骡子有点震惊，"就这样打死它吗？我可从来没杀过生啊！"

"不。"乐风制止他们，"我们把它卖了吧？这样我们就可以完成一次交易，然后离开灯下黑了。"

"那就卖给那些肉档。"白绳说，"它没有活下去的理由。"

"那我们要去救那些被抓走的妖怪吗？"乐风问，"它们好惨。"

骡子惊恐："去大魔王手里救它们？那不是找死吗？再者，如果你师伯知道我们没有先去救他，而是先去救了其他妖怪，他会不高兴的。"

"你有本事救它们吗？要抢大魔王嘴里的食？"白绳冷漠地说，"现在我们自身难保，还是先离开灯下黑吧。"

"走吧。"乐风有点迟疑地望向大魔王宫殿所在的方向。

一家黑寡妇妓院不知折倒多少男人，门面却高洁、肃穆，恍如学堂。

没有人愿意收乐风他们要卖的花果山老马猴，谁都怕惹麻烦。

乐风他们屡次碰壁，直到来到这烟花之地。

"孩子不能进。牲口也不接待。我们是正经营生。"

龟公拒绝放眼前这奇怪的一人一骡入内消费。

"不。我们不消费，我们卖猴子。"乐风一边解释，一边指向骡子背上被五花大绑的大马猴。

"猴子？不要。猴子能做什么？"龟公走过来，看到昏死的大马猴又改口，"嗯，原来是这个老王八。还行，高高大大，有点人样。你们卖什么价？我只能提供包夜一晚，或者一席群'莺'荟萃的花酒。"

"我要二十个鸡腿。"乐风毫不犹豫地说。

"没出息。"龟公斜瞟他一眼，"黑寡妇童叟无欺，这猴子值三十只烧鸡。你们等等，我去拿麻袋给你们装。"

骡子暗骂："瞎眼的绿毛龟，这猴子居然比我还多值十只烧鸡？"

"等等。"一只毛茸茸的手搭在龟公肩膀上，"这只猴子是我的，他们卖不得。"

一个人高马大、方脸阔口的男人不知不觉已靠近他们。不知道是黝黑的肤色使然，还是此刻情绪不佳导致，他看上去杀气腾腾的。

白绳把老马猴一松，像眼镜蛇一样在骡子的背上直立起来，失声道："黑大王？！"

男人眯眼一瞧，似笑非笑："哟？小白龙怎么变成一条麻绳了？来，我接你们去花果山。"

"啪！"龟公拍掉男人的手："他们带来的自然是他们的货物，怎么卖不得？而且，在我们妓院，谈好价钱就完成了交易，谁都不能搞破坏。你如果有意见，就去请卖妖或者大魔王评理。"

黑大王一怔，说道："你可知道我是花果山——"

"谁知道你是谁？"龟公直接打断他的话，"还花果山？！我本是灯下黑最好的匠人。若不是孙猴子把我铁匠铺里的兵器席卷一空，害得我血本无归，我何至于沦落到在妓院当龟公。你记住了，在灯下黑，大魔王才是我们的规矩。"

说完，他朝乐风眨了一下眼睛，然后走进妓院准备烧鸡。

"算了。这只大马猴我不要了。"黑大王轻轻一脚，老马猴的头就被踢飞了，血溅了骡子一身。乐风目瞪口呆。

"你们呢？是乖乖地跟我回去，还是？"男人威胁他们。

"他是谁？"骡子悄悄地开始向后腾挪。

"驱神大圣。我们叫他黑大王。"白绳想喊"跑"，但它的身体因为恐惧而僵直，喉咙也干涩无比。它知道禺狨王和其他大圣不同，此人修法不修心，空有一副人的皮囊却浑身兽性，时刻处于一触即发的暴怒状态。

怎么办？千钧一发，刻不容缓。

"终于找到你们了！放下那头骡子！"侯爷在远远的街头号叫。

与其形影相伴的人熊弓身跳跃，连滚带跑地冲向他们，目露凶光："为了你们这单小生意，我跑了一天一夜，浪费我身上多少油膏啊！"

"竖子休得猖狂。我们花果山黑大王在此，我们才不怕你。是吧，大王！"白绳叫板人熊，然后拖着骡子和乐风往黑大王身边靠。

黑大王面露厌恶之色，但白绳说得好像也没错，他是花果山的大王之一。

"谁敢拦我？！"人熊扑至黑大王跟前，张臂直立，十爪生光，威风凛凛。

"蠢货。"

黑大王甩出一掌，如风吹草动般漫不经心，把人熊直接拍到了地上。再回头一看，一个陌生的影子领着骡子夺路而去！

"幼稚，怎么可能跑出我的掌心？"黑大王正要施展移行换影之术将对方拦下来。

"何方贼子坏我好事？"侯爷冲上来，一把抱住黑大王的双腿。黑大王居然"扑通"一声摔得四仰八叉。

"什么人？！"黑大王站起来，吼得地动山摇。人熊和侯爷居然不见了。

骡子他们也失去了踪迹。

"跑快点，沿着阴影跑。那个妖怪的法力好像很高。我们必须隐蔽，必须快！"尾喜在前头带着骡子狂奔。

骡子的眼泪、鼻涕和舌头都被甩了出来："你这是什么速度？！一个小孩跑这么快！"

"谢谢你第二次救我们。"乐风的声音在狂风中飘散。

"为什么你总能知道我们遇险？"白绳有点疑神疑鬼。

"我一直离你们不远！"

"为什么在我们附近？"白绳紧接着抛出另一个问题。

"我方才离开之后，细思许久，觉得将理想托付给你们最合适了。"

"是吗？但我不需要你的理想。"白绳看着尾喜狂奔的脚步，觉得他的法力应当不低。但是，为什么他的步伐全无章法？他在掩饰什么吗？

"我也不需要。我的理想就是每天可以好吃懒做，又不愁吃穿。"骡子急忙表明自己的态度。

"我没指望你们。你呢？乐风。"

"我？我不是很理解你的理想究竟意味着什么，我只想大家都平安、快乐。我也希望能帮助你实现理想。"乐风觉得自己词不达意，他有点受宠若惊，有点彷徨。

"是啊。你还是个孩子。但也只有你了。"

他们在一座巍峨的宫殿门口停了下来。

尾喜喘着气说："那个妖怪的法力太高。恐怕在灯下黑，只有这里是最安全的，没有人可以在大魔王面前放肆。"

"你是说，这里是大魔王的宫殿？"骡子诧异地看着眼前破败的庞然大物，以及那无人把守的大门。这里看起来更像一处无人打理的前朝遗迹。

"对。进去吧，想办法让大魔王觉得你们有趣，他就会庇佑你们。这是唯一的活命机会。"

"要卖身为奴吗？"骡子忐忑地问道。

乐风很害怕："我们会被制成药丸吗？"

白绳问："你不愿在大魔王手下为奴，是因为他会伤害你的性命吗？"

尾喜摇头："并非如此。大魔王喜欢拿人取乐。花果山的妖怪是货物，没有选择的权利。不过，卖身给大魔王的人是奴仆。大魔王会以尊重和关怀为名，了解你的人生追求，然后安排失之毫厘、差之千里的工作玩弄你。"

"比如呢？"骡子问道。

"我们第一次见面时，追我的那群莽汉告诉大魔王，说他们喜欢招摇过市的生活，最好能委以治理街道的重任。于是大魔王安排他们当了清道夫和更夫，日日夜夜扫大街。"

"那你呢？你为什么会将自己出卖给大魔王？大魔王给了你什么工作？"白绳问。

"我？"尾喜有些尴尬，"我不知道自己从何处来，只知道自己睁开双眼的时候就是大魔王的奴仆了。我虽然不知道过去，却知道自己所憧憬的未来。所以我告诉大魔王，我希望从事和理想相关的工作。"

"结果呢？"白绳追问。

"结果，那个浑蛋让我每天在各个街头做超过八个时辰的演讲，题目就是《谈谈如何在大魔王的指引下实现理想》。整个灯下黑的人都在笑话我。后来，我禁不住这种侮辱就逃跑了。而且，只要有机会，我就破坏大魔王的各种交易，借此报复他！"

"好吧。确实是一份羞耻的工作。"连厚颜的骡子都不得不赞同尾喜的看法。

尾喜催促他们："快进去吧，我怕他追上来。"

"你不进去？"乐风问他。

"不。我不能被大魔王再次羞辱，宁死不屈。你们走吧。记住，不到万不得已，不要卖身为奴。"

"我会努力的。我也不想做奴隶。"

骡子他们忐忑地闯入眼前这座奇怪的宫殿。

"哪里走？！"

一团红色火焰裹着黑烟从天边如流星般坠落，强大的气流把尾喜掀翻。

黑大王目如闪电，他伸腰跺脚，火瞬间熄灭。

他又大喊一声："哪里走？！"

强大的音浪炸开，穿过宫殿的三道门。

骡子的脑袋如遭重锤，耳朵流出了血。

"尾喜怎么办？"乐风用手塞住骡子的耳朵，忧心忡忡。

"我去看看，你们快往深处跑。"白绳落地折返。

尾喜呈"大"字形拦在黑大王面前，他已做好一切打算，包括死亡。

黑大王无视他："滚开。我不想在灯下黑溅无谓的血，省得那只肥猪发脾气。"

他微步向前，一晃就晃到尾喜身后。他要再往前走，尾喜却向后翻了个跟头，再次拦住他的去路。

尾喜发抖，这是羊羔面对猛兽时本能的畏惧。但是，他决心用"稚嫩的角"挑战敌人的獠牙。

"找死。"黑大王皱眉。他横扫一脚，势同巨浪推山，被挤压的风如一把铲子劈向尾喜。

尾喜看不见无形的风，但看得到风携尘土，如沸如扬。他猛地一蹲–倒立旋身，双腿向上一蹬，拔地而起，将风刀斜推向半空。

"砰"。宫殿的石壁被砍出一道巨大的裂缝，就像咧嘴的嘲笑。

尾喜的双腿一软，脱力坐到地上。

黑大王扫了他一眼，径直向前走。

尾喜以手代脚，再翻一个跟头，还是拦在黑大王面前。

黑大王发怒，举臂下压，呈擒龙之势，要将尾喜撕成碎片。

尾喜分毫不让，向上斜击双掌，以力碰力。二人十指交错、咬合，四手纠缠，竟然僵持了一会儿。

这大出黑大王意料："何方妖怪？竟有几分本事！"

尾喜无暇说话，他已是强弩之末，只要开口必定气泄力竭。

黑大王厌他痴顽，已生杀心。他先以蛮力将尾喜十指的指骨尽数夹裂，尾喜闷声不吭，手掌前推，拒敌的力气又增几分。

黑大王再运劲，双手左拉右扯如长弓横张，欲将尾喜撕成两半。

既然横竖都是一死，那以卵击石又何妨？尾喜的双目中闪出决绝的寒意。

"什么？"黑大王吃了一惊。

尾喜陡然间屈膝腾空，翻身自断双臂筋骨，以摆脱钳制。一仰一俯，头落如石锤，猛烈地撞向黑大王的天灵盖！

"哐"一声闷响，尾喜居然将黑大王撞倒在地，震得尘土飞扬。他自己也昏死倒地。

白绳借尘幕游近尾喜，将他一卷，迅速带进宫殿。

黑大王满目重影，难以相信自己会被无名小妖击倒，蒙了好一会儿才回过神来。

"该死！"他大叫一声，冲入宫殿。

大魔王的宫殿有房千间，门户大开，奇珍异宝在各个房间堆积如山，还有一些房间中只有炼丹炉在孤零零地烧着火。

大魔王欢迎任何人到王宫和他进行任何交易。

千间房如出一辙，大约象征一成不变的生活。"大魔王在哪儿？"骡子只顾足下生风，想将危险抛在脑后，而乐风目光如炬，众里寻他。

他们看到狮子精和蛤蟆精等群妖正在一间丹房内大快朵颐。群妖或许不知道，那是最后的早餐。骡子没时间停下来提醒它们，黑大王的怒吼隐隐约约从身后传来。

终于，他们在一扇殿门前看到了伫立的买妖和卖妖。乐风拉着骡子，不顾三七二十一，撞门闯殿。二妖没有阻拦他们。

两人一个踉跄，扑跌在地。宫殿内遍地是汗牛充栋的古怪宝物，只中间留出一条通道。通道的尾端是一个巨大的白褐相间的螺纹王座。王座上的人身长约丈余，宽七尺有余，不见手足，仿佛巨人的一根蜷缩的大拇指，指头上有两只小眼睛和一张小嘴巴。

骡子深感震动：这到底是什么怪物？

"您是灯下黑的大魔王吗？"乐风仰视而问。本来他还想诚恳地与大魔王对视，奈何大魔王的眼睛太小，又飘忽不定。

"嗯。啊，一只小猫妖、一只鳖精？有点意思的组合。你们有何出彩珍宝或者奇特的表演献上吗？已经很久没有人敢到我这里来了。"

大魔王声细如飞蚊挥翅，虚弱地再次强调："自从我生病以后，就没有人敢来了。"

"为什么呢？"乐风问他。

"我患'了无生趣'之病多年，只欢迎能给我带来乐趣的人。如果不能给我带来乐趣，我会把他杀掉。"

"杀……杀……杀掉。"骡子吓得口吃起来。

乐风大吃一惊，想恳求大魔王高抬贵手。他想到了自己体内的金丹，询问大魔王："我体内有三颗金丹，不知道能否治愈您的疾病？"

大魔王的小眼睛盯了乐风的肚子一会儿，说道："好无聊，好无聊，这样的金丹在凡间虽然稀奇，但我想要的话随时可以找道德天尊换上一两壶。况且，金丹和你已融为一体，取出来好费事。"

"那如何是好？"骡子小心翼翼地试探，"您喜欢看表演吗？比如吞剑、吞火炭、吞烧红的铜汁？"

"无聊。我快没耐心了。"大魔王越来越小的声音中带着一丝寒意。

乐风和骡子心跳如擂鼓。

如果他只是害了普通的病，或许还有方法。

乐风硬着头皮问："不知道您的病症如何？如果您可以详细阐述一二，或许我有办法。"

"嗯？你若信口雌黄的话，可是会被我杀掉的哟。"

求见大魔王的妖怪好比过江之鲫，乐风是第一个夸下海口要给他治病的。

大魔王突然有了一点点兴致："我是一个年纪很老的妖怪了。老到什么程度呢？就是和我同时代的妖怪，现在几乎都变成化石了。只有女娲手下的一只老龟精还活着。不过，这几百年我没见过他，没准儿他已经被人做成算命的龟板了。"

大魔王接着说："可是活得越久，我越发觉得生命太长、世界无趣。为了忘记生活的空虚，我行遍四大部洲，挖过矿、卖过老鼠药、刨过坟墓、开过当铺、造过反、当过王侯将相，也做过祸害一方的邪魔和救苦救难的神仙……可谓珍馐百味、世间风情，几乎一一尝尽。

"最后，我不幸地发现，自己开始烦腻百味、厌倦人生，患上'了无生趣'之病，余生只想安安静静地等死。奈何我的生命周期漫漫无期，我想过自寻短见，但因为怕疼作罢了。"

骡子忍不住暗自吐槽："烦腻百味还这么胖，你就吹嘘吧。"

大魔王听到了，他的耳朵像鸡耳朵一样深藏不露，但非常灵敏："我是体虚发胖。喝水喝风都会变成肉。小小鳖精莫要再放肆。"

他接着说："有一日，我无聊地躺在海上随波逐流，十数年后被潮湿的海风推到了灯下黑。当时傲来国制造了买妖和卖妖这两个妖鬼把守灯下黑。他们一个代表买方的利益，一个代表卖方的利益，能够掌控发生在灯下黑的一切买、卖之事，可以随时为有纠纷的人主持公道。看到他们煞有其事地利用公平的规则来保证诸人可以持续作恶，我被深深地吸引了，也对摆弄人性这件事情萌发了兴趣。"

"我知道。"乐风举手，"买妖、卖妖就像市集上的公平秤。"

"对。我降服了卖妖和买妖，就相当于统治了灯下黑。后来，我不断地扩大这里的规模并改良经营方法。但是，大概六百年前，我发现即便是灯下黑，也不可避免地陷入僵化模式。我也越来越懒，对什么都提不起兴趣。算起来，我已经有四百五十多年没在这个王座上换过姿势了，体重也增加了不下十倍。我想，再过几百年，我应该会变成一块石头吧。不过，没准儿我变成的石头在遥远的千万年后又可以生出一个大妖怪，这样或许也有点意思。"

"那您再讲讲您的用药史？"乐风心里想起师父之前遇到的一个病例。

"我最不喜服药。只是在和花果山的黑猴子谈以妖怪交易兵器的买卖时，他的随从——一个病态的鬼魂——给了我一个方子，可以把妖怪炼成七情六欲丹。服下这种丹药能令人飘飘然不知所以、精神亢奋，我借此来缓解厌世的情绪。"

"不知道您是否允许我为您把脉？"乐风听他诉说自己的症状，逐渐有了一些把握。

"嗯。随便吧。希望你不要太无聊。"魔王的身体分化出一只圆圆胖胖的小短手，其五指已经退化，就像一截硕大的粉藕。乐风慢慢地爬上了他的手臂。

白绳拖着尾喜火急火燎地冲进殿里："黑大王、黑大王在后面。"

大魔王注视着尾喜："啊？他死了没？他们好不容易碰上，这么快死就不好玩了。"

"百骸俱裂，恐命不久矣。"白绳对大魔王说。

"尾喜？"乐风急了。大魔王用另一只手拍拍他的屁股："安心诊脉，我不会让他死的。"

"把他放到那口棺材里。对，就是西南角那口红色的小棺材。那口棺材是用黄泉土和一个大妖怪的血烧制而成的，有回光返照之妙，可以为他续命。"大魔王指挥白绳，又传令二妖："买妖、卖妖，不要让别人打扰我们。"

"遵命。"

乐风虽然担心尾喜，但是当下给大魔王治病才是最重要的事。他专心致志地在大魔王的小短手上摸来摸去。这只手比他整个人还稍稍庞大几分，皮肤光滑而有韧性，就像一条深海大鱼。

"终于摸到你的脉搏了。"乐风大汗淋漓地说道，"我有医治的方法，但要配合针灸和放血治疗，会比较疼。"

"会疼啊？要多久见效？"

"一个时辰见效。若你遵从医嘱，一个月后应该可以痊愈。"乐风一边掰着手指头，一边不确定地说。

"好无聊，要等好久。一个时辰的话，买妖和卖妖可能支撑不住。"大魔王喃喃自语。

"你，"他的胖手指向白绳，"去东北角找一个三爪龙纹阔口壶，内盛有金黄色液体。你进去泡一泡，可以解除法力的封印。然后你去帮买妖和卖妖抵挡黑猴子，至少一个时辰之内不能让他闯进来。"

白绳至此才确认自己被人封印了部分法力。到底是谁干的？它在海上游走的时候曾经遇到过一股逆向的怪风。是那个时候吗？

不过，它现在没时间细思了。它眼明心亮，找都不用找，一跃而起，"扑通"一声扎入壶中。

只见壶中溅出热浪，一条矫健的小白龙腾空而出，威武的胡须挥洒着金色的水珠。

"这是什么宝贝，怎么味道如此古怪？"小白龙惊叹道。

大魔王想用胖手摸摸自己的下巴做一番称道，但他找了很久都没摸到下巴，叹了一口气："没想到我已经胖到这种程度了。这宝贝名为帝王夜壶，乃南瞻部洲秦帝御用之物。后流转至东胜神洲，有九位帝王用过。壶中紫薇龙气生生不息，其中的尿液可以破除妖魔巫术，甚至增强法力。小白龙，你速速出去助战。"

骡子当场笑翻。乐风想安慰小白龙，但它脸色一沉，龙尾一扫，横风卷过骡子和乐风。小白龙随即如飞旋的箭矢射向屋顶，准备破殿而出，直接逃离灯下黑。

它可不想和黑大王为敌。花果山不能内斗是蛟魔王定下的规矩。

"咚"，一声清脆的巨响传来，血光四射。

宫殿的天花板坚若磐石，小白龙摔到地上，失去知觉。

大魔王面无表情："真是愚蠢，我的宫殿乃铜墙铁壁，怎么会被轻易穿透？你，小猫妖，东北角有扁鹊的银针和刀具，你取来为我治病。骡子精过来扶我。"

尾喜没死，他掉到了一个山明水秀的梦境里。

那里是花果山，飞泉成瀑，白虹贯日。

老猴王仰指大瀑布，威严地说道："你们大了。我老了，到退位让贤的时候了。我宣布，谁能率先进入藏在瀑布背后的水帘洞洞天，谁便是我的后继之人。"

群猴抬头，见百丈银光落深潭，激流汹汹，雪浪千寻。

他们窃窃私语，似有不甘，但最终还是纷纷后退一步。

这禅让的把戏老猴王每隔几年就要耍弄一番，至今依然无人敢试。

当猴王固然好，但小命更重要。

老猴王满意地点点头，大手一挥："非我老马恋栈，只是猴群不可一日无主。若无人愿意挑起重担，即便老迈，我也只能勉为其难，继续——"

他言语未尽，只听得"哗啦"一声响。

一只黑猴子扎入碧潭，影若游鱼，下沉失踪。

"我来也！"

瀑布对岸的断崖上不知何时出现一只黄毛猴子。他高喊一声壮胆后，决然地扑向瀑布，划出一道彩虹一样的弧线。

老猴王错愕，小猴子鼓掌，看热闹的不怕事大。

老猴王收起窘态，也缓缓地鼓起掌："后生可畏啊。可惜太冲动了。来几只大猴子，拉好藤网，准备捞尸。"

一个时辰之后，看热闹的猴子已经里三层外三层，但是两只猴子的尸体还没浮出水面。

老猴王难以置信地望着从天而降的瀑布，又低头望望幽深的潭水。此潭素无大鱼食尸，难道他们穿越瀑布进入水帘洞了？这可是花果山自有猴子以来从没有发生过的事。

水帘洞，水如注。

两只猴子梯挂于水帘洞前的绝壁上，黄猴子双手扒住洞口，他的尾巴上吊着一只黑猴子。二猴被瀑布的激流冲得左摇右晃、摇摇欲坠。

他们失败了。黄猴子没能穿过瀑布。黑猴子攀岩贴行至黄猴子身旁时，被他一尾巴甩得失足坠崖，不得以咬住黄猴子的尾巴，也悬吊于半空。

就在绝望的僵持中，一双灰色的强有力的手从洞内探出，拉住黄猴子的手腕，把他们拖进洞里。

两只猴子倒在地上，七窍吐出几股浊水，已经精疲力竭。

他们看到一只灰猴子倒挂在洞顶的石梁之上，两只招风耳上各打了三个耳洞，耳洞上挂有银环，叮咚作响。灰猴子的脸和屁股一样通红。

黄猴子大失所望："先入者为王。我们竟然输给了一只有六个耳洞的灰毛猴子！"

"浑蛋！不是你用尾巴暗算我，我怎会被人捷足先登？！"

"这不是重点，重点是我们输给了一个有六个耳洞的灰毛猴子。"

"浑蛋！不是你用尾巴暗算我，我怎会被人捷足先登？！"

"我×。你听不懂人话是吧？"

"你他妈才听得懂人话，我是正儿八经的猴子。"

奄奄一息的二猴手脚和尾巴并用，厮打成一团。

"喂喂，你们两个傻子打什么打？老娘又不稀罕当猴王。"

"当真？"两只猴子停下来看着她。

灰猴子尾巴一松，优美地翻了几个跟头，落在地上。她随手捡起洞中一个石碗，拿到洞前接满瀑布之水，放在两只猴子面前。片刻之后，水色荡漾，化作琥珀色。

她端起来一饮而尽："这石碗才是我稀罕的宝贝，可以把泉水化作佳酿。饮下之后，千般不愉快都会被抛诸脑后。所以，只要许我在这洞中任饮，管你们谁做猴王，反正我不当！"

二猴不信灰猴子所言，各取一碗，争相取水饮下。

酸甜苦辣梦，百味尽在碗中。

他们两个不胜酒力，转眼便晕头转向，拉起灰猴子的手载歌载舞。

"啦啦啦。你个黑小子，胸怎么变白了？"

"屁。我是灰猴子。你的手给我放规矩点。"

"哈哈，黑猴子在这里。黄猴子，你的屁股怎么变大了？"

"屁。我是灰猴子。你的手也给我规矩点。你们两个少借醉装疯！"

黄猴子的尾巴钩住灰猴子的脖子："我有一事不明。你柔弱，而瀑布湍急，如何进得洞来？"

"因为我的脑袋是脑袋，你们的脑袋却和屁股一样。此乃水帘洞洞天，冬暖夏凉，藏有宝器奇珍无数，自古就被历任猴王据为私宅。可你们何时见过猴王从瀑布外面跳进来？"

"那应如何进洞，莫不是你会飞？"

"猴王平日睡觉的老桃树的第四个树洞是一条暗道，可以直接进入水帘洞，此乃他们的不宣之秘。我便是从那里进来的。你们这两个蠢货也是命大，竟敢以最危险的方法进洞。"

两只猴子面面相觑，道："我们错了？可既是秘密，你如何得知？"

灰猴子摸摸耳上的银环："这对大耳朵可不是白长的。它能听风叙事，所以这花果山上没有能瞒得住我的奇闻秘事。"

二猴问她："既然你爱洞中的石碗，为什么不当猴王？当了猴王，洞中一切珍宝就都是你的私产了。"

灰猴子忽然羞涩地说："当猴王固然好。但我不能忍受的是，猴群人口减少的时候，猴王得带头生孩子。我怕生孩子太疼了。"

二猴对望一眼，突然抱着彼此滚地大笑。

"哈哈，你生过孩子吗？怕生孩子的母猴，还是母猴吗？"

"两只公猴子怎知道生孩子的痛苦，让你们笑。"

灰猴子拉住他们的尾巴，把他们拖到洞口，准备让轰鸣的瀑布将他们冲落潭底。

"好汉饶命！我们错了。"二猴抱住灰猴子的大腿，异口同声地说道。

"呸，口不对心。不准摸我的大腿。说，你们为什么要当猴王？讲得我欢喜，才放过你们，否则——"

"我先说！"黑猴子举起手，"因为我黑，所以我要当猴王。"

灰猴子像看傻子一样看着他："什么？黑？"

"我是白猴子家族唯一的黑猴子。因为毛发黑，同胞轻视我，连我的父亲都不喜欢我。所以我最大的愿望就是变成一只白猴子。我的母亲告诉我，如果成为猴王，不用风吹日晒，终日在树荫下悠闲地生活，就可以逐渐变白。"

黄猴子露出不怀好意的笑容："两只白猴子生下一只黑猴子？嗯，我聪慧的脑子已经发现你父亲不爱你的真相了。只是你确定，你是一只智力正常的猴子吗？为什么不试试滴血认亲呢？"

黄猴子话没说完，灰猴子一个巴掌就把他拍得五体投地、嵌入地里，省得他失言伤人。

"不要听这个傻子乱说，有时候我晒得太阳多也会变黑，你有空要多做美白。虽然你要当猴王的理由不是很充分，但我相信你肯定比这只黄猴子要优胜一筹。"灰猴子鼓励他。

黄猴子爬起来："去你们的。我还没说呢，凭什么他就比我高尚？"

"让他说。虽然我不喜欢听一只猥琐的猴子高谈阔论，但我不占他便宜。"黑猴子也骄傲地站起来，仿佛自己已经变成一只白猴子。

"你们听着。"黄猴子又喝了一碗酒，然后把石碗摔到了地上。他正要霸气侧漏地发表演说，灰猴子一巴掌横至，又把他打得五体投地。

"让你摔我的宝贝，让你摔！你会不会好好说话？"

"好好！我注意。"

黄猴子再站起来，但气势已经荡然无存。他有点不好意思地说："有朝一日，我若为王，会在花果山的山巅插一杆旗，告诉山上所有生灵，我只做管辖自己的王。不论衣食住行，我都将不假手于人。我要用十指摘下每一颗用以养活自己的果子，我要用双脚走过每一寸承载我生命的土地。我会让花果山的每一个生灵都和我一样无拘无束，让他们只属于自己和他们爱的人。从此凤凰不能管、麒麟不能辖，我们只做自己的王。"

灰猴子惊呆了，黑猴子也惊呆了。

"他是不是经常参加老猴王的'鸡汤'辅导班？"

"我不知道，反正我听不懂这种辅导班在讲什么，所以从来不参加。但是，我看他说话的时候似乎全身都在闪闪发光。我想，他的理想肯定比我的伟大。要不猴王就先让他当吧。我以后也要以这样高高在上的志愿作为自己的理想。"

"为什么？"

"这样好像比较容易骗到母猴子的崇拜。"

"你们要信我，我一定能做到！"黄猴子的酒疯到了高潮，四处喷口水。

"我证明给你们看，只要有理想，我们是无所不能的！"黄猴子大喊大叫。

"喂喂，你发什么疯，不要冲动！"另外两只猴子大叫。

黄猴子不容分说地拽住他们的尾巴，一个后腾加冲刺，三人雁阵一般冲出洞口、穿过瀑布，像三只大鸟般飞向蓝天。

"救命啊！"从高处坠落的失重让灰猴子和黑猴子在水空一色的背景里山呼海啸。

越来越近，风像刀子，坎坷的大地、奇绝的岩石和幽暗的波光都近在眼前。

三只猴子即刻摔得粉身碎骨。

"啊！"尾喜于梦中惊醒，他的头撞破了棺材盖。

"好疼。"他摸着脑袋，从棺材盖的破洞中挤出身来。

他看到骡子如同一丝不苟的仆人搀扶着大魔王，而乐风用银针把大魔王的脑袋扎成了刺猬。

"你们？我？发生什么事情了？"尾喜好像长高了，肩膀变宽了，肌肉的线条变得更加硬朗，也好像更黑了。

"在给你为奴之前我是谁？为什么我觉得对三只猴子很熟悉？"尾喜不解地问魔王。

大魔王的人中扎着几根银针，他说话变得谨小慎微，以防针头戳伤鼻孔："你梦见猴子了？既然如此，你该去面对抛弃你的人了。"

"谁？"

"黑猴子。"

一个黑影跌落。尾喜定睛一看，是买妖被踹进了大殿。

"谁敢拦我？！"

卖妖像轻盈的包袱一样也被抛进了大殿。

"我是谁？为什么过去之事历历在目、感同身受。我是他吗？"尾喜感觉灵魂在躯壳里无所适从，仿佛高大的身体被窄小的衣衫囚禁了。

"直面他，你将获得真相。"大魔王失声叫唤，"天哪，疼死我了。"

"别乱动，正是关键时候。"乐风呵斥大魔王，在他的肚脐眼儿上扎上第三针。

黑猴子一脚跨过大殿的门槛，未及落地，就看到赤条条的大魔王腋下夹着一头骡子，还有一个小男孩趴在他的腰腹之间。他愣住了。

"什么情况？"他还没来得及表达自己的疑惑，一双强有力的手臂突然像钢叉一样拦腰将他顶飞。

"来者何人？"今日真是见鬼了，黑大王在心中咆哮！

"买、卖二妖，速速出去助阵。"大魔王喊道。

"别再说话。我快找到你的会阳穴了。"乐风手持小刀，在大魔王背后一分一毫地试探。乐风的汗流了下来，魔王饱含油脂的汗水也流了下来，滴到乐风身上。他好像一个正在熔化的小蜡人。

"你到底是谁？"黑大王双拳敌六手，进退有据，节奏迅疾，且拳风绵密、诡异，好比名家挥毫泼墨，一气呵成，水泄而出，粗中有细，长里有短。对方虽有三人，竟然完全没有占到便宜。

买、卖二妖，他并不放在眼中，只是那个名不见经传的少年郎，每挨他一拳都露出一副若有所思和恍然大悟的表情，不仅不退，反而回扑得更狠、更快，完全是以搏击为乐。

少年郎和他一样长得那么黑，不禁让他想起自己在水帘洞的瀑布前练拳的模样。奔腾的流水总是不经意地倒映出他模糊而青涩的身影。

分神令他破绽百出，而每次几乎都被尾喜捕捉到机会回击。尽管挨打就像隔靴搔痒，但依然是对其权威的莫大挑衅。

他开始有点后悔没有携带宝器离山，否则一定能在顷刻间便将这些人碎尸万段。

而尾喜每挨一拳，就回忆起更多的事情。花果山，他的花果山，就这样被抛弃了。

他对他，他对他，都涌起一股莫名的不共戴天的仇恨。

乐风在大魔王身上找准会阳和会阴二穴，横一刀，竖一刀，中间开了个花。

放血，乐风收刀后撤。

大魔王的小短腿不堪重负地剧烈颤抖，他的胳膊把骡子夹得更紧了。如果失去这个支撑，他恐怕会跪到地上。

久违的疼痛推动凝固多年的血液循环奔走，大魔王的头脑如同满载的水桶突然被抽走一块木板，浑浊之感顿时倾泻而出。

半个时辰后，他轻松地甩了甩脑袋，发现消失许久的脖子再次出现了，颇有身轻如燕的感觉。

"小猫妖，好本事啊！我要许你三个愿望，只要你有所求，上穷碧落下黄泉，我都将为你实现。"

大魔王想走过去抱抱乐风，这才发现脚下黏稠、寸步难行。

乐风开刀放血，放出了他身上大部分多余的油脂，堆积起来居然有三尺之厚。

"哈哈。让你见笑了。"

"大魔王大人，你别笑了，先把我拔出来好吗？"骡子已半截入土，被油脂埋住了。

"你是何处鼠辈，如何知道我的拳法？"黑大王的呐喊颇有雷霆万钧之威。

尾喜一言不发，只在黑大王一次又一次地将他击倒在地时，出其不意地一拳打在他脸上。

"救他！救救尾喜，救他。"乐风用惊恐的眼神哀求大魔王。

大魔王面露难色。他深深地一呼一吸，胸膛如风箱般起伏，似乎天之清、地之浊都在七窍的吞吐中循环往复、生生不息。他全身的毛孔开始收缩、扩张，散出一股灼热的蒸汽，所有的油脂都被消融。他缓缓地迈步，向前走来。

此时乐风才看到他的庐山真容，一个身高丈二、四肢短小、毛发油亮、脑门儿奇凸的男人，活脱脱一副为富不仁的嘴脸。

"救救尾喜。帮我实现这个愿望。"乐风再次哀求大魔王。

"也救救我吧。"骡子躺在一旁呻吟，它快被大魔王的热浪熏晕了，"我好像中暑了。"

大魔王伸出手拍拍乐风的脑袋，歉疚地说："他们二人相遇，犹如两虎争山，必定不死不休，而尾喜远远不是黑猴子的对手。而且，击败黑猴子，对我来说也力有不逮。"

"你帮帮他。"

"你是我的大夫，应该了解我的身体状况。我大病初愈，失血去肉已过半数，如今若贸然出手，未必能够制住黑猴子，反而会给他可乘之机，到时恐怕连你们也保不住。况且尾喜不是一个独立的生命，如果黑猴子被杀，他也将不复存在。因为我的无能，无法实现你这第一个愿望。这样吧，我答应为你完成四件事。如此可好？"

黑大王发出穿云裂石的咆哮，这是一种古老而奇特的声音，尖锐高昂，不像龙吟，震耳欲聋又不似虎啸。它像无数的连环雷，像一个雷追着把另一个雷打碎时发出的摄魂之音。

乐风一怔，竟然不自觉地尿裤子了。

"开始了。"大魔王淡淡地说，"黑猴子开始施展驱神之术了。度劫的大妖鬼和天人五衰的神仙，在最后关头都会遭遇这摧人心智的磨难，如果躲避不过，可是要神魂俱碎的。"

大魔王从身上抹下一块油脂，喂进乐风嘴里："吃下去，然后捂住耳朵，否则这个声音会伤到你的魂魄。"

屋外的三人被彻底压制。

黑大王的手长过膝，配合他的吼叫，挥臂如鞭，落臂如锤，每一次出手都有粉碎山峦的力量。买、卖二妖将避将战，不敢力敌，只有尾喜毫无畏惧，以血肉相搏。

大魔王突然早有预感地举起双掌，买、卖二妖刚好被踹进大殿，被他一手一个地托住。

"你们难道还不如一根毛？出去再战！"他眼中闪出荧荧之绿，两道热流输入二妖体内。

买、卖二妖瞬间被大魔王气势如虹地推了出去。

"小猫妖，我头上的银针可以拔掉吗？这针扎着穴位，让我的一腔热血和油脂源源不断地外泄，这个时候可不利于对敌。"

乐风爬到大魔王的身上，把他脑袋上的银针逐一拔了下来。乐风人刚落地，"扑通"两声，买、卖二妖又被打进大殿内，而殿外的打斗声戛然而止，尾喜挥不动拳了。

二妖挣扎爬起，挺身再战。乐风担心尾喜，也想冲出去。

大魔王一手把他提了起来："别乱跑。如果实在不行的话——"

"跑吗？"骡子适时地插嘴问道。

大魔王不情愿地说道："我们只能暂时回避了。这条疯狗，看我将来怎么收拾他。"

小白龙忽然苏醒过来，它预感到主人正在不远处，不禁昂扬龙躯，疯狂地呼啸，两条长长的胡须当空飞扬。

大魔王抬头仰望宫殿的穹顶，仿佛能洞悉殿外之事："又来一个？三个，要这么热闹吗？"

一条白蛟如定海神针般直落大魔王的宫殿。

穹顶被砸穿了。蛟魔王站在大魔王面前，他眉头一紧："你怎么瘦了这么多？"

蛟魔王飞至乌江两岸没有寻见小白龙，正在折回花果山的路上，听到黑猴子在使用驱神之术和小白龙求救的鸣叫，才发现他们竟都在大魔王的宫殿里。

大魔王不悦："有你这么闯入别人宅子的吗？破这么大的洞，我要怎么补？"

蛟魔王答得理直气壮："我不想和黑猴子直接照面，你这里又没有后门，我还能如何？你的屁股怎么了，为什么在流血？"

"这个小猫妖在给我治病。"

蛟魔王看到了乐风和骡子："你们怎么在这里？"

他又扭头问小白龙："我不是让你带那个男人来救青道士吗？为什么带了这个小孩和一只江鳖来？"

小白龙俯首，道："青道士家里只有他们二人，我找不到那个男人。而他们又坚持前往花果山，我便带来了。"

"愚蠢！"蛟魔王呵斥道，"两个小妖怪能有什么用？徒增无谓之死。"

"不是的。上次我没救回我师父，这次我一定可以救我师伯！"乐风说得斩钉截铁。

蛟魔王瞥了他一眼，这时殿外的黑大王狂吼一声，一阵黑光闪耀，连殿内都被一重阴影笼罩。蛟魔王伸手一抓，小白龙隔空化作一杆白缨枪落入他手中。

殿内泛起一道白光，将黑光压了出去。

他们都知道彼此间只有一墙之隔，如果发生冲突，那就是花果山的分裂，他们谁都没有这个勇气。

片刻之后，一道黑光破墙而出，宫殿里突然变得风平浪静。

大魔王冷笑道："看来他也不想和你撕破脸。"

蛟魔王腾空而起："我和他的矛盾，是花果山兄弟间的矛盾。但是，你拿我花果山小妖炼丹之仇，等你痊愈了，我们再做计较。"

"那明明是你们求我做的买卖。你们这些土匪、山贼一般的妖怪最没有契约精神了。"大魔王对他嗤之以鼻。

"喂，还有我们呢！"骡子提醒蛟魔王带上他们一起回花果山。

蛟魔王冷冷地道："让大魔王送你们回家吧。花果山不是你们该去的地方。"

言未毕，人已急飞而走。

"看来他和你们还是有些交情的。"大魔王对乐风说道，"否则他不会冒着和黑猴子内斗的危险进来救你们。"

"他是乐风那死鬼师父的相好。"骡子走过来说。

买、卖二妖体无完肤地走进殿内。乐风急忙赶过去抓住他们的腿，问道："尾喜呢？尾喜呢？"

买妖张开手掌，掌心是一根黑色的猴毛："他在这里。"

"这是什么？"

"他的真身。他已经死了，如今已现出本相。"

"为什么？尾喜是毛毛精吗？"乐风眼角流出了泪。

大魔王拍拍他的后背："不要伤心。他原本就是黑猴子的一根猴毛变成的，如今只是变回一根毛罢了。"

"那他为什么不帮助黑猴子，要帮助我们呢？为什么他是你的奴仆？"

"黑猴子和我做过三次交易。第一次是在两百一十多年前，当时花果山是一片世外桃源，还不是鼎盛的万妖之国。有一天，黑猴子取了水帘洞里的宝贝来找我，要和我换取另外一件异宝。但是，普通的宝物我怎么会放在眼里？"大魔王陷入回忆，"现在想来，那时花果山还是一个挺好玩的地方。

"我拒绝了黑猴子的请求。三天后，他再来找我，提出可以用自己的寿命来交换那件宝贝。可是一只猴子的性命算什么，一点都不好玩。所以我又拒绝了他。"

"他要换什么宝贝，连命都不要了？"

"那是一件可以改变花果山命运的宝贝。后来，黑猴子又屡次纠缠我，于是我想到一个可以让他知难而退的方法。我知道他最珍视的东西就是理想和友情，就提出让他拿二者之一来交换那件宝贝。

"他在我门前纠结了一天一夜，那囧样实在太有趣了。最后，出乎意料地，他居然同意出卖自己的理想。当时，我以烧蓍草占卜的方法窥得天机有变，知道花果山将有搅弄风云的一日，于是我就答应了他。"

大魔王脸上浮现诡异的微笑："我当时拔了他一根毛作为容器，将他的理想褫夺了。等他离开后，我将这根毛变成了尾喜。"

乐风很不开心。他疑惑地盯着大魔王，一直摇头："为什么你要这么做？这好残忍。"

大魔王大笑："因为我想知道，一个有抱负的妖怪抛弃理想之后会变成什么样。我也很期待，当被抛弃的理想化作人形与他的主人相遇时，会产生什么火花。

"他们会像久别重逢的父子，还是反目成仇的怨偶？事实证明，当一个人看到他抛弃的、再也找不回来的理想时，他将不再热爱它，不再珍视它。他会嫉恨、恼怒，会厌恶对方，仿佛对方的存在就是对自己的一种羞辱，必须完全毁灭对方才能获得平静。"

"你好可怕。"乐风畏惧地远离他。

大魔王耸耸肩："不，孩子。我这里讲究等价交换，他得到了一件至宝，而我只是从他身上拿走了一点乐趣。这很公道。"

"他死的时候希望将自己托付于你，应该是希望你能带着他离开灯下黑。"买妖对乐风说道，然后把那根毛放到了乐风手心里。

"尾喜？"乐风轻轻捧着他，喊了他一声。那根毛招摇了一下，"吱"一声变成了灰烬，融入乐风掌心。

"让弱小者和强大者平等，让卑微的努力得到尊重，让脆弱的规则得到遵守。"乐风呢喃着尾喜说过的话。虽然他不理解，但他忽然觉得尾喜火热的心仿佛跳动在自己的身体里。

乐风盯着大魔王："既然你答应许我四个愿望，我请求你让我师父快点变回人形，以及救回我师伯。"

大魔王又为难了："你的师父是南瞻部洲的柳妖吗？我听说过他的事。但恢复人形是怎么回事？"

"我师伯把他救了回来，但他现在还是一棵小柳树，我想让他快点长大。"

"嗯？如果只是魂归地府，还可以通过行贿地府官员将其赎回。但是，他连魂魄都已经化作灰烬，如何被救回来？"大魔王在心里暗自盘算，又看看骡子别扭的神色，已经猜想到一二。

"既然你师伯救回了他，那么也就只有你师伯才能让他快点长大。"大魔王敷衍道。

"为什么我说的愿望你都不能实现？"乐风抱怨。

"好吧。让买、卖二妖作证。为了补偿你，灯下黑将永远为你开放。你求的四件事，我都将竭尽全力为你去办。"

"那你放了花果山的狮子精它们，然后帮我救回我师伯。"

大魔王点头："买妖，你去放人，然后先带他们两个启程前往花果山。我稍作准备就跟上。"

乐风骑上骡子："那我们启程了，你记得每隔一个时辰就用银针扎太阳穴，让自己的血奔跑起来。如此一个月后，你就会痊愈了。"

"嗯。去吧，我的小神医。卖妖，你扶我到街市上，我要去外面找个人。"

两支队伍于是分道扬镳。

买妖是个温柔的人，他牵着骡子，踏云步空向花果山而去。

"为什么你一个小孩子会懂得如何医治我们大王的病？"买妖忍不住问乐风，"之前我们从各地请过那么多名医，都断不了他的病症。"

乐风附在他耳边悄悄地说："以前我师父也行医治病，他教我医术就是从治猪、狗、骡、马开始的，治人我还真不会。你们大王的情形和我师父以前遇到的一个病例非常相似。当时王二狗家的种猪病了，赖在猪圈里不动，只吃饭长肉不播种，整日阴沉欲死。

"我师父看了之后，说它是因为生活过于无忧无虑、饱食终日，导致过度肥胖，而肥胖之后筋脉堵塞，造成头部多油、缺血，自然阴郁厌世。后来我师父开刀给猪放了三大桶油才见到血，又让一匹马拉着猪跑了三天三夜，才治好了它。"

"难怪了。"买妖点头，自言自语，"那些大夫再高明，也不敢告诉我们大王他是得了和猪一样的肥胖病，才会觉得了无生趣。"

乐风拍拍骡子脑袋上的肥肉："人还是要多活动、多锻炼，才会觉得世界欣欣向荣、充满生机，否则眼前就是一片黑暗。"

"滚。不要指桑骂槐。老子天天被你们骑，活动得已经够多了。"

另一边，卖妖扶着大魔王来到灯下黑的尽头，尽头之外是高耸、黑峻的山脉，山脉的另一端是通往北俱芦洲的怒川。

断了一只手的侯爷被他们赶上了。

大魔王开口："既然来了，为什么又要匆匆离去呢？我就说是谁在捣乱，封印了小白龙的法力，又设计把那个小鬼赶进灯下黑，进入我的宫殿，还能让我一时察觉不到？"

侯爷把人皮一撕，扭过身来，居然是一个眼大鼻高、高挑貌美的女子。她身姿落拓，好比寒风中的雪松。她的耳垂饱满圆润，耳朵上打着六个耳洞，挂着六个银色的圆耳环。

"我知道你之前在找我，想让我用听风叙事之术帮你找到治病的方法。这不，我已经把能够给你治病的人送上门了。难道你还要怪我？"

"治病没错，只是治病之法着实让我痛苦不堪。"大魔王擦了擦屁股上还在流的油脂，"而且，我不明白你为什么要用这种方法让我去帮那个小猫妖。难道就是为了让我卷入花果山的纷争？"

"我与他们割袍断义时说过，从此花果山如何与我两不相干，所以我再也不会插手花果山之事。你不同，你是一个多事的邻居，哪里有热闹，你都可以插一手。"

"你到底有什么打算？"大魔王步步逼近她。

"既然我们追求的事业已经步入歧途，那么万妖的花果山时代由我们开启，就由我们来结束。让我们把自己当成薪火，在全新的时代拉开大幕之前，为他们照亮一段黑暗的路吧。"

"神经病！你到底在风中听到了什么？你告诉我，我可不能任人摆布！"

"我听到，你、我都在此劫之中。"

两只乳白的触手突然从地底钻出，像一圈一圈的铜环，套住了这个奇怪的女子。

"我从来不怕灾劫，女娲补天的时代我都经历了，还怕什么呢？大不了就是一死。我感兴趣的是，你身上是否也有这件东西？"大魔王从层层叠叠卷着的肚皮之下掏出一青灰色的尾巴状皮套子。

"我就知道黑猴子把黄猴子的另一部分胎衣给了你，你才这么与他为善，还提供兵器给他。"

"如果你也有，不如拿出来交换吧，我照样可以为你鞍前马后。"大魔王笑眯眯的胖脸挤成一团，触手却越捆越用力。

"你个黏糊糊的蜗牛精，还是笑得这么恶心。我纵使有胎衣，也不能给你。失陪了！"女子冷冷一笑，忽然化作微尘融入风中，飘散无影。大魔王的触手无力地掉在地上。

"哼。通风大圣果然名不虚传。"大魔王收回触手，又揩了揩屁股上的油脂。

"走吧，拉着我跑几圈。"大魔王吩咐道。

狮子精、牛精和蛤蟆精带着群妖走出了灯下黑。它们爬上高耸的山脉，准备前往北俱芦洲。

"听说那是一个严寒、地广人稀的地方，奉行弱肉强食的森林法则，没有尔虞我诈。这样的地方最适合我们了，我们抱团生存，应该能占一个山头。"蛤蟆精憧憬地说。

狮子精想了想："言之有理。只是我们谁是老大？"

此问题一出，看似和睦的群妖顿时拔刀弄枪，相互仇视，随时要决出一个高低。

"谁是老大？谁站出来告诉我，逃兵应当如何处置？！"一个讨人厌的问题被抛了出来。

"谁是逃兵？谁在说话？找死吗？"牛精怒吼。

"是我。"远处，巨石阴影下有一个人。他太黑了，以至于它们没有发现他。这么黑的人只有一个。

"黑大王！"狮子精最先看出对方是谁，惊得连连后退。

"你们说得很好。找死？逃兵就是找死。"黑大王慢慢地走出阴影。

"我们不是逃兵，是花果山卖了我们，该死的花——"蛤蟆精永远没办法把这句话说完了。

黑大王驱神的巨臂挥过，蛤蟆精化作肉糜。

退无可退，群妖蜂拥而上围攻黑大王。它们虽然各有奇技，但不懂得配合。

不过一盏茶的工夫，群妖无一幸免，全部命毙当场。

"倒也有些本事，早知道就不卖你们了。可惜花果山不能有污点。委屈了。"

黑大王抹掉脸上的血渍，从耳朵里掏出一朵花果山的小花，抛在它们的尸体上。

寒风猎猎，他要回去再和青道士谈一谈了。

嫁还是不嫁？

第十章

花果山

• • •

　　山上第一个冬夜，天黑黑、地黑黑，极目所至，不见五指。直到第一片蓬松的雪花飘落，然后是第二片、第三片，仿佛漫天的星辰坠落深海，黑暗的世界才被照亮。

　　迤逦险峻的山脉在辽阔的天地间露出真容，如同一头骨瘦嶙峋却桀骜不驯的野兽。

　　万妖的圣地花果山，粉墨登场。

　　幽暗的洞府内，被囚禁的青道士越来越虚弱，只能勉强维持盘坐的姿势，连抬一抬手都需要费时酝酿。

　　湿漉漉的黑猴子进入洞府，刻意让声音显得温柔："青妖，你还没想清楚吗？"

　　青道士面有愠怒而不语。黑熊精所化的黑色披风突然睁开双眼，骂道："滚，我们宁死不屈。"

　　"我要娶的是青妖，关你黑熊精什么事？你能代表她吗？"

　　"我和青道士不离不弃，你有本事就把我们都娶了。啊呸，一时口快，不是娶，是把我们都杀了。"

　　"你这个不要脸的黑熊精，还想我娶你当二房？"

　　"啊呸，我都说是口误了。我就算喜欢男人，也不能是你这个毛茸茸、黑乎乎的东西。"

　　"你难道就不是一块长毛的黑炭？"

　　"有本事脱衣服比比！"

　　"脱就脱！"

　　青道士用尽力气吼道："你们这两个四肢发达、头脑简单的东西给我闭嘴。听着！第一，老娘不会嫁；第二，老娘也不会死！"

黑猴子收敛怒容，说道："此洞外有我座下伥鬼镇守，内有我的封印，即便大罗金仙到此，也会被不断吞噬法力，最终形骸俱毁。你何必负隅顽抗呢？"

"黑猴子，你当我是死的吗？我会保护她的。"

"你只是一个饭桶，不出十日就会被此封印化作一摊'米田共'。"

"米田共？什么意思？"披风低声问青道士。

青道士歪歪斜斜地在披风上写下一个"粪"字，说道："现在懂了吗？没文化的人，连吵架都吵不过别人。"

"死猴子，有本事放我们出去，真刀真枪打一场！"披风骂起来。

二人又要吵架。伥鬼毕恭毕敬的声音忽然在洞外响起："大王，有人直闯水帘洞，恐是为青妖而来。"

黑猴子轻轻颔首，再问青道士："你真不答应？"

青道士没有应他。黑猴子又说："我先会会敢为你闯花果山的人，再来商议婚事。"

第一场雪数日不歇，道路越发崎岖。白茫茫的背景中，古铜色的买妖牵着泥黄色的驴子，驴子驮着乐风，乐风盖着一条红色的毛毯。艳丽无比的三人山一程水一程，绕行冷僻的路径进入花果山。

他们听到风中传来呼救之声，循声而去，躲入暗处，一幕映入眼帘。

山的背风处，积雪浅薄，风势平缓，一口大铁锅烧得发红、发亮。三个羊首人身的妖怪被五花大绑着丢在地上，三个豹首人身的妖怪磨刀霍霍。羊妖死到临头还想据理力争。

"大家同为花果山的妖怪，为什么要吃我们？"

"我等家乡有习俗，下第一场雪时一定要吃山羊肉。花果山没有山羊，只能拿羊妖凑数，委屈你们了。"

"蛟魔王三令五申，严禁自相残杀，你们就不怕吗？！"

"此地偏僻，连巡山老妖都不来，只有你们喜欢到此吃草。今日之事必然神不知鬼不觉。"

羊妖仍有不甘，愤愤地道："既然如此，只求死个痛快，何必在我等身上涂抹香料？"

老豹妖一副循循善诱的模样："我们家乡的名菜干锅脆皮羊，有几味中草药不可缺少，腌制也需要时间。我们都再忍耐片刻，好不好？"

呜咽声和叫骂声在风中低传。一个比较年轻的豹妖不耐烦地一刀斩下一个羊头，丢到锅中。"吱——"一声长响，羊的油香、血腥味和草药味飘出。一个比较年长的豹妖训斥他："混账东西，这头羊还没腌制入味！沉不住气怎能尝到至美味道？"

另一个豹妖也按捺不住，挥刀斩下第二头羊的头颅。

昏昏欲睡的乐风惊得骤然清醒，他问买妖："羊妖好可怜，我们能救他们吗？"

"怎么不能？虽然灯下黑只做买卖，不做好事，但大魔王许诺了你四个愿望。"

虽然隔着数丈之遥，但买妖轻轻一跃，仿佛凭空消失又凭空出现一般，转眼就位移到三个豹妖之间，手里不知何时多出一把凤嘴刀。刀身映照着皑皑白雪，寒意逼人。

三个豹妖尚未喊完"来者何人"，雪夜的天光经过刀锋折射，掠过他们的双目，三人眼前顿时一片花白。买妖手起刀落，三个豹头同时滚进铁锅。

驴子驮着乐风走近时，铁锅里五个妖怪的头颅相互碰撞，依然贴着锅壁如骰子般滚动，似乎永远不会停止一样。

乐风心有不忍："一定要以杀止杀、以暴抑暴吗？"

"以杀止杀，只要须臾之功；以德服人，三年未必成事。"

乐风不认同买妖的说法，但也不知如何反驳，只得默默地把唯一生还的羊妖放走。羊妖叩头，千恩万谢，许下结草衔环的誓言。但他并非出于感恩，而是畏惧这一群杀死恶人的更恶之人。

乐风问道："这就是花果山吗？"

驴子抬头远望，海畔尖山如剑芒般插入云层，仿佛戴着一顶圣洁的白色雪帽，白璧无瑕、幽远宁静。

它惆怅地道："我也不知道如何回答你。众妖的理想国、妖圣治理的花果山，究竟应该是哪般面貌？"

买妖拉着它上路："不要感慨。圣人或许能够带来光明的希望，但依赖圣人无法长久地维持光明。"

驴子说："当初若不是青道士阻拦，我投身花果山成为一个妖兵，如今坟头的野草也有五尺高了吧？"

乐风说："驴子不要怕，坟上长草不怕，只要头上不绿就好了。"

驴子居然没有反驳。

乐风又问驴子："你当初为什么会想投身花果山呢？"

"被压迫的妖怪齐聚花果山打倒天宫，取而代之，是一代人的梦想。"

"可是取而代之以后，你们要去压迫谁呢？"

驴子沉默，这个问题对它而言太高深了。乐风拉扯它的耳朵："驴子，驴子，你今天怎么怪怪的？"

驴子笑道："没什么，只是担心前面山太高，我会有高原反应。要知道，我的心脏可不是很好。"

三人相对无言。雪花消弭他们的踪迹，覆盖了曾经火热的鲜血和一幕幕惨剧。

蔚蓝的海面波涛如怒，寒风凛冽，岸边鲜有人迹。一只戴着脚镣、毛发皆白的老猴子躲在纷乱的礁石堆里等待买妖等人。

"他是什么人？"乐风问道。

"他是灯下黑在花果山的走狗。"买妖答道。

老猴子纠正他："我不是走狗，我是花果山上任猴王。是三只猴子夺走了王座，把我变成了奴隶。"

买妖点点头，表示认可他的说法："他此前的身份确实是一个猴王。猴王还想离开花果山，投靠灯下黑吗？"

"想、想。如果不是你们答应事成之后收留我，我怎会为灯下黑效犬马之劳？"

驴子扭头暗暗吐槽道："说到底还是个奸细。猴奸。"

乐风对它做了一个噤声的手势："不要得罪他，这种人往往很小气。"

果不其然，老猴子正狠狠地瞪着他们。

买妖伸手遮挡老猴子愤懑的眼神，说道："废话少说，速速带我们去关押青妖的地点。"

突然，天空中一团黑火划向东海，海中一道白光跃起，二者相互追逐、撞击，溅出的火花犹如一场盛大的烟火。

"啧啧啧。"老猴子指着两道光芒说，"你们看，黑猴子又在追杀来犯之人了。想想我暗中帮助你们得冒多大的危险。"

乐风望着那道白光，心里有种说不出的熟悉感。

买妖盯着天空看了一会儿："来了一个厉害的角色，正好给我们可乘之机。"

"到了灯下黑，我要坐第四把交椅。除了魔王和买、卖二妖，其他人都要居于下位。"老猴子还想讨价还价，但背脊上突然涌起一股凉意，这是无数次死里逃生后年月赠予他的第六感。

他猛地转身，扎进波涛汹涌的海水里。

乐风纳闷儿，这老猴子是不是疯了？

一个语速缓慢但震耳欲聋的声音响起："尔等何人？为何擅闯花果山？！"

乐风抬头，看见一个高大、挺拔的人正低头和他们说话。他近在咫尺，但偏偏像浓雾里的树影，只见其形，难辨其貌。买妖忽地拽起驴子和乐风，轻轻一蹬，后退丈许。

"喂——你们还没有答我的话呢？"

买妖开门见山地说道："巡山老妖，你往常只负责在陆地巡逻，今日怎会来到海边？"

"海岸防线本是蛟魔王负责的，他近日不在，便有人经水路直闯水帘洞，我得来看看。既然你认识我，那我就不用遮遮掩掩了。"

模糊的身形逐渐凝聚，变得清晰起来，如同正在被一笔一笔地画完的肖像：丈八身高，头似鼋鼍，手长过膝，两脚尖利如钩，双目如豆，浑身毛羽团结成絮。

驴子惊得倒抽一口气："再没有更丑的妖怪了。"

乐风却说："为什么我觉得他长得很漂亮呢？"

驴子喊道："这个时候拍马屁有什么用，你以为都像我这么受用吗？快跑吧。"

"岂能说来便来、说走便走？"

巡山老妖推出双掌，仿佛在推倒一堵无形墙砸向他们，空气瞬间凝固、前移，如奔腾的马群踩踏而至。

买妖拽着驴子和乐风，在千钧一发之际跳开。三人在半空看到原来站立之处积雪消融，冒出滚滚硝烟。烟未散尽，又有数十藤条尾随他们而来，越追越近。

买妖在半空无可借之力，身形一滞，驴子的后蹄随即被捆住，然后是乐风。买妖不得不撒手放开二人，但为时晚矣，藤条瞬间将三人拽回巡山老妖面前。

巡山老妖仔细地打量三人，纳闷儿道："都说物以类聚、人以群分，你们三个是怎么凑到一起的？"

驴子接过话茬："你是说他们两个配不上我吗？我也是这么认为的。"

乐风问："为什么我们不能在一起？"

巡山老妖说："我的双眼有残疾，看不清世俗之物，却能看见人的本真。你心里住着一只贪吃的猫。"

他指向驴子："它心里住着一只没脑子的猪。"

驴子火冒三丈："我明明是一只巨鳌变化的，你凭什么说我是猪？"

"就凭你粘这么硬的假睫毛。"巡山老妖伸手扯下驴子的假睫毛，随手扎到它的屁股上，"是想拿来当暗器吗？"

"疼，疼。我是为悦己者容，你就不懂得尊重人吗？！"

巡山老妖又指向买妖："他心里住着一匹瘸腿的狼。你们这三种动物，没事可不会一起玩。说吧，到花果山来有什么目的？"

乐风说："我们是为了爱和正义才来花果山的。"

巡山老妖把假睫毛从驴屁股上拔出来，又扎进去。驴子惨叫一声。巡山老妖逼问道："说实话，不然我就折磨它。"

"我们是为了爱和正义才来花果山的。"

驴子狠狠地瞪了乐风一眼："你个小坏蛋。你不说，我说！"

巡山老妖又狠狠地扎了驴子一下。驴子瞪大眼睛看着他："我不是说我来说吗？"

"不要你说，要他说。最讨厌小朋友不服管了。"

"我们是为了爱和正义才来花果山的。"

驴子怒道："那你扎他啊。"

"不能扎小朋友，别的妖怪会鄙视我虐童。"

"够了！"买妖冷静地思考后，问道，"既然抓到了我们，为何不杀也不交给黑猴子发落，反而絮絮叨叨？"他铜铁一样的身躯悄悄缩小了一号。

巡山老妖指着乐风说："因为他说我长得很漂亮。"

驴子抱怨："靠，一句违心的话还能救命？"

乐风说："可是他真的长得很漂亮。"

驴子踢了他一脚："你能不能不要一边拍马屁一边和他作对？受伤的总是我！"

巡山老妖露出天真、尴尬的笑容："开玩笑的，我没有那么虚荣。我只负责巡山，从不杀人。对于擅闯花果山的妖怪，只要没有实质性的危害，我不会为难他们。"

"那可真的要谢谢你的心慈手软了！"买妖的身形陡然又缩一圈，捆绑他的藤条掉到了地上。他猛地跃向半空，化作一道简洁的弧线，手中化出的大刀毫不迟疑地将巡山老妖拦腰砍断。

但其刀锋所至带出的不是鲜血，而是浓稠的液态状五彩妖气。巡山老妖消失于他眼前，又凝形于他背后。

买妖全力一击之后，还未及落地，巡山老妖的手掌已压向他后背，如有千钧之重。驴子看到买妖的脊柱像干枯的树枝一样被折断，心里不禁一凉，两条腿开始颤抖。

买妖倒地，大地裂开一个口，把他吞了进去。

这一切不过是一眨眼的事。乐风和驴子目瞪口呆。

驴子说："这就打死了？其实我们和他不熟，认识没两天，不知道他是坏人。大仙威武！"

"灯下黑的人可没那么容易死。只是他太不老实，我得先把他压在花果山下。现在，你们跟我来吧。"

巡山老妖把驴子和乐风扛在肩头，缓缓地走向花果山深处。

驴子扯破喉咙："救命啊。救命啊。"

乐风安慰它："你不要叫了。他好歹是扛着我们赶路，我们还能节约不少脚力。"

"嗯？"驴子一副恍然大悟的模样，"对哟，原来是你骑着我，现在相当于我们骑着他，我赚到了。来，来，来，两脚马，你给我跑快一点。"

巡山老妖竟然应声奔跑起来，远处的崇山峻岭和眼前的高大林木纷纷后退，呼啸的风声震耳欲聋，沿路见到他的小妖怪匆匆闪避。

风吹竹林，竹叶扑簌扑簌地抖着雪。穿过竹林，出现一面无比巨大的石壁，老妖怅然地独立许久。竹子在风中相互碰撞，嘎吱作响的声音不绝于耳。

"喂，你的肩膀上还有人呢，先把我们放下来再面壁思过好吗？"乐风喊了一声。

巡山老妖这才为他们松了绑，问道："小鬼，你真的看见了我原来的模样？"

"在眨眼的某个瞬间，我会把他看成一个十三四岁的少年。怎么说呢？我虽然看得不十分真切，但总觉得那少年舒朗若夏夜的星辰、温润如春末的晚风。"

"对了，那就是我年轻时的模样，遥想当年，意气风发。"

驴子打断老妖的话："这有什么自豪的？不过是应了我们乌江的一句俗语——小时了了，大必长残。"

乐风说："我觉得你不会伤害我们。可你带我们到这里做什么呢？"

"我带你来这里，是因为我们有缘分。聂双离开花果山时说过，当我遇见一个与过去的黑猴子有联系的人时，我就能实现我的夙愿。"

"和过去的黑猴子有联系，什么意思？"乐风不明就里。

驴子顿时双目放光、尾巴翘起，挤到老妖面前："你说的是风华绝代的聂姑娘吗？你快多讲讲她的事情。"

"我认识她的时候，她还没有名字，黑猴子和黄猴子都没有名字。别人都怕我，但他们不怕，还喜欢坐在我的肩膀上看早晨的云彩和日暮的归鸟。当他们变成大妖怪后，烦恼越来越多，找我玩儿的时间越来越少。再后来，黄猴子被压在了五行山下，灰猴子割袍断义离开了花果山，黑猴子变得更加乖张古怪，就更没有人和我说话了。"

乐风问："老妖先生，虽然我不是很明白你需要我们做什么，但我们乐于助人。"

巡山老妖轻吹一口气，石壁上覆盖着的薄雪像纱幕一样飘扬起来，露出纤细、古怪的石刻文字。他手指石壁："我有一个朋友，我们亘古以来从未见过一面，只能以文会友。"

石壁上密密麻麻刻着各种奇形怪状的图案，驴子看得头昏眼花："这哪里是字，你们是文盲吗？"

老妖想一巴掌把驴子甩出去，但它被打多了，有了经验，一缩一闪避了过去。

"打不到我，打不到我！"驴子做着鬼脸。乐风盯着那些字，看着看着流泪了。

驴子轻声提醒他："注意，演戏不要演过了。字都看不懂，你哭个啥？万一是小黄文呢？"

巡山老妖把乐风抱了起来："小鬼，你懂我们的字吗？"

"不懂。可是我感受到了孤独的苍凉，仿佛离群的候鸟翱翔在无边无际的汪洋上，天永远是阴沉沉的，不见太阳，不见月亮，偶然出现的星星也不知道哪颗指向北极、哪颗指着归途。

"不知道什么时候能遇见同伴，不知道什么时候会看见陆地，甚至忘记了自己身为何物，为什么会在此飞翔，又为什么不能停下来。唯一的安慰就是，难得的风平浪静之时，看到自己在海面上的倒影，仿佛不再形单影只。"

巡山老妖把乐风抱得紧紧的，眼泛泪花："我是花果山最老的妖怪，我迎着山风和朝露奔跑的时候，漫山遍野只有青草和零星的花朵，初生的树木还没有你现在这么高。我孤独地生活了无数的岁月。直到有一天，我在石壁上发现有人刻下奇怪的图案，才欣喜若狂地予以回应，找到可以倾诉的对象。"

驴子凑得更近了："真不明白你们这些大字不识又喜欢装有文化的人，明明近在咫尺，还非得做笔友。对于丑八怪来说，距离带来的不是美，而是欺骗。"

"滚开！我是一个特殊的妖怪，每当夜晚来临就会化为乌有，白天才能凝聚成形。而他正好相反，白日消失，夜晚出现。所以我们才以石刻的方式交谈。"

老妖接着说："草木荣枯了千次，花果山才开始有飞禽走兽，有顽皮的猴群，有懵懵懂懂的精怪，他们天真而脆弱。于是我和他约定好，日夜交替地巡山，共同守护花果山的生灵。"

乐风崇拜地看着他："你们好伟大。"

驴子问："我只想知道，你口中的他到底是公还是母？是你的爱人，还是你的损友？"

巡山老妖忽然害羞了："我也不知道他是男是女。他没说，我若直接问，或者向别人打听，好像不是很礼貌。"

乐风和驴子面面相觑，这老妖也太羞涩了。

巡山老妖说，当花果山的生灵越来越多、越来越强大，划分领地和相互争斗就出现了。巡山人毫无解决的对策，只能坐视不必要的鲜血把花果山的泥土浇灌得更加肥沃，然后引起更大的纷争。

花果山逐渐变得不再符合他们的记忆和想象，他们孤独得仿佛只剩下彼此。

可是两百年前，老妖说错一句话之后，这个朋友突然不理睬他了。

驴子好奇心大作，问道："说错话？难道你表白失败了？也是，连对方是男是女都没搞清楚，这么莽撞肯定是自找没趣。"

"哐当"一声，驴子被巡山老妖扫得嵌入石壁，口吐白沫。

乐风问："你说错什么了？"

巡山老妖露出痛苦的表情："我告诉他，我想离开果山。他定是觉得我背弃了共同守山的誓言，生我气了。"

"那我们能够为你做什么？"

老妖一边说着话，一边从石壁上抠下一块石板："这是我们说的第一百一十一句话。请你帮我把此物交予他，希望能够让他睹物思人，心生怜悯，原谅我。"

"第一句不是应该更有纪念意义吗？"

"我知道，但我曾经拜托许多妖怪带话给他，把前面的一百一十句话都用完了。那些妖怪后来都不知所终，希望你不要辜负我。"

乐风仔细一看，石壁上果然有许多黑洞洞的空缺。

"如果我也办不到呢？"

"那我就把买妖永远压在花果山下，还要把你们送给黑猴子。"

"你好任性。那是不是我们在晚上遇见的巡山妖怪，就是你的朋友？"

"对。他说过他喜欢穿颜色鲜艳的衣服。你如果看到一个鲜衣怒马的人，就定是他了。"

"如果我们成功了，你会回报我们吗？"

"大恩大德，无以为报。"

"所以你会答应我们的任何请求？"

"当然不是。'无以为报'这句话的意思是，因为没有什么可以报答的，所以不用报答。"

驴子微怒道："不行，你个断章取义的文盲，你要帮我们救出青道士。"

"你是说大妖青莽？"

"对。"

"无能为力。"

驴子说："那我们不帮你了。"

"那我就把买妖永远压在花果山下，还要把你们送给黑猴子。"

乐风哀求他："老先生不要再重复台词了。我们尽心尽力地帮你，也请你尽量帮助我们，好不好？"

老妖思忖许久："好吧。看那青莽也不是什么坏人。我可以把三只猴子的过去告诉你们。如果你完成我的嘱托，我再考虑为你们提供一些帮助。"

"好吧。"

巡山老妖说，花果山虽然是十洲祖脉，三岛来龙，地力充沛，但从未诞生过何方仙圣。山上群猴虽聪慧机敏，却也只是肉身凡胎，生年不过百。所以花果山和群猴一直是被予取予求的对象。

直到五百年前，三猴问世，万妖来朝，一切才发生了改变。

三猴之中，黄猴子是天外天的奇石坠落后，经历岁月打磨而生的天生石猴。严格来说，他其实不属于花果山。

黑猴子原来只是一体格健硕的普通猴子，四肢发达、头脑简单。

灰猴子诞生时，恰巧与东海的风势相互感应、交融，因而天生有一对招风千里耳，慧根深重。

此三猴少年时因机缘进入了水帘洞洞天，被群猴推选为新的猴王。

黑猴子和灰猴子又以黄猴子为尊。他们浪迹花果山群峰之巅，友谊深厚。他们发誓要改造花果山，消灭所有的不平等，让这里彻底成为一个自由的国度。

但他们很快就意识到了自己的弱小。这世间有数不尽的仙、魔、妖、鬼，其中的佼佼者翻手为云覆手为雨，一念喜恶就可以轻易抹杀花果山的无数生灵。无能为力的恐惧像终年不散的乌云一样笼罩在他们心头。

黄猴子和灰猴子决定把群猴托付给黑猴子，离开花果山求道。此一去就是两百年。黄猴子在遥远的西牛贺洲得道，为行者悟空，通晓七十二般变化，上天入地，无所不能；灰猴子在纷乱的南瞻部洲顿悟，为听者不言，能知过去、未来，万物皆明，转念即至。

"哇！"驴子兴奋地拍手，"我的聂姑娘果然是天赋异禀、与众不同！"

乐风关心的是黑猴子的过去。他不解地问道："既然黑猴子是一只普通猴子，也未曾外出求道，为什么会变成当世的大妖怪？"

"都是灯下黑和青妖种下的因果。"巡山老妖云淡风轻的一句话中隐含着深沉的哀伤。

"为什么？"乐风大吃一惊，"和我师伯有什么关系呢？"

"嘘！"老妖弯曲的手指抵住嘴唇，轻声道，"不要问。今天的话讲完了，我快要死了，下次请早。"

他木然地向西而立。山高水长，黄昏陌路，世界的繁华竟不如此刻苍茫的一片孤云。

他想到黄猴子曾经坐在他的肩膀上。

"老妖，等我学会通天绝地的法术，拳头硬了，我就回来保护花果山。谁敢欺负你们，我就把谁揍倒。到时你就不用日日巡山了。"

"巡山是我的爱好，你不要以己度人。不过等你拳头硬了，你会欺负人吗？"

"不会，我绝不欺负别人。"

"猴子，万一你学不到想学的法术呢？"

黄猴子愣了一下，然后十分平静地说道："那就让我死在求道的路上吧。"

灰猴子离开前也曾坐在老妖的肩膀上看落日。

"明天我就要走了。黄猴子走的是水路，一路向西。我决定走山路，向南而去。"

"其实你可以留下来的，一只猴子出去闯荡就够了。"

"不，他去寻找力量，而我要去寻找答案。"

"答案？"

"我想知道为什么这个世界总在重复人吃人的戏码。"

"相信我这个老人家，答案并不能改变现实，或者让你变得快乐。不要走。"

"唉……你再留我，我会哭的。或许我还会找到让你和老朋友见面的方法呢。"

"我几乎已经不抱希望了。你知道吗？每当将暮未暮，我盯着太阳的最后一点余光，总觉得人生即将终结，明天醒来的我或许已经不是我了。"

"老妖，我觉得你应该谈场恋爱了。"

老妖在回忆中突然觉得肩膀上空荡荡的，便把乐风抱起来放到了肩膀上。

当两只猴子相继离开后，黑猴子只能独自坐在他的肩膀上看日落。

"老妖，我好孤独。"

"嗯，我也好孤独。除了你们三个，没有别的猴子敢和我玩，现在只剩下你一人了。"

"从明天开始，我也不能陪你了。"

"为什么？你手上怎么拿着一盏古怪的灯？"

"这是一件宝贝，我捧着这盏灯不放，他们就会顺顺利利、平平安安地回来。明天我要去最高的悬崖上站着，让这件宝贝发挥最大的威力。"

"那里的海风好大，你的发型会乱的。"

"他们是我最重要的朋友，我愿意为他们牺牲一切，甚至是发型。"

"其实我还有一个问题不懂，为什么你们三个人都喜欢坐在我的肩膀上呢？"

"因为你高大，我们坐在巨人的肩膀上可以看得更高、更远。"

"说老实话可以吗？"

"因为你的肩膀有肉，比石头和树枝坐着舒服。"

"哈哈，坏猴子们。"

"再见了，老妖。"黑猴子跳下老妖的肩膀，无比平静地说道，"如果他们回来的时候我已经死了，麻烦帮我告诉他们，我很想他们。还有，黄猴子借了我的钱当路费，让他记得烧给我。"

"你要死了吗？"

"我要变成他们回家路上的灯塔。"

老妖还沉浸在过去的岁月里。乐风喊了老妖一声："你哭了吗？"

老妖伸出手指做噤声状，没有人知道此刻他在想什么，或许是日复一日的乏味，或许是对年月无情的感慨。乐风觉得，他的眼睛非常明亮，明亮得似乎总是泛着泪水。

日暮苍山，最后一束橘红色的阳光从乐风身上缓缓下移，照进老妖的瞳孔，折射成一朵温暖的花。这朵花终于凋零，老妖像崩碎的沙雕般垮塌、消失。

驴子左右瞧瞧，确定老妖消失之后，悄悄说道："我们不如趁机逃走吧？"

"不行，我们是来救师伯的，怎么能逃走？而且，买妖还在当人质呢。"

乐风骑着驴子走出竹林，没有人在意他们这种不起眼的小妖。因为驱神大圣正在筹备大婚，越靠近水帘洞，人烟越稀少，但到处张灯结彩。这无人欢呼的喜庆因为寒冷和肃杀的衬托，显得更加吊诡。

一个和巡山老妖有七分相似的妖怪穿着一条红绿相间的花裙子，牵着一条被涂成紫色的恶犬，敲着铜锣，缓缓行走。

"喂，你是老妖先生的朋友吗？"

恶犬的铜铃大眼瞪着他们，花裙子妖怪绿豆大小的眼睛也如狼似虎地盯着他们。

"来者何人？"妖怪张开嘴，一股腥臭之气相隔数十步仍顺风而来。恶犬狂吠。

乐风连忙掏出老妖的信物："我有信物，我们是和事佬。"

驴子搭腔道："虽然老妖怪长得丑了点，但是配你正合适。你还是就坡骑驴，见好就收吧。"

恶犬脱缰而出，嘴巴张开超过一百三十度角，露出利齿獠牙。花裙子妖怪的嘴张开超过一百八十度角，一股浓稠的绿气从喉咙中蹿出来。

"我们有老妖的信物！"

"按照黑大王的吩咐，吃的就是有信物的人。何况你们还不是花果山的妖怪。"

"快跑！"乐风大喝一声。驴子足下生风，瞬间狂奔出三五里地。花裙子也奔跑起来，像一只矫健的巨猿，连跑带跳，紧追不放。

恶犬一度近在咫尺，它带倒刺的舌头几乎要舔到驴子的屁股。驴子的尾巴一甩，打退恶犬的舌头。乐风急中生智，把老妖视若珍宝的石板掷向恶犬。

岂料恶犬一口便将整块石板吞下，反而有如神助般猛一蹿，差点啃到驴子扬起的后蹄。驴子计上心头："原来丢什么它吃什么。你快丢点毒药。"

"我哪里有毒药？"

"哦哦，不是毒药，我脖子上挂着的葫芦里有从家里带的珍酿的酒，灌醉它。"

"就是把鹰将军和犬将军喝死的毒酒？"

"那不是毒酒，只会让人拉肚子。"

乐风赶紧把酒葫芦一抛，恶犬咬碎葫芦，被酸臭的酒熏得摔了一个跟头。

花裙子没想到一头驴子能跑得这么快。一炷香之后，彼此的距离不仅没有缩短，还越来越远。獠牙恶犬虽然还在追赶，但因为毒酒的缘故，早已经气喘吁吁，三步一停。

花裙子不得不边跑边敲响铜锣，企图发动群众来围堵他们。

"来人啊，有人入侵花果山，快来抓人啊。"

原本寂静的花果山变得更加寂静，各个洞府原本敞开的门纷纷关上。

"该死。"花裙子又追赶一段。驴子扬扬得意："我跑路的时候，能够追上我的妖怪屈指可数。"

花裙子灵机一动，改口道："来人啊，来抓奸啦，三星洞的野猪精与斜月洞的月季花精通奸被撞破，奸夫淫妇光着屁股要逃离花果山！快来啊。"

"砰砰砰"，洞门纷纷打开："在哪里？在哪里？光着屁股的月季花精在哪里？"

"我要看光着屁股的猪精。"

"我去，兄弟，你口味够重啊。"

沿途数百妖怪纷纷冲出，加入花裙子追赶驴子的队伍。

"驴子，你闻得到海的味道吗？"

"怎么不能，东海这么近？！"

"我们往水里跑，你在水里有优势！"

"屁，我是淡水鳖，到了海里会脱水的，还是另外想办法吧。"

驴子越跑越高，越跑越高，把山峰和树林都踩在脚下。直至无可再高，放眼望去，奇石耸立、群山拱服，瀑布的声响不绝于耳。

乐风看到对面山巅挂着一条银瀑，虽然冬季水枯，水势减缓，但瀑布水依然奔流不息地注入山下一个碧水深潭，如沸如溢。

眼前已是绝境，向前一步是悬崖谷底，身后又里三层外三层地聚集了一大群妖怪，把所有的道路都封堵了。他们在找光着屁股的奸夫淫妇，对一头花里胡哨的驴子和一个小孩没兴趣。

花裙子好不容易才扒开人群，张牙舞爪地逼近他们。

驴子向她提问："你不要嚣张，你的狗丢了你知道吗？"

"我的神犬有灵性，怎么会丢？"

"你别不信邪，我刚看到有人在吃狗肉。"

花裙子一愣，低头看看，呼唤道："小心肝，小心肝，我的小心肝去哪里了？"

"啪嚓"，一块猪肝一样的东西从人群最密集处飞到她的脚下。

"我要找我的小心肝，谁给我块猪肝？"

"啪嚓"，一张黑色的皮毛被抛了出来。

花裙子撕心裂肺地呼喊："哪个天杀的吃了我的神犬？"

"那条狗倒在路边奄奄一息，我们是为让它早登极乐，才勉为其难吃掉它的，吃完还害得我们闹肚子呢！"人群中传来抱怨。

"谁在说话？"

"他、他、他。"众妖相互指认。花裙子冲过去，不分青红皂白一顿打，群妖顿时乱作一团。

趁着这个机会，乐风问驴子："悬崖下面是个水潭，淡水的。你敢跳吗？"

"淡水的我不怕，但我恐高。要不你从后面给我一脚，你再跳。"

"我怎么踢得动你？"

此时，一个身着黑袍火甲的雄健男子缓缓地从半空落到一块老虎形状的巨石上，就像冬夜里一团熊熊燃烧的火焰。他凝视远方，喃喃自语道："这个家伙究竟是何方神圣，居然能从我手里逃脱？"

众妖霎时屏住呼吸，他们畏惧这个被称为驱神大圣的黑猴子。

他发出威严的声音："何事聚集，何事喧闹？"

众人不敢说话。

他第二次问："何事聚集，何事喧闹？"

花裙子不得不像个指挥家一样挺身而出，无声地变换嘴形，手舞足蹈地暗示众妖统一喊出"为花果山消灭来犯之敌"的口号。众妖开口却变成了"为花果山抓奸！抓奸！"。

黑猴子阴冷的眼神扫视这群乌合之众，他们顿时噤若寒蝉，胆小的妖怪甚至双腿打战。好一会儿，黑猴子的眼神才落到驴子和乐风身上，冷笑道："青道士的坐骑和门童也敢闯水帘洞洞天？"

"我不是门童。我师伯在哪里？"乐风大声质问黑猴子。

黑猴子缓缓地拍了拍身上的盔甲，甲胄上的血迹一扫而空："你觉得你有向我提问的资格？"

"你的愿望不就是希望妖怪们平等无欺吗？难道身份低微的妖怪就没有资格和你说话了吗？"

驴子扯了扯乐风的衣服："你不要激怒他。屁股决定脑袋，他现在就以为自己是世间第一高贵。"

"我的理想也是你能议论的吗？"黑猴子恼怒地抬臂一挥，妖风滚滚，裂开的地面如一条巨大的蜈蚣飞驰而过，十数块山石从四面八方同时滚向乐风和驴子，犹如骤然收拢成拳头的五指。

石头碰撞，碎石飞射，驴子和乐风犹如断线风筝般的身躯仿佛夹杂在碎石之中，高高扬起，然后坠入山谷深潭。

"花裙子，你把他们的尸体捞上来，不要污了这片山水。"黑猴子轻轻一跃，横过半空，钻入水帘洞洞天。

冬天的潭水寒冷刺骨，仿佛刀山之刑加身。驴子紧紧地抱着乐风，口鼻出血，它的尾巴被飞溅的碎石割断了。它看到潭底有洞，洞里有光，觉得或许那就是连接东海龙宫的必经之路。它想游过去，但早已筋疲力尽和伤痕累累的身体渐渐失去了知觉。

聂双那红蓝相间的裙摆仿佛一晃而过，它心满意足地合上了眼睛。

等它眼睛一疼再醒过来，乐风正抱着它哭："驴子，驴子，你不能死。"

老猴王手里拿着一把剃刀，一边剃着驴毛，一边安慰乐风："不要伤心，驴一身都是宝，驴皮可以熬胶，驴肉可以烤，驴蹄子可以辟邪。它就算死，也可以把全身贡献给社会。我趁热把它的毛剃干净，把有用的东西割下来。驴腰花可是很补的。"

"我去你的，让你剃我的毛，还想吃老子的腰花。"驴子突然一招黄狗撒尿，把老猴王踹飞丈许远。

乐风破涕为笑："驴子，太好了，你果然没死。"

凉风卷过，驴子心有戚戚焉地摸了摸头顶，发现头顶的毛发已经被剃光了。驴子抱头打滚："怎么办，怎么办，我的头发没了，万一撞见聂姑娘怎么办，怎么办？"

"驴子不要激动，不要激动。"乐风抱住驴子，"有得有失，有得有失。"

"此话怎讲？"

"刚刚老猴子想挖你眼珠子的时候，手一抖把你割成双眼皮了。"

"嗯？双眼皮？好像也不错。"驴子冷静下来，才发现身处一个人工开凿的洞穴，"有镜子吗？"

"有。"老猴王扶着腰，拿着一面铜镜走了过来。

驴子照了照自己的双眼皮，觉得甚为满意："老东西，看在你无心插柳的功劳上，我就不和你计较了。只是这里是什么地方？"

乐风抢话："这里是老猴子的秘密基地，他从碧水深潭里救了我们。"

老猴王接着说："水帘洞瀑布之下的深潭地貌奇特，有四通八达的水道，不仅可以通往龙宫，还可以通往花果山一些不为人知的洞穴。很多洞穴只要稍加挖掘就是绝佳的藏身之所。这是一个不宣之秘，只有我这个猴王知道。"

驴子一脸黑线："我怎么觉得，你这个过气猴王像一个喜欢偷窥的变态？"

老猴王阴阴地笑道："一会儿你就知道了。"

乐风问他："买妖被抓走了，你还会带我们去找我师伯吗？"

"我是和灯下黑做交易，不是和买妖做交易。他死掉也没关系，只要我带你们找到青道士，灯下黑就得兑现承诺。"

"那我们快去吧，我好担心他。"乐风急不可待。

"莫急。水帘洞有黑猴子亲自坐镇，我们现在进去就是自投罗网。"

"那要怎么办？"

"要搞出一点动静。"

"怎么搞？"

"你们跟我来。"老猴王拉着乐风和驴子走向洞穴深处，光线越来越暗、越来越暗，只有一点星火之光在闪烁。

等到了洞穴的尽头，乐风发现墙壁上有几个洞，光正是从一墙之隔的另一边漏过来的。

老猴子趴在墙壁上，通过小洞看了一会儿，然后流着鼻血转过头来，摸着驴子的脑袋轻声说道："来，站起来，站起来，给你看点好东西。"

驴子不明所以，像人一样直立，也趴到墙壁上，两只小眼睛眯成一条线。

"她可是我们花果山最漂亮的妖精，每天都要洗三次澡。我费了很多功夫才悄无声息地将这个洞穴开凿出来。"

一个热气蒸腾的水桶和一个妖娆的背影映入驴子的眼帘，一头乌黑的长发犹如夜晚的溪流，一双藕臂粉白无瑕。只用眼睛看，驴仿佛就能感受到香气扑鼻。

"不行，我不能偷看，会长针眼的。而且，我已经心有所属。"驴子克制自己澎湃的心潮，扭动僵硬的脖子，一点点地把眼睛挪开。

老猴子猛地抱起乐风，狠狠地踹了驴子一脚，然后飞快地背道而驰，钻入一条深不见底的水道。

驴子"咣当"一声撞穿薄薄的墙壁。女子正欲回头，来势汹汹的驴子一头将水桶撞翻。水泄一地，美人摔得四仰八叉。一百八十度翻转的水桶无情地倒扣在猝不及防的美人身上，将她完全罩住，只有部分亮丽长发裸露在倒置的水桶外，就像沙滩上狼狈的海草。

驴子抬头，看见挂在一旁的衣服分明是青道士被抓那日铁扇仙的战袍。

乐风最后听到一声女子愤怒的尖叫和驴子惊恐的"嗒嗒"落蹄声。

老猴子对花果山的水路无比熟悉，不消一会儿就抱着乐风回到了水帘洞下的碧水深潭。乐风怒道："你怎么可以这样陷害驴子，它会有危险的。"

"我要做的事情是带你们随便哪一个人找到青道士。至于你们会不会有人死，不是我要考虑的问题。"

"不行，放开我，我要回去找驴子。"

老猴子指向大瀑布："青道士就在那后面，你现在要放弃？"

乐风看看瀑布，又看看来时路。老猴子又说："那头驴子逃命的时候跑得比龙马还快，没有那么容易死的。你看天空。"

乐风抬头，狂风在天上呼啸，大雪、巨石、大树和一头雾水的各种妖怪被卷成龙卷左右摇摆。

"这是怎么回事？"

"这是芭蕉扇扇出的龙卷风。依铁扇仙的暴脾气，抓不到驴子，她便会恼羞成怒，四处破坏。如果坐视不管，恐怕花果山会被夷为平地。我们再等等，黑猴子一定会离开水帘洞去阻止铁扇仙的。"

天上，一条龙卷变成四条龙卷，众妖在狂风中哀号，首当其冲的山头甚至被削尖了。一道黑光终于按捺不住，飞离水帘洞。

"那我们怎么上去？爬上去吗？"

"哼哼。爬上去？有水帘洞以来，只有两只猴子顺利地从大瀑布逆流而上。如果你能爬上去，你就是猴王了。"

"我是一只猫，不可能当猴王。"

"你听清楚我讲话的重点好吗？重点是，我们不可能爬上去。"

老猴子带着乐风绕到水帘洞的后山，钻进一棵干枯的老桃树的树洞里，像坐滑梯一样进入了水帘洞。洞里石锅、石碗、石床和石宝座一应俱全。老猴子端着一个石碗，大摇大摆地瘫坐在宝座之上，深深地吸了一口气，然后轻轻摇晃石碗，碗中即刻生出美酒。

他酌一口，叹一声："这里的宝贝原来都是我的，可惜现在只能偶尔偷偷摸摸地来享受一番。"

"你不是说我师伯在这里吗？为什么没有人？"乐风找不到青道士，越来越焦急。

"急什么？旁人以为水帘洞洞天就是一个洞府，却不知道'洞天'二字另有所指。"老猴子把手中石碗一掷，石碗落地化作一个波光粼粼的水潭。乐风把头探进水潭，发觉水潭之下居然是一个藏着兵器的洞穴。

"此洞有三百三十三个石碗，每个石碗都别有洞天。青道士必然关押在其中一个洞内。"

乐风看看旁侧堆积如山的石碗："好恐怖。他们都没有吃完饭把碗洗干净再排列好的习惯吗？"

"花果山知道这个秘密的只有我这个老猴王和那三只死猴子，旁人不过视这些石碗为普通餐具。"

"可是，我怎么知道我师伯被关押在哪个碗里？"

"三百三十三个碗里有三个是黄猴子、灰猴子、黑猴子的，分别画了他们的样子。你找找就是。"

乐风钻进石碗堆里，东拱拱、西拱拱，好不容易翻出三个碗，碗面分别画着一只小猴子。乐风把三个碗并排放在一起，发现三只小猴子居然是手牵手的模样。

"他们三个人肯定感情很好。"

"高处不胜寒，再好的友情最终也逃不过反目成仇。你念一句'水帘洞洞天'，把碗摔到地上，入口就会出现。但是，三只猴子在石碗上施加了自己的秘术，旁人恐怕进不去。"

"那怎么办？"

"那你就得自己想办法了。我的任务只是帮你找到青道士的所在，仅此而已。现在我喝完酒要走了，你慢慢玩。"老猴子把石碗放回原处，准备打道回府。

"你不帮我了？"

"你真以为我是一个好人吗？对了，我忘记告诉你了，若有人闯入石碗的洞天之内，石碗的主人可是会有感应的。"老猴子冷笑一声，自顾自地离开了。

"师伯，你在哪儿？"乐风对着三个石碗逐一轻声呼唤，画着少年黑猴子的石碗轻轻一晃。

"该死，不成功，便成仁！"乐风把石碗一摔，然后爬上石碗堆起的"山尖"，纵身一跳。水面坚硬得像块石头，但是他撞破了这块石头，掉了进去。

正在撤退的老猴子缓缓地回头，喃喃道："果然就是你了。"

闷热的洞府，暗淡的红光，青道士双眼紧闭，面如死灰。

"师伯，师伯。"乐风轻轻地喊他。

"站住！不要走进这个阵法，进来就出不去了。"

乐风这才看到青道士身下有一个若隐若现的圆形阵法，错综复杂的纹理就像老树的根部，盘了一圈又一圈。

黑披风睁开眼睛："对，这个阵法就像爱情的旋涡，进来就爬不出去了。"

"蠢狗熊，说什么有的没的。"青道士骂了一句，"可你是怎么进来的？水帘洞有人看守，此地又有黑猴子的封印。"

"有只老猴子让驴子使用调虎离山之计引开了看守。"

"老猴子？"青道士盯着乐风看了一会儿，"你身体里有奇怪的东西，有点黑。"

乐风脸一红："师伯，你怎么知道？我因为水土不服，一周没上茅厕了……"

"滚，真是个熊孩子。我是说，你体内有个古怪的玩意儿，让你能够无视黑猴子的封印。算了，说来无益，你快点离开，不要落到黑猴子手里。"

"师伯，我要救你。"

"说什么蠢话？此阵法是黑猴子引花果山的地力所布下的，莫说你一个孩子，就算我的法力全然恢复，也挣脱不得。"

乐风打量这个古怪的阵法。他看到青道士背后站着一个模模糊糊的着青衣红袍的女子，面容哀伤之极，她浑身的血液源源不断地泄入阵法的阴阳两极之中。

"师伯，你背后怎么站着一个漂亮的姐姐？"

黑披风睁开背后的眼睛，什么都没有看到。他有点心慌地咽了一口气："小孩子不要恶作剧，后面哪里站人了？"

"不是，真的站着一个穿红袍的姐姐。"那个女子听到此语，望向乐风，眼中有切切之意。

"难道因为小孩的眼睛干净，所以能够看到我们看不到的灵异东西？不要说了，这个洞穴阴森森的，我待久了心里都发毛。"黑披风做出颤抖的模样。

"你是男妖怪吗？胆子这么小，不要贴我这么近。"青道士想把披风甩出去。

"人家怕呀，你抱一抱我好不好？"

"滚！谁让你跟我来的？敢借机占便宜，我剥了你的熊皮。"

乐风咳嗽两声："师伯，这里还有一个小朋友呢，你们注意点。"

"说得对，你不能出现在这里，快点走。"

"不行，我要救你。"

"走啊！"青道士用尽余力一挥手，一道暗淡的青光钩住乐风的衣领，冲出水潭，冲出水帘洞，划过天际。

乐风在空中握住那道青光，哀求道："求求你，我不要回去。你要是把我带回乌江，谁来救师伯？"

青匕剑左右摇摆，表示不能同意。

"那驴子怎么办？它可是师伯的坐骑，难道把它留在花果山让人吃掉吗？我们找到它再回去好不好？"

青匕剑一滞，点点剑尖表示同意。

"那我们快点落地吧。"

青光骤然消失，一剑一人急速下跌。乐风大喊："青匕剑，这样着地我们都会摔伤的。"

青匕剑毫不犹疑地钻入乐风的怀中，意思是要他当垫背。

"你果然是一把好剑！"乐风大呼一声，做好了摔个断手断脚的准备，但是一双有力的手凭空伸出来接住了他。

原来天已破晓。

这双手继续长出手臂、肩膀，慢慢延展，变化出身躯、头颅，正是白日出没的巡山老妖。

此时黑猴子匆匆折返水帘洞，他的头发被吹成斜波状，上衣都被撕烂了。只听他怒气冲冲地道："这个铁扇发起脾气来敌我不分、好坏不管，到处打砸，简直就是天下无双的泼妇，难怪老牛不肯娶她。"

水帘洞的洞壁上，伥鬼缓缓地浮现。他笑道："所以她一到花果山，牛魔王就逃到火焰山去了。"

黑猴子又问："我方才见有一道若有似无的青光闪过，可是有人闯我水帘洞？"

伥鬼笃定地说道："没有，没有人来过。"

"那就好。对了，你的年纪大，你可认识一个会使招鬼之术的山神？"

"御鬼的山神？"

"他带着一个愣头愣脑的少年闯入花果山，几次与我交手都轻易逃脱了。最可气的是，方才我在回来的路上又遇见了他。打架的时候，他用王八拳把我的衣服都撕烂了。我听一些乌江来的小妖说，他是乌江里的山神。"

伥鬼若有所思："你说的王八拳和撕衣服，倒是让我想起一位故人。下次让我来会会他，替大王分忧。"

巡山老妖问乐风，是否完成他嘱托之事。乐风很是为难，支支吾吾。

"你没有践行我们的约定。"巡山老妖左看右看，发现没了驴子，怒道："滑头的驴子溜之大吉了吗？"

乐风告诉他，驴子被老猴子利用，现在生死未卜。

"那只老猴子是花果山第一滑头。他在灯下黑那里求得长寿养生的秘诀却讳莫如深，一直白发人送黑发人而毫不哀伤，连任十届猴王，都不愿意退位让贤。你们居然敢信他的话？"

"我们没得选择。本来和他做交易的是买妖，可是买妖被你关起来了。你把买妖放出来好吗？或许他能帮我找到驴子。"

"不能。而且，作为违背诺言的惩罚，我要把你献给黑大王。"

乐风急忙解释道："老妖先生，不是我们不尽心竭力，实在是你的朋友一见面就要吃掉我们，根本没法儿聊天。"

"胡说，他怎么会是这样的人？你定是没有给他看我的信物。"

"看了，但他说吃的就是有信物的人。"乐风猛地眨着眼睛，表示自己很真诚。

巡山老妖沉默一阵，突然轻叹一声："算了，不与你为难了。当那些为我做说客的小妖怪有去无回时，我就该相信是被他吃掉了。"

乐风脸上闪过被雷劈到的表情："老妖先生，你知道他吃人，为什么还要我们送上门？"

"呃——如果你这么轻易就会被吃掉，说明你不可能是灰猴子说的有缘人。"

"我走了，再见。"

"站住！"巡山老妖长臂一伸一卷，把乐风箍在腰间，"为了表示歉意，我带你去找那头驴子。"

"真的？"

"作为巡山的妖怪，我的鼻子是花果山最灵敏的，除非躲在水帘洞中，否则任何一个角落都逃不出我的掌控。"

他带着乐风横跨半个花果山，靠近了花果山的棚户区。五颜六色的衣服一排排地挂着，就像起伏的海浪；一个个简易的房屋乱中有序地散落着，就像迎着海浪的礁石。

"这是哪里？"

"花果山的伤兵安置处。对于不能重返战场的妖怪，是不会给他们安排洞府的，只允许他们自行搭建简易的住所，慢慢地就形成了这个低人一等的片区。"

这里没有乐风想象中的死气沉沉，许多妖怪反而三三两两地吹拉弹唱，仿佛在幸福地颐养天年。

一个人身螳螂手的妖怪正在大门口抚琴唱歌，但琴弦经受不住他那锋利的双手，每奏响两三个音就会崩断一根。

这个时候，一只蜘蛛精出马，吐丝为其续弦，二人重复着这愚蠢的动作，居然有琴瑟和谐、举案齐眉的感觉。

另一边，一只缺翅膀的蜜蜂精在追逐一个女妖。女妖不耐烦地回避："我说过许多次了，我不是杜鹃花精，我是杜鹃鸟精。你不要追着我，我会被你蜇到的。"

蜜蜂精"嗡嗡"地紧追不舍，一只棕熊精一巴掌把他拍倒，伸出长舌头舔他。蜜蜂精痛苦地挣扎："不要舔我，我没有蜜。"

杜鹃鸟精跑去啄那棕熊精。棕熊精怒道："你不是烦他纠缠你吗？"

"女人的话你也当真，他不追我，难道你追吗？就你这身形，你追得上吗？"

乐风惊讶地看着这一切："老妖先生，为什么这里反而显得其乐融融？"

"或许劫后重生让他们更懂得珍惜生活吧。"巡山老妖此话一出，妖怪都发现了他的到来，马上倒地呻吟："哎呀，我的伤啊，好难受。"

"这又是怎么回事？"

"他们不想再上战场，以为我是黑猴子的眼线，所以演戏给我看。我们接着走吧。"

棚户区深处到处是缺胳膊少腿的妖怪。一只蜈蚣精郁郁寡欢地趴在地上，如同萎靡的烂泥。乐风问他："你怎么了？我看你四肢健全，为何闷闷不乐？"

蜈蚣精说道："你瞎吗？作为一条百足蜈蚣，我只剩下五十条腿了。让人最、最不服气的是，我被人从重症床位挤了下来。"

"你不要伤心。你想一想，少了五十条腿，买鞋子都省了二十五双。"

"天哪，你这说辞和骡子精的一模一样。它说，我省了二十五双鞋的钱是赚到了，不能占用好床位。可是我断掉的都是左脚，有哪家店是卖单鞋的吗？"蜈蚣精懊恼不已。

"骡子精？"乐风一路小跑，看到驴子撅着屁股躺在豪华床位上，好吃好喝，还有美女伺候。躺在旁边床位上的，则是一群血肉模糊的妖怪。

驴子摇着屁股对女妖吹牛："知道这条尾巴怎么没的吗？那个叫壮烈啊。当年我跟着孙大圣攻陷南天门、大战二郎神，我和哮天犬斗了三百个回合不分胜负。最后我打断它四条腿，这尾巴才不幸被咬掉了。"

女妖一边给它敷药，一边表示不信。驴子拍着胸口说："你看这伤口，是不是平整得像刀伤？普天之下，除了哮天犬，谁能有这样锋利的犬牙？真可惜了我这雄性象征的尾巴。"

"驴子，你这不就是狗咬狗一嘴毛吗？"

驴子兴奋地跳下床，把乐风举起来："小胖子，太好了，我还以为你被老猴子拐卖了，正与凌云和山神商量怎么救你呢。"

"你就想着怎么向漂亮姐姐吹牛吧。嗯，不对，你说什么，师兄和山神也在这里吗？"

"就是他们把我从母老虎那里救出来的。嘘。小声点，这里说话不方便。"

"放心吧，这里说话很方便。"巡山老妖走近前来，庞大的身影笼罩住一切。女妖和其他伤员都被他吓得逃之夭夭，只剩下一个以发覆面、伤痕累累、衣服稀烂的人还躺着。

驴子喊道："山神老家伙，快起来，乐风来了。"

乐风跟着喊道："山神大叔，快点起来，不要装了，我找到师伯在哪里了。"

山神眨了眨眼睛，动了动手指："我不是装的。黑猴子果真强横。花果山又是一个奇怪的福地，能削弱来犯之敌的法力。我差点没被打死。至少还需要十二个时辰，我才能完全恢复。那边那个，长得，长得有点难以名状的朋友是谁？"

巡山老妖看着山神："想说我丑就直接说，我不介意。不过你们果然聪明，光明正大地躲在伤兵堆里疗伤，难怪黑猴子找不到你们。"

驴子牵着乐风的手："走，我们去找你凌云师兄。"

棚户区里有一个人头攒动的地方，驴子好不容易才拨开人群。乐风看到凌云正在汗流浃背地打铁，排队等他修补锅碗瓢盆、刀枪剑戟的妖怪如过江之鲫。

驴子说："多亏他有这一门手艺，爱贪小便宜的妖怪都喜欢他，才完全没有怀疑我们的身份。"

"我觉得师兄真的很适合当一个铁匠。如果师父和师伯是普通的妖怪，我们过着普通的生活就好了。"

乐风喊了一句："师兄！"

"师弟？"凌云一怔，又惊又喜地回头，眼中充满喜悦，手里的铁锤正高高举起，还未及重重落下。

围观群众惊呼："小心！"

凌云的铁锤微微一偏，还是砸了下来："啊！我的手指！"

花果山的这个早晨出奇地宁静，连鸟儿都只敢躲在被窝里啼叫。喝了一夜酒的黑猴子越发清醒，他举着酒杯问伥鬼："你喝酒吗？"

伥鬼低头："修道之人，戒酒戒色。"

"你现在是个鬼仙了，为什么还要遵循身为凡人时的修行戒律？"

"遵守规矩是为了约束自己的内心、培养自律的习惯。一旦开始修行，就是在和自己进行一场永远分不出胜负的角力，不可懈怠。"

"凡人就是可怜。我们妖怪随心所欲，反而能修得高强的法术。"

"未必。我知道曾经有一个凡人，他的法力尚在之上。"

黑猴子手中的酒碗被捏碎："你确定有这样的凡人？"

"大王，仙魔妖鬼的喜、怒、忧、思、悲、恐、惊，莫不与凡人相同，天赋又怎会在凡人之上？"

"有道理。仙魔妖鬼与人都是终日自找苦吃。我在化为鬼猴降世的那一刻，第一眼就看到了青道士。当时我在想，这世间怎能有如此落拓美丽的女子，怎能有如此英勇无双的女子？你知道吗？"

"大王，我不知道，我不好女色。"

"那我说给你听。她一剑就能让沸腾的东海平静，一剑就能斩下北海恶蛟的头颅，那龙血让我整个人都燃烧了起来。那一瞬间，我就不可自拔地喜欢上了她。"

"大王，你喝多了。这种少女心事，哦，不，是少男心事，还是不要和下属讨论比较好，有损你的威望。"

"怎么不能讨论？难道你喜欢男人，不想和我讨论女人？"

伥鬼咳嗽了两声："不是。"

黑猴子忽然说："我怕不说就没机会了。近日，我心头忽然涌起一种早已忘怀的心绪。当年黄猴子和灰猴子要离开的时候，我就有这种莫名的伤感。恐怕又要和身边亲近的人告别了。"

"大王不要担心，你身边没有什么重要的人可以离开或者死掉了。"

"你就是我身边的人之一。"

"大王不要咒我。"

两人正说着话，水帘洞的瀑布像幕布一样被挽开，外面的世界龙卷风正在肆虐。铁扇仙的咆哮无处不在。

"蛟魔王去了五行山，没人能管得了这个疯婆子，只能我去看看了。你好好守着水帘洞。"黑猴子一跃而出。

"大王，你我相见恨晚，但恕难从命。"伥鬼暗暗说道，随后附到墙壁上，缓缓地与周围的黑暗融为一体。

乐风和山神从桃树中的密道滑进水帘洞，迅速翻找出黑猴子的石碗，打开进入洞天的水潭。

乐风伏地，猛地把头一探，水面发出瓦裂的声响。他俯首一会儿才抬头："山神大叔，我师伯还关在这里。"

山神依葫芦画瓢，也猛地用头一撞，却仿佛撞在了最僵硬的石面上，血从额头淌到了鼻尖。

"为什么你进得去，我进不去？"

乐风说："或许是因为你散发覆面，气场不和。要不你换个造型试试？"

"哦。"山神把头发一拨，束了起来。背后突然传来一个声音："对不起，我可以仔细瞧一下你的脸吗？"

"怎么了，我脸上有东西吗？"山神下意识地回头，看到一张似曾相识的脸。

"你是伥鬼？"乐风想到巡山老妖所言的恐怖，急忙躲到一旁。

伥鬼激动得热泪盈眶："终于找到你了。我在世间游荡数百年，就是为了你。"

"啊？为了我？"

"对。一切的艰辛困苦都是为了你。"

山神怯生生地问道："难道我们相爱过？"

"爱？爱怎么能形容我们的关系呢？"

"我好怕，你不要乱说话，要知道我失去了记忆，你说什么我就会信什么的。"

"失去记忆！"伥鬼大怒，"那你可记得此阵，我终于洞悉了你的压箱之技。"

伥鬼的双掌向后张开，指间夹着六张符箓。符箓遇空气则燃，火焰在空中衍生出六幅八卦图，图中有六个狰狞的鬼怪，分别代表自欺、绝望、逃避、懦弱、妒忌、傀儡六种执着。

"这是你的鬼道大阵！你也忘记了吗？"伥鬼吼道。

"我的？你的？还是我们的，我们到底爱过没有？"山神皱着眉，脑袋一片混乱。

六鬼呼啸，六道水柱般的黑气冲出，将山神直接轰出了水帘洞。洞壁上留下一个巨大的窟窿。伥鬼急急飞出，似乎不取他性命绝不会善罢甘休。

洞内转眼只剩乐风一人，他毫不犹豫地跳下水潭。

青道士濒临虚脱。黑熊精五体投地倒在阵法里，他已经无法维持变化之术了。

"为什么不逃走？！"青道士又见乐风，顿觉天旋地转。

"我们和山神一起来救你。"

黑熊精眼中燃起希望："他人呢？"

"刚被别人轰飞了。"

"轰、轰、轰飞了？这么弱啊。"黑熊精眼中的希望瞬间被浇灭。青道士忧心如焚，终于支持不住，瘫倒在地上。乐风冲进暗红色的阵法，扶住青道士。黑熊精说："小猫妖，恭喜你，这个阵法走进来就出不去了。"

乐风拉着青道士要走，一双纤细的手从虚空中伸出，掐住他的脖子将之高高举起。

一个青衣红袍的女子形象显现。

"我去。"黑熊精艰难地抖了抖腿，想爬得远一点，"原来我身后真的一直站着一个女鬼。"

青道士喝道："放手！"

黑熊精说："别喊了，你没看出来她的神识早就被这个阵法吸食殆尽了吗？现在只不过是生前的形象罢了。"

女子的手用力，乐风脸色发紫、舌头外露。青道士拼尽力气站起来，但阵法红光一闪，又把他压倒在地。

另一处，山明水秀转眼化作焦土。

被揍得鼻青脸肿的山神终于愤怒了，咆哮道："够了，你上来就一顿胖揍，又不说你究竟是谁、我又是谁？"

伥鬼似怒似哭似似笑地道："你说你是谁？那就看这鬼道阵法能不能让你想起你是谁了！"

伥鬼背后的六幅八卦图光芒大增，六个恶鬼似乎要从阵法中挣脱，六道黑气轮流喷薄而出，所过之处山石湮没、寸草不生。

"够了！我怎么知道我是谁？我是天宫册封的山神，我的山在水里。"

"你是神仙？真是开玩笑。"伥鬼大笑，六道黑气同时射出，犹如东去的潮水。

"你以为就只有你会吗？"山神以右掌推向虚空，六幅八卦图凭空而出，也是六个狰狞呼啸的恶鬼。

他的脑袋发痛，左掌也推向虚空，又出现六幅八卦图。他的脑海中不断浮现一个问题：为什么自己会这个阵法？

"来吧，这才是你的真面目。不可一世的欺神骗鬼之人。"伥鬼双掌合十，符箓横飞，背后出现二十四幅八卦图。

数十道黑光在花果山东侧此起彼伏，犹如炮火对决。黑光所至，众人纷纷躲避，哀鸿遍野。

另一处，龙卷风横七竖八地扫荡花果山的西侧。驴子在铁扇仙的四面八方同时神出鬼没。铁扇仙愤怒得双眼充血，她不管不顾，持芭蕉扇横扫千军。

驴子和凌云躲在远处的草丛里。驴子沾沾自喜道："我就说有钱能使鬼推磨吧。雇几十个妖怪扛着我的画像漫山遍野地跑动，我时不时出现，就能让铁扇仙看花了眼。她根本不知道，本尊就躲在这里看她发疯。"

"我本来还答应乐风回家盖个新房子，现在钱都花光了。"

"为了救你师父，难道不值得吗？我们快点走，到水帘洞下的碧水潭接应他们。"

花果山到处都是恶鬼的号叫和天外狂风的声音，许多妖怪都以为天宫和地府在同时攻打花果山，不断祈盼自己能够避过一劫。

黑猴子两臂并拢护住头颅，一个跟头翻过重重叠叠的龙卷风，逼近铁扇仙，一把握住她的手腕。

"你疯了吗？"

铁扇仙一扇子拍向他的头颅，黑猴子不闪不避，硬受了这一扇子。只见他的脑袋纹丝不动，鼻腔喷出血来，溅了铁扇仙一脸。

铁扇仙这才稍微冷静一些。

"够了吗？你难道想把花果山夷为平地？"

"该死，那头驴子偷看我洗澡，这事要是被牛魔王知道了，我还怎么嫁给他？"

"那头驴子是公是母，你知道吗？"

"哦，对哟，如果是一头母驴，被看到也不怕。"

"而且，南瞻部洲的人最喜欢阉割畜生，它就算是一头公驴，也一定是一头被骗的驴子。"

"也是，或许我错了。"铁扇仙低下了头。

"快把风收起来。"黑猴子看看东边天空流窜的黑气，又看看水帘洞的方向，说道，"我回一趟水帘洞除掉那些鼠辈，还要去助伥鬼一臂之力。"

奔跑中的驴子突然打了几个喷嚏："难道有人想我了？"

凌云伸手拍拍它的头："不要想太多，你就是秃顶，容易着凉。"

"我说过几次，不是秃顶，是剃头匠的手艺不好！"

黑猴子翻进水帘洞，看到一片狼藉，坚固无比的洞府甚至被开了一个"天窗"，冷风像潮水一样从"窗口"不断倒灌进来。铁扇仙紧跟着他钻入水帘洞。

黑猴子问道："你来做什么？"

"我来将功赎罪。"

"看来我的预感是准确的。"石碗变化的水潭刺眼地出现在地上，水潭之下影影绰绰，显然有人闯了进去。

铁扇仙看着伥鬼在石壁上轰出的大洞，点点头："嗯，我也觉得你的预感是对的。这个洞这么大，以后冬天没有好觉睡了。"

黑猴子白了她一眼，准备跳入水潭。

此时巡山老妖翻进水帘洞，披头散发、状如疯癫。黑猴子一怔："老家伙，我们不是定了规矩，巡山不入水帘洞吗，你怎么来了？"

"他呢？他死了，对不对？所以他才不理我了。"

黑猴子意识到巡山老妖在找夜晚的巡山人，以安慰的口吻说道："她要到晚上才会出现。现在是白天，你老糊涂了吗？"

"晚上出现的是一只鳄鱼精，你骗谁呢？"

巡山老妖毫无预兆地侧身一撞，把黑猴子撞到了石壁上，整个洞府都为之一震。

"你打不过我。念在昔年情谊，你现在给我滚，我饶你不死。"黑猴子两眼充血，极力控制怒火。

巡山老妖又一撞，黑猴子侧身闪避，然后一拳击中巡山老妖的下巴。巡山老妖的头飞了出去，头颅和身躯都化作了五彩的烟气。

铁扇仙祭出芭蕉扇，轻轻一挥，狂风在水帘洞内旋转起来，威力倍增。但是，不定的风势受洞府地形限制，很快首尾相接，变成了不分敌我的大旋涡，将石锅、石碗、石床都卷了进去。

巡山老妖化作烟气在风中飘飘荡荡，倒也不受伤害。只是石具无眼，锅、碗、瓢、盆一个个地往黑猴子头上招呼。他很快就鼻青脸肿了。

铁扇仙还想出手，黑猴子按住她的肩膀，说道："你只管作壁上观，不要越帮越忙。"

"我是打不过你，可你也杀不死我。我要破坏你娶亲的好事。"五彩的烟气化作破城锤，砸向禁锢青道士的封印。这一看似平平无奇的水面坚固无比，但是破城锤威力非凡，涟漪泛起。

水潭之下的洞穴顿时沙石俱下、天摇地动。

"既然你不识好歹，就不怪我不讲旧情了。"黑猴子勃然大怒，伸手隔空一抓，猴王的宝座裂开，一把间杂铜绿的金铜飞入他手中。正是他的兵刃，打神铜。

一铜劈下，巡山老妖被打回原形。

黑猴子怒道："我本来答应她饶你一命，可是你非要自寻死路。"

"所以，她死了，对不对？"

"她的不幸都是因你而起，谁让你想离开花果山？"

黑猴子说，两百年前，他发现巡山老妖萌生了离开的念头，极为震怒。因为两位巡山人是花果山充沛的地力所孕育的妖怪，只要他们在，地力就会有序循环，花果山的地界就能削弱敌人的能力，增加己方的勇气。一旦两个巡山人离开，地力运行势必紊乱，乃至渐渐外泄、消耗殆尽，不利于对抗天宫的斗争。

所以，黑猴子决定把巡山老妖炼化为只能永远滞留花果山之物。这个计划在付诸实践之前，被夜晚出现的巡山人发现了。她苦苦哀求，提出由自己代替巡山老妖被炼化，条件是让巡山老妖离开花果山。这样一来，即便有损花果山的地力，也不至于妨碍仙妖大战。

　　黑猴子念在相识多年，才答应了她的请求。但黑猴子并没有完全兑现承诺，反而让鳄鱼精伪装成红袍女妖继续巡夜，让巡山老妖无法下定离开的决心。

　　巡山老妖听完怒不可遏地化作一把长枪，直刺黑猴子的心脏。

　　打神铜一挥，长枪折断。

　　"不要太自以为是。不死不灭的，是花果山的地力，而不是你们的神识。打神铜是以天宫三十三条打神鞭千锤百炼锻造而成的，能够打得仙魔妖鬼永世不得超生。"

　　"所以你就是这样把他打死的吗？"巡山老妖化作巨大的五彩球，撞向黑猴子。黑猴子轻松地劈出一铜，彩球粉碎成末，但电光石火之间，粉末又骤然聚拢，从黑猴子的七窍钻入他体内。

　　"啊！"黑猴子猝不及防地惨叫一声，打神铜脱手。

　　铁扇仙见状大骇，本能地舞动芭蕉扇，大风起兮，万物轮转。

　　黑猴子在风中大喊："你以为这样可以杀死我吗？老妖，你太幼稚了，我可以将你直接在我体内炼化成丹。"

　　"在那之前，先让你失去所爱吧。"五彩的烟气裹住黑猴子，借风势闯入了关押青道士的洞穴。

　　黑猴子跌落洞穴时，乐风伏地在吐，红袍女妖也伏地在吐，青道士和黑熊精也是如此。黑熊精看到黑猴子，骂骂咧咧地道："你个蠢东西，外面发生什么事了？怎么洞穴左摇右晃，好像被丢到船上一样，好晕啊！"

　　乐风暗自庆幸，如果不是女妖经不住摇晃，晕眩呕吐，恐怕自己已经被掐死了。

　　黑猴子站起来，如受惊的野牛一样发疯似的横冲直撞，踏入阵法的阵眼。女妖的手转而紧紧地扼住黑猴子的颈部。一股烟气从黑猴子的鼻腔钻出，变成一条上吊绳，也勒住他的脖子。

　　黑熊精惊呆了："这是什么情况，捆绑和虐待吗？"

　　"这就想打败我？"黑猴子怒发冲冠，每一根毛发都像擦燃的火柴一样烧了起来，无数的火苗汇聚成熊熊鬼焰。

　　巡山老妖渐渐被逼出他的身体。红袍女妖被鬼焰包裹，但她的双手抓得越来越紧，毫无松开的意思。黑猴子的双手狠狠地掐住女妖的两只手腕。

　　阵法的力量和黑猴子的蛮力不断抵消，困住青道士的红光渐渐变得暗淡。

　　乐风急忙扶起青道士逃离阵法，黑熊精手脚并用，像乌龟一样尾随逃离。

　　"不要想逃！"黑猴子大喊一声，洞穴外的打神铜应声封住水潭的出口。

乐风看看一半残留在黑猴子体内、一半飘浮在半空的巡山老妖，又看看着火的女妖，眼睛眨得飞快。在他眼中，巡山老妖变成了一个少年，女妖变成了一个少女，眉眼清秀、天真烂漫。

他恍然大悟道："老妖先生，红袍姐姐就是你要找的人！"

巡山老妖望着对面的人，既惊愕又不意外。因为神识被打散，她现在就是一个六亲不认的阵法机关，谁闯入阵眼，她就消灭谁。

横跨无数的时光，他们终于迎来第一次也是最后一次见面，但她已经空有其形，不再是那个在寒冬和迷茫时给他温暖的人了。

巡山老妖伸手去摸她的脸，她却张嘴咬住了这双曾经在石壁上凿下无数温暖文字的手。黑猴子的双眼被鬼火点着，瞳孔消失，取而代之的是一团烈火。

他大喝一声，将巡山老妖彻底逼出体内，然后将女妖的手腕捏碎了。女妖掐住他脖子的手掌应声掉地。

"你不能走。"黑猴子深情又愤怒地望着青道士。

乐风看了看出口，打神铜横亘其间，根本无路可逃。青道士勉力站了起来，问乐风："青匕剑呢？"

"我给凌云师兄了。"

青道士身形一歪，显出一种屋漏偏逢连夜雨的悲伤。

乐风扯下腰带递给青道士："我这里还有一条藤鞭。"

青道士捂脸摇头："你怎么把你师父的遗物当腰带啊？快点拉好裤子，别掉了。"

乐风急忙拉住裤子。

黑熊精扑到青道士身上，重新化作一件披风。他说："以你现在的力量，肯定打不过他。让我助你一臂之力。"

黑猴子伸展一对铁臂，十指仿佛长了一倍，犹如利爪。青道士一鞭挥过去，打铁有痕，鞭石有印。但黑猴子轻轻松松地抓住长鞭一扯，把青道士过肩摔在地上。

青道士爬起来，地上留下一个倒模。

"时移世易，我已经不是当年那只要靠你相救的猴子了。"黑猴子闪到青道士身后，击出一拳。

青道士脚重如铁，根本无法回身防御。幸亏黑披风猛地鼓起，像沙包一样卸掉了黑猴子这一拳的大部分力量，为青道士赢得了转身的时间。

三十三鞭同时打出，雷霆之火在洞穴里闪烁。黑猴子不闪不避，硬受三十三鞭。

"如果世间有能够承受你烈火一样性格的男人的话，那只能是我。"黑猴子探手一抓，把黑披风从青道士身上扯了下来，踩在脚下。

黑披风惨叫了一声。

"我觉得黑熊精可能和你更配，我就不奉陪了！"

青道士斜眼看了一下封住出口的打神铜，突然长鞭一挥卷住打神铜，用力一扯，间不容发地借力向出口遁去。

"哪里去？"黑猴子直扑向出口。说时迟那时快，黑披风钩住黑猴子的脚向上一扬，盖住了他的头颅。青道士的长鞭突然改变方向，直击黑猴子。

等黑猴子扯下披风，长鞭刚好将其捆住。青道士两指合拢成剑，指尖就要刺入黑猴子的眉心。

黑猴子的眼睛一闭一睁，两道金光直射向青道士的双眼。黑披风急忙格挡在二人中间，被金光一射，甩到青道士身上，两人滚作一团。

青道士难以置信地道："你居然掌握了火眼金睛术？"

黑猴子说："不是火眼金睛，只是鬼母灯让我和黄猴子、灰猴子有了奇妙的联系，所以他们的法术我都通晓一二。如果我真的学会了火眼金睛术，恐怕已经将黑熊精射穿了。"

黑熊精摸着屁股上的伤："你们眉来眼去，可怜我的屁股上多了两只眼睛。"

"现在的你，不可能打败我。"黑猴子伸手来抓她。

青道士知道大势已去，一时之间不知如何是好。乐风扑过去挥拳，吼道："我没保护好我师父，现在我一定要保护我师伯。"

黑猴子毫不在意地轻轻甩出一掌，准备将他拍飞。但是乐风挥出的小拳头背后突然有一只毛茸茸的黑手，一拳打掉了黑猴子的手掌。

黑猴子一怔，想起了在灯下黑遇见的少年。

此时，一旁的巡山老妖收起对女妖的爱怜之色，对乐风说道："小鬼，你践行了承诺，现在该我兑现诺言了。"

他忽然彻底化作一股清风，钻进了女妖的嘴巴。

"小心！女妖是极阴的地力所化，老妖是极阳的地力所化，两股力量突然碰撞，必定会产生极大的破坏力。"青道士拽起黑熊精一甩，黑熊精化作一件披风将乐风盖住。

"谁都走不了！"黑猴子的怒吼传来。

爆炸发生了。

洞穴坍塌，化作一个剧烈颤抖的石碗。铁扇仙企图让石碗平静下来，但手指还未碰到石碗就被震开了。

两道五彩的烟霞从石碗中袅袅升起。

又是一阵爆炸声，石碗豁然裂成两半。几道混乱的光芒从中四射而出，黑猴子砸到铁扇仙身上，青道士、黑熊精和乐风则被崩出水帘洞，掉入碧水潭。

碧水潭中，凌云骑着一只巨鳖正在等待。一见青道士等人入水，随即卷动水流拖着他们不断下潜。

两道五彩的烟霞落到了花果山的边界，化作身着彩衣的少年和少女。

一阵风在落雪的边界盘旋。二人轻笑道："灰猴子，难道你不和我们见一面吗？"

聂双从风里落下来，赤足踏雪，眼含不舍。她问道："你们二人是因花果山对万千生灵的喜爱而生出的妖怪。为了保护我们，你们甚至不惜变为丑陋、恐怖之人，我们却一直伤害你们。"

二人摇摇头："不要伤感，我们依然对你们充满热爱。只是，你真的要去见黑猴子了吗？"

"我离开花果山的时候，曾立誓死前与他们不复相见。"

"或许无常和伤感才是生命的本质吧。再见了。"

"再见了。"

两个少年踏出花果山的边界，每走几步就衰老一点，慢慢地变成青年，变成中年，变成老人。但是，他们越走越远，越走越笃定，最后化作了虚无。

聂双目送完他们二人，缓缓地踏入花果山。她心里充满凄楚："黑猴子，最好的朋友，我来见你最后一面了。"

巨鳖游到碧水潭底，数十个孔道出现。究竟哪一个孔道通向东海龙宫？他们举棋不定。

一只白毛老猴子出现在一个孔道的一侧。他指了指脚下，示意那里就是生路。

乐风和巨鳖对视，不知道应不应该信任老猴子。

凌云想请师父拿主意，但青道士和黑熊精早已虚脱昏迷。

巨鳖缓缓地靠近老猴子所在的孔道，那里似乎有海水的咸味。

生死之间，如何是好？

第十一章
曲终人散

· · ·

多情的人才懂得，天下没有不散的筵席。

五行山上，风声猎猎，沙砾滚滚，草木竞折腰，唯有镇压妖猴的六字真言帖纹丝不动。

路过的神仙、妖怪看到了，都会忍不住想念出帖上的六个字："唵嘛呢叭咪吽。"

封印之妙在于，咒语每被人念一次，五行山之重就会加一分。爱看热闹的群众这么多，他们一人一句，妖猴永无出头之日。

奈何多数人都念不好这六个字，要么字认不全，要么口音太重，基本都变成带着唱腔的"哦骂你爸爸轰"，或者"哦妈咪妈咪红"。

这个时候，被压在五行山下的妖猴就会破口大骂："你爸才被人轰。"吓得三姑六婆、闲散人员四处躲闪。虽然每日都要上演骂骂咧咧的戏码，但天下仙妖莫不知道这六字真言帖的威严。

传闻天帝和猴王为了避免玉石俱焚，在西方佛祖的调停下，决定以妖猴被压五行山为条件，休战五百年。三方签下休战书，谁若敢挑起战端，另外两方将合力将之彻底摧毁。

为了警醒妖猴和其他不安分的妖怪，佛祖将休战书写在六字真言帖背后，高挂在五行山上。

这来之不易的安宁……

这一日，妖猴刚骂走第三拨看热闹的观众，蛟魔王忽然到访，把一只青玉狐狸扔到妖猴眼前。

妖猴说："老二，我如今不吃肉了，渴饮铜汁，饥餐铁丸。何况狐狸肉那么骚。"

"不要嬉皮笑脸，你可认得这狐狸精？"

妖猴装傻充愣："好像认得，也好像不认得。你不要整天一副苦大仇深的模样，倒像是你被压在五行山下似的。来，笑一个给我看看。"

蛟魔王不苟言笑："那我告诉你，他是黑猴子座下的狼将军，有事要向你禀报。"

"定无省心之事。"妖猴双眼一闭，别过头，"不听。"

妖猴的身躯被压于五行山下，只露出一个脑袋。蛟魔王把他的脑袋扶正："作为花果山之主，你必须听。"

狐狸精便把黑猴子强行征兵入伍、贩卖小妖换取武器、逼婚青道士的种种行径一五一十地说了一遍。

蛟魔王问："按我等结义时的誓言，以花果山仁义之师之名，当如何处置黑猴子？"

妖猴答非所问："这么多年了，你还认为我等真是仁义之师？"

蛟魔王脸色一沉。妖猴继而晒笑："你若下得了决心，大可于花果山当众宣布讨伐他。"

"你不在，他若倒下了，花果山还能维持吗？"蛟魔王露出踟蹰不定的神情。

青玉狐狸听出蛟魔王话中有话，愤恨地看着他："我本以为你是正直之人，才冒死回花果山向你揭露黑猴子的恶行。没想到你竟和他沆瀣一气。"

妖猴说："蛟魔王确实是我们当中最正直之人，否则他应该杀掉你，而不是带你来见我。"

蛟魔王望向远处："有时候个人的正义对众人的利益而言分文不值。何况你向我告密是为了替父报仇，不是为了正义。"

狐狸精还要辩驳，妖猴露出血盆大口，喝了一声："走！"

空气一震，一个巨大的气泡凭空生出，裹住狐狸精，疾驰向远方。

蛟魔王盯着山巅的六字真言帖："猴子，花果山内外交困，你难道不担心吗？"

"担心啥？不是有你们在花果山吗？俗话说，儿孙自有儿孙福。"

"儿孙？你娘的，这都要占我便宜。"蛟魔王啐了一口唾沫，继续说，"区区一张佛帖怎么可能压得住你？"

"不要小看这张纸，上面有我、佛祖和天帝的签封，汇聚了我们三人的法力。普天之下，谁能揭开？"

"你能！"

"我能。可是我又不能。"

"你难道不怕黑猴子打破你和佛祖的约定吗？"

"阻止他。"

"如果聂双要杀死黑猴子呢？"

"阻止她。"

"说得轻巧。阻止他们？我要是有把握阻止这二人，何必来见你？"

"你如果想撒手不管，又何必来见我？"

蛟魔王无奈地望了他一眼："我着实不明白，你大闹天宫时，在佛祖的手掌中到底发生了什么事情。"

巨大的金色手掌，天柱一样的五指，那一翻再翻、翻到了世界尽头的跟头，所有的画面忽然一闪而过，妖猴轻轻地摇头。

蛟魔王看了他一眼，失望地转身离去："虽然我不知道那时发生了什么，但一个绝望的英雄是无法拯救他人的。"

妖猴高声喊道："拜托你了，阻止他们。"

蛟魔王远去的背影动了一下，似乎是在点头。

花果山，水帘洞下，碧水深潭。巨鳌驮着乐风、青道士、凌云和黑熊精一众人等，在老猴王的引领下潜入一个环环相套、窄小得只能一往无前，无法转身的孔道。

冲出孔道的一刻，液体蒸发，众人没有看到磅礴的水晶宫，也没有巡海的夜叉。他们掉到了一个洞窟里，摔得人仰马翻。巨鳌四脚朝天翻不过身来，清醒过来的青道士狠狠地拍了一下它的屁股，将其化作一头驴子。

驴子骂道："该死的老猴子，就知道你不安好心。"

老猴子站在洞窟的暗处，露出阴森森的笑容。他旁边吊着一具风干的剥皮尸体，与他赫然有几分相似。

众人惊惶，难道有一死一生两个老猴王？一见那熟悉的笑容，青道士便心中了然。他咬牙切齿地道："你以为披着这身皮，我就认不出你了吗？"

"少惟。我这身皮是披给别人看的。见你，自然不会藏头露尾。"老猴子直立起来，缓缓地将猴皮剥下，露出庐山真容——小仙白元问。

他有几分得意："寻常变化之术逃不过大妖怪的法眼，但是这狼披羊皮之法，倒是能让不少人上当。"

"踏破铁鞋无觅处，得来全不费工夫。"青道士忽然一扫颓态，青匕剑在握，青光照亮洞府。

"少惟。故人相见，何必打打杀杀、虚张声势呢？"白元问的袖口滑出一画轴，瞬间凌空铺开，首尾相接，将众人围困。图上有影影绰绰七十二座山峦和茂盛、青翠的草木，栩栩如生。

青道士止步不前。凌云也瞧出了名堂，有点露怯："我似乎见过此图？"

白元问绕着众人缓缓地踱步一圈，说道："不错。正是诛杀了少青的《祝融七十二峰神火图》。"

"此图早已被烧成灰烬，休想诳我！"青道士劈出一剑，剑锋落在图上如泥牛入海、针刺棉花。图上的草木如有感应般无风摇摆，迸发星星之火。

白元问脸上闪过一丝狰狞："当年神火图被少青毁去，我在南天门受杖刑而颜面尽失。我本也以为它是件稀罕宝物，后来才知道，祝融大神随时可以再画一幅。天宫的人不过是喜欢小题大做、痛打落水狗罢了。"

青道士一边暗中观察环境，希望找到逃脱之法，一边说道："他们欺侮你，你却还能借出此图，真是一个包羞忍耻、摇尾乞怜的好男儿。"

"少惟，你不用激怒我。你们无路可逃了。此图是欺软怕硬的宝物，你若法力强过祝融大神的，它自无法为难你；若不如祝融大神的，便插翅难飞。"

白元问轻轻一拍神火图，星星之火变成活跃的火苗。他继续说道："以前我与俗世格格不入，处处碰壁。现在不同了，我明白了在哪里跌倒就在哪里爬起来的道理。那祝融杖打我、厌恶我，我就投其所好，让他将我视为挚交。这神性的弱点，到底与人没有什么不同。"

魏道士之死已时隔四年，乐风只记得当时一片混战，人影闪烁，如今瞧着白元问却越瞧越明白，当日的生离死别竟然变得无比清晰起来。他叫骂着扑上前去，神火图一明一暗，一团火喷出。

青道士抢步拉回乐风，旋身避开，奈何身手远不如往昔，火舌一卷，将他俊俏道士的皮相烧去。一个朱唇玉面、眉眼如霜的美丽女子出现在众人眼前。

"少惟。你还是这么美、这么冷，就像冬夜里孤悬的弦月、寒江上初落的雪花。可是你看你，如今连区区三昧真火都无法避开，还是服输吧。"

"你到底想干什么？！想取我的性命就放马过来，不要殃及无辜。"

"我怎么舍得杀你？"白元问忽然抓住悬空的神火图，与青道士只一图之隔，恨恨地道，"如果不是因为你，我和少青何至于落到如此结局？我怎能轻易杀你？！"

"废话少说！"

"好！就喜欢你这么倔强。我有一物，需要穿针引线、缝缝补补。那针必须比定海神针还坚硬，那线必须比龙筋还要坚韧。针，我还未寻到。线，就在你身上。"

"你要扒我的筋？"

"若能做到，我绝不害一人性命！"

白元问后退三步，神火图上七十二峰的火焰像预警的狼烟一样逐渐燃烧起来。

"少惟，你可以考虑的时间不多了。等到七十二峰的火都烧起来，你们所有人都会化作灰烬。"白元问说着两手相握，缓缓地抽出一把如冰如玉的三尺长剑。青道士一眼就看出那是道德天尊的七星剑。

他在威胁她，七星剑在握，寻常妖怪绝不是敌手。

每数十声，神火图上就多一座山峰燃起大火。青道士咬着牙，宁死不屈的话始终说不出口。她身后有凌云、乐风和驴子，还有昏迷不醒的黑熊精。她怎能坐视他们为她的骄傲陪葬。

尽管现在是数九寒冬，但在神火图的烘烤下，驴子大汗淋漓，然后汗水又被热气蒸干。如此几次之后，它拖着虚弱的身躯打起坐来，一个蹄子向天，一个蹄子向地，摆出一副威武的样子。

乐风饱含希望地问："驴子，你怎么了？难道你要施展什么逃出生天的法术吗？"

"不是。"驴子悲伤地说，"我只是想死得好看一点，一手戳天，一手指地，等烧成炭，没准儿还会有人把我当成高贵的神像供奉起来。"

凌云摇晃黑熊精："黑狗叔，你快醒醒，快醒醒。"

青道士内疚地说："不要喊了。此前他化作披风保护我，消耗了五百年的功力，一时半刻不可能清醒过来。"

高温令众人昏昏沉沉，渐渐失去知觉。白元问很没有耐心："少惟，你不要浪费我的时间，我在花果山还有更重要的事情要做，你不过是一个小插曲。"

"你蛰伏于此到底有什么阴谋？"

"呦！"白元问慢慢地睁圆双眼，语气充满戏谑，"少惟，你连自己都顾不上，还想多管闲事？你的自以为是害死过多少人，还不知道吸取教训吗？"

青道士两眼如火，怒视白元问，但白元问忽然闭眼轻轻摇头，幽幽地说道："少惟，你莫以为在南疆深处之事无人知晓？"

青道士心头一凉："你到底想说什么？"

"古书记载，南瞻部洲有一神奇所在，被称为草木祖地。传说人间第一株草木就是在那里萌发的。只要能栽植在那里，哪怕是烧成灰的炭，也能够重新长成参天大树。"

"住嘴！"

"少青的法器是以本相的柳枝编织的，她魂飞魄散之后，法器还在你手中。你怎么舍得她死？"

"我叫你住嘴！"青道士怒得一口气接不上，剧烈地咳嗽起来。

"如果我是你，定会设法从法器中拣出一棵树芽，种植在草木祖地，再以精血不断浇灌，让她活下去。"

这轻飘飘的话比泰山还重。青道士眼中的怒火一暗。

"你在暗处窥视我？"

"不。不需要窥视。我太了解少青了，也了解你。你们二人共同修行，是彼此最重要的人。你的精血当然能使柳芽慢慢恢复生命力。可是精血放得越多，法力消耗越多。你越来越虚弱之时，我就知道你在做什么了。"

"你到底想怎么样？"

"我要你认输。否则，我就将此秘密昭告天下。你们的仇人那么多，定会有人去寻那一株幼芽。"

最后一根稻草飘下来，青道士的倔强一败涂地。

"你如此恨我，把头给你就是。"青道士把剑架在脖子上，用力一抹，但白元问手中弹出一道光，将剑锋打歪。

"有的人不怕死。以死相逼就索然无味了。"

"你到底想怎么样？"

"双手奉上你的蛇筋。"

"师父，不要。"

"师伯，不要。"

乐风和凌云不胜高温，横躺在一起，迷迷糊糊地呼喊。

驴子愤怒地站起来，喊了一声："青道士，你可是我的主人，士可杀不可辱。今日我陪你一起葬身此处，来世你做牛做马报答我便是！"言毕又倒在地上。

"臭驴子，想翻身做主人？你想得倒美。"青道士看了他们几个一眼。

"白元问，我便依你所言，如你所愿。你若敢食言，必将你碎尸万段！"青芒一闪，鲜红一泼，青道士的后颈部被划开一道口子。剑尖一钩，一条青翠如玉的蛇筋被抛向半空，不沾一丝鲜血。

"少惟，你果然是大妖怪中的第一快剑。连一丝血都不沾。"七星剑探入神火图的禁锢，轻轻一转，蛇筋落入白元问手中。

"当如约放过他们！"

"自然。我是言而有信之人。不过，黑猴子会不会放过你们，我就不知道了。"

"你！"

白元问持剑跬步，念念有词，以剑为引，神火图的火焰忽然汹涌而出，化作一条火龙，直冲寰宇。洞窟被火龙穿透，山崩石裂。

青道士做双手撑天状，微弱的青光从她身上发出，将掉落的石头弹开。

洞外是大雪过后的月白风清，一闪而过的火焰让月亮蒙上一层橘红的晕色。黑猴子气急败坏的咆哮声传来。他终于找到他们了。

青道士瘫坐在地上，看着这天，看着这月，看着这冷漠的山峦，世界还是这么清冷而洁白无瑕。寒风卷过，青道士化作一道摇摇摆摆的青光划向天际，她要把黑猴子引开，让其他人有逃脱的机会。

她觉得身体沉重得摇摇欲坠，正要感慨廉颇老矣，猛地回头，看见凌云拽着她腰带的一角，吊在半空。

"师父，我不会让你只身一人的。"

她叹一口气："傻徒弟，你再扯师父的腰带，师父的裤子就得掉了。"

凌云脸一红，手一松，直坠青云。青道士急忙返身拉住他的手，黑猴子转眼将他们抓住。

洞窟内，青道士留给乐风他们的是一行字：带着黑熊，速速离开。

与此同时，灯下黑的大魔王骑着卖妖踏进花果山的地界。一群小妖将他们围堵住，坚决不肯放行。卖妖佯言道："我们大人可是黑猴子婚宴的贵客。你们胆敢怠慢？"

"在验明你们的身份之前，劳烦原地等待！"小妖们看到一个大男人像孩子一样骑在另一个大男人肩膀上，怎么都无法相信他是大圣的贵客。

大魔王哆嗦地抱住卖妖："好冷。和他们废什么话？"

大魔王打了一个喷嚏，目露凶光，地上忽然钻出很多触手，像水蛭一样紧紧地贴住各个小妖的后脑。小妖们顿生晕眩、痛痒之感，惊恐万分，纷纷丢盔弃甲，双手并用，想把触手扯下来。奈何动作慢的，转眼被吸成了干尸；动作快又力气大的，撕来扯去，最后疯狂地把触手连后脑壳一并扯了下来，血洒一地。

大魔王打了一个舒服的哆嗦："吃饱就没那么冷了。走吧，我们还得把买妖从山里挖出来。"

乐风和驴子清醒过来，面面相觑：黑熊精去哪里了？青道士留言让他们带黑熊精走。黑熊精又留言，让他们自己走，他要去救青道士。

乐风问："驴子，难道我们真的要丢下师伯和师兄，自己回去吗？"

"回哪里去？房子被芭蕉扇毁掉了，黑熊精失踪了，去黑风洞借宿也不可能。我们难道不是无家可归了吗？"

"驴子，这不是重点，师伯和师兄才是重点。我们去找他们吧。"

驴子为难地道："那不是送死吗？你也看到了，今时不比往日，以前有危险都是青道士救我们，可她现在连一个小神仙都斗不过。"

"话虽如此，"乐风知道驴子胆小，想了一会儿，循循善诱道，"可这里是花果山，聂双姐姐是花果山的大圣，又是师伯的朋友，没准儿我们会遇见她呢。"

驴子一双圆眼滴溜一转："好吧。谁让我是青道士有情有义的坐骑呢？"

二人于是漫无目的地在花果山行进。乐风带着驴子东躲西藏，走五步绕三步。

驴子怒了："小胖子，你这是要耍我吗，走什么猫步呀？"

"驴子，你耐心点，我是怕撞见铁扇仙。"乐风躲躲闪闪地随手一指，漫山遍野都是通缉驴子的告示，铁扇仙悬赏百金捉拿它。

驴子愤愤不平地撕下告示："这是哪个蠢货画的？驴子的耳朵长，骡子的耳朵短，都把我画成一头骡子了。"

"驴子，你怎么整天抓不到重点？"

"重点就是驴子可以生育，骡子没有生育能力。这是对我莫大的讥讽。让我知道是谁画的，非戳瞎他的眼睛不可。"

"是我画的。你要戳瞎我吗？"银铃般的声音响起，铁扇仙赫然站在一丈之外。

驴子的耳朵一卷，变成小短耳，随手乱指："大仙，您认错人了，我的耳朵短，是一头骡子。刚刚有一头驴子往东边跑去了，您快追！"

"是你傻，还是你当我傻？"铁扇仙慢慢逼近他们。

驴子知道无路可退，"扑通"一声跪在地上："仙子，你洗澡的洞府昏暗，我又年事已高，患有白内障，什么都没看到。"

"什么都没看到？你敢说没看到我胸口的山羊文身？"

驴子一愣："羊？难道不是一个牛头吗？哪里有那么胖的羊？"

"没看到，你怎么知道是一个牛头？"铁扇仙气得头顶冒烟。

驴子还在纠结那到底是羊还是牛。乐风悄悄地推了推它："驴子，驴子，你怎么还是抓不住重点？露馅儿了！"

芭蕉扇化作利剑。铁扇仙怒道："来吧。不要拖累你的朋友。"

驴子紧紧地抱住乐风："我的朋友很讲义气，要么你放过我，要么你把我们一起杀死。"

"那就让你们同生共死好了。"

驴子狂亲乐风："其实我喜欢的是男人，你看，你看。"

"你当我瞎吗？你连小女孩都不放过，怎么能让你这种色鬼多活哪怕一刻？"

乐风大喊："虽然我师父给我起的是女孩子的名字，但我可是货真价实的男孩子。"

驴子拉拽乐风的裤子："你等等，我证明给你看。"

乐风端了驴子一脚，灵机一动，大喊："漂亮姐姐，其实我们家驴子很可怜，是一头被骗了的牲口。"

"我不信！"

"不信就让我们家驴子脱裤子给你验明正身！"

驴子心领神会，猛地站起来要脱裤子。铁扇仙羞得急忙遮住眼睛。乐风骑着驴子，悄悄地拉开距离，然后夺路狂奔。

世界怎么静悄悄的？铁扇仙捂住眼睛许久，转念一想，哪里有穿裤子的驴子？等她再睁开眼睛，他们已在三五里开外。

"哪里走？！"狂风像猛兽的尾巴一样扑扫过去，把他们吹向远方。

二人如坐滑梯般在空中起起伏伏许久，才坠落于山高林密处，抬头便见一座三层八角塔。二十四个飞檐角，每个角挂一个铜铃，铃内无舌，在风中摇晃而不能作响。

塔外大大小小的石块垒成高耸的石柱，状若老者干枯的手指，又有枯枝纵横交错、老藤盘盘绕绕，连冬天的暖阳都无法消减此地的肃杀。

乐风打了一个寒战，问道："这是哪里？"

"不要大声说话。惊扰鬼魂可是大不敬。"驴子恐惧地指了指旁边的一块石碑，上面写着"埋骨塔"三字，显得鬼气森然。

乐风也心生恐惧，蹑手蹑脚地准备离开此地。但咄咄逼人的风声越来越近，驴子咽了咽口水："不会又是铁扇仙来了吧？"

"呵呵。就是我来了。"这一声回答顺风而至。

那还了得？驴子慌不择路，驮着乐风一头撞开大门，闯入塔中。可是它方迈步进去，便一脚踏空，坠入无底的黑暗。也不知道过了多久，在摔得粉身碎骨之前，似乎有一个气泡托住了他们，然后气泡破裂，他们被摔得屁滚尿流。

"好黑。驴子，你有灯吗？"乐风问道。

"当然有。"驴子不知道从何处摸出一盏灯，点燃之后有一股腥臭味。

乐风捏着鼻子："如果我没闻错，这是你的驴粪灯？"

"正是，此灯随身携带，经济环保，长明不灭。"驴子方露出骄傲的表情，猛地看见旁边一具具白骨鳞次栉比地排列着，无一不穿盔戴甲、兵刃俱全，显得威武严肃又阴森恐怖。驴子吓得说不出话，抬头再看，辽阔的地底空间状如一个葫芦，而埋骨塔就是葫芦塞子。

二人处于坟冢底部，穹顶遥不可及，鬼火状如星盏。

乐风感慨道："我的天。这得死了多少妖怪？一、二、三、四——"

"不要数。死人堆里点人头是一个禁忌，会惊扰他们。"驴子紧张地抓住乐风的手。

"为什么？"

"四大洲里，南赡部洲是战争最多、杀戮最重的地方。我听过一个诡异的传说。"

驴子紧张得喉咙干涩："都说成王败寇，一将功成万骨枯，世间最残酷的事情就是杀伐征战。败亡者的怨恨无法消弭，灵魂无处皈依，最容易受到蛊惑和召唤。只要有人收敛亡者的骨骸，点清他们的人数，他们就会附骨为魔，卷土重来。"

乐风纳闷儿道："那不是很简单的事情吗？虽然骸骨的数量多，但是有志者事竟成。"

"不。打扫战场、清点死者向来都是最困难又最易马虎的工作。尸山血海里残体断肢无数，拼凑而成的一具骸骨可能是一个人的，也可能是两个人的，甚至是五六个人的。很难数得清楚。"

"死无全尸？难怪他们有怨气。可是驴子，你记得我们在灯下黑的时候发现了黑猴子拿妖怪换兵器的事吗？"

"记得。你为救那群傻瓜，还浪费了魔王的一个愿望。"

"既然兵器如此宝贵，你说为什么这些拼凑出来的骸骨都穿着崭新的盔甲、拿着锋利的兵器？"

"他们在等待召唤？"这个念头一闪而过，驴子不寒而栗："我们闲事莫理，早点离开此处才是。"

埋骨塔外，紧闭的大门前站着铁扇仙。她揉了揉自己的脸，变成了灯下黑大魔王的模样。买、卖二妖随之从他身后出现。

买妖不解地问道："大王，为何要设计驱赶猫妖入塔？"

"我答应猫妖要救那青道士，但灯下黑不能直接和花果山发生冲突，授人以柄。所以救人之事，还是要靠猫妖自己。"

"这塔和救人有什么关系？"

"你以为黑猴子真的会为了一个女人挖空心思？或许他喜欢青道士不假，但坚持要娶她，为的必定是这塔里的死人。"

"此话怎讲？"

"南赡部洲有一失传的秘术，专门用以召回战死的军队。我对这秘术了解一二，只要能够完整地跳出招魂舞，点清亡者的人数，再向亡者献祭至亲之人，就可以让他们化身为魔，归于麾下。献祭之人越是亲密，他们就越加忠诚。"

卖妖恍然大悟："那伙鬼生前不就是南赡部洲的一个道士吗？"

买妖顿时背脊发凉："大王的意思是说，黑猴子会在成亲之后将他的妻子杀死？"

"对。而且，我推测就是在这大婚之夜。"

"那大王为何要让猫妖入塔冒险？"

"因为我不仅要帮他救人，还要送给他一个大礼。呵呵。"

大魔王发出诡异的笑声。买、卖二妖知道，他们的主人因为活的时间太长，百无聊赖，所以最喜欢拿人取乐，不禁为猫妖捏了一把冷汗。

卖妖还是不解："虽然合情合理，可这毕竟只是大王的猜测。况且此塔周围毫无戒备，似乎是一个被遗忘之地。"

大魔王正在为自己的聪慧暗自窃喜："那是因为你们没有看出来，这根本不是一座塔，这是姓白的小神仙以石猴的胎衣从我这里换走的几件宝贝之一——紫金红葫芦！"

"葫芦？"

"第一次仙妖大战后，许多战死的妖怪化作虚无缥缈却能凋零万物的魔障之气，于花果山盘旋不散。伥鬼便掏空山体，用法术将紫金红葫芦变大，困住那魔障之气，埋于此处，伪装成塔，请君入瓮。"

买妖的额头上冒出一层细细的冷汗："难怪不需要戒备了。如果没有使用者的咒语，这紫金红葫芦只能进不能出。大王，你确定要这么胡来吗？万一猜错了，只怕迟早会在葫芦中化作一摊血水。"

大魔王双目张得大若铜铃，越发激动起来："你们不觉得非常好玩吗？花果山的这场博弈，背后有几个各为其主的棋手在操盘，赢了多让人兴奋啊！我这就进去，你们二人可要按我的吩咐行事，不许有妇人之仁。"

二妖还要再劝，大魔王不管不顾地飞身入塔，颇有癫狂之态。

黑猴子是只很温柔的猴子，只要不发脾气、不发疯，他或许比世上任何男子都更值得托付终身。因为水帘洞被破坏无法居住，他另寻了一处干燥、温暖的洞府安置青道士。

女儿装束的青道士虚弱得看上去楚楚可怜，仿佛她不是一个大妖怪，而是一个体弱多病的深闺女子。

凌云问她："师父，你真的会嫁给黑猴子吗？"

"事到如今，走一步是一步吧。虽说肉在砧板上，但谁操刀还不一定呢。"青道士嘴硬，脸上却早已疲惫不堪。

"万一他真娶了你，我该叫他什么？师娘？"

"……"

"那我叫他师公？"

"蠢货！这是我生平修炼的心得，拿着好好修行。"青道士变出一本手札，狠狠地拍了一下凌云的脑袋。

凌云摇头不接。

"嗯？"青道士面有不悦。

"师父，我觉得你像在交代后事一样。我们一定会化险为夷的。"

"你是我唯一的弟子。少青有乐风传承衣钵，你也不能断了我的香火。要知道，我的法力一直稍胜她一筹。给我争口气。"

"师父！"

"不要伤心。你不是小孩子了。我的法力被废，仇家又多，即便侥幸逃离花果山，也只能苟且偷生，藏头露尾。如此生活多么无趣，你是懂我的脾性的。"

"师父。我来保护你。"

青道士摸摸凌云的头，感慨道："如果要保护我，你就更要拿着青匕剑和这本手札，好好修行。"

凌云方接过手札。青道士继续说："修炼我的法门，要改变饮食结构。先逐渐减少摄入肉类，然后连素食也不吃，改成以金石为主，最后达到辟谷的程度，炼出刚猛、霸道的丹元。"

"不吃食物吃金石？师父，这是因为修炼到后期穷得只能吃土了吗？"

"不是，小妖怪修行，吞服金石可以快点修炼出丹元。"

"师父，你可能忘了，我是凡人，不是妖怪。按你的方法，我觉得会修炼出肾结石或者胆结石，而不是丹元。"

"傻子！"青道士深呼吸了三下，然后拍了拍胸口，让自己平静下来，"算了。你就按自己的意愿去做吧。或者你可以当一个优秀的铁匠，反正少青的徒弟也是个傻子。我没有输她。"

师徒二人还要说话，两个鸡头人身的婢女突然抬着一个木架进来，架子上挂着凤冠霞帔，展示给青道士看。她们滔滔不绝，说布匹是收集昆仑的红日光织造，线条是从花果山清晨的露水中提取，凤凰的纹饰是黑猴子远赴西牛贺洲，杀掉三十三只凤凰，取下它们身上最漂亮的羽毛绣出来的。

两只鸡妖越讲越兴奋，青道士不禁问道："你们为什么这么开心？"

两只鸡妖抚摩着凤凰纹饰，说道："我们开心，是因为这凤凰的羽毛。"

"为什么？"

"百鸟之王。可惜落难的凤凰不如鸡，连毛都被拔光了。哈哈。"两只鸡妖幸灾乐祸。笑声中，铁扇仙推开把守洞府的妖怪，大步流星而入，两只鸡妖连忙向她跪拜行礼。

凌云拦在青道士身前，怕来者不善。

"不要紧张。我只是来看一看新娘子。看看不可一世的大蟒蛇是怎么被驯服，嫁作人妇的。"

"哦？"青道士以手托腮，故作慵懒道，"那你是该好好学一学怎么被驯服了。免得牛魔王再逃一次婚，又让你沦为众妖的笑柄。"

"你的嘴巴倒是硬。"

鸡妖听到铁扇仙咬牙切齿的声音，暗道不好，保持跪姿，悄悄地退出洞府。

"其实女人只要长得足够漂亮，哪怕脾气坏点，男人也会百般包容的。"言下之意是，铁扇仙美则美矣，但还有不及之处。青道士冷眉冷眼，瞳孔中仿佛装着深邃的星空。相形之下，铁扇仙的美确有几分世俗了。

"老娘打歪你的脸，看还有没有男人趋之若鹜。"芭蕉扇一出，狂风即来。凌云欲替青道士阻拦，奈何风势太快，青道士还是"砰"一声被甩到了墙上，脑袋一片轰鸣，耳边似有雷声和雨声如诉如泣，憋在胸口的一口淤血喷了出来。

"大人！这是黑大王即将过门的夫人，要注意分寸，下手不能太重啊。"负责看守洞府的妖怪冲了进来，却不敢轻举妄动。

铁扇仙冷眼一扫，他们竟然不自觉地后退了一步。

青道士抹了抹嘴角的血，无声地凝视铁扇仙。凌云双手持剑高高跃起，全神贯注地向前一劈。铁扇仙轻摇芭蕉扇，一道龙卷风将凌云托在半空，上不去，下不来。

"看谁还能救你？！"铁扇仙掐住青道士的脖子，将她顶在墙上，脑袋缓缓地靠近她，远看像在耳鬓厮磨，悄声说话。重重守卫只敢叫唤，却无人敢阻拦，都忌惮铁扇仙的身份和本事。

"你别说，你这蛇精长得还真是漂亮。"铁扇仙端详青道士的眉眼口鼻，忽然毫无预兆地强吻了上去。

凌云目瞪口呆，围观的妖众纷纷窃窃私语，讨论铁扇仙有没有伸舌头。

青道士正在挣扎，一只铁铸般冰冷和强硬的手突然抓住铁扇仙的手腕用力一投，把铁扇仙抛摔出去。

这么大的动静，黑猴子怎么能不来？

铁扇仙在空中顺势一翻，踩在挂得笔挺的嫁衣上。

黑猴子怒吼："滚下来。铁扇，你莫以为我真的怕你，不过是给老牛一个面子罢了。"

铁扇仙蔑笑，扇子轻摇，旋转的风卷起满洞府的器具。愤怒的黑猴子雷霆一吼，口喷妖火。火焰逆着风势，"吱"的一声点燃了芭蕉扇。

幽冥之火，一点即燃，不可小觑。铁扇仙连忙抛掉芭蕉扇。黑猴子趁机闪到她身后，抓铁有痕的五指当头罩下，力求一击便让其束手就擒。

岂料铁扇仙头也不回，反手掐住黑猴子的手腕，以其人之道还治其人之身，一个过肩抛掷，将他狠狠地摔到地上。

"你不是铁扇，铁扇没有这样的力气。芭蕉扇也不会这么轻易被烧毁。"

黑猴子躺在地上思忖片刻，露出恍然大悟的神情。只见他拍地暴起，消失于众人眼前，地面布满涟漪一般的裂痕。

惊起的尘埃还未散开，他已如鬼魅般与铁扇仙四目相对，疾如闪电的一拳贯穿铁扇仙的胸膛，但是没见一滴血。这铁扇仙仿佛一个虚影，散作几缕清风。

待黑猴子落到地上，吼出一句："果然是你！灰猴子。"

袅袅清风化作亭亭玉立的通风大圣——聂双。

"小黑，好久不见。"她似笑非笑，狂风像一对翅膀骤然收拢，又猛烈地张开，声势直逼振翅飞翔的大鹏神鸟。整个洞府都被吹得摇摇欲坠。凌云持青匕剑护住青道士，两人如同一株随时会被连根拔起的树苗。

黑猴子跳到青道士身前，颈部的经络像树根一样凸起，发出惊天动地的一声咆哮，以抵御聂双的法术。这狂风好比高速旋转的陀螺，这声咆哮就像砸向陀螺的石头。洞府顿时由内向外轰然炸裂，躲避不及的守卫被砸得血肉模糊。

天地沉静，只剩下黑猴子气喘吁吁之声和聂双的耳环叮叮作响之音。凌云面如死灰，心里暗暗因为两个大妖怪的力量感到恐惧，更加紧紧地护住青道士。

一个儒雅的声音传来："二位猴王倒是好雅兴，花果山七十二洞府转眼就少了一个。"

众人抬头，看到白衣银甲的蛟魔王坐在一块不规则的菱形巨石上，大概是洞府倒塌后掉落的。

聂双白了他一眼："你也不嫌扎屁股。"

黑猴子问："你也来请我放人？"

蛟魔王望向青道士："不是请。我会制服你，捆住你，不让你行差踏错。"

"老子今夜娶老婆。你想捆绑我。你到底是想抢亲，还是想做什么鬼？"

"……"

"两个大男人，啰里吧唆。"聂双向后一跃，衣袂飘飘如云，曼妙的曲线化作旋转的纹理，大风起兮，拔树飞花。

黑猴子伏地昂首，状如称霸山林的人熊在展示威风，一声声地咆哮，声如暴雨中的狂雷。

"不要以为就你们嗓门儿大！"蛟魔王张口即来，龙吟之声如四海同时掀起波澜、升起交织错乱的水龙卷。

一时之间，风吼、鬼哭、龙吟之声如三江交汇于狭小的隘口，奔流壮阔、声动四野。洞府所在之山峰渐渐摇动，如大雨久浸，泥石瓦解。凌云握住的青匕剑所散发的微微之光，已然不能自保。

青道士把手搭到青匕剑上，划破指尖。青光振奋，才勉强护住二人，使其不至于口鼻出血而亡。

花果山地动山摇，天宫的千里眼、顺风耳将此事急报于天帝。天帝不疾不徐地对旁侧的太白仙人说道："看来那流放下界的小仙所言不假。尔等是否已经点齐天兵天将，埋伏于南天门，守株待兔？"

仙人回禀："天帝放心，一切都在掌握之中。"

风云变色，人心惶惶。三个大妖若如此僵持，恐怕三日三夜都分不出胜负。聂双忽然后退一步，说道："看来一时难分高低。你们自娱自乐吧。"

话一说完，微风拂面，伊人不见。

黑猴子冷眼看着蛟魔王："如果不是担心伤到新娘子，我早就放开手脚了。"

蛟魔王话中有训斥之意："新娘子？你也不问问青道长愿不愿意？我花果山的妖王怎么能做这等逼婚强娶的下作之事，你快快放人离去。"

"如此说来，我们不得不在此分出个胜负了。"

青道士忽然说道："不需要谁救我。我愿意嫁给他。"

这话仿佛晴天霹雳。蛟魔王难以置信地看着青道士，连黑猴子都一脸不敢相信的样子。

"你我同龄，可比他大了不少。"蛟魔王不希望她屈服于黑猴子的淫威，她可是他们那代人的女中豪杰。

"我愿意。"

黑猴子怒视蛟魔王："既然青荇愿意下嫁，难道你还想棒打鸳鸯不成？若真如此霸道，可别怪我的打神铜了。"

蛟魔王本不善言辞，只能默然地看着眼前二人，不知道他们各自葫芦里卖的什么药。

"既然如此，希望你好好成婚，莫要再生什么波澜。"蛟魔王脸上浮现痛苦的神色，扭头一变，天空因之一暗，仿佛黑夜里的烛火"扑哧"闪烁了一下，一条银蛟急如星火，转眼消失于天际。

黑猴子含情脉脉地看着青道士："你为什么突然回心转意？"

"转圜之间，几经生死，我想通了。我的伤势积重难返，过了今夜，即便侥幸不死，也会法力散尽，化作一条蟒蛇。这漫长的一生，作为人而言，从未当过新娘子，不免有些遗憾。思来想去，不如从了你。"

"也就是说，过了今夜，我再也没办法拥抱身而为人的你了？"

"呃——我变成蛇的时候喜欢盘成一团，如果你愿意，就当抱着一盘蚊香吧。有驱虫杀蚊的功效。"

"那要不现在先让我抱抱？"

"滚！"

黑猴子忽然郑重其事地说道："不管你变成什么，我都愿意娶你。这是我因鬼母灯重生之后，除了打败天宫，最梦寐以求、日思夜想之事。"

青道士凝视他，眼神中流露出同情："鬼母灯是积聚怨恨的宝物，持灯者必须修身养性才能保持本心。但你偏偏反其道而行，只修法术，不修德行，距离沦为残暴的鬼猴只有一步之遥。何苦如此执迷？"

"当年反抗天宫，黄猴子和灰猴子需要一个强大的伙伴。"

"如今他们两个都不愿意再打了，你为什么还要坚持？"

"放下理想之后，我才比他们更深刻地看清了这场战争的本质。在一个只能奴役人，或者被人奴役的世界，谁都无法为别人带来自由和公平。我们唯一能改变的，是从被人奴役者变成奴役人者。"

"还可以独善其身、自行其是。"

"不过是自欺欺人。在俗世之中，又如何超然世外？若真能超然，你就不会身陷花果山了。"

"是啊，到头来，我不过落得如此境地。"青道士一时语结，落魄一笑后说，"我希望我的人能全部安然地离开花果山。"

"他们要走，我绝不为难。"

凌云喊道："师父，我不走！"

青道士怒道："你不走，难道要给我当陪嫁丫头吗？"

"就算当陪嫁丫头，我也不离开你。"

青道士无奈地道："事事不遂人愿，此刻只求有一杯解愁的浊酒。"

"同意。我也想喝一杯。"黑猴子附和。

废墟忽然出现一阵抖动，两只鸡妖推开石头爬了出来，问道："大王，是要米酒、药酒，还是水果酒？"

黑猴子愣了一下，显然没想到其生命力如此顽强。

青道士对二妖说道："水果酒。"

"大王、大王夫人，水果酒后劲大。小的建议，还是虎爪药酒比较好，毕竟今晚大婚，可健健身。"

黑猴子说道："那就要药酒。"

"得令。"鸡妖快去快回，端上一个酒埕。

黑猴子打开酒埕一看，用手夹出一只猪蹄，怒道："你们想告诉我，这是虎爪？"

"大王——"两只鸡妖扯着喉咙说，"这说明我们花果山人杰地灵，您治理有方，老虎都胖得和猪一样。"

黑猴子又夹出一只死老鼠："猪蹄我也就忍了。可这老鼠是怎么回事？"

"大王明鉴。此虎当时正在捕鼠，我们拼死砍下它的爪子后，发现爪子抓着老鼠，难以分开，故而只能一起浸泡。这实为防伪标识。"

黑猴子脸色铁青："看在我今日大婚的分上，给我滚！下次若还敢拿猪蹄酒诳人，定不轻饶。"

"大王，小的还有猪鞭——哦，不，虎鞭酒。您要不要来点助兴？"

"滚啊！"黑猴子声如大鼓，两只鸡妖溜之大吉。青道士掩嘴而笑，黑猴子痴痴地看呆了，继而发出响彻云霄的笑声。

东海边陲的一个荒岛，仿佛无边的蓝色汪洋微张的一只眼睛。银蛟从花果山疾行到此，跌落尘土，变作人身，抓着头痛苦地满地打滚。聂双不知何时竟也尾随而至。

"我猜得没错，果然是今天。你的龙血又蠢蠢欲动了，导致你变得虚弱不堪。"

"你怎么知道我的秘密？"

"我们聚义多年，你每个月都有这么一天状态不佳，就像女人来月事。蠢钝如黑猴子都发现了，只有你以为神不知鬼不觉。"

"你才是女人来月事！"

"二哥，我本来就是女人。你身上本就流着龙王的血，修炼到最后必定是要化龙的，何苦强行抑制？"

"聂双。"蛟魔王头痛欲裂，语不成调。

"我有听风叙事之能，你有四海听波之术。难道你不知道黑猴子要以伥鬼的招魂之术召回死去的妖军，问天一战。"

"我会阻止他！"

"你如今自顾不暇，哪里有力量去阻止黑猴子？他们选择今夜动手，恐怕就是为了防止你出手阻挠。除非——"聂双一顿，继续说道，"除非你愿意化为统御四海的妖龙。那要阻止他们也不是不可能。"

"为了西海蛟族的尊严，我此生绝不化龙！"蛟魔王挣扎着要爬起来，又跌倒了。

"那你就在此地慢慢地压制你的龙血吧。等你冷静下来，这场大戏也该落幕了。"

在蛟魔王一双血色的眼睛中，聂双的身影变得扭曲、狰狞："以你的力量不可能正面杀死黑猴子。你故作姿态去救青道士，难道是为了把她当作一颗棋子？"

"二哥，青道长本也命不久矣。在洞府之中，她决心舍身成仁，我则答应为她救人，有何不可？"

"我不能让你离开！"蛟魔王伸手抓住聂双嫩藕芽似的脚踝。

"二哥，男女授受不亲。你不懂吗？"

"该死！"迂腐的蛟魔王本能地松手。微风拂过，眼前人消失得无影无踪。

花果山的另一隐蔽之处。

以东海龙宫的精钢特制的铁牢笼坚不可摧、牢不可破。山神被关押其中，两根铁链穿过他的琵琶骨，可谓插翅难飞。但他没有表现出痛苦和烦躁，反而在很平静地思考问题。

伥鬼问："你在想什么？"

"我在想，今天晚上黑猴子大婚，会不会给我一餐丰盛的牢饭。如果可以，我想吃海产，毕竟花果山有地理优势。"

"故作姿态。你难道不关心自己的真实身份？"

"如果你愿意讲，我就听。"

"我去了一趟九幽之地，发现当年你并没有如愿化作尘土，而是在奈何桥头喝下了孟婆汤。"

"孟婆汤？你能不能不要讲经过，直接说结果？我身上穿着这么重的铁链，实在没有心情听你说故事。"

"我偏偏不告诉你。除非你求我，搭上你所有的尊严来求我。"

"那你别说了。连上过学的六岁孩童都懂得'不要执着于过去，要把现在过好'的道理。你拿过去威胁我，不是傻吗？"

"混账东西，你现在就过得好吗？"伥鬼大手一挥，地底钻出数条毒蛇，化作铁链穿过山神的琵琶骨。一个不起眼的妖怪缓缓地走近他们。

"虽然你不肯说此人是谁，但他法力高强，又处处克制你，应该杀了他，以绝后患。早前斗法中，若不是黑猴子出手相助，你绝对拿不下他。"

"姓白的，我可不需要前世仇人来指挥我。"

"前世仇敌，今生合伙。"那妖怪压低声音说道，"我可是把得来不易的石猴胎衣抵押给了灯下黑，才换得几样克敌制胜的宝贝。眼看今夜就可以让那缺根筋的黑猴子挑起战端，引发新一轮的仙妖大战，你难道不应该更加小心谨慎吗？"

"何必说得如此委屈。难道我不是背叛了待我不薄的黑猴子，昧着良心和你合作？而且，不要以为我不知道你的心思。你揣着石猴胎衣还要担心他人争抢、招来祸端，不如暂时抵给灯下黑，反倒是放在了最安全的地方。等到时机成熟，你定会设法将所有石猴胎衣夺回。"

妖怪的双眼充满寒意："你既然了解我，就更该知道为了今天我有多么不容易。"

"我再说一次，他不能死。他若死了，你的计划绝对会落空。"

"行。我们合作的日子还长着呢。你快去黑猴子身边完成你的招魂舞蹈。我留在此处，以防有人救他出去，坏我们的大事。"

"千万不要做激怒我的事情。"伥鬼冷眼看了他一会儿，拂袖而去。

三层埋骨塔塔底。

乐风和驴子在白骨中穿行，仿佛在攀爬永远没有尽头的旋转楼梯。驴子手里掌着的灯明灭了好几次，很快就要无以为继。它忧心忡忡地道："如果灯灭了，我们就更不可能走出去了。"

"驴粪灯不是取之不尽、用之不竭吗？"

"你讲话科学点好吗？我换过五次灯了，再拉就是血了。"

"噗"，一阵微微的风吹过，把灯吹灭了。

"哪里来的风？"驴子把灯点亮。他们俩盯着火苗看，旁边的一副白骨旁若无人地张嘴把灯吹灭。

"嘿嘿。"白骨笑了，回音震耳欲聋，无数的白骨同时在笑。这可怕的声音让人眼前出现重影，一变二，二变四，世界顿时变成支离破碎的蜂巢。

乐风捂住耳朵，哀求道："你们可以不要像大合唱一样说话吗？"

"当然不行。当然不行。当然不行……"成千上万的声音汇聚一处。

无数绿色的火苗在声音的律动中像熟透的果实一样匆匆掉落，汇聚成湖海汪洋。没顶之灾来临，乐风和驴子才发现绿火冰冷蚀人，令人不觉陷入梦境。

梦中，天气晴朗，艳阳高照，天地相亲，连庄严、巍峨的天宫都如入铜镜般隐隐约约浮现于苍穹。无数妖怪整齐列队，伫立在花果山前的平原上。他们抬头仰望，一动不动。乐风和驴子不知为何混迹其中，显得格格不入。

乐风悄悄地问："他们在排队等待什么？有点焦虑，又有点兴奋。"

"这种神色我只在一个地方见到过。"

"哪里？"

"妓院促销的时候，一群男人在门外排队。"

同一队列的妖怪按捺不住，伸出一只脚端了驴子的屁股一下，然后队伍就乱了。旁的妖怪都抬脚端它。

"让你个王八精乱说话。"

"齐天大圣号令天下群妖在此聚义，你说什么妓院！"

"对啊。等打下天宫，要什么仙女没有，让你猴急。"

驴子扯着哭腔："那你们到底要干什么啊？"

"干什么？当然是等大圣率领我们杀上天宫。"

乐风问："他在哪里？"

"他在哪里？对哟，他在哪里？"

突然，一只头戴紫金冠、脚踏步云履的黄毛猴子踩着筋斗云威风八面地登场。众妖欢呼，齐齐踏步，山摇地动。黄猴子举起金箍棒，众妖再踏步，地平线和天穹仿佛都被踩矮了一分。

金箍棒被高高举起三次。众妖欢腾的踏步就像万马出栏，激动的情绪到达顶点，地面出现裂痕。驴子正抚摩着红肿的屁股呻吟，幻境突然破碎，仿佛楼层塌陷。他们跌落下一层。

在另一层的幻境中，大地如尸山血海，朱红色的天空不断抖落火焰，云朵像熔浆般缓缓地流淌，折断的刀枪剑戟像密密麻麻的荆棘丛，让人几无立足之地。驴子驮着乐风，扬蹄欲跑，数只血淋淋的手拉住它的四足。

凄厉的声音响起："带我们回家！"

"带你们回家？"

"对。我们死得好惨，找不到回家的路了。"

"迷路了找一头驴子有什么用？你们需要的是一条导盲犬或者一个人生导师。"

执着而无礼的嘶吼依然在继续："带我们回家。"

驴子欲哭无泪："各位大哥，我连你们家的门牌号都不知道，放过我吧。"

天色陡然一沉，紧抓不放的手突然松开，四处逃窜，好像在害怕什么。身着黑袍火甲的黑猴子提着一串天神的首级阔步而来，幸存的妖怪惊恐地逃窜。一把打神铜挥过，不分敌我，血流成河。

黑猴子冷酷而威严地说道："畏战退缩者，军法处置。"

嘹亮的声音在残破的天地间回荡，不断重复。九重天上的星辰仿佛都因畏惧他的残暴而化作陨石，倾盆而落，大地塌陷。

他们掉入第三层幻境中。

无边无际的旷野上，花好月圆、鸟语花香。妖兵连席而坐，宴席相接犹如笔挺的长河，众妖大口吃肉，大口喝酒，酒碗相碰，溅出的琼浆玉液犹如满天飞花。

过了今夜，他们有的要解甲归田，重新去做无拘无束的山野妖精；有的要追随七大圣继续建设全新的世界。

聂双穿着一条天青色的长裙，绽放着天真无邪的笑容，在酒席的尽头翩翩起舞。

"那我就留在这个幻境里好了。"驴子流着口水痴痴远望。

乐风抬头望天，看见宏伟的天宫变成残垣断壁，犹如深海沉船一般飘浮于半空。一只羊首妖怪见到他们，热情地拉着他们坐在一起。

乐风咽了咽口水："这么多佳肴美酒，今天过节吗？"

羊首妖怪应道："那是当然，花果山终于击败天宫，成为四洲之主。这一场犒军宴可不能简而从之。"

驴子纳闷儿地问道："花果山打败了天宫？这是什么时候发生的事？"

羊首妖怪小声搭腔："这是梦里发生的事。第一场梦是他们出征前的憧憬；第二场梦是他们战败时的恐惧；第三场梦是他们对生命与和平的向往。这些妖怪生前被孙猴子从地府的生死簿上勾销了名字，死后一直活在这三场梦里，终于变成了盘桓不去的怨气。"

乐风充满同情地喃喃道："那不就是求生不得、求死不能？"

"所以他们渴望回到人世。"羊首妖怪扭过头来，变作大魔王的面孔。

"是你！"乐风喜上眉梢，"你来救我师伯了吗？"

"我先来救你。"

他们的话还没说完，酒席上的聂双举杯祷祝，掌声如雷，然后万杯齐碰，万杯齐碎。第三层幻境破碎，他们又掉入第一层的幻境中。

如此重复三次，他们又坐到了第三层幻境中的酒席之上。自由落体的失重感袭来，驴子跪在地上："你们等我嚼几口草压压惊，我要吐了。"

大魔王接着说："我许过你四个愿望。第一个愿望，你求我救青道士；第二个愿望，你求灯下黑放了花果山的狮子精等；第三个愿望，你求灯下黑阻止豹妖吃掉羊妖。所以，你还剩一个愿望。你可以选择让我救你，或者救驴子。二选一。"

"大魔王，你怎么这么小气？！"

"孩子，这是规矩，不可破也。"

驴子抱住乐风："我不能死在这里，否则青道士就没有坐骑了。为了她，你不能抛弃我。"

"那就让驴子走吧！它比我怕死多了。"乐风下定决心，"但你一定要救我师伯！"

"真是个好孩子。接下来就让我来帮你获得自救和救人的本事吧。"大魔王突然掀翻桌子，对着众妖骂道，"该醒了，你们这些流连人世、不肯归去的傻子们！"

"又是一个喝醉了发酒疯的人，别理他。"醉醺醺的妖怪们盯着大魔王看了看，然后又继续喝酒。

大魔王十指触摸大地，成百上千的乳白色触手从地里钻出来又钻回去，就像在海面驰骋的飞鱼。酒宴上所有的桌子都被掀翻了。妖怪们怒不可遏，相继站了起来。因为酒席实在太长，起起伏伏的妖群仿佛一条发怒的巨龙。

"大魔王，你要单挑这么多妖怪吗？"驴子难以置信地问他。

"这些妖怪可是要留给猫妖去对付的。"

"一、二、三、四、五、六、七……"大魔王在数数，蜂拥而上围殴他的妖怪形成一道前追后赶、越推越高的海浪。大魔王双掌再次触地，无数触手合拢为一，从海浪的底部横切而过，海浪顷刻垮塌。

"不行。这样数还是太慢了。"

大魔王双掌合拢成锤，重重地击打地面，地面顿时波澜起伏。摔得鼻青脸肿的妖怪们上上下下、左摇右晃，就像在鼓面跳动的水滴，根本无法重整旗鼓。九声闷响之后，三层幻境之间的隔阂被彻底击碎，融为一体。

花果山的风和日丽、战场的遍地尸骸和离别的酒席同时出现。自欺欺人的妖怪们不得不记起兵败身死的残酷现实，发出撕心裂肺的吼叫，重新融合成一股庞大的黑色妖气。

黑色的妖气蠢蠢欲动。大魔王的眼睛变成圆形方孔的铜钱状，他一把抓住乐风抛向空中。乐风在空中翻滚了几圈，落地时背后出现一个若有似无、酷似少年黑猴子的虚影，冲着黑色妖气咆哮。

乐风想后退，但是身后的虚影分毫不让。

"我为什么动不了？"乐风带着哭腔。

"因为尾喜作为黑猴子的化身将自己托付于你，黑猴子的一部分力量也转嫁到了你身上。花果山的妖怪可不会怕士兵的挑衅。他要驯服他们。"

"可是我害怕！"

大魔王喊道："你得陪他耍耍，我还要想办法数清楚妖气中究竟包含了多少个妖怪的灵魂。"

"你怎么数得清楚？"

"伥鬼都能数清楚。作为灯下黑的主人，我最擅长的就是计数，可不会输给他。"

妖气龇牙咧嘴地回应挑衅，庞然之躯骤然缩小，直接在空中化作状如黑猴子的猴怪，两只眼睛凛冽得像冰封的湖面，十只爪子锋利得削铁如泥。猴怪落地后片刻不停留，微微屈膝，像炮弹一样直接冲向乐风。

大魔王其实还有话没讲完，这些士兵生前对黑猴子又敬又怕，如果有人敢以黑猴子的形象挑战他们，可是会激起众怒的。

乐风无处闪躲，本能地举起短小的手保护自己。一双徒有虚影但孔武有力的手臂突然从他身上分离而去，打得猴怪措手不及，并狠狠地扼住猴怪的咽喉，越勒越紧。

大魔王趁机拔下猴怪的毛发。他那双势利商人的眼睛看到每一根毛发代表一个妖怪的灵魂。

猴怪挣脱那钢铁一般坚固的手指，狠狠地交叉挥舞前爪，想逼退乐风。乐风急忙手一松，人一躲，一旁的大魔王反而被抓了一脸花纹。

猴怪借机跳向他处，颇为忌惮地缓缓绕着乐风逡巡，颈部留有深深的血印。

大魔王不悦："看来尾喜的力量还远远不够！"

他的手猛地拍打乐风的丹田。乐风几乎以为小气的大魔王想杀死自己，但是低头一看，腹部不伤不痛，只觉五脏六腑翻江倒海，似乎体内的三颗蟠桃核正在开裂。

一股炙热的力量在他的身体里游走，好像血脉里钻进了一条小蛇。他顿感窒息，时而如囫囵吞下一个完整的蟠桃，桃卡在喉咙里，欲死不能；时而如有无数细细的流沙从七窍灌入，将浑身血液尽数吸干。

那一刻，他有了将自己开膛破肚、把小蛇抓出来的念头。

大魔王向犹豫的猴怪招手挑衅："快来，你的对手在这里。"

猴怪不敢冒进，大魔王竖起中指，然后又指了指猴怪的脑袋，竖起尾指，讽刺他没有脑子。

猴怪这才被激怒，扑向大魔王。岂料大魔王飞起一脚，将乐风像沙包一样踢向猴怪。乐风惨叫一声，如发病的疯牛般狠狠地撞向猴怪。猴怪一掌把乐风拍飞出去，忽感手掌湿润，似有水流淌过，凝神一看，右手五指已被咬碎其三。

乐风不知何时变成了一个似猫似猴、非猫非猴，身约六尺长的妖怪，动作迅疾如风、轻盈如羽。猴怪捶胸怒吼，声音未绝，乐风一晃而过，双臂如绞索一般紧紧勒住猴怪的颈部。

猴怪挣扎，乐风越勒越紧。猴怪张开血盆大口，扭头要咬他。乐风不仅不怕，也咧嘴露出红舌獠牙，将敌人的脸颊肉狠狠地咬下一块，吐到地上。

猴怪咆哮不歇，不肯认输，以撞击自残之法伤害乐风。好不容易将乐风甩掉，猴怪又被大魔王从地底召唤而出的触手扯下不少毛发，露出赤裸带血的皮肉。等他挣脱了触手，却又被乐风勒住脖子。

如此反复几次之后，猴怪浑身毛发所剩无几，只能赤裸对人，行动更加扭扭捏捏，完全处于下风。

不消半个时辰，大魔王就将猴怪的毛发尽数拔下，喜形于色道："数清楚了。我们撤吧。"

暴怒的乐风不肯轻易离去，拎起拳头对着猴怪的脑袋狠狠地捶了百余下，捶到七窍流血、颅骨碎如棉花，连驴子都不忍目睹。

至此，幻境消失。大魔王、乐风和驴子重新回到三层埋骨塔的塔底。乐风还是那非猫非猴的模样，伏在地上低咽，口鼻喷出热气和腥气，足以让十里之内胆小的野兽纷纷逃窜。

驴子想去安慰乐风，但他目露凶光，根本不让人靠近。

大魔王说："不要担心，他不过是因为体内三颗蟠桃核化开，有点着急上火。等到蟠桃核的效力过去，他就会恢复正常。"

"你说得轻巧，这叫着急上火？"

"大惊小怪，我让你也感觉一下什么是着急上火。"

大魔王随手从身上摸出一颗金丹，"啪"一声塞到驴子嘴里。驴子一口咽了下去。

"嗯？还挺好吃。那我们怎么出去？"

"出不去。我们在紫金红葫芦里，只能等伥鬼来打开葫芦盖子，我们才能出去。"

"要是他不来怎么办？"

"三天以后，我们会化作一摊血水。"

"天哪，怎么这么可怕？"

大魔王指了指无处不在的妖军遗骨，说道："可怕？万幸是这塔镇住了他们，万幸我们是在他们的梦里和他们作对，否则十个猫妖加上我都不是他们的对手。那才叫可怕。"

乐风忽然发出一声怒吼，大魔王伸手抚摩他的背脊，才让他平静下来。

驴子抚摩乐风身上皮开肉绽的伤口："这么多伤痕，长大了还怎么讨老婆？"

"无妨的。这怪物只是一个皮相。"

驴子还想再问些什么，突然觉得屁股发烫得难受，满地打滚："该死，我觉得我要起飞了。这是上火的感觉吗？"

山神的琵琶骨上穿着八条铁链。囚笼之外，有一马首妖怪看守。马首妖怪裹着棉衣棉被，里三层外三层，像一个肉团子。他手握钢叉，每隔一刻钟捅一下山神的伤口，不让其有片刻休息。

"喂。兄弟，可以告诉我，为什么你要捅我吗？"

"大家都去参加黑大王的喜宴了，好吃好喝。可因为你，我只能在这里喝西北风。"

"兄弟，我告诉你，你错了。"

"我错了？"

"花果山有千千万万的妖怪，为什么非得让你来看守我？你有没有想过，可能自己平时为人有些需要检讨的方面？"

"哐"一声，小妖又狠狠地捅了他一下。

山神痛苦地抬起头："还有，今天你喝的不是西北风，今天转风向了，可能要回暖了。"

"神经病！"小妖连捅他七八下。

"捅死了他，你能负责？"一个阴冷的声音突然出现。小妖被人从棉被棉衣中赤条条地抽出来，扔到冰冷的地上。原来，伥鬼不知何时返回此处。

小妖叩头求饶："大人饶命，饶命。"

伥鬼走近铁笼，对着山神小声说道："被天宫愚弄的人，我答应青道士救你们出去，希望能得到你的帮助。"

山神看见伥鬼眼中的阴暗忽然化作澄明，不禁起了疑惑。

"钥匙拿来。"

小妖不敢抬头，跪拜着靠近伥鬼，毕恭毕敬地双手奉上囚笼的钥匙。伥鬼接过钥匙，正要打开囚笼，身后传来"嗤"的一声，仿佛有一条潜伏已久的蛇从阴森的草丛中弹射而出，正向他裸露的颈部袭来。

他轻蔑地笑了，他不用看就知道那是一把少有的快剑，但什么剑能比风还快。他身形一散，几乎要化作无形。然而，刹那间，剑尖扎扎实实地从其后肩窝扎入，穿胸而出。

他居然没有避过去。

身后之人收剑，血溅三尺。电光石火之间，那人又刺出第二剑。伥鬼不得不摇身一变，现出原形，正是那变化无双的通风大圣。

她侧身躲避，迅捷地连续踢出两脚，赤裸的脚背拍击剑身，把灌注了全力的第二剑弹开。那小妖也化出原形，是那小仙白元问。

聂双的脚背裂开数道口子，鲜血染红雪地，如同点点寒梅。

"你的剑不一般。"

"道德天尊的七星剑，当之无愧的神器。"

"小神仙，你以为拿着这把剑就可以打败我？"

聂双步履如风，手掌顷刻就握上七星剑的剑柄。她要速战速决，一举夺下此剑，杀神救人。但白元问身上忽然泛起一道淡淡金光，聂双眼一花，一个分神，两人已拉开距离。

"六耳猕猴的御风之术和变化之术乃世间双绝，但你没有发现，听风叙事的本领在花果山有点施展不开？很多事情都偷听不到，以至于你处处被动、事事落后吗？"

白元问说着慢慢地从怀中掏出一颗金珠。

聂双严阵以待，再不敢小瞧此人。

"你的所有法术几乎都与风有关，灵吉菩萨的定风丹正是你的克星。只要此珠在，你便输定了。"

聂双一笑，缓缓地舒展筋骨，舞动拳脚，一身妖媚的长裙在白雪中怒放。白元问因其美丽和从容稍微一愣，聂双一掌转瞬即至。他急忙抽剑一挡，连人带剑被击飞出去。

"你以为不御风，就不是通风大圣了？"

"我当然不会天真到以为可以独自对付通风大圣。要对付你的人，必须是同样擅长御风的妖怪。"

白元问得意一笑，七星剑一挥，剑气化作一条透明的五爪神龙划破天际，一行大字随之出现：好色的驴子在此。

花果山的妖怪都被震惊了，这无疑是对铁扇仙赤裸裸的挑衅。

隆隆的风雪声在远方响起，仿佛一日千里，越来越近。

"你以为把铁扇仙招来就能对付我？！"聂双大步流星，动如灵蛇，拳如铁、掌如风，转眼将白元问逼入绝境。

白元问不得不舍命一击，猛地掷出七星剑，犹如长虹贯日，威力惊人。一击未完，他又紧接着掷出定风丹，好比流星追月，迅捷无比地射向聂双的眉心。

聂双不以为意，虽然不能使用御风之术，但她的身手历来都是花果山群妖中最轻快的，即便是暴雨梨花般的暗器也不能伤她分毫。

只见她侧身闪避，在七星剑划过胸前之时，顺势握住剑柄，挽出一个轻盈的剑花，将定风丹拨向身后。

七星剑的剑尖还在颤抖，她讥讽道："小神仙，怎么连宝贝都丢掉不要了？"

白元问不仅没有借机逃跑，反而抢步上前，以全身神力化作一道雷光劈向聂双。难道这个小神仙想以自己的性命博个两败俱伤？聂双不解其意，扬起七星剑。剑尖一抖，也生出雷光，迎击白元问。

雷声隆隆，她丝毫没有发现，之前被拨开的定风丹在丈外之地突然停滞，又急速飞回。

两道雷光交纵的瞬间，定风丹猛地从她后背穿心窝而过，稳稳当当地停在七星剑的剑尖之上。剑尖的雷光消失，剑顿时犹有千斤之重。她握剑的右手不禁彻底脱力。白元问势如破竹，直取她的项上人头。

聂双生死之间毫不犹豫地旋身飞踢，将剑当暗器踢了出去，堪堪避过一击。白元问夺回七星剑和定风丹，也讥讽道："你看，我怎么丢的宝贝，就怎么回来了不是？"

"你倒是把两件宝贝运用得炉火纯青。"

"我花了不少功夫，才使得定风丹和七星剑能够彼此呼应、攻敌不备，就是为了有一天对付你这般难以对付的大妖怪。"

"你果然是一个心思缜密的人，难怪青、柳二妖都折在你手里。"

"现在你被定风丹所伤，伤愈之前都不可能化作一阵风逃之夭夭了。如果你愿意交出石猴的胎衣，我放你和这傻神仙离去，如何？"

聂双一声怒吼："凭你也想威胁我？难道你以为，一个神仙在花果山能活下去？"

甘为铁扇仙鞍前马后的小妖从远方山呼海啸地赶来。铁扇仙御疾风如骏马，逼到近前。

"呵呵。自然有人会替我除掉你，等我亲见妖王娶亲，再来为你收尸。"白元问匆匆遁地而去。

"哪里走？！"聂双要追赶他，但芭蕉扇已到了近前。作为花果山会御风的两个绝色女妖，她们二人本就不和睦，铁扇仙哪里能放她离去？如今这无法使用御风之术的通风大圣，又要怎么应对铁扇仙的挑战？

黄道吉日之夜，妖王大婚。新娘子是名噪一时的大妖青莽，江湖皆知。很多妖怪都想一睹二人的风采，千里来贺，人头攒动。

可这个婚礼很奇怪。

首先是成婚地点。婚礼在花果山供奉妖怪遗骨的三层埋骨塔塔前举行，塔前还修建了一座与塔平齐的高台，用于行结婚大礼。

多不吉利？但黑猴子说，这是为了方便花果山的活人和死人共同为他庆贺。于是大家觉得更恐怖了。

第二是婚礼上的表演。伥鬼化着浓墨重彩的妆容，站在三层埋骨塔的塔尖翩翩起舞。随着舞蹈动作越来越激烈，原本没有铜舌、不能发出声音的铜铃，竟然隐隐约约有了声音。

第三是古怪的装束。黑猴子的新郎服黑不黑、灰不灰，毫无喜庆之感，反倒有点像寿衣。凌云则被青道士打扮成一个浓妆艳抹的高大女童，摆在现场迎宾。

进场来贺的妖怪随礼被分成两份，一份给伺候黑猴子的两只鸡妖，一份给凌云。但奇怪的是，给凌云的礼钱要比给鸡妖的多。

两只鸡妖愤愤不平地质问宾客："我们两个和这孩子各一半也就算了。凭什么给这个孩子的钱比给我们的多？"

"你们两只不懂事的鸡，人家孩子都长成这模样了，还和她计较？"

凌云拉着脸在旁边三鞠躬："谢谢，谢谢各位大爷的关心。祝你们吃好喝好，早登极乐。"

等到宾客云集，良辰未到，黑猴子便迫不及待地牵着青道士出场。她脸色无比苍白，低眉顺眼。红色的嫁衣、金色的花样、银色的线在微风中飘扬，仿佛倒映在流水中的一抹灿灿金日的余晖。

妖怪们目瞪口呆，纷纷称赞只有如此女子才配为花果山的女主人。青道士只是偶尔掩嘴淡淡一笑，多数时候面无表情。

黑猴子问青道士："为何闷闷不乐？"

青道士抬头望天，天上有云层，云上有神仙，他们躲在暗处观察着妖王娶亲，窃窃私语。

青道士朱唇轻启："金玉良宵，奈何不见星月？"

"你想看月亮？今夜不管你有什么愿望，我都会为你实现。"黑猴子仰天长啸，"给我散开！"

巨大的气流从他的丹田冲出，升腾扩散，在半空发生音爆，变成可视的白色暴风柱直射霄汉。云层激荡流转，"哗"的一声化作乌有，躲在云后的神仙纷纷散开。

一个躲避不及的神仙从天上一头栽下，栽到地上。此刻天色蔚蓝，远山如墨，月朗星稀。

"天宫小仙，为何到此？"黑猴子问他。

众妖的目光都集中在这胡须发白、脑袋无毛的倒霉蛋身上。他点头哈腰道："今日是大王婚庆喜事，我来道贺的，道贺的。"

两只鸡妖一左一右搭住他的肩膀："那贺礼呢？"

"有的，有的。"神仙左掏右摸，奈何身无长物，不禁汗流浃背，脸色发青。

"嗯？"黑猴子问，"你是来要我的？"

众妖慢慢地围了上来，好似要将小鹿撕碎的狼群。神仙急得直跺脚，终于口不择言道："大王，我献上一个秘密。"

黑猴子意兴阑珊地道："且说说。"

"大王大婚，天上有雄狮十万驻守，夜不能寐……"话还没说完，天上降下一道紫色的雷火，直直劈中他的脑门儿，天空顿时恍如白昼。等到光芒散去，地上只剩一块人形焦炭。

世界骤然安静，虎视眈眈的妖怪原本没想害他性命，毕竟今日乃难得的良辰。可是天上的雷未免太迫不及待，好似有什么阴谋。气氛突然变得有些古怪。

黑猴子冷笑着望向遥远的九重天，仿佛他的目光可以洞穿千里，和天宫的主人对视一般。

两只鸡妖为了活跃死气沉沉的气氛，唱着跳着让来访宾客献礼。

千奇百怪的妖怪总是世俗无聊的居多，他们带的无非金银珠宝、仙丹妙药、稀罕兵器等俗物。也有零星自作聪明的妖怪卖弄风雅，比如南海水妖一行献上一只被淹死的大雁和一条陈年鱼干，寓意新娘子沉鱼落雁。结果被鸡妖命人扒光衣服，收缴所有银钱，赶出花果山。

直到有人喊出："西牛贺洲，狮驼国来贺。"所有人才打起精神。那狮驼国可是近年崛起的另一妖国，隐隐有和花果山分庭抗礼之势。

八个大汉将一张长二丈余、宽丈余的巨大床板高举过头，隆重登场。床板上有红布，红布下有一个隆起的庞然大物，状如一座小山。

"吾等奉狮驼国三位国王之令，以盘踞福陵山的猪妖为材料，制成吉祥烤猪奉上。"

红布一揭，露出一只烤得油光锃亮的猪，头顶蝴蝶结，香味四溢。众妖顿时垂涎欲滴，流下的口水几乎可以汇成小河。

青道士望着这头猪，眼神中闪过一丝担忧。迫不及待的鸡妖递上一把磨得锋利无比的刀："请大王为宾客分餐。"

黑猴子接过刀，几步走到烤猪跟前，缓缓地询问众宾客："你们说说，先吃哪个部位好？"

抬猪的几个大汉跪在地上："大王，此猪生前乃长舌妇，故而舌头锻炼最多，最好吃。"

鸡妖也撺掇道："大王，新娘子话少，让她以形补形最合适了。"

"若真要以形补形，恐怕还是你们两个的舌头最补吧？"

黑猴子瞥了她们一眼，用刀尖轻轻地挑开紧闭的猪唇。说时迟那时快，一杆黑缨枪如恶龙出水，从烤猪的獠牙大嘴中飞出，直取黑猴子的咽喉。

黑猴子来不及思索，本能地横刀护住咽喉。但那枪来势凶猛，刀不过是一把寻常的刀。

"哇！"众人惊呼一声。刀瞬间被刺碎，枪尖无一丝迟疑地继续冲刺。黑猴子在千钧一发之际身子一矮，张嘴咬住了枪尖。枪尖和牙齿，谁也不让谁。

一刻钟过去，宾客早已食指大动。

三刻钟过去了。宾客还是看到一个猪头用一杆枪顶着黑猴子的嘴巴，双方纹丝不动。宾客纷纷问鸡妖："这是咋回事？难道是黑大王要给我们表演铁喉顶银枪，一时失手下不来台了？"

两只鸡妖也犹豫不定："大王随性惯了，我们做婢女的也不知道这是不是他安排的余兴节目。要不咱们先吃？"

众妖一哄而上，把烤猪分而食之。等到扒光皮肉、拆掉猪骨，他们才发现一只黑熊精躲在猪肚子里，拿一杆黑缨枪顶着黑猴子。

"这是？"众妖面面相觑，有点反应不过来。

不知道谁喊了一声"抓刺客"，他们才纷纷亮出兵刃，对着黑熊精一通乱砍。黑熊精迫于无奈撤回黑缨枪，横扫千军，逼退妖众。青道士被抓之后，黑熊精一直独自隐藏在花果山，寻找机会救青道士。

若此时一击不中，恐怕再也没有机会了。

"退下！"黑猴子摸了摸发酸的牙齿，高喝一声。众妖急忙退散，围成一圈，让他和黑熊精面对面、眼对眼。

两人没有多余的话。巨大的黑熊精和穿戴整齐的黑猴子，像两块坚硬的钢铁，猛地碰撞到一起。两股诡异的妖风激荡而起，就像蝴蝶猛烈拍打的翅膀。

旁观的人瞬间被风迷了眼。等再睁开眼睛，黑熊精正在地上打滚，显然是撞不过黑猴子。

黑猴子伸手一招，远处的水帘洞中传出一声虎啸之音，打神铜飞跃而至。

"一千五百年修为的黑熊精，拿出你最后的本事吧。否则，你就要灰飞烟灭了。"

黑熊精咬牙切齿："黑猴子，如你所愿，这就让你瞧瞧黑风山之王的庐山真面目。"

黑熊精挣扎着爬起来，奋力地嘶吼，熊吟之音把一些食草的妖怪吓得当场尿失禁了。只见他臃肿的皮肉开始收缩，又长又脏的毛发脱落，等到完全直立时，变成了一个上身赤裸、白皙英朗的男子。

他用五指拨弄黑缨枪，灵巧得似乎手中不是七千八百多斤的黑缨枪，而是一根轻巧的竹棍。枪走而风起，积雪纷纷扬扬，犹如舞动的珠帘。女妖一阵喧哗，两只鸡妖互相捧住嘴巴："姐妹，矜持点，不要流口水。"

黑熊精得意地看向青道士，青道士却眼中有怨："蠢货，你这一生不曾变化为人，就是为了两千岁时能够修得真正的人躯，永远摆脱畜生之体。如今你提前化作人身，可知功亏一篑了？"

"我修得人身不过是想讨你欢喜。今日你要嫁作他人妇，我要此身又有何用？！"

黑熊精跨步绷枪，向前一挑，一道金光射向黑猴子。黑猴子持打神锏一挡一推，金光射向旁边的高山，山被捅出一个窟窿。

黑熊精化作人身之后，这黑缨枪使得越发得心应手，速度比原来快了不止一倍。枪身如游龙，枪尖如雨点。黑猴子的打神锏一迎上黑缨枪，"呼啦"一声，新郎服瞬间四分五裂，飞散开来，露出他穿在内里的烈焰火甲。

一只鸡妖惊呼："糟糕，大人的寿衣破了。"

另一只骂道："笨蛋，小点声，你想让大王知道我们偷工减料，拿寿衣顶替新郎服吗？"

围观的人都觉得奇怪，原来二妖争斗的时候动静极大，有山崩地裂之势。现在二妖都持了兵刃，你来我往，反而打得悄悄然，几乎只有金铁碰撞的声音。似乎不是两个大妖怪在打架，只是花拳绣腿的凡人在切磋武艺。

一个自大的大眼妖怪忽然喝了一声："黑风山的妖王不过尔尔，让我来助花果山拿下他！"

话未讲完他便擅自加入战局，那黑熊精看似平平无奇的枪尖刚好被打神锏拨开，划破撞上来的大眼妖怪的衣裳。大眼妖怪感觉身形肿胀，低头呆呆地看着伤口，浅浅一道痕，连血都没有流，可是体内的五脏六腑明明翻江倒海了几遍。

"砰"一声，大眼妖怪被炸成了碎末。

此时围观的人才知道，两个大妖怪把全身的法力都集中于兵刃之上，看似无奇，实则每一式都能诛杀神鬼。

"黑熊精，用人手使兵器是比熊掌厉害点嘛。可惜还不足以逼得我动用驱神之术，着实有点无趣了。"

"口水多过茶。看招。"黑熊精忽然用尽全力同时刺出十数枪，犹如虎啸山林，惊得千鸟飞出。

黑猴子则是一锏直直劈下来。两个人居然像疯子一样，不理会对方的招式，各打各的。于是黑猴子的盔甲被扎出十数个枪眼，血流了一地；而黑熊精当头挨了一锏，头破血流，重重栽倒在地，又变成了一只黑熊。

黑缨枪落地，所有的力气已经用尽，剩下的就是坦然仰卧，安心赴死。黑猴子缓缓地走近他，高高举起打神锏。

青道士拖着嫁衣，踏着雪，转眼间来到二妖中间。

黑猴子重重的一击，被她轻轻地托住了。

"你走吧。"她对黑熊精说。

"我不走。我要死在你的婚礼上。要你一辈子都留下爱的阴影。"

"你这么丑，足够给我留下阴影了。快走吧。"

"不走。"

"真不走？"

"哼！"黑熊精扭过头不看她，像一个耍无赖的孩童。青道士抬腿，狠狠地踢中黑熊精的裆部。撕心裂肺的吼叫响彻寰宇，连天上的神仙都不禁皱眉了。

"走吗？"

"不！"青道士又一脚，黑熊精又是一声嘶吼。黑猴子高举的打神铜放了下来。士可杀不可辱，这只黑熊精以后还有什么面目在世间行走？

"让他回去。"青道士望向黑猴子。黑猴子本想拒绝，但是看到嫁衣拖曳所过之处都是血迹，知道她方才步履急促，身上的伤口又裂开了，心里不禁一软，便不再言语，算是默许了。

黑熊精含恨看着青道士。

"去你该去的地方，保护需要保护的东西。"

"被发现了？"黑熊精立即明白，青道士在暗示他回去保护那藏在南疆深处的柳树。

"求你了。走吧。"

黑猴子扭头看向把黑熊精抬到此处的几个大汉，他们害怕得"扑哧"一声变成几只大老鼠，四处逃窜了。原来他们只是黑熊精抓的几只老鼠，用法术变化来役使的。

妖怪们又想到那只被吃掉的烤猪。黑熊精嘿嘿一笑："你们没猜错，那也是一只老鼠变的。"

众人纷纷抠喉。青道士随意点出几个人高马大的妖怪："你们把他抬回黑风山，可好？"

几个妖怪本想拒绝，但看到青道士蠢蠢欲动的脚之后，感觉裆部隐隐作痛，立即点头如捣蒜，扛起黑熊精逃离现场。

"再见了。"青道士低声说道。

当真的目送黑熊精离开，她忽然想喊住他，让他等一等她，但这是一个事与愿违的世界，谁也等不到她了。

黑熊精也没敢再说"不走"二字，反而撕心裂肺地大哭。众妖都在耻笑他。

他们以为他哭泣是因为战败，是因为失去了一个美丽的女子，还当众受到侮辱。没有人知道，他哭，只是因为青道士的一个"求"字。

结交多年，他只见过她的意气风发、目中无人，从未听她开口说过"求"字。今日她说了，哪怕要他粉身碎骨，他也在所不辞。可她求的偏偏不是共死，而是要他独活。

他心中有千百个不愿意，可又不能不顺从，因为青道士嘱托的是于她而言最重要之事。这最重要之事，在最危难之时，交予最信任之人。

从此山高月小，山林独行，千难万难，不可辜负。

经黑熊精一闹，青道士虚弱得只能倚靠在黑猴子身上。黑猴子时而看看三层埋骨塔上跳舞的伥鬼，时而看看青道士。伥鬼的招魂舞不跳完，三层埋骨塔不能倒。

时辰将至，万一青道士死在大婚之前，就功亏一篑了。

两只鸡妖窃窃私语道："这伥鬼大人的舞姿怎么这般别扭，好像哪里请来的乡村领舞大妈。"

"哼。这花果山上上下下没有一个正经人。本以为跳舞这么重要的节目，黑大王亲自安排是为了保证质量，没想到他自己也偷工减料抽油水。"

黑猴子冰冷的目光扫过两只鸡妖，缓缓地道："等不及了，先拜堂吧。"

鸡妖即刻高呼："大王成婚，仪式开始。"

黑猴子把手伸向青道士，温柔地说道："走吧。我们去高台上成亲，完成最后的仪式。"

青道士把手交到黑猴子手上："不管你要做什么，请让我的人安全地离开花果山。"

黑猴子扭头对凌云说道："走吧，找到你们的人，有多远走多远。"

"不行！我师父不能嫁给你。"凌云手持青匕剑，拦住黑猴子和青道士的去路。

黑猴子喉咙里发出低沉的吼叫，似要发作。青道士与他相握的手一紧，黑猴子克制地一吼，一股狂风将凌云吹飞到一旁，随即被几个小妖拿刀戟抵住胸膛，动弹不得。

青道士和黑猴子手牵手缓缓登上高台，嫁衣下的鲜血顺着阶梯滴落，就像微雨时节顺着屋檐滴滴答答落下的水珠。

青道士抬头望向前方，感觉世界一片模糊。她问黑猴子："这台子怎么这般高，还要爬多少个台阶啊？"

"你不该硬接我打向黑熊的那一铜，换了寻常人，早就死了。"黑猴子拦腰抱起青道士，"我抱着你走吧。"

他一步一步地来到高台之巅。黑猴子还是舍不得放下青道士。放下就是牺牲。青道士忽然说道："太平来之不易。"

"你更来之不易。我梦寐以求的就是娶你。"

黑猴子眼神中流露出迷茫，但很快就恢复坚定："可是为了花果山，我必须放弃你。"

"悉听尊便。"青道士微微一笑，仿佛生平所有波澜起伏尽在盈盈一望之中。

鸡妖主持仪式："大婚开始！请新郎、新娘一拜天地……"

突然，一道蝌蚪状的火光从天边急匆匆地射来，惊得二人不敢说话。

黑猴子淡淡地道："继续。"

"二拜高堂！"

黑猴子说："没高堂。"

"哦，哦。大王没爹没妈。"

黑猴子伸手打了她们两巴掌："快点。"

火光落在地上，披头散发、浑身伤痕的铁扇仙捆着聂双出现。众妖一阵喧哗。通风大圣被铁扇仙擒住，这可是大事。恐怕以后铁扇仙在花果山可以和其他大圣平起平坐了。

"黑猴子，我把这个叛徒的首级作为大婚的礼物送给你。"铁扇仙一副杀气腾腾的模样，显然还未从殊死搏斗中冷静下来。黑猴子冷眼望向她，没有说话。两只鸡妖也不知道该不该继续大婚的仪式。

"先别杀她。"黑猴子喝道。

铁扇仙手中的芭蕉扇化作一把尖刀，挑着聂双的下巴。血从刀尖滴落，显然，她对黑猴子的话置若罔闻。

黑猴子面有怒容地从高台上翻身而下，"啪"一声，一巴掌打在铁扇仙脸上，打得她一头雾水，不知道该怒还是该哭。

"灰猴子，你装够了吧？你以为把自己变成铁扇仙，把铁扇仙变成你，就可以骗过我吗？"黑猴子因为大婚仪式被打断而怒不可遏，但如果任由铁扇仙被处死，他对牛魔王又没法儿交代。

铁扇仙吼道："我真是铁扇。"

黑猴子反手又是一巴掌，怒视铁扇仙："真的铁扇不可能打败灰猴子。不过是你抓住了铁扇仙，又用你那无双的变化之术来瞒天过海，想暗算我！"

铁扇仙无缘无故挨了两巴掌，气得完全忘记了章法，冲上来掐黑猴子的脖子，完全一副泼妇打架的模样。众妖听到黑猴子怒斥铁扇仙，以为她是通风大圣假扮的，纷纷上前围殴她。

铁扇仙和灰猴子大战三百回合，早已疲惫不堪，哪有招架之力，转眼就被打成猪头，躺地不起。

"铁扇，你没事吧？"黑猴子蹲下去为聂双松绑。

聂双原本紧闭的双眼忽然睁开，耳垂上的四个银色耳环脱落，在跌入尘埃的一瞬间化作四个半径二尺有余、锋利无比的弦月状飞环，迎风作响。

黑猴子大惊，原来铁扇仙真是铁扇仙，聂双真是聂双。为了这一番出其不意，聂双竟甘心折辱于铁扇仙手下。

四个飞环能随心所欲分金断石，四道寒光聚若无瑕玉璧，散若天光拂掠。黑猴子毫无防备，避过一个飞环，被另外三个分上、中、下三路包抄。

他想唤来打神铜，但时机稍纵即逝，只觉一阵无比寒冷的风拂过肩膀，项上人头已被风驰电掣的飞环割下。

四个飞环还不罢休，欲将黑猴子的脑袋碎成齑粉。

此时，一道雷光划过，将天际照得惨白。一道更亮的亮白之光从天而降，比雷光更快，将飞环尽数钉于地上。

四个飞环向东南西北四个不同方向飞驰，狼奔犬突，有扯裂亮白之光的趋势。

"白龙，不可松懈。"空中传来一个儒雅的声音，犹如定海神针。亮白之光顿时散去，一杆银枪倒插在地上，四个飞环始终无法挣脱。

白衣银甲、威风凛凛的蛟魔王从东海荒岛赶来。

黑猴子将头颅捡起来安回脖子上，然后扭动头颅，发出"嘎吱嘎吱"的声响，完全看不出脑袋搬过家。

"覆海大圣的龙枪、通风大圣的飞环都出场了，怎么能少了我的打神铜？！"黑猴子怒喝一声，打神铜不知何时已然在手。

打神铜指向聂双，又指向蛟魔王，黑猴子严肃地道："以往从不兵戈相见，今日既然亮了兵器，就无所谓手下留情了。"

蛟魔王拦在二人中间："你们二人都该罢手了。"

"滚开！"打神铜发烫、发亮，像一根烧得正旺的烧火棍，当头打向蛟魔王。蛟魔王侧身一避，右手向身后一探，一声龙吟响起，银枪拔地而起，转眼在握。

蛟魔王的枪法和黑熊精的截然不同，黑熊精喜欢硬碰硬，但蛟魔王的银枪乃小白龙所化，无比轻盈、迅捷，可以指东打西、忽长忽短。

只是银枪一拔，聂双的四个飞环便失去了钳制。

四个飞环遥相呼应，如相继坠落的流星，直袭黑猴子。聂双趁势一连击出四掌，每一掌都有排山倒海之威。黑猴子的打神铜在手中轮转如盾，相继推开四个飞环，但聂双凌厉的掌法紧随而至，他有些后继乏力，无法招架。

蛟魔王挥动银枪，一个神龙摆尾，为黑猴子将聂双逼退。

"二哥，兄弟之义和苍生之祸相比，孰轻孰重，你难道分不清吗？"

"杀了那伥鬼，灾祸自平。"蛟魔王转身又是一枪，一道水龙卷飞袭三层埋骨塔上的伥鬼。

黑猴子不及回救，干脆将打神铜如回旋的飞盘投掷，打歪水龙卷。蛟魔王猛地按住黑猴子的肩膀："我见过老七，他不愿离开五行山，更不愿战火再起。你莫要一意孤行。"

"谁也不能拦我！"黑猴子的肩膀一松，卸掉蛟魔王的手，回身接住飞回的打神铜，一式开门见山的横劈，威势如飞流直下的千丈瀑布。

"断不能让你再燃烽烟！"银枪架住打神铜，枪身吃力后弓如半月，然后猛地绷直，将二人都弹离原地。蛟魔王的身体还在飞速倒退，手中的枪却又刺出两道水龙卷，间不容发，一道射向三层埋骨塔上的伥鬼，一道射向高台上的青道士。

"我看你能救谁！"

黑猴子摇身化作一道雷火，星驰救援，但聂双忽然赤足踏入雷火之中，她原本轻飘飘的身体此刻竟重如山峦，压在黑猴子的肩膀上，将他活生生踩回了原形。四个夺命的飞环紧随而来。

"该死。"黑猴子居然一人也救不了。

高台被水龙卷击中底部，顷刻土崩瓦解，毫无反抗之力的青道士像残叶一般被抛了出去。

围观的群妖中不知是谁念了一段招风引雪的咒语，平地积雪忽然隆隆升起，犹如高亢的涌泉，变作一根七八丈高的冰柱，将青道士完完全全地裹住。

冰雪佳人，毫无生气，也不知道她是死，还是活。

天宫的人在施法？三大妖王放眼寻去，只见围观者众，施法之人不见踪迹。

如果说蛟魔王对青道士只是佯攻，那他对伥鬼可是要痛下杀手。那道水龙卷不仅没有后继无力，反而越来越凶狠，最后化成一条张牙舞爪的水龙，势要将伥鬼撕成碎片。

伥鬼不敢停下舞蹈，袖口飞出两道符箓，引来黄泉鬼火和天雷，将水龙卷劈碎。但一心二用让他的心脏如遭重击，一口鲜血喷在雪地里，嫣红刺眼。

黑猴子焦虑地望向伥鬼，却见他露出诡异的笑容。

"大功告成了！魂兮归来！"伥鬼仰天大笑。

"魂兮归来。"

"魂兮归来。"

每唱一句，三层埋骨塔塔底都仿佛有一声在回应。那"魂兮归来"的尾音在众人耳边回荡，仿佛来自地府的诅咒。三声之后，三层埋骨塔缓缓倾倒，逐渐露出塔下的巨大地洞。

　　大事可期，稍纵即逝。黑猴子急不可待，怒不可遏，发出非龙吟、非虎啸，又无比骇人的夺魂摄魄之音。歇斯底里的吼叫配合打神铜挥舞的节奏，正是他的驱神之术。倏忽间就将所有人带入天人五衰、大妖度劫的恐惧之中。

　　打神铜万丈光芒，仿佛席卷着天火临凡，实在没有道行的妖怪顿时形容枯萎，体生污垢，腋下流汗，最终化作一摊污泥。众妖纷纷逃窜。

　　伥鬼随即加入战局，独斗聂双。蛟魔王擅长海战，在陆地上本就稍逊黑猴子，失去聂双对黑猴子的掣肘，他也渐渐不是敌手。

　　黑猴子一边使用驱神之术，一边怒斥蛟魔王："老二，你的本领本是众兄弟之首，就是因为目光短浅、感情用事，才会屈居牛魔王和黄猴子之下。"

　　"我有我道！"

　　"你的道，就是为了可笑的尊严，坚持不肯化龙。结果四海依然分裂，水族始终低人一等。你的龙血都在嘲笑你、反抗你。"

　　在驱神之术的影响下，蛟魔王被逼问得心神动摇，刹那间眼前一暗，不见五指。电光石火的瞬间，打神铜直直击中他眉心。

　　这是蛟魔王的软肋所在。一个角为蛟龙，两个角为真龙，蛟魔王强行将第二个龙角封印在印堂之中，如今遭到黑猴子的重击，顷刻陷入走火入魔的险境。

　　只见银枪掉落，蛟魔王抱头狂叫，化作一条银色赤爪的蛟龙冲向天际，犹如一道乱窜的闪电。但他那深邃而凶狠的双目始终没有离开黑猴子。他一张嘴，一道清冽如水的闪电直直劈向黑猴子。

　　"大王，时辰已到，请即刻点将！若是错过时机，恐生灾祸。"伥鬼大吼一声，提醒黑猴子。

　　黑猴子轻易地避开蛟龙混乱的袭击，扑至三层埋骨塔下的地洞之前，大声地喊出："尔等浴血英雄，共二十六万七千六百五十一人，请今日归来，随吾再点烽烟，征伐天庭，不胜不还！"

　　地洞之中似乎有一个声音同时喊出了这个数字。黑猴子一怔，以为是回音。

　　一只似猫似猴的怪物缓缓地爬出地洞，如同一头正在爬树、缓缓逼近猎物的矫健豹子，它的眼睛在黑暗中如同两片三角形的金箔。

　　黑猴子一怔，钩爪锯齿的怪物以迅雷不及掩耳之势扑杀而来，四个爪子擒住黑猴子的四肢，红口利齿咬向他的脑袋，二妖瞬时滚作一团。

　　黑猴子忽然回忆起幼年的恐惧，他和黄猴子、灰猴子当时还是普通猴子，被虎、豹追赶的时候，心里就是这种感觉。

胖乎乎的大魔王好不容易也爬出地洞。地底的死妖听到有人点清他们的数目，蠢蠢欲动，传出摇旗呐喊和擂动战鼓的声音，如果他再不爬出来，也会变成死人的。

伥鬼心里暗道不好，如果有人同时说出死者的数量，那就必须看谁先完成献祭，才能将他们纳入麾下。他的眼神不自觉地望向被冰封的青道士。伥鬼稍微一分神，聂双操纵的飞环险些将他拦腰斩断。

现在他可谓分身乏术，黔驴技穷。

"接剑。"一个熟悉的声音传来，七星剑和定风丹飞驰而至，逼退聂双。这两样宝物是从灯下黑换走的，大魔王可是非常熟悉。他在人群中寻对方的身影却毫无发现，不禁暗自为此人隐蔽的功夫叫奇。

黑猴子被打得措手不及，被乐风死死地压倒在地。他口喷幽冥鬼火，乐风却毫不在意，如沐春风。

黑猴子的一只脚好不容易才挣脱乐风锋利的爪子，踹中其丹田。但乐风吃疼之后不仅不撒手，反而咧嘴喷出一股源源不断、足以流金铄石的黑火，烧得黑猴子几乎要变成灰烬，连身穿的烈焰火甲都渐渐熔化。

众妖从未见过如此混乱的局面，一时都不知该如何自处。凌云趁机挥动青匕剑，削断威胁他的刀戟，直奔青道士而去。

聂双本已负伤，又被黑猴子的驱神之术所摄，眼前一直有重影。而伥鬼得了定风丹和七星剑，如虎添翼，一时锋芒无两。十数个回合之后，聂双斗败被擒。

"御风的大圣，你的命运已经到头了。"

伥鬼左手持定风丹摄住倒地的聂双，右手持七星剑准备斩下她的脑袋。

一旁的妖怪有的以前是她的部属，如果是两个大圣相争，他们自不好插手，但伥鬼一个外来的妖怪如此猖獗，他们万万不能接受。于是众妖都按捺不住，跳出来要救她，将伥鬼团团围住。

"要造反吗？"那伥鬼也是好本事，横眉冷对众妖。一手持定风丹，另一手以七星剑大杀四方，溅出的血染红了聂双的裙子。

聂双不忍地闭上眼睛，只求青道士能够不负所托。

伥鬼终于杀怕了聂双的旧部，逼得他们纷纷躲远。他高高扬起剑，向不服的妖众示威，然后举剑要给聂双致命一击。

他的剑虽快，却有一个泥黄色的身影出其不意地掠过，居然比剑还快。伥鬼一愣，低头一看，发现自己持定风丹的手已被咬断，手腕上留下两排极不平整的齿印，还有一些食物残渣。

　　他再看那身影的去向，发现居然是一头驴子干的好事。那驴子正把他的手掌和定风丹咽下，不屑地看向他："原来大魔王说的着急上火是这种感觉。"

　　言罢，驴子鼻腔喷血，瘫倒不起。

　　伥鬼的断手之痛还未消减，聂双翻身而起，一掌正中其胸膛，胸骨即断。四个凌厉的飞环交纵而来，伥鬼避无可避，只能弃车保帅，以断掌之手阻挡。活活被削去一臂之后，伥鬼借机逃遁。

　　另一处，凌云正持青匕剑横劈封住青道士的冰柱。因为法力不足，他无法发挥青匕剑的威力，只能拿剑当斧头使。

　　"没有用的。这是天宫秘咒招来的冰雪，以你一介凡人之力，不可能斩得碎。"

　　正当凌云全神贯注地劈那冰柱时，背后响起熟悉又恐怖的声音。他忽然感觉膝关节一凉，脱力跪到地上。

　　一个马首妖怪站在他身后，手中有剑，剑上有血。

　　凌云也不回头看，继续劈那冰柱："十下不行，就百下，总可以劈碎吧。"

　　马首妖怪又刺出一剑，凌云的双臂一凉，青匕剑脱手，整个人贴到了冰柱上。他的四肢都被挑断了筋脉。

　　"小子，看在你我都是凡人的分上，我就给你一个痛快。"马首妖怪一剑刺穿凌云的心窝。

　　原本压制黑猴子的乐风忽然心头一紧，泪水不知为何就挂到了脸上。

　　"想烧死我，不如成全你！"黑猴子突然张嘴，尽数接下乐风喷出的黑火。火焰进入他体内，又从他的五脏六腑蔓延到七窍喷出。乐风的眼睛睁不开了。

　　等到火焰熄灭，黑猴子只剩一副力大无穷的骨架。他双脚一蹬，把乐风踹开，然后威武而立，把打神铜当作第二根脊柱安到背后，身形立刻暴长三尺。

　　黑猴子仰天一啸，骇人之音再起，胸口的鬼母灯很快燃烧到极限，身形又高三尺，双臂垂地，十指如刀。他终于变成了三头两臂的混世鬼猴。

　　一个头能够使火眼金睛术，另一个头能够召唤暴风，本尊能够使驱神之术。

　　乐风挣扎着爬起，回头在纷乱的人影和四处蔓延的火墙中寻找他的师兄——那个每夜哄他入睡的人。他看到了那个马首妖怪手中带血的剑，剑尖像蜈蚣一样有百足。那妖怪也隔空望见了他，露出阴沉的微笑。

　　乐风弃黑猴子而去，直扑百步之外的马首妖怪。可那妖怪动若狡兔，转眼又逃脱到百步之外。

　　乐风用尽全身力气，张嘴喷出蚀骨的黑火，逆风直击而去。马首妖怪挥动手中剑，剑化作一条五丈长的蜈蚣，盘盘绕绕将他护在其中。

　　乐风声嘶力竭，黑火一波未尽一波又起，到最后黑火半数染上绚烂的红色，如同一只正在涅槃的凤凰。那蜈蚣到底抵挡不住这般威力，化作黑灰。马首妖怪躲在其中，也被烧作焦炭。

高冷的天上，围观花果山的众仙之中，一个威严的声音响起："没想到把一只妖猴压在五行山下，却还有这么多厉害的妖怪。"

"天帝无须担忧，我等已经点齐兵马，设下重重埋伏。只要这花果山的妖怪违背约定，那西方佛祖自然没有借口祖护他们，我等便一举将他们荡平。"

"嗯。那再看看吧。只是那小仙倒是有几分城府，不要让他轻易死了。"

神将应道："领命。"

黑猴子缓缓地舒展筋骨，冷眼瞧着在场所有的敌人，露出轻蔑的笑容。空中的蛟龙与地上的聂双再次合力夹击他。这一次，聂双和蛟魔王达成了共识，必须先击垮共同的敌人，不能让他召回死去的妖军。

伥鬼躲远，不见其人，只闻其音："大王！如再不献祭，时辰一过，附骨成魔的军队恐怕会失去控制，不听召唤。"

花果山大乱，关押山神的牢笼只剩弱将残兵看守。买妖一路杀到山神眼前，为他递上还魂酒。

山神摇头："不喝。非亲非故，万一是老鼠药怎么办？"

买妖说道："老鼠药毒不死你。这酒可是我费不少功夫才从地府偷来的，希望你一饮而尽。"

"尔乃何人？"

"能让你想起前尘往事的人。"

山神还是不信。

买妖又说："我擅自违背大王的安排前来救你，就是为了让你去救那猫妖。"

"乐风？"

"我们大王贪玩，恐怕保不了他们周全。"

山神方接过酒一饮而尽，但他马上就后悔了，因为此酒太难喝了。他抓着铁笼呕吐，吐到最痛苦的时候，只觉胃里腐臭熏天，脑中翻江倒海，心脉如被万蚁啃噬。

难受得他挣扎着直接将锁住其琵琶骨的八根铁链全部扯断了。

"你还好吗？你的琵琶骨好像都碎了。"买妖其实也不知道他是何方神圣，居然能把不知何时饮下的孟婆汤和秽物源源不断地呕吐出来。

"我好像想起什么了。你请便吧，我再吐一吐。"

山神把铁笼撕碎了。

凌云奄奄一息，眼看已活不成了。他迷迷糊糊地睁眼，刚开始还认不出乐风所化的非猫非猴的妖怪。等到乐风用干涩的音调喊出一声"师兄"，他才心领神会地一笑。

"救师父。"

乐风张嘴却喷不出黑火，他痛苦地抓着冰柱，尾喜和蟠桃核的力量就要被用光了。

大魔王神出鬼没，转瞬出现："不打倒黑猴子，你们谁都逃不掉。"

"救我师兄！"乐风叫喊。

"猫妖，他的心脉被撕碎了，已是必死之人。除非下地府销生死册，才有可能救他。你的四个愿望已用完了，我没有为你下地府冒险的理由。"

大魔王伸手抚摩他头颅上的毛发，安慰道："还是将你的师兄献给那些亡灵吧，与他们歃血为盟。有了二十万魔军，黑猴子也奈何你和青道士不得。"

"我不要！"

"你要学会长大，知道什么是利益最大化。我本来打算让你献祭驴子，如今献上这必死之人，你已经赚到了。"

"你答应救我师伯的。"

"我已经把救人的方法交到你手中了。如果你不去践行，那就是你的责任，不是我不帮你。"

"你骗人，骗人。"乐风摇头，拍打冰柱，"师伯，你救救师兄，救救师兄。"

冰柱里的青道士纹丝不动，也不知道她能不能听见，有没有在落泪。

凌云抓住大魔王的袍子："你把我丢下那个黑洞吧。"

"那我就勉为其难，帮你们下定决心吧。"大魔王提起凌云轻轻一跃，来到地洞的边沿。里面的妖怪瞪着绿莹莹的眼睛，纷纷伸手索要那被献祭之人。

大魔王回头说话，犹如千里传音，话音在乐风耳边振聋发聩："必须你同意献祭才能发挥效果，你点头吧。你点头，你们都会得救。"

乐风摇头，再摇头。恐惧和愤怒让他彻底失去理智，抓地号叫，非猫非猴的身体隆起坚硬的鳞片，仿佛一头披甲的困兽在积蓄最后的力量。

蛟魔王和聂双正合斗鬼猴。若是寻常时候，二人联手自然不惧怕他。但当下二人一个负伤，一个濒临化龙，平日的本事发挥不到十之七八，如何是黑猴子的对手？

争斗不过几刻，就见黑猴子一个头目射能焚烧魂魄的金光，一个头吹出可削断一切的罡风，而本尊还在使用驱神之术，十指割得蛟龙伤痕累累，龙鳞遍地。

聂双来无影去无踪的飞环被三个头各咬住一个，最后一个也不成气候。大势已去。

身携雷电的银蛟龙做最后一搏，如神雷天降。但黑猴子怒视而去，火眼金睛射穿了失去龙鳞保护的龙腹。

黑猴子趁机抓住蛟龙的尾巴，将其当作流星锤一样舞弄起来，龙头撞向疲弱不堪的聂双。黑猴子以他山之石攻玉，使得二人两败俱伤，倒地不起。

"抓住他们！"黑猴子怒号一声。

原本进退维谷的妖怪看到黑猴子大获全胜，都不敢违逆他的意思，即刻将聂双和蛟魔王扣押。地洞里的妖军正在迫不及待地攀爬上来。

"你灯下黑敢与我作对？"黑猴子望向大魔王，火眼金睛的金光直射过去。

"不敢。我只是在找点乐子，一个小孩子成为二十万军队的首领，可比一个妖王成为首领好玩多了。可惜啊，小孩子还是容易意气用事。"

大魔王手一松，凌云跌落地洞，他自己则远远地逃遁了。

"滚回去！你们只能接受我的献祭。"黑猴子扑至地洞边沿，三头齐用，金光、罡风和怒号如潮涌的黄河水奔涌入海，将手脚僵硬的妖军尽数逼退。

乐风也扑向地洞，本能地想救他师兄，但是两臂三头的黑猴子岂能让他如意？两个其实已经神志不清的人顿时缠斗在一起，彼此的利爪都毫不客气地招呼到对方身上，血流遍地。

二人抓住彼此的四肢。乐风咧开嘴喷出最后的最凶猛的黑火。黑猴子正面迎击，火眼金睛射出金光。两股力量引起共鸣巨响和可以灼伤大地的光芒，众妖纷纷遮眼捂耳，倒地哀号。

等到乐风筋疲力尽，黑猴子的火眼金睛也迎风流泪。二人对决变成了一个头对三个头的撕咬。乐风咬碎了火眼金睛的头，也被黑猴子咬断了喉咙。

黑猴子高高地举起乐风非猫非猴的尸体。万妖平静，然后振臂高呼"万岁"。黑猴子将尸体随手一抛，踏步向青道士走去。

在云端观战的天帝默默地嘱咐身边之人："做好请西天佛祖的准备。"

伥鬼早在冰柱前守候，黑猴子疲惫不堪地扶住冰柱，抬头仰望那冰冻在半空的青道士。红裙玉肌，神态安然，犹如茎干上含苞待放的花儿。

"大王，可需要歇息片刻？"伥鬼现身。

黑猴子望着遍地伤员，叹了一口气："所有和我作对的人都被打倒了，可恼的是，波及了这些无辜的兄弟。"

"大王，等献上青道士，你就可以召回妖军了。"

"还有意义吗？我本想以大婚为幌子，率奇兵突袭南天门，虽不能一举获胜，但也能打得天宫元气大伤。到时黄猴子不得不从五行山下出来，灰猴子为了花果山，必会和我并肩作战。我们兄弟就能如当初聚义时一般同仇敌忾。如今闹出这么大的动静，天宫必有准备，又如何奇袭？"

"大王，箭已在弦上。"

"我明白。如果不召回魔军，恐怕天宫发难，无从招架。你且退下吧。"

伥鬼要退下。黑猴子忽然又问："我真的错了吗？但是，不久的将来，他们会发现，天宫之人比我更龌龊，岂会真的遵守休战的约定。他们岂会容许我们花果山在天地间立足？"

"大王！"伥鬼不知道该如何答他。

"罢了。"

伥鬼不得不退到一侧。黑猴子浑身又燃起火焰。他抱住冰柱，用尽全力一勒，冰柱爬满裂痕，冰屑纷落如雨。青道士落到地上，静静而立，如同一株安静的垂柳。

"你哭了？"

"是啊。我得道时曾发誓，绝不为红尘之事落一滴眼泪，但今天在花果山，我的亲人——先我而去。他们还那么小、那么年轻，我却无能为力。或许你说得对，不管我多么厉害，终究斗不过这俗世残酷的人心。"

"你只剩一口气了。"

青道士缓缓地睁眼，充满遗憾地说道："这口气还是聂双在洞府中假意强吻时过给我的。她告诉我，你乃铜皮铁骨，难以杀死，但你化作鬼猴之时，既是最强也是最弱。她让我静待此刻。"

"为什么要坦诚相告？聂双暗中行事，不就是为了让你偷袭我吗？"

"不。我这一生虽然说不上光明磊落，但暗箭伤人之事，我从不屑为之。"

"你不可能打败我的。我也不能被你打败，花果山还需要我。"

"嗯。可是，不试试怎么知道呢？缘起于我，缘灭于我。"青道士忽然跨出一步，手轻轻探向黑猴子的心窝。

黑猴子怒号，狂风起，雷火着，双手捶向青道士。黑猴子的动作明明那么暴烈，那般无懈可击。青道士的动作却像春日里懒洋洋的一缕光，照进黑暗的庙宇，穿透了压抑的空气，还有层层叠叠的绝望。

青道士和黑猴子错身而过，一双美丽无瑕的手，就像庄严的白玉神像才有的手，轻轻穿过他的胸膛。

黑猴子难以置信地扭头，看着鬼母灯稳稳当当地伫立在青道士白皙的手掌上。

黑猴子再抬头，那根突兀的冰柱从来就没有破碎，一条青色的蟒蛇依然被彻底冰封其中。

黑猴子说道："大妖青莽，你还是输了。你的最后一口气已用尽，连张口吹灭鬼母灯的力气都没有了。"

黑猴子捂着胸口要取回灯。青道士微微一笑，她看到那具似猫似猴的躯体里蹿出一只短腿小猫，一下子跳到她跟前，吹出一口气。

灯灭了。

大朵大朵的雪花慢慢飘落，就像一张张被风轻轻托着的白色剪纸。各种各样的图案都有，有的图案是故人，有的图案是仇人，有的是山明水秀，有的是凄风冷雨。

时间的流逝仿佛变得很慢很慢，尽管遍地血污，天色还是如此撩人。

青道士的回忆千回百转。原来修炼得再强，也逃不脱命运的束缚和他人的设计。想折磨她的白元问，想将她献祭的黑猴子，想她刺杀黑猴子的聂双，还有那个莫名其妙的大魔王。

人心诡异斑斓，究竟是人世间的真色彩，还是悲哀？

"孩子，以后的路，你一定要一个人好好地走下去。"

青道士的形象消失于虚空。黑猴子的骨头散架，变成了当年向海跪拜的模样，鬼母灯依然落在他掌中，只是已经沦为凡物。

世间再无驱神大圣，再无那个执着的少年，更没有那个想在俗世中杀出一条血路的迷路人。

地洞深渊中的亡者怒号。失去了点将之人，他们迫不及待地要自己爬出地洞，为祸人间。花果山上，再无人可以阻挡他们。

此时一朵云飘过，停在地洞之上，山神高坐云端。

伥鬼讥笑他："你还是来迟了一步。救不到你要救的人了。"转念一想，又道不好，"不对，难道你是来收编这些魔怪的吗？"

"多年不见，你的趣味还是这般低级。"

伥鬼一愣。

山神对着地洞深渊拍拍手，白云抖落血雨，深渊下哀号一片。滚烫的热气蒸腾而上，整座山峰的积雪都在消融。

"你做了什么？怎么就破了我的招魂阵法！"

"无他，去了一趟傲来国，取了黑狗血而已。南赡部洲的法术十有八九能以黑狗血破之，你折腾的这招魂法术更是破绽百出，故而失传。亏你还把它当作什么不传之秘，真是愚蠢。"

言罢，地洞中传来天崩地裂的声响，亡者不能归来，化作一股更胜从前的怨气。

山神十指划过，一幅巨大的《六鬼曳舟图》浮现于半空。

"既然如此不安分，就只能让你们暂时迷失在鬼道大阵之中。"他双掌下压，骚乱渐渐平息。浓雾忽然聚拢，满山的妖怪面对面却看不到彼此。等到白雾消失，山神一众人等都消失不见了。

伥鬼这才恍然大悟，恐怕他已经想起自己是谁了。

漫山遍野的妖怪都在为黑猴子的死痛哭，从此花果山再也没有猴王了。一只神犬从远处悄悄地靠近，拖走了马首妖怪所化的焦炭，又悄悄地爬上云头，直上天庭。

南天门前，天帝正在瞧花果山的乱斗，瞧得意兴阑珊。神犬抛下焦炭。

天帝说道："出来吧。安全了。"

焦炭破开，白元问挣扎着爬出来，然后跪倒在天帝面前："功败垂成，请天帝赐罪。"

"虽然你没有立下大功，但也谈不上该受责罚。至少你搅得花果山天翻地覆，又除去了几个大妖怪。"

"如今花果山虚弱，臣建议乘虚而入，一举荡平他们。"

"不急，不急。如果我没有记错，那蛟魔王手里还有数万水族精锐驻扎东海。"

"是。天帝英明。"

"放心，天宫赏罚分明。"

"谢天帝。"

"就封你为南天门神将好了。"旁人即刻为天帝奉上南天门神将的令牌。白元问毕恭毕敬地低头举手，等待天帝的赏赐。

"不对，不对。"天帝摇头道，"小仙应抬头张嘴才对。"

白元问不知其意，但不敢不从，抬头张嘴。天帝把令牌塞到他嘴里，摸了摸他的脑袋。

"乖！"

白元问咬紧令牌，三叩首。

"如果你能设法除去那蛟魔王，永除四海的后患，我便考虑封你为水师元帅。"

天帝和众仙大笑而去。

狂风大雪，一个高大且棱角分明的身影走进花果山。

他抹掉脸上的雪，虽然头长牛角，但他的脸分明是一张猛虎的脸。

铁扇仙早已在水帘洞等候他。花果山猴王的大旗被折断之日，便是他归来之时。

图书在版编目（CIP）数据

凡人笔谈：杀妖 / 黄渐著 . — 北京：北京联合出
版公司，2022.4

ISBN 978-7-5596-5950-7

Ⅰ．①凡… Ⅱ．①黄… Ⅲ．①幻想小说 – 中国 – 当代
Ⅳ．①I247.5

中国版本图书馆 CIP 数据核字（2022）第 024325 号

凡人笔谈：杀妖

作　者：黄　渐	出版监制：辛海峰　陈　江
出品人：赵红仕	责任编辑：杨　青
产品经理：张建鑫	特约编辑：郭　梅
封面设计：张景春	美术编辑：任尚洁

北京联合出版公司出版
（北京市西城区德外大街83号楼9层　100088）
北京联合天畅文化传播公司发行
天津中印联印务有限公司印刷　新华书店经销
字数 335千字　710毫米×1000毫米　1/16　18.5印张
2022年4月第1版　2022年4月第1次印刷
ISBN 978-7-5596-5950-7
定价：49.80元